Regina, Leah, Vicky und Liesel sind seit ihrem ersten Schultag in der Nakuru School in Kenia befreundet. Die Mädchen, die alle aus Europa stammen und vor den Nazis fliehen mussten, haben große Träume. Regina möchte Schriftstellerin werden und für immer unter einem Baum in Ol'Joro Orok sitzen. Liesel hofft auf akademische Erfolge. Die schöne Vicky will einen reichen englischen Gentleman heiraten, vier Kinder bekommen, ihre Wurzeln und ihre Religion vergessen. Die orthodox erzogene Liesel weiß am wenigsten von der Welt. Wie das Leben Träume erfüllt und sie zerstört, davon handelt dieses Buch. Der Roman ist ein bewegendes Stück Zeitgeschichte aus England, Israel und Deutschland, bei dem die Wirklichkeit Pate stand: Er basiert auf den Erinnerungen der drei Freundinnen, die einst mit Stefanie Zweig unter dem Eukalyptusbaum von Nakuru saßen, und sich bei der Autorin nach der Verfilmung von ›Nirgendwo in Afrika‹ meldeten.

Stefanie Zweig wurde 1932 in Oberschlesien geboren und wanderte im Zuge der nationalsozialistischen Verfolgung 1938 mit ihren Eltern nach Kenia aus. 1947 kehrte die Familie nach Deutschland zurück. Die Autorin hat dreißig Jahre lang das Feuilleton einer Frankfurter Tageszeitung geleitet.
Ihre Romane »Nirgendwo in Afrika«, »... doch die Träume blieben in Afrika« und »Irgendwo in Deutschland« standen wochenlang auf den Bestsellerlisten. Caroline Link verfilmte ihren Roman »Nirgendwo in Afrika«, der in der Kategorie »Bester ausländischer Film« einen Oscar gewann.
Im Fischer Taschenbuch Verlag sind die Titel »Der Traum vom Paradies« (Bd. 14873), »Die Spur des Löwen« (Bd. 15231), »Vivian und Ein Mund voll Erde« (Bd. 15640), »Karibu heißt willkommen« (Bd. 15245), »Wiedersehen in Afrika« (Bd. 15908) und ›Owuors Heimkehr‹ (Bd. 16372) lieferbar.

Unsere Adresse im Internet: www.fischerverlage.de

Stefanie Zweig

Es begann damals in Afrika

Roman

Fischer Taschenbuch Verlag

Veröffentlicht im Fischer Taschenbuch Verlag,
einem Unternehmen der S. Fischer Verlag GmbH,
Frankfurt am Main, Mai 2006

Lizenzausgabe mit freundlicher Genehmigung
der Langen Müller in der F. A. Herbig
Verlagsbuchhandlung GmbH, München

Druck und Bindung: Clausen & Bosse, Leck
Printed in Germany
ISBN-13: 978-3-596-16982-5
ISBN-10: 3-596-16982-8

Dem Andenken meiner Eltern und im
Gedenken an meinen Bruder Max

1

Unter dem Eukalyptusbaum

Nakuru School, 1944

Vicky, seit elf Stunden zwölf Jahre alt, nahm eine große, fette Ameise von ihrem Arm. Sie legte das Tier in eine kleine Erdmulde und pustete leicht auf seinen rötlich glänzenden Körper. Ebenso sanft stellte sie das winzige Körbchen, das sie aus langen Grashalmen und den Blättern von einem üppigen Eukalyptusbaum geflochten hatte, auf ihre hochgezogenen Knie. Der winzige Korb war zur Staatskarosse für die Bienenkönigin bestimmt oder, sollte der Empfang der Untertanen nicht planmäßig verlaufen, als Kerker für den König der Heuschrecken. Die hatten vor einigen Wochen eine siegreiche Attacke auf die elterliche Teeplantage in Kericho bestritten. Vom Schlachtfeld der Heuschrecken war es für Vicky nur ein kleiner Sprung zum Brief der Eltern. Mit der Geschicklichkeit, für die sie in jeder Handarbeitsstunde vor der Klasse gelobt wurde, hatte sie den herrlichen Geburtstagsbrief in den Saum ihres Uniformrocks eingenäht und so mit ein paar Stichen der Schulregel getrotzt, die vorsah, dass alle Korrespondenz unmittelbar nach Erhalt und bis zur Beantwortung bei Miss Chart abgeliefert werden musste. Die hatte so schöne weiße Ringellocken wie die liebreizenden Großmütter in den Bilderbüchern der viktorianischen Zeit, aber eine Zunge, die perfekt auf die Lieblosigkeit ihrer puritanischen Lebensauffassung eingestellt war. Miss Chart war Krankenschwester und somit verantwortlich für die Gesundheit aller Schülerinnen in der Nakuru School. Gleichzeitig war sie für das Dormitorium der Zwölfjährigen zuständig. Die Mädchen waren sich einig, dass mit Miss Charts Sympathien erst ab neununddreißig Grad Fieber zu rechnen war.

»Für Juden ab vierzig Grad«, hatte Liesel Freund festgestellt, als sie die Masern hatte.

Vickys Vater hatte seiner Tochter zum Geburtstag ein Schloss mit sieben Schornsteinen und drei Kuppeln gemalt, die Mutter den Garten davor mit Lilien und Tulpen, die ganz im Gegensatz zu den von den Eltern gemachten Erfahrungen die afrikanische Hitze vertrugen und mit kräftigen, flammend roten Köpfen bedacht worden waren. Am Rande der Blumenbeete stand ein Schimmel mit blauem Sattel. Auf dem saß ein Mädchen, das die gleichen blonden Haare und blauen Augen hatte wie Vicky. Die Erinnerung an das Bild in ihrem Rocksaum machte sie traurig. Sie spürte ein so großes Verlangen nach ihren Eltern und dem braunen Haus mit den grünen Fensterläden, dass ihr schwindelte und sie die Augen schließen musste. Als sie sich gestattete, sie wieder aufzumachen, wurde ihr gar ein wenig übel, doch sie war es schon lange nicht mehr gewohnt, Sehnsucht und Heimweh, den kleinen Unsicherheiten und der großen Traurigkeit nachzugeben. Emotionen galten bei den britischen Mitschülerinnen als typisch deutsch. Tränen erst recht. Vicky unterdrückte das würgende Geräusch, das in ihre Kehle gekrochen war. Es erschien ihr absolut unpassend für eine Zwölfjährige und erst recht für sie. Nur einen Moment später lachte sie und spuckte die Schale der rosa Pfefferbeere, an der sie seit

dem Morgen gekaut hatte, auf eine zitronengelbe Kaktusblüte.
»Wetten, ich weiß, was du denkst«, sagte Liesel.
»Wetten, dass du es nicht weißt«, konterte Vicky. Ihre Stimme war so klar wie immer, doch sehr viel lauter als sonst. Sie fürchtete, sie müsste von ihrer Sehnsucht nach ihrem Heim und ihren Eltern reden und würde dann ihren Ruf als das Glückskind beschädigen, das sich von nichts und niemanden aus der Ruhe bringen ließ. Vicky verschluckte einen Seufzer wie zuvor das Würgen und machte sich auf, eine falsche Fährte zu legen. Sie war eine Meisterin, wenn es darum ging, andere in die Irre zu führen. Zu Hause und in der Schule. »Ich habe mir gerade meine Kinder vorgestellt«, sagte sie. Die spontane Schwindelei erschien ihr so gelungen, dass sie sich gern selbst gelobt hätte.
»Wie viel Kinder hat Ihre Hoheit denn?«
Die Frage gab Vicky die Zeit, die sie brauchte, um ihren Irrgarten ordentlich zu bepflanzen. Sie brauchte sich nur auf eine Zukunftsvision zu besinnen, die sie regelmäßig beschäftigte. »Vier Kinder«, erzählte sie munter, »und zwei Hunde und viele, viele Pferde. Alles Schimmel. Die Hunde sind irische Setter. Sie heißen Bingo und Baxter. Mein Mann hat sie acht Tage nach ihrer Geburt getauft. Mit Gin.«
»Jüdische Hunde«, wandte Regina ein, »werden nicht getauft. Nie.« Regina widersprach selten jemandem. Sie war mit zwölf Jahren noch fast so scheu wie am ersten Schultag. Empörte Menschen ängstigten sie, besonders dann, wenn sie die Ursache für deren Empörung war. Trotzdem gelang es ihr nicht zu schweigen, sobald sie das Gefühl hatte, ihr Vater würde in einer besonderen Situation von ihr erwarten, dass sie ihre Meinung äußerte. Verlegen malte sie mit einem kleinen Stock Kreise und Kreuze in die stau-

bende Erde. »Jüdische Hunde werden nicht getauft«, wiederholte sie. »Schon gar nicht mit Gin.«
»Bingo und Baxter«, kicherte Vicky, »sind ja nicht jüdisch. Sonst würden sie ja nicht Bingo und Baxter heißen. Du hast doch gehört, meine Hunde sind irische Setter. Wenn ich erwachsen bin, bin ich auch nicht mehr jüdisch.«
»Bist du dann auch ein irischer Setter?«
Regina ließ noch nicht einmal die Andeutung eines Lächelns in ihr Gesicht. Dass sich die Logik des Absurden bei kleinen Streitereien besser bewährte als vernünftige Argumente, hatte sie schon als sehr kleines Mädchen gelernt – von Owuor, dem Koch auf der Farm in Ol' Joro Orok. Er konnte in zwei Sprachen reden und sagte immer: »Worte sind besser als Messer. Auch Worte kann man scharf machen.« Als sich Regina lange genug vorgestellt hatte, dass ein Wort scharf wie eine Panga geschliffen wurde, fragte sie zum zweiten Mal: »Bist du dann auch ein irischer Setter?«
»Quatsch«, lachte Vicky. »Ich bin nur nicht mehr jüdisch, weil mein Mann ja auch nicht jüdisch ist. Er heißt Howard und ist Major, und er spricht nur Englisch. Und meine Kinder dürfen nie weinen, wenn er zu Hause ist.« Als sie merkte, dass ihre Freundinnen nichts sagten und sie anstarrten, als wäre sie eine Fremde, vor der man sich in Acht nehmen müsste, fügte Vicky hastig, allerdings mit einem kleinen Anflug von Stottern und ungewohnt leise hinzu, »aber er geht nur Weihnachten in die Kirche«.
Vicky war ein schönes Kind mit einem Charme, der selbst Gleichaltrige bezauberte, die Kleinste und, wenn auch nur mit fünf Monaten Abstand zu Regina, die Jüngste der jüdischen Mädchen in Miss Charts Schlafsaal. Schon allein durch ihren Vornamen, um den sie alle Emigrantenkinder

jeden Tag aufs Neue beneideten, hatte Vicky so viel Selbstbewusstsein, als hätte sie ihr ganzes Leben auf einer Farm im Hochland von Kenia verbracht – mit Eltern, die bei jeder Temperatur Kleidung aus abgewetztem braunem Tweed trugen, ein akzentfreies Englisch sprachen und Mitglieder im feinen Rift Valley Golfklub waren. Ihr flexibles Naturell war Vickys größtes Kapital. Sie konnte sich mühelos auf Situationen einstellen, die empfindsame Kinder wie Regina noch im fünften Jahr nach der Einschulung peinigten.

Zu einer solchen geistigen Wendigkeit passte es, dass Vicky ihren Geburtsort – Potsdam – noch nicht einmal mehr nennen konnte, obgleich sie die ersten sechs Jahre ihres Lebens ausschließlich dort verbracht und zwei Wochen lang sogar die erste Klasse der Cecilienschule besucht hatte. Genau genommen waren es zwei Wochen und zwei Tage, als das Mädchen verstört schluchzend und ohne seinen Schulranzen nach Hause gekommen war und erklärt hatte, es würde nie wieder in die Schule gehen.

»Das brauchst du auch nicht«, versprach die Mutter. »Nie mehr. Das schwöre ich dir. Wir vergessen einfach, dass es eine Cecilienschule gibt. Abgemacht?«

»Abgemacht«, bestätigte Vicky. Sie war begabter als die meisten Menschen zur Fröhlichkeit. Die Tränen auf ihren Wangen waren noch nicht getrocknet, da konnte sie schon wieder lächeln, als sie sich zehn Minuten später im Spiegel des elterlichen Schlafzimmers begegnete.

Allerdings schwante damals weder der Mutter noch der Tochter, eine wie nutzbringende Eigenschaft die Fähigkeit zu vergessen war. Ohne auch nur einen Hauch zu erröten oder je die verräterische Hitze auf den Wangen und im Nacken zu spüren, die ihren Freundinnen das Leben ver-

gällte, wenn sie – zufällig oder beabsichtigt – an ihre ursprüngliche Heimat erinnert wurden, behauptete Vicky vom ersten Schultag an, sie stamme aus Kericho. Dort hatte ihr Vater, ein bis zum Jahr 1933 in Potsdam äußerst angesehener Architekt und schon wegen seiner Großzügigkeit ein sehr beliebtes Mitglied im Verein für die Kriegsgräberfürsorge, eine Teeplantage gepachtet – mit ihm von einer jüdischen Organisation geliehenen Geld, die eigens zur Eingliederung der Flüchtlinge aus Deutschland und Österreich in Kenia gegründet worden war. Eine kleine Lebenskorrektur hatte ihm zu der Anleihe verholfen, die seine Existenz sichern sollte – der Mutige hatte sich bei der karitativen Hilfsorganisation als einstiger Verwalter der Park- und Schlossanlagen von Sanssouci ausgegeben. »Ich habe«, pflegte er zu scherzen, wenn er mit seiner Frau allein war, »noch nicht einmal gelogen. Ich habe nur einen armen jüdischen Bock zu einem preußischen Gärtner gemacht.«
Vickys Mutter war in den unbeschwerten Tagen mit der heiteren Aussicht auf die Pracht von Sanssouci eine Schönheit gewesen, die ganz durchschnittliche Männer mit beschränkten Sinnen in galante Ritter verwandelte. Nach den Todesängsten in der einstigen Heimat und den Beschwernissen der überstürzten Auswanderung war sie immer noch die Frau, nach der sich Männer jeden Alters umgedreht hätten, hätte es auf der Farm in Kericho andere als den eigenen Ehemann gegeben, die sich an Schönheitsidealen aus Europa orientierten. Ihre größte Tugend indes war in der Emigration nicht mit Gold aufzuwiegen: Sie, die in Potsdam so hingebungsvoll die Rolle der Gastgeberin und Salonschönheit verkörpert hatte, trauerte nie der vergangenen Pracht nach. Mit beiden Händen – sie

waren nun ohne Schmuck und mussten auf professionelle Pflege verzichten – ergriff sie jede Gelegenheit, das Leben in einer Welt zu bewältigen, in der nichts zählte, was in der einstigen Heimat gewesen war. Sie vergaß das Wort und vergaß, was es ihr bedeutet hatte. Ihr verlässlichster Ratgeber war ein Buch mit dem Titel »Kleintierzucht in den Tropen«, das der Schwiegervater im letztmöglichen Moment noch aus Deutschland hatte schicken können. Die Frau seines Sohnes, die er von Herzen hofiert und von der er immer gefunden hatte, sie sehe der geliebten preußischen Königin Luise ähnlich, züchtete Hühner, Enten und Kaninchen. Jeden Freitag lieferte ihr Mann deren hoch geschätztes Fleisch im staatlichen Krankenhaus von Nakuru ab, sauber in mit Monogramm bestickte weiße Servietten eingewickelt. Die Mundtücher aus Damast stammten noch aus der Aussteuer; sie wurden nach dem Verkauf von Tier und Federvieh auf die Farm zurückgebracht und trotz der Proteste des Hauspersonals, das sich vor geschlachteten Kaninchen noch mehr ekelte als vor eingetrocknetem Entenblut, gewaschen, gestärkt und murrend gebügelt. An jedem ersten Montag im Monat fuhr das einfallsreiche Ehepaar schon im Morgengrauen mit seiner nahrhaften Last nach Naivasha. Dort gab es eine katholische Missionsschule und – als noch größeren himmlischen Segen! – einen jüdischen Verwalter, der für den Einkauf zuständig war und in seinem ersten Leben eine Privatbank in Hamburg geleitet hatte.

Vickys Vorname erschien ihren Mitschülerinnen und den Lehrkräften so traditionell englisch und so schön handlich wie die Namen der glücklichen Majorität. Laut Eintragung ins deutsche Familienstammbuch hieß das Glückskind allerdings Auguste Victoria. Der Großvater, im Ersten Welt-

krieg mit dem Eisernen Kreuz ausgezeichnet und nach 1918 immer noch so kaisertreu und patriotisch wie bei Kriegsbeginn, hatte mit bestechender Liebenswürdigkeit sowohl auf Auguste und als auch auf Victoria bestanden. Seine Schwiegertochter, die in der Schlussphase ihrer Schwangerschaft die meisten ihrer Anregungen aus dem Kino bezog, hatte von Greta – wie die Garbo – geträumt, an Fritzi – wie die Massary – gedacht und mit Lilian zu Ehren der Harvey geliebäugelt, doch sie gab ihrem Schwiegervater ohne Widerstreben nach; sie verehrte den freigebigen alten Herrn zu sehr, um ihn durch irgendwelchen Widerspruch zu kränken. Zum Dank richtete er zur Geburt seiner Enkelin der Familie ein Sparkonto in einer Höhe ein, die sich bei der Auswanderung sechs Jahre später als lebensrettend erweisen sollte.
Ein Jahr nach den Olympischen Spielen von 1936, als zwei ihrer Vettern und deren Vater verhaftet wurden und nach der Entlassung aus dem Konzentrationslager Dachau kaum eine Frage nach dem Grund und den Umständen ihrer Haft beantworten mochten, machte sich Vickys Mutter endgültig klar, dass die Nationalsozialisten nicht eine vorübergehende Heimsuchung waren. Auch machte sie es sich zur Aufgabe, fortan so wenig wie möglich dem Zufall zu überlassen. Die Auswanderung bereits in Sicht, absolvierte sie einen Kursus in Buchbinderei und einen in Pudelpflege. Zwar erwiesen sich beide in Kenia als bedauerliche Missverständnisse. Es gab keinen einzigen Verlag in einem Land, von dessen heimischer Bevölkerung lediglich ein kleiner Bruchteil lesen konnte, und Pudel waren äußerst selten in Nairobi und wurden noch seltener auf den Farmen gehalten. Umso mehr Gewinn brachte der Englischunterricht bei einer jüdischen Studienrätin, die

auf ihre Auswanderungspapiere nach Neuseeland wartete. Schon bei der Ankunft in Mombasa reichten die Sprachkenntnisse von Vickys patenter Mutter aus, um sich vorzustellen, dass auf einer englischen Schule der Name Auguste eine enorme Belastung für ihr Kind sein würde; sobald die Familie sich in Kericho eingerichtet und die ersten Brocken Suaheli gelernt hatte, wurde die kleine Auguste systematisch auf Vicky gedrillt. Die Prozedur, die ein widerspenstiges oder nachdenkliches Kind hätte verunsichern können, gelang erstaunlich rasch. Vicky neigte weder damals noch später dazu, Notwendigkeiten des Lebens in Frage zu stellen. Ihr Geist war ebenso beweglich wie ihre schmalen, geschickten Hände. Den Mitschülerinnen und Lehrerinnen erschien sie während ihrer ganzen Schulzeit klüger, als sie war – sie vertraute ihrem intuitiven Gefühl für Situationen, in denen sich Schweigen gebot. Vicky argumentierte mit Augen, die groß und meerblau waren, und diskutierte mit langen, seidigen Wimpern.

Als Achtjährige stopfte sie so gut Strümpfe wie Frau Hammerwitz, die vergessene Flickschneiderin von Potsdam; sie war bis zu ihrem letzten Schultag der Liebling aller Lehrerinnen für Handarbeit, denn sie konnte sticken wie ein mittelalterliches Burgfräulein, und noch ehe sie lesen lernte, hat sie schwierige Muster nachgestrickt. Schon die Bilder, die sie als Fünfjährige malte, ließen künstlerisches Talent erahnen. Auf der Farm sang sie den Kindern selbst komponierte Lieder vor, die begeisterten Beifall fanden. Vicky schätzte Publikum, war jedoch auch sich selbst genug. Am Rande einer Teepflanzung saß sie auf einer Decke unter einem Baum und entwarf Roben für ihre Puppen, bald auch für sich selbst. Die Eltern waren beglückt. Ihre

Tochter interessierte sich für alle Küchengeheimnisse, obgleich der Koch Kinanjui ein Frauenfeind war und prinzipiell keine von Vickys vielen Fragen beantwortete. Die Kleine putzte mit Eifer das gerettete Familiensilber und hütete als größten Schatz ein kleines Bügeleisen für ihre Puppen, das mit ihr von Potsdam aus auf die Reise in ein neues Leben gegangen war. Als sie schon bald nach der Ankunft – der großen Entfernung zwischen Farm und Schule wegen – im Internat landete und ihre Eltern nur alle drei Monate sehen durfte, machten Vicky Trennungsschmerz und Heimweh weit weniger zu schaffen als Gleichaltrigen in gleicher Lage. Sie fühlte sich auch unter Fremden geborgen. Die Eigenschaft, jede Aufmerksamkeit, auch wenn sie ihr gar nicht galt, als Kompliment zu empfinden, erleichterte ihr das Leben immens.
Mit Schmeicheleien wurde sie nicht nur zu Hause, sondern auch in der Schule reichlich bedacht. Sie war beliebt, selbstbewusst, ungewöhnlich liebenswürdig für ein Kind in ihrem Alter, spontan hilfsbereit und selten traurig. Auch äußerlich war die zarte Fee mit dem Puppenmund üppig von Fortuna beschenkt worden. Vicky hatte dichtes blondes Haar, das ihr zartes Gesicht umrahmte, in der Sonne weiß leuchtete und im Wind wie ein Schleier um ihren Kopf wehte. Wenn sie lachte, tanzten Grübchen um ihren Mund, beim Singen wirkte sie entrückt und engelhaft. Noch in der schlichten Schuluniform – blauer Trägerrock, weiße Bluse und blau-weiß gestreifte Strickkrawatte – war sie wie die feine Prinzessin im Märchen, die unter einem Berg von Matratzen eine einzige Erbse spürt. Von noch größerer Bedeutung für Vickys Akzeptanz in einer Welt, die schon Kinder zu ungeliebten Außenseitern abstempelte, war allerdings ein sehr skurriler Umstand: Sie hatte

nicht nur einen passenden Vornamen, auch der Familienname machte ihr nicht zu schaffen. Zwar hieß sie Sedlacek, aber kein britisches Kind und auch kein britischer Lehrer war je auf die Idee gekommen, das Wort auszuprobieren. Der Name, eine Zumutung für englische Augen und ebenso für englische Zungen, existierte einfach nicht in der Nakuru School. Fast täglich hatten Hermine Wohlgemut, Friederike Hirsch, Liesel Freund und Regina Redlich Gelegenheit, die blonde Weggenossin mit der niedlichen Stupsnase zu beneiden. Übrigens wurde auch die Nase von ihren jüdischen Mitschülerinnen als typisch englisch empfunden.

An ihrem zwölften Geburtstag verhielt sich Vicky indes einen kurzen Moment atypisch für eine Prinzessin, die gewohnt ist, durch einen Augenaufschlag die Probleme der Welt zu lösen. Sie seufzte, hatte sie doch ausgerechnet die schüchterne Regina von ihrem Thron gestoßen. Vicky war enttäuscht. Regina, die nach fünf Jahren in der Nakuru School immer noch so sichtbar unter Heimweh litt, hatte es gewagt, am schönen Bild von einer beneidenswerten Dame zu kratzen, die durch die Wahl des richtigen Ehemanns nie mehr in ihrem Leben ein Wort Deutsch würde reden müssen. Eine Zeit lang rieb Vicky, die Widerspruch und Ironie als körperlichen Schmerz empfand, ihr rechtes Auge. Sic hatte dort eine Träne vermutet und fühlte sich bloßgestellt. Schließlich siegte jedoch ihr Talent, als Schauspielerin an sich selbst zu glauben. Sie lächelte und ließ die Spitze ihrer Zunge sehen.

»Wenigstens«, sagte sie mit frisch mobilisierter Munterkeit, »ist heute der allerschönste Sonntag des Jahres.« Abermals leckte sie ihre Lippen; dann spuckte sie die zweite Pfefferbeere aus, an der sie gekaut hatte. Ihre Augen leuchte-

ten, als hätten sie soeben alle sieben Wunder der Welt gleichzeitig erblickt.
Vicky hatte Grund zum großen Jubel. Ihr zwölfter Geburtstag war tatsächlich ein außergewöhnlicher Tag geworden. Sie und keine ihrer Freundinnen würden ihn je vergessen. Zwar war die Hitze lähmend, und vom See mit den Flamingos kam kein Windhauch. Feuchte Luft quälte Kopf und Glieder. Wer nicht im Bild war, hätte denken können, es wäre ein Sonntag wie die übrigen einundfünfzig im Jahr. Und doch glich er keinem vor ihm. Vicky leckte ihre Lippen und stand auf. Sie verbeugte sich tief vor ihren Freundinnen, stellte sich auf die Zehenspitzen, machte ein paar zierliche Tanzschritte und kletterte auf einen Baumstamm im Gras. Dann begann sie zu singen.
»An meinem zwölften Geburtstag«, schmetterte sie so laut, wie ihre Lungen es erlaubten, »müssen die Juden nicht in die Kirche.«
»Noch einmal«, drängte Hermine, die Vicky am meisten bewunderte.
»Es reicht, Vicky«, sagte Liesel. Sie zog die Künstlerin, die sich nur mit einer Bewegung ihrer linken Hand zu wehren wagte, energisch zurück unter den Baum. »Oder willst du uns Miss Chart auf den Hals hetzen? Dann ist's aus mit deinem Geburtstag. Die ist glatt imstande, uns aus lauter Gemeinheit doch noch in die Kirche zu schicken.«
Jeder Sonntag an der Nakuru School war in den vierziger Jahren des vorigen Jahrhunderts eine Herausforderung, die erhebliche Zweifel an Gottes Weisheit und Einsichtsfähigkeit säte. Zwischen Frühstück und Mittagessen lagen fünf Stunden und acht schreckliche Kilometer. So lang war der beschwerliche Hin- und Rückweg zur Kirche. Der wöchentliche Gottesdienst war Pflicht für alle – unabhän-

gig von der Konfession. Die Knaben waren im Vorteil. Sie trugen die kurzärmeligen Hemden ihrer Schuluniformen und konnten auf dem steinigen Marsch zu Gott in ihren Hosentaschen kleine, mit Wasser abgefüllte Flaschen verstecken. Den Mädchen waren solche rettenden Taschen versagt. Laut Schulordnung hatten sie sich zu ihrem Schöpfer in weißen Taftkleidern mit langen Ärmeln und Volants am Rock zu begeben. Vorgeschrieben waren auch weiße Söckchen und weiße Schuhe. Die waren viel zu empfindlich für den steinigen Weg und mussten jeden Sonntagnachmittag mit einer weißen Creme bearbeitet werden, die die Kinder von ihrem Taschengeld zu zahlen hatten.
Die sorglosen Farmerstöchter, nicht gewohnt, Schuhe zu putzen, murrten nur über die Arbeit. Sie litten nicht am Sonntag, hatten sie doch die der Majorität genehme Konfession, begüterte Eltern und die Staatsangehörigkeit, die in Kriegszeiten als die einzig richtige galt. Ihre Kirchenkleidung wurde in einem auf Schulbedarf spezialisierten Geschäft in Nairobi bestellt, und so konnte die glückliche Elite in der Gewissheit beten, dass Gott und die Menschen ihnen wohlgesinnt waren.
Eine solche Stärkung des Selbstbewusstseins war nicht nur den jüdischen Kindern versagt, denen die Eltern eingeimpft hatten, nie aufzubegehren und ja nicht aufzufallen. Die kleinen aufmüpfigen Buren ließen jeden Sonntag mit geballter Faust wissen, dass der englische Gott nicht der ihre wäre und dass sie ihn und die Engländer verfluchten. Ihr Mut fand nie ein Echo, wurde jedoch auch nicht bestraft. Zwei Wochen vor Vickys Geburtstag war es allerdings ein jüdisches Mädchen aus der achten Klasse gewesen, die beim Direktor Protest gegen den erzwungenen

Kirchenbesuch gewagt hatte. Die Antwort war eindeutig und bindend für alle Zeiten. »Wo kämen wir denn hin«, hatte der Direktor gepoltert, »wenn hier jeder zu seinem eigenen verdammten Gott beten wollte? Ein verdammter Saustall wäre das. In meiner Schule kommt erst die Disziplin und dann der Glaube.« Regina nahm sich vor, sich den Satz, der bei den jüdischen Kindern schneller die Runde machte, als ein Buschfeuer sich durch den Wald frißt, bis zu den Ferien zu merken und mit ihrem Vater über den Direktor zu sprechen.

»Deinem Vater«, begriff Liesel mit ihrem analytischen Verstand, »wird das nicht helfen.«

Liesel Freund stammte aus Cham, wo ihre Eltern eine Bäckerei gehabt hatten, die in der ganzen Stadt beliebt gewesen war. Den Duft von Schmalznudeln, Brezeln und Hörnchen, den Geschmack von gefüllten Krapfen und frisch gebackenen Hefezöpfen vergaß sie nie. Alles, was sonst von Cham in ihrem guten Gedächtnis geblieben war, hätte sie gern vergessen. Sie bemühte sich jeden Tag darum. Die Familie Freund war 1939 mit dem letzten Schiff, das jüdischen Verfolgten noch die Möglichkeit zur Flucht bot, nach Kenia gekommen. Zwei Onkel mit ihren Frauen und eine jüngere Cousine waren schon da. Onkel Erwin, ein ehemaliger Viehhändler, dem Landwirtschaft nicht ganz so fern lag wie den übrigen Emigranten, hatte noch eine Summe Geld mit ins Land bringen können, die eine neue Existenz für die ganze große Familie in Aussicht stellte. Der Clan hatte Land in Londiani gekauft und schon ein Farmhaus gebaut – mit bayerischem Dekor. Die ersten Milchkühe grasten bereits auf den Hügeln, erwartet wurden die erste Weizenernte und ein Traktor.

In der Heimat, die nie mehr eine sein würde, hatte Liesel

vom Fenster ihres Kinderzimmers die Synagoge brennen sehen. Sie hatte erlebt, wie aus vertrauten, umgänglichen Nachbarn, mit deren Kindern sie noch am Nachmittag Räuber und Gendarm gespielt und Apfelkuchen gegessen hatte, Ungeheuer geworden waren. Männer, die sie seit frühester Kindheit kannte, hatten riesige Steine gegen die Schaufenster der elterlichen Bäckerei geschleudert und die Möbel der Großmutter auf die Straße geworfen. Die alte Frau, die Liesel nur als eine kannte, die keinem eine Antwort schuldig blieb, hatte keinen Schrei getan, als die Sammeltassen aus kobaltblauem Porzellan zersplitterten und die Federbetten platzten. Nie mehr hatte sie auch nur ein Wort gesprochen. Zehn Tage später war sie gestorben. Schon weil Liesel damals begriffen hatte, dass es Eltern gab, denen es versagt war, das Vertrauen ihrer Kinder mit Schutz zu entgelten, wusste sie sehr viel mehr vom Leben und von den Menschen als Regina.

Die beiden Mädchen hatten sich bei Kriegsausbruch kennen gelernt, als die jüdischen Männer interniert und die Frauen und Kinder von den Farmen in das »Norfolk Hotel« nach Nairobi gebracht wurden. Obgleich die beiden sehr verschieden im Naturell waren, hatten sie sofort Freundschaft geschlossen. Diese Freundschaft war noch inniger geworden, als sich Liesel und Regina in der Nakuru School wieder gefunden hatten. Obwohl beide Mädchen Vicky bewunderten und Leah Rubinstein sehr sympathisch fanden, die zu ihrem Erstaunen zwar jüdisch, aber kein Flüchtling aus Deutschland war, ließen sie keine Dritte in ihren Bund. Sie spürten, lange bevor sie das Wort und dessen Stellenwert kannten, die Stärke der Bindungen, die von einem gemeinsamen Schicksal geschaffen werden.

Liesel, sieben Monate älter als Regina, tatkräftig und trotz der Erlebnisse in Cham couragiert geblieben, war eine methodische Denkerin. Sie hatte wenig Phantasie und konnte gerade deshalb Situationen sehr viel besser einschätzen als die Freundin, die sich von ihren Wunschträumen treiben ließ und den Bildern glaubte, die sie selbst entwarf. Vom ersten Schultag an wetteiferten die Unzertrennlichen um den ersten Platz in ihrer Klasse, ohne dass ihre Freundschaft deshalb Schaden nahm. Sie empfanden sich nicht als Rivalen, eher als Verbündete in einer Umwelt, die ihnen nicht wohlgesinnt war. Eine jede hielt die andere für die Klügere. Noch als Zwölfjährige waren sie nicht reif genug, um über ihre unterschiedlichen Begabungen nachzudenken, geschweige denn, sie zu werten. Regina hatte nur Freude am Lesen, Schreiben und an Geschichte. Strafarbeiten bereiteten ihr ein besonderes Vergnügen – es mussten entweder mehrseitige Aufsätze geschrieben, Gedichte auswendig gelernt oder historische Daten gepaukt werden. Bei Liesel zeigte sich die künftige Mathematikerin und Naturwissenschaftlerin. Für sie zählten nur Logik und Beweisbares. Sie mochte weder Märchen noch Abenteuergeschichten und hatte Schwierigkeiten, Gedichte zu verstehen.

»Was glaubst du«, hatte sie die Freundin an dem Tag gefragt, als der Direktor den Keim der Rebellion ein für alle Mal in seiner Schule erstickt hatte, »wird denn dein Vater machen, wenn du ihm erzählst, was Mister Whidett gesagt hat? Glaubst du, er rückt mit einem langen Stock hier an und verprügelt Mister William Harry Whidett auf seinem verdammten Tennisplatz?«

»Nicht mit einem Stock«, entschied Regina. »Mein Vater kommt mit einem Gewehr. Und auf den Tennisplatz geht

er bestimmt nicht. Er stellt sich vor dem Swimmingpool auf und drückt ab. Da kann William Harry Whidett gleich reinfallen. Er wird in seinem Blut ertrinken.«
Im Fall des Schuldirektors mit den eisernen Prinzipien versperrten Reginas Phantastereien ihr indes nicht die klare Sicht. Sie begriff, was Liesel ihr sagen wollte. Mit der Übung derer, die zu resignieren und zu gehorchen gelernt haben, verdrängte sie ihren Zorn auf Mister Whidett. Bei Mungu jedoch, dem schwarzen Gott, der auf dem Mount Kenya wohnte, schwor sie laut Rache und beschloss, bis zum Tag der Vergeltung, bei jedem Vaterunser in der Kirche und bei der Abendandacht in der Schulaula ein jüdisches Gebet zu sagen.
»Ohne die Lippen zu bewegen«, schränkte sie ein, als sie Liesel staunen sah. »Aber leider kenne ich gar kein richtiges jüdisches Gebet«, gestand sie der Freundin. »Nur den Segen für das Brot und den Wein am Freitagabend. Den für den Wein kenne ich auch nicht richtig. Wir haben ja zu Hause keinen Wein.«
»Und wir brauchen keine Gebete«, erkannte Liesel. »Wir halten den Schabbes nicht. Rede doch einfach mit Gott«, empfahl sie, »und bete nicht.«
»Englisch oder Deutsch?«
»Ich glaub', das ist ihm egal.«
»Dann Suaheli«, entschied Regina. »Oder Jaluo. Wie Owuor. Wenn ich auf der Farm mit ihm Jaluo spreche, mischt sich noch nicht einmal mein Vater ein. Oder soll ich doch lieber Kikuyu reden? Die meisten Menschen hier sprechen ja Kikuyu.«
»Hör auf anzugeben. So viele Sprachen spricht kein Mensch.«
»Doch ich.«

»Dann redest du mit den Negern?«
»Natürlich«, sagte Regina verwundert. »Du nicht?«
Für den Kirchgang mussten die Mädchen eine adrett ausgerichtete Schlange bilden, die mit der erwünschten Konfession vorn, hinter ihnen die jüdischen Schülerinnen und als Schlusslicht die kleinen Burinnen, für die sonntags eine wahnwitzige Mutprobe zum Ehrenkodex gehörte. Mindestens zwei von ihnen mussten – unter den Augen der begleitenden Lehrer! – unterwegs verschwinden. Sie gliederten sich erst auf dem Rückweg wieder in den Zug ein, hatten glühende Wangen und strahlende Augen und erzählten unglaubliche Dinge von den Heldentaten, die sie in der Zwischenzeit begangen hatten – Jahre später ging Regina auf, dass die Abenteuer ihrer einstigen Mitschülerinnen den Chroniken des Burenkriegs entstammten. Sie bedauerte ein Leben lang, dass sie keine der originellen Kämpferinnen für Freiheit und Gerechtigkeit je wieder traf.
Die Knaben durften in kleinen Gruppen laufen und wurden sehr beneidet, weil sie sich unterwegs in einem Feld mit Maiskolben versorgten und äußerst zufrieden wirkten, wenn sie in der Kirche ankamen. Der vier Kilometer lange Weg führte über einen steilen Berg. Kurz vor dem Ziel stand eine Ansammlung von Hütten. Sobald die Schulmädchen in ihren weißen Kleidern und weißen Schuhen von einem etwa zehnjährigen Jungen gemeldet wurden, der jede Woche als Beobachter auf einem großen Stein hockte und aus einem Stück Pappe ein sehr gut funktionierendes Megaphon konstruiert hatte, quollen aus den armseligen Behausungen der Kikuyu Kinder jeglichen Alters heraus. Stumm und ernst bestaunten die Kleinsten, fast nackt und viele mit geblähtem Bauch, den kuriosen

Zug der erhitzten, durstigen, lahmenden Geschöpfe. Die Älteren erzählten sich Woche für Woche mit gleich bleibendem Genuss, dass in der Kirche immer eines der Mädchen geschlachtet und von dem »Mann, dem das große Haus mit dem Kreuz auf dem Dach gehörte«, gegessen wurde.
Die Straße mit der gerissenen Erde war steinig und ohne Baum oder Strauch, das Kirchengebäude aus grauem Zement und mit kleinen Fenstern zwar abweisend, innen jedoch angenehm kühl. Der Pfarrer war ein junger, blasser Mann mit Haaren, die zu seinem Teint passten. Er sah meistens bekümmert und stets so aus, als hätte er sich verirrt. So war es auch. Kurz vor Kriegsausbruch hatte ihn eine voreilige Order seiner vorgesetzten Behörde nach Kenia befohlen, und der war es nicht mehr gelungen, ihren gehorsamen Diener rechtzeitig in sein Mutterland zurückzuholen. Gottes verschlungene Absichten hatten aber seine Barmherzigkeit und Menschenliebe nicht beschädigt. Der bemerkenswerte Kirchensohn hat in seinen afrikanischen Jahren so manches Kind vor einem Kollaps und die Empfindlichsten vor einem Sonnenstich gerettet; Menschen mit einem guten Gedächtnis schlossen ihn noch Jahrzehnte nach seinem philanthropischen Wirken in ihre Dankgebete ein.
Jeden Sonntag ließ der gütige Pastor vor dem Altar einen großen Holzbottich mit abgekochtem Wasser aufstellen. Daneben lag ein großer silberner Schöpflöffel. Er selbst war der Mundschenk; unermüdlich und freundlich versorgte er jedes Kind, als wäre es sein eigenes. Ehe das erste Kirchenlied erklang, hatten die jungen Betenden gelabte Lippen, ein dankerfülltes Herz und mehr Wasserflecken auf ihrem Sonntagsstaat als Schweißperlen auf der

Stirn. Und manche hatten für ihr Leben begriffen, dass von allen Geschenken Gottes die Fähigkeit zur Nächstenliebe am kostbarsten ist.
Der barmherzige Samariter im Kirchengewand, dem sie diese frühe Erkenntnis verdankten, hatte selbst mit den Ungläubigen Erbarmen. Sie durften, zum großen Missfallen des Direktors, der jedoch nie Einspruch einlegte, in der letzten Stuhlreihe sitzen. Um das harmonische Bild nicht zu derangieren, mussten zwar auch sie zum Gebet niederknien, doch brauchten sie ihre Hände nicht zu falten, und der Entschluss, ob sie ihre Augen offen halten oder schließen wollten, während ihre christlichen Mitschülerinnen Zwiesprache mit Gott hielten, wurde allein ihnen überlassen. Auch wurde ihnen anempfohlen, die Hymnen nur mitzusingen, wenn der Gottessohn, an den die Juden ja nicht glaubten, wie der Pfarrer jeden Sonntag mit bedauerndem Seufzer anmerkte, nicht im Text erwähnt wurde. Nur Vicky war nicht einverstanden. Sie verurteilte den Kompromiss des Geistlichen als Mord an ihrer schönen Stimme. In den Ferien klagte sie immer wieder bei ihrer Mutter, wie ungerecht sie es empfand, dass sie erst den beschwerlichen Weg zur Kirche gehen und dann bei den Gesängen schweigen musste.
Wann immer sie an ihre Kindheit dachte, feierte Vicky den entgangenen Kirchgang an ihrem zwölften Geburtstag als ihren persönlichen Triumph. Das indes war eine jener Verwechslungen, zu denen die niedliche Egoistin ihr Leben lang neigte. Noch als ihr regelmäßig die entsprechenden Gegenbeweise präsentiert wurden, hatte sie gewaltige Schwierigkeiten mit der Vorstellung, jemand anders als sie könnte eine Hauptrolle spielen. Das unerwartete Präsent des freien Sonntags verdankte die kleine Gruppe der un-

freiwilligen Außenseiter allein dem in der Nakuru School latenten Hang zu Verallgemeinerungen – und Leah Rubinstein, die am Abend zuvor mit dem Verdacht auf Mumps in die Krankenstube eingeliefert worden war.

Leah, ein zartes, schweigsames, kluges Mädchen, nahm unter den sechs jüdischen Schülerinnen in Miss Charts Schlafsaal eine Sonderstellung ein. Als Einzige der Gruppe war sie nicht aus Deutschland eingewandert, sondern aus Polen. Schon im zweiten Schuljahr war ihren Kameradinnen bewusst, dass sich die Rubinsteins nicht mit anderen Einwanderern vergleichen ließen. Sie hatten augenscheinlich keine finanziellen Sorgen – Leahs Schuluniform war aus dem feinen Geschäft in Nairobi – und offenbar nicht die Schwierigkeiten der Emigranten aus Deutschland und Österreich, sich an das Leben in Kenia zu gewöhnen. Leahs verwitwete Mutter war mit der kleinen Tochter unmittelbar vor Kriegsausbruch in Mombasa eingetroffen. Ihre Lebensrettung verdankten die beiden Leahs Großvater. Der war noch vor dem Ersten Weltkrieg ins Land eingewandert und lange vor dem Zweiten ein wohlhabender Mann geworden. Er hatte, als er sein vierzehntes und jüngstes Enkelkind kennen lernte, eine Kaffeefarm in Thika und ein Sägewerk in Nanyuki. Beim ersten Anblick seiner schönen Enkelin verzieh er seiner Schwiegertochter spontan und für immer, dass sie seinen Sohn in Paris verführt und ihn zwei Wochen später überredet hatte, nie mehr zu den Kaffeefeldern und Flammenbäumen von Thika zurückzukehren. Joseph Rubinstein hat seinen Sohn Moische – er war ihm der liebste von fünfen – nie wieder gesehen. Drei Jahre nach der Hochzeit kam Moische bei einem Unfall ums Leben, über den seine Frau ihr Leben lang mit niemandem gesprochen hat.

In der Schule bezauberte Leah mit den schwarzen Locken und den blauen Augen alle im gleichen Tempo wie bei der Ankunft in Mombasa ihren Großvater, doch sie fand keine Freundin und litt so sehr an ihrer Einsamkeit, dass sie nach fünf Jahren im Internat so schwermütig wurde, wie es nur Kinder werden, die das Schicksal stumm gemacht hat. Am meisten fühlte sich Leah zu Regina hingezogen. In deren Scheu und Gehemmtheit erkannte sie die eigenen Wesenszüge. Weil sie jedoch spürte, wie ausschließlich die Freundschaft zwischen Regina und Liesel war, wagte sie nicht, ihre Hand weit genug auszustrecken. Die jüdischen Mitschülerinnen wussten wenig von Leah und fragten sie auch nicht aus. Dass ihre Weggenossin aus einer frommen Familie stammte, machte sie unsicher und misstrauisch, und diese Unkenntnis führte zu Missverständnissen und scheinbaren Gleichgültigkeiten, die Leahs Einsamkeit noch verstärkten. Sobald sie allerdings nur über Kopfschmerzen klagte, hustete oder schniefte, sahen Vicky, Liesel, Regina, Friederike und Hermine einander mit wissendem Nicken an und diagnostizierten, Leah würde das Essen in der Schule nicht vertragen. Es war ja nicht koscher; man sah ihr an, wie sie sich quälte, Nahrung hinunterzuwürgen, die sie entweder nicht kannte oder als Sünde erkannte.

»Kein Wunder, dass die arme Leah krank geworden ist«, erinnerte sich Friederike. »Gestern gab es doch diesen fürchterlichen Speck. Total verbrannt. Da ist selbst mir kotzübel geworden.«

»Von Speck bekommt keiner Mumps«, widersprach Liesel. »Noch nicht mal die Juden.« Seit kurzem war sie dabei, den englischen Hang zum Sarkasmus mit ihrer früh entwickelten Begabung zum Rationalismus zu kombinieren.

»Das kann man nie wissen.«
»Doch man kann«, ereiferte sich Liesel. Sie wischte ihre Stirn trocken. »Falls man kapiert hat, dass man erst denken and dann reden soll.«
»Mumps ist Mumps.« Vicky komponierte aus den Worten, die sie zunächst nur mit verstellter Stimme skandiert hatte, eine Melodie in Dur. Ein Glanzstar mit blau glitzernden Flügeln flog aus dem Strauch mit den roten Pfefferbeeren.
»Da siehst du, was du angerichtet hast«, sagte Liesel angeekelt und zeigte auf den Vogel. »Noch nicht mal der hält dich aus.«
»Mumps ist Mumps«, sang Vicky noch lauter.
Kinderkrankheiten, die sich binnen weniger Tage zu einer Epidemie ausweiteten und das gesamte Schulleben aus dem Lot brachten, wurden von den Lehrkräften der Nakuru School, die im ganzen Land berühmt für ihren hohen hygienischen Standard war, gefürchtet wie im Mittelalter der Schwarze Tod. Besonders vor den Ferien. Weil es auf den Farmen ja keine medizinische Versorgung gab, schrieb die Schulordnung vor, dass Kinder mit über neununddreißig Fieber zu Ferienbeginn nicht nach Hause entlassen werden durften. Entsprechend der Krankenzahl mussten einige Lehrer, statt ans Meer nach Malindi zu fahren oder im Hochland auf Jagd zu gehen, in Nakuru zurückbleiben. Miss Chart hatte jedoch sofort ihre vom Lehrkörper hoch geschätzten Präventivmaßnahmen ergriffen. Sie quartierte die jüdischen Schülerinnen in einen Raum um, der für unerwartete Notfälle zur Verfügung stand, entfernte sie aus dem Speisesaal und untersagte ihnen den Kirchenbesuch.
»Wer weiß«, hatte sie, ebenso verdrossen wie energisch,

gemutmaßt, »ob ihr euch nicht alle schon angesteckt habt. Ihr hängt ja doch die ganze Zeit zusammen wie junge Hunde. Gott allein weiß, warum. Jedenfalls gibt es absolut keinen Grund, eure verdammten Bazillen im Speisesaal zu verstreuen oder in unsere Kirche zu tragen.«

»Das«, erkannte Regina, »konnten selbst die verstehen, die nicht kapieren, dass Worte Messer sind.«

»Wieso Messer?«, monierte Liesel. Sie war noch immer erzürnt, weil Friederike ihr widersprochen hatte. »Worte sind Worte. Entweder sind sie dumm oder klug.«

»Worte sind Messer«, beharrte Regina, »und das hat nichts mit deiner blöden Logik zu tun. Um das zu merken, braucht man nicht nur Ohren.«

In der Geborgenheit der kleinen Stube, in der die strengen Schulregeln außer Kraft gesetzt waren, hatte Regina in der Nacht von ihrem Schöpfer Mumps erfleht – bis zum Ferienanfang in zwei Wochen und keinen Tag länger. Oder wenigstens einen geschwollenen Hals. Doch sie war lediglich mit einem kleinen Moskitostich am Bein und einem großen Seufzer erwacht. Als ihr jedoch einfiel, dass es Sonntag war und sie trotzdem nicht in die Kirche würden gehen müssen, schämte sie sich, dass sie Gott für ihre privaten Wünsche hatte missbrauchen wollen.

In den Ferien, am Freitagabend, wenn ihr Vater das Brot segnete und nach dem Essen von seiner Kindheit in Oberschlesien erzählte, erfuhr Regina mehr von Gott, als es sonst Kinder aus assimilierten Familien tun. Der Großvater väterlicherseits war Kantor und ein sehr frommer Mann gewesen. Dessen Urenkelin, die bis Afrika hatte reisen müssen, um ihr Leben zu retten, flehte zwar auch Mungu, den Gott der schwarzen Menschen, um Hilfe an, doch war sie allzeit besorgt, nicht den eigenen Gott zu erzürnen. Sie wusste, was der von Handelsangeboten hielt, die ihr Vater, der in der Heimat ja Rechtsanwalt gewesen war, als »sittenwidrig« und »juristisch anfechtbar« bezeichnete. Regina mochte Worte, die sie nicht verstand. Sie vermittelten ihr das Gefühl, klug und erwachsen zu sein. Im Laufe des Tages bedrückte sie das Problem, das sie durch ihr Abendgebet heraufbeschworen hatte. Sie vermochte sich nie länger als ein paar Minuten zu entscheiden, wen sie am meisten gekränkt hatte – Gott, der nichts vergaß, oder ihren Vater, der mehr unangenehme Fragen zu stellen pflegte, als ein Kind beantworten konnte, ehe er verzieh.

Die Grübeleien über den eigenen Vater und den Vater der Menschheit hatten Regina so stark vom Tagesgeschehen abgelenkt, dass ihr Vickys Verhalten zunächst nicht als besonders ungewöhnlich aufgefallen war. Es war nicht nur so, dass Vicky, deren Wortschatz im Allgemeinen als klein galt, die Zukunft mit dem begüterten britischen Gatten erstaunlich anschaulich entworfen hatte. Sie hatte, und das war außergewöhnlich, dabei einen Part übernommen, der sonst neidlos Regina zugestanden wurde. Die Mitschülerinnen verdankten manche anregende Stunde Reginas Gabe, zwischen zwei Atemzügen aus der Gegenwart zu entkommen. Auf ihren imaginären Fluchten aus dem Internatsleben, an das sie sich auch in fünf Jahren nicht hatte gewöhnen können, entwarf sie herrliche Bilder von einer Detailfülle, an der sich manche ihrer Kameradinnen noch Jahrzehnte später erinnern sollten. Wenn Regina ihre Geschichten herbeizauberte, vergaß sie, wie unglücklich sie in der Nakuru School und wie selig sie zu Hause auf der Farm in Ol' Joro Orok war. Sie brauchte nur die Augen zu schließen, um den Schnee vom Mount Kenya im Morgengrauen rosa leuchten zu sehen, und wenn sie nur wollte, hörte sie statt der Schulglocke das Gelächter der Menschen von Ol' Joro Orok gegen die Bäume im Wald fliegen und als Echo zurückkommen. Sie sah den Flachs blühen und roch die Nelken im Garten. Der gewaltige Kontrast zwischen ihrem Leben zu Hause und in der Schule, zwischen Freiheit und Zwang, das Wechselbad zwischen Liebe und Ablehnung, Lebenslust und Melancholie hatten Regina nachdenklich gemacht. Ihre Freundinnen spotteten oft über eine Reife, die ihnen noch nicht gegeben war. Manchmal machten sie sich auch über Formulierungen lustig, die aus der Suaheli-Sprache stammten und die sie im Gegensatz zu Regina weder liebten noch beherrschten. Trotzdem hörten sie fasziniert zu, wenn Regina fabulierte.

Immer wieder wurde sie von ihrem schmeichelnden Publikum bedrängt, sich in ein Leben aufzumachen, das eine Mischung aus Märchen, Realität und Wunschtraum war. Ihre Zuhörerinnen unter dem Eukalyptusbaum in der Nakuru School verhielten sich nicht anders als die Menschen auf der Farm. Dort scharten sich Männer, Frauen und Kinder um Regina, wenn sie ihnen in den Ferien die Geschichten erzählte, die sie in ihren Schulbüchern gelesen hatte. Zu Hause wärmte der Beifall des Publikums ihre Haut, und sie spürte, wie ihr Herz gegen die Rippen schlug. In der Schule empfand sie beim Schöpfen aus dem tiefen Brunnen ihrer Phantasie nicht die Scheu und Beklemmung, die an schlechten Tagen ihren Kopf zu tief in die Schultern drückten. Ihr Talent, mit Worten umzugehen, machte sie stark. Wenn Regina aus ihren Gedanken eine Kette aus bunt schillernden Einzelteilen fädelte und Teppiche webte, auf denen sie in den Sternenhimmel flog, war sie eine Gleiche unter Gleichen. Dann nahm sie be-

glückt Platz auf einem Thron, der sonst den Grüblern verwehrt ist. Regina hatte nicht vor, sich dieses Hochgefühl nur deshalb rauben zu lassen, weil es Vickys Geburtstag war. Sie schickte ihre Augen zu dem See mit den Flamingos, ließ sie Schönheit trinken und stellte sich ein Küken vor, das aus einem Ei kroch. Einen kurzen Moment rührte sie die Hilflosigkeit des Geschöpfs, das sein Leben allein ihrer Vorstellungskraft verdankte. Sie lächelte und freute sich an ihrer Zufriedenheit. Der Duft, der vom Eukalyptusbaum herunterwehte, becircte ihre Nase, und sie sah auch die Welt, nach der es sie verlangte.
»Jetzt«, schlug sie in einem Tonfall vor, als sei ihr der Einfall soeben erst gekommen, »erzählen wir alle.«
»Was? Märchen für Kinder? Oder für Lehrer?«
Liesels Stimme machte Regina verlegen, aber sie gab ihrer eigenen trotzdem Gewicht. »Quatsch«, sagte sie. »Wir erzählen, wie unser Leben in zehn Jahren sein wird. In zehn Jahren von heute.«
»Wozu?«, fragte Liesel und dehnte jedes Wort in die Länge, »soll das gut sein?«
»Wir können uns doch alle in zehn Jahren treffen.«
»Hier, unter dem Baum?«
»Sei nicht albern. Mit zweiundzwanzig sind wir ja nicht mehr in der Nakuru School.«
Reginas Wangen brannten. Sie merkten es alle. Selbst Friederike und Hermine, die meistens für einen Vorschlag und selten gegen einen waren, schauten sie fragend an. Es war offensichtlich, dass keiner einen Drang verspürte, mit Regina einen unbekannten Pfad einzulaufen. Liesel rieb einen Fleck aus ihrem Rock. Vicky verschluckte ein Gähnen, kämmte ihr Haar mit den Fingern, streckte sich und flocht weiter an einem Körbchen aus Gras.

»So etwas wird oft gemacht«, drängte Regina. »Das kommt in vielen Büchern vor.«
»In Mathematikbüchern nicht«, murrte Liesel.
Dieses Mal war Regina wach, schnell und entschlossen. »Aber«, konterte sie, »das hier ist ja Mathematik. Die Mathematik des Lebens«, fiel ihr ein. Sie fand ihre Wortschöpfung großartig und begann zu kichern, doch sie schüttelte den Kopf, als sie ihr Gelächter bemerkte, und befahl ihrer Stimme Ruhe. Es war nicht gut, sich wie ein Kind zu benehmen, wenn man nach den Tagen Ausschau hielt, die noch nicht da waren. »In zehn Jahren«, begann sie aufs Neue, »treffen wir uns. Wir sind dann alle zweiundzwanzig. Und vielleicht reich. Oder berühmt.«
»Reich und berühmt«, schlug Liesel vor. »Mein Vater sagt immer, nur reiche Leute dürfen träumen.«
»Vicky«, stöhnte Regina und tat so, als hätte sie sich verirrt und nur im letzten Moment einen Ausweg gefunden, »hat wieder Geburtstag. Sie ist bestimmt reich, und sie hat uns zu ihrem Geburtstag eingeladen. Zu einer ganz hohen Torte mit Zuckerguss. Rosa Zuckerguss. Oder hast du lieber grünen, Vicky?«
Vicky griff nach einer tänzelnden Haarsträhne und führte sie hinter ihr Ohr. »Blau. Hellblau mit schmalen gelben Streifen«, sang sie und sprang beglückt zurück in den Mittelpunkt des Geschehens. Ihr Leben lang würde es ihr gegeben sein, spontan das passende Stichwort aufzugreifen. Sie lächelte königlich, als sie die Bühne betrat. Vicky, die Schöne und Beliebte, die kein deutscher Vorname und keine Erinnerungen belasteten, nahm an der Seite ihres britischen Gatten Platz in dem Wintergarten eines eleganten englischen Landhauses. Im Garten blühten Tulpen und Narzissen. Die junge Mutter im weißen Rüschenkleid

tätschelte die Köpfe ihrer vier wohlgeratenen Kinder. Aus ihnen waren seit der ersten Erwähnung zwei entzückende Zwillingspärchen geworden, aus Vicky selbst eine berühmte Malerin. Wieder missfiel es Regina, dass Vicky, die in der Schule keinen Aufsatz ohne Tränen und nach Hause keinen Brief ohne Stöhnen zu schreiben vermochte, so exakt ihre Zukunft herbeiträumen konnte.

»Was ist aus den Hunden geworden?«, fragte Regina eifersüchtig. »Aus deinen getauften irischen Settern?«, bohrte sie.

»Ach, du!«, antwortete Vicky gutmütig.

Friederike, die bei ihren Eltern nur antworten und nie fragen durfte, wollte Pferde züchten und eine berühmte Reiterin werden, Hermine, die drei jüngere Geschwister und einen Sprachfehler hatte, Kindergärtnerin. Beide schauten sie Vicky bewundernd an und wünschten sich deren Schönheit. Liesel war immer noch verstimmt. Sie war es nicht gewohnt, dass Regina Vorschläge machte, die ihr nicht behagten, und noch weniger mochte sie einen Divisor zwischen sich und ihrer Freundin. Beim Sprechen fixierte sie ihre Schuhspitzen, sagte jedoch mit sehr deutlicher Stimme: »Ich will später studieren. Doch wie soll ich heute schon wissen, ob mein Vater bis dahin genug Geld verdient, um mich auf eine Universität zu schicken?«

Die Art, wie aus jedem Wort ein Geschoss wurde, fraß am Eifer, den Regina anfangs empfunden hatte. Sie schwankte zu lange, ob sie sich für ihre Zukunft, wie Vicky, einen Mann, Kinder und Hunde zulegen sollte oder ob sie von ihrem wirklichen Herzenswunsch sprechen sollte – eines Tages so reich zu sein, um die Farm in Ol' Joro Orok, auf der ihr Vater als Angestellter so wenig verdiente, dass er kaum ihr Schulgeld aufbringen konnte, zu kaufen? Sosehr

sie sich jedoch abmühte, ihre Gedanken nach Ol' Joro Orok zu schicken, es gelang ihr nicht. Sie sah nicht eine einzige blaue Flachsblüte, nicht die Rosen im Garten, keine Wicken an der Hauswand und nicht den Schnee auf dem Berg. Kein Affe rief aus dem Wald, die Trommeln wurden nicht geschlagen.
Noch nie hatte Regina erlebt, dass ihr Träume entglitten, dass ihr einziger Trost in der verhassten Nakuru School versagte. Obgleich sie sich zu weinen wehrte und Angst hatte, sich lächerlich zu machen, spürte sie erst den Druck von Tränen und dann das Begreifen, dass sie dabei war, ein Stück von sich selbst preiszugeben. Über einen Wunsch hatte Regina noch nie mit jemandem gesprochen, nicht mit ihrem Vater, nicht mit Owour, ihrem Vertrauten, und nicht mit Liesel, der einzigen Freundin. Bestürzt, dass sie in eine Falle gestolpert war, die sie selbst aufgestellt hatte, murmelte sie nur leise: »Ach.« Ein wenig lauter, aber so verschämt, dass es sie selbst genierte, sagte sie: »Ich glaub', ich werde ein Buch schreiben.«
Einen Moment voller Bangen und Verlegenheit fürchtete sie, das Gelächter derer zu hören, die auch in ihren Träumen die Hürden nicht zu hoch setzten und die Gräben nicht zu tief aushoben. Als sie jedoch hochschaute, sah sie in Liesels Augen weder den Spott, den sie erwartet, noch das Unverständnis, mit dem sie gerechnet hatte. Sie sah nur jene Bestätigung, die Freundschaften schmiedet, ohne dass die Betroffenen je wissen, warum.
Es drängte Regina, etwas zu sagen, damit der Moment, der ihr auf eine Art schön erschien, die sie nicht erklären konnte, bei ihr bleiben würde, doch Liesel war schneller mit der Zunge.
»Schaut nur, wer da kommt!«, rief sie und zeigte in die

Richtung des Tennisplatzes. »Unsere Leah. Ich wusste doch gleich, dass man sich nicht auf sie verlassen kann. Nicht mal Mumps kann sie kriegen. Auf geht's zur Abendandacht.«

2
Der Abschied
Nakuru School, 1945

»Mit Mumps habe ich mich ja ganz furchtbar blamiert«, bedauerte Leah am Abend von Vickys zwölften Geburtstag, »aber ich verspreche euch, das kommt nie wieder vor. Und wenn ich dafür dreimal am Tag im Schlamm baden und jede Pfütze austrinken muss, um krank zu werden.«
Es war nun mehr als ein Jahr her, seit sie die rechte Hand zum Schwur erhoben hatte. Zu der Zeit pflegte sie bis in die Morgenstunden unter der Bettdecke Indianergeschichten zu lesen – mit einer Taschenlampe, die der Großvater trotz der im Kriege herrschenden Schwierigkeiten, Gebrauchswaren nach Kenia zu importieren, eigens für seine Herzdame aus Kairo hatte kommen lassen. Leah, vom gesamten Schlafsaal um diese wunderbare Taschenlampe beneidet, strapazierte beim Lesen nicht nur ihre Augen, sondern auch ihre Phantasie, indem sie sich nachts und ihren Mitschülerinnen bei Tag suggerierte, sie sei das Produkt einer feurigen Begegnung zwischen einer Squaw und einem Goldgräber. Schon damals prägte der Humor der Klugen ihre Persönlichkeit. Wichtiger noch: Der zurückhaltenden, scheuen Leah Rubinstein gelang es allzeit, über sich selbst zu lachen. In heiteren Momenten wechselte die Farbe ihrer Augen von einem hellen Blau zu einem geheimnisvollen Katzengrün. Diese Katzenaugen lie-

ßen wissen, dass das nachdenkliche Mädchen mit der angenehmen Eigenschaft, sich nicht täglich aufs Neue in das eigene schöne Spiegelbild zu verlieben, auf eine Art mit seinen Reizen zu locken wusste, die Frauen noch im Alter verschönt.
Regina, die ja ebenso zur Grübelei neigte, hatte als Erste der Freundinnen erkannt, dass Leah klug und wissensdurstig war – schon als Neunjährige konnte Leah fließend Hebräisch lesen und, ohne lange überlegen zu müssen, die gelesenen Texte aus dem Gebetbuch übersetzen. Sie kannte die hebräischen Namen der Monate und erklärte Verlauf und Sinn der jüdischen Feiertage nicht wie ein Kind, sondern wie ein Schriftgelehrter. Dass Großvater Rubinstein seine erste Million auf der Bank hatte und unmittelbar nach Kriegsende zu seiner riesigen Kaffeefarm in Thika und dem Sägewerk in Nanyuki das erste einer Reihe von führenden Hotels kaufte, die ihm binnen fünf Jahren gehören sollte, wusste dieses kluge Kind allerdings nicht.
»Ich habe erst mitbekommen, dass wir zu Hause unanständig reich waren«, schrieb Leah an Regina, als die beiden – durch Kontinente getrennt – regelmäßig miteinander korrespondierten, »als ich zufällig und zum Entsetzen der ganzen Familie und durch einen Regiefehler der guten alten Rifka Goldstayn hörte, wie ein Mann, den ich zuvor noch nie gesehen hatte, mit meinem Großvater um meine Mitgift feilschte. Übrigens sah er aus wie Romeo und hat ein halbes Jahr später Miriam Davidson geheiratet, die jetzt in Haifa lebt und jedes Jahr um fünf Jahre altert.«
Leahs erste Vorstellungen vom Wohlergehen gottgefälliger Menschen wurden von den nostalgischen Erzählungen ihrer Mutter geprägt, die in Lodz als fünftes von den sieben Kindern eines Kantors aufgewachsen war. Bis zu

ihrem zehnten Lebensjahr glaubte Leah, dass immer währendes Lebensglück nur in Polen und da wiederum in Lodz zu erwarten wäre. In jenen unvergessenen Ferien jedoch, als es an einem Nachmittag, kurz vor Beginn des Sabbats, gleichzeitig weiße Kaffeeblüten und leuchtende rote Kaffeebohnen regnete und sich ein Regenbogen glühend über die Felder spannte, erzählte ihr jedoch eine Schwester ihres Großvaters von einem Pogrom in Lodz. So säte die geschichtsbewusste Tante den ersten Zweifel an Polen als geeignete Heimstatt für gläubige jüdische Frauen.

In der Schule war Leah zu sehr in sich gekehrt, um Vergleiche zwischen sich und den Kindern der deutschen Emigranten zu ziehen. Viele von deren Eltern kämpften auch noch sieben Jahre nach der Ankunft in Kenia um ihr Auskommen. Wenn es allerdings darum ging, sich nicht widerspruchslos das Taschengeld für die Geburtstags- oder gar Weihnachtsgeschenke für die Lehrerinnen abknöpfen zu lassen, war auf Leah der allergrößte Verlass. Beherzt übernahm sie den Kampf für Freundinnen, die in einer Umgebung, die Reichtum und Tüchtigkeit als Geschwister empfand, nicht öffentlich eingestehen mochten, dass ihre Eltern zu wenig verdienten, um ihre Kinder standesgemäß mit Taschengeld zu versorgen.

In Bezug auf Krankheiten hielt sich Leah an ihr gegebenes Wort. Zwar trank sie keine von der Tropenglut verseuchte Pfütze aus, und in Lehm sollte sie erst als Sechzigjährige baden, als sie für ihre Gelenke Linderung in Abano Terme suchte und einen jugendlichen Fünfziger aus Pretoria kennen lernte, der sie vier Wochen lang sowohl ihr schmerzendes rechtes Knie als auch ihre Lebensblessuren vergessen ließ. In dem einen Jahr jedoch, das ihr und ihren Freundinnen noch geblieben war, ehe sie von der verhassten Schule in Nakuru abgingen und auf die High School in Nairobi wechselten, war Leah als Erste an Masern erkrankt, lag dann zu Bett mit Windpocken, Röteln und einem Fieber, das Miss Chart verdrossen als Scharlach diagnostizierte, das jedoch eine besonders tückische Form von Malaria war. Obwohl Miss Chart einzig im Fall der vermuteten Mumps die sofortige Isolation der jüdischen Schülerinnen angeordnet hatte, bescherten Leahs weitere Erkrankungen ihnen auf dem konventionellen Weg der Ansteckung doch so viele kirchenfreie Sonntage, dass sie noch lange nach ihrer Schulzeit Leahs in Freundschaft gedachten.

Die meisten von ihnen feierten den Abschied von der Nakuru School als eine Befreiung, die sie durch Tapferkeit und Ausdauer verdient hatten; zuversichtlich glaubten sie, mit dem Wechsel von Schuluniform und Ort des Geschehens würden ihnen neue, bessere Zeiten leuchten. Leah und Regina waren die Ausnahmen. Sie hatten sich nicht das Fell der Gleichgültigen zulegen können, um das Leben in einem englischen Internat so unbeschadet zu überstehen, dass sie es wagten, der Zukunft zu vertrauen. Selbst am angstfreien letzten Tag konnten sie ihre Erinnerungen nicht an den schrecklichen ersten verdrängen. Zu klar war ihnen, dass sie ihr Leben lang nicht den Schmerz und das Entsetzen von Siebenjährigen vergessen würden, die von ihren Eltern in der Schule abgeliefert und erst drei Monate später wieder nach Hause geholt und erlöst wurden. Indes, als Regina einen letzten Blick zu den Flamingos vom Nakurusee schickte, begriff sie zum ersten Mal, wie sehr das Leben zu unerwarteten Pointen neigt. Der so lange ersehnte, jeden Abend im Gebet erflehte Abschied von der Nakuru School machte sie längst nicht so froh wie gedacht. Er spaltete gar ihre Seele.

»Mir ist ganz schlecht«, flüsterte Regina, als sie vom Bus aus, der die Schülerinnen zur Bahnstation von Nakuru fuhr, die weiß leuchtenden Gebäude der Schule, die Hockeyfelder und die Tennisplätze sah.

»Sag nur, du heulst, weil du soeben herausbekommen hast, dass du die ganzen Jahre heimlich in Mister Whidett verliebt warst und eben erst begriffen hast, dass du das alte Stinktier nie wieder sehen wirst«, sagte Liesel. Sie klopfte mit der Rechten an Reginas Stirn.

Liesel nahm ebenso leicht von der Nakuru School Abschied wie nach den Ferien von der Farm in Londiani und ihren Eltern. Und doch kam sie im Gespräch mit ihrer besten Freundin der Wahrheit so nahe, als hätte sie immer gewusst und nicht nur in den letzten drei Jahren gelegentlich geahnt, dass zwischen Regina und dem Schuldirektor ein äußerst skurriles Lehrer-Schülerin-Verhältnis bestanden hatte. Die Beziehung widersprach mit jedem Wort, das gesprochen wurde, den genormten Vorstellungen einer Schule, deren Prinzipien auf Disziplin und Tradition beruhten, und doch führte die ungewöhnliche Beziehung im Laufe von Reginas Schulzeit zu einer Bindung, die es danach beiden Beteiligten verwehrte, je wieder an die Beständigkeit von Vorurteilen zu glauben. Mister Whidett, das kinderfeindliche Monster, das schon einen schottischen Akzent als störendes Idiom empfand, den Juden die Kreuzigung Christi anlastete und den Burenkindern den Burenkrieg nicht verzieh, und die kleine Emigrantin aus dem feindlichen Deutschland, das ja nun in einem einzigen Jahrhundert bereits den zweiten Krieg gegen England führte, hatten sich zwar nie die Hand zum Freundschafts-

bund gereicht. Ein Schalksnarr jedoch, der sechs lange Jahre auf dem Gelände der Nakuru School seinen Mutwillen gekühlt und sich nie zu erkennen gegeben hatte, hatte ihre Herzen miteinander verschmolzen. Der absonderliche Schulmeister, der in Oxford von einer Universitätslaufbahn und zu Hause im Lake District von einem Häuschen mit Stockrosen hinter einem grün gestrichenen Zaun geträumt hatte, der in Kenia gelandet und dort verwelkt war wie die Narzissen, die er vergeblich versucht hatte an die Erde von Nakuru zu gewöhnen, war zeit seiner Männerjahre auf Pygmalions Spuren gewandert. Lange hatte er Ausschau nach einem Geschöpf gehalten, dem er, wie der bildhauernde König von Kypros, Leben einhauchen wollte. Schließlich hatte er Regina entdeckt, das verschüchterte, jüdische Kind von Eltern, die ebenso verschüchtert waren wie ihre Tochter und ein so grässliches Englisch radebrechten, dass er sie am liebsten vom Schulgelände gewiesen hätte. Von William Harry Whidett hatte Regina erfahren, dass am Anfang der Welt das Wort war und was das Wort jenen bedeutete, die Sprache als die einzige Heimat erkannten, die dem Menschen nicht genommen werden kann.
»So war es also«, murmelte Regina. Der erste Windhauch des Morgens war schon stark genug, um ihre Stimme zu schlucken, aber Liesel hörte sie doch.
»Dichtest du neuerdings?«, forschte die Souveräne.
Der Bus hatte endlich die geteerte Straße erreicht. Er beschleunigte sein Tempo. Die Bäume um die Nakuru School glitten in die grauen Schatten, aus denen später die Erinnerungen grünen. Liesel missdeutete einen Seufzer ihrer Freundin. Soeben war Regina endgültig aufgegangen, dass sie die Welt der Literatur, in der sie sich so geborgen

fühlte wie in keiner, einem Tutor verdankte, der den Rohrstock für ein angemessenes pädagogisches Hilfsmittel und Gefühle für die Bürde hielt, die Schwächlinge zu tragen haben. Whidett, der sadistische Zuchtmeister, der sechsjährige Kinder vier Stunden bei Tisch sitzen ließ und darauf bestand, dass sie noch den letzten Bissen ihres Essens herunterwürgten, hatte Regina aus Gründen, die sie erst Jahre später durchschauen sollte, unermüdlich mit Literatur genährt. Whidett, der nur wirklich lebte, wenn er aus der afrikanischen Realität forttauchte, hatte ihr Dickens, der eine lebenslange Liebe werden würde, ins Herz gepflanzt. Das Mädchen, dessen Nachnamen er nicht aussprechen konnte, hatte er auch mit den Gedichten von Wordsworth und Keats vertraut gemacht. Die Lyrik von Robert Browning hatte er sie lesen lassen, die Gedichte von Kipling und die herrlichen Liebeserklärungen an das Meer von John Masefield, und einmal hatten sie zusammen über ein Gedicht von einem Baum gelacht, das die gesamte Klasse als Strafarbeit hatte abschreiben müssen.

»Ein schlechteres wirst du in deinem Leben nicht mehr finden«, hatte er gesagt. Regina hörte, während sie im Bus saß, seine Stimme, wie er das sagte, und sie meinte, er hätte beim Sprechen ihren Kopf berührt. Versehentlich natürlich!

Whidett, der die ihm anvertrauten Kinder im Allgemeinen nur als eine Einheit sah, die gehorchen lernen musste, um später befehlen zu können, war es gewesen, der eine zehnjährige Schülerin aus dem Feindesland Deutschland dazu gebracht hatte, Tagebuch zu führen und festzuhalten, was sie fühlte. Was dieser undurchsichtige, von Regina gefürchtete, respektierte, bewunderte, heimlich geliebte Zauberer als eine Strafe für nachlässige Schrift getarnt hatte, sollte

bei ihr zu einer lebenslangen Angewohnheit werden. Um zu wissen, was sie bewegte, musste sie es niederschreiben. Sie drückte einen Moment ihre Hände gegen die Augen. Aus dem geschützten Winkel, der sie zu einer unbeteiligten Zeugin des Geschehens machte, beobachtete sie ihre Freundin. Liesel schaute aufmerksam zum Busfenster hinaus, und doch sah sie nichts außer den See, den sie zu kennen glaubte. Wie schön die Flamingos waren, wie leuchtend ihr Gefieder, wie beeindruckend ihre Haltung, hatte Liesel nie wahrgenommen. Für Reginas einzige Freundin flogen keine flügelschlagenden rosa Wolken in einen von einem weißen Licht angestrahlten Himmel. Die Kinder, die in den Hütten entlang der Straßen wohnten und kreischend dem Bus zuwinkten, hatten lediglich für Regina ein Gesicht. Liesel Freund, geboren in Cham, in einer Novembernacht des Jahres 1938 als Sechsjährige durch die Steinwürfe einer Mörderbande um die Fähigkeit gebracht, nach Schönheit Ausschau zu halten, mit vierzehn Jahren beheimatet auf einer Farm mit einem künstlich angelegten See und einem Haus, auf dessen Balkonbrüstung Geranien in Tontöpfen aus Deutschland blühten, war keine, die sich von einem Abschied traurig stimmen ließ. Wehmut hat ihre Kinderkehle nie zugedrückt, Sentiment war in ihrer Lebensplanung nicht vorgesehen. Wenn sie von der Liebe las, hörte sie nicht das eigene Herz schlagen.
An diesen verwirrenden Augenblick der Erkenntnis dachte Regina noch, als Liesels Name für sie nur noch ein Stein im Mosaik ihrer Erinnerungen war. In der letzten Stunde ihres letzten Tags in Nakuru erkannte sie, dass sie fortan und auf immer ihre Freundin beneiden würde – um deren Selbstbewusstsein und Kraft. Obgleich sich Regina gegen eine Empfindung wehrte, die ihr illoyal, treulos und herz-

los erschien und die sie sehr ängstigte, neidete sie Liesel nicht nur ihre Stärke und Zuversicht, sondern auch und noch mehr die Geborgenheit eines Lebens, in der keine Fragen gestellt, keine Antworten gesucht wurden. Sie neidete Liesel die tüchtigen, praktischen Eltern, die sich so rasch mit dem Leben in Kenia arrangiert hatten. Noch mehr neidete Regina der Freundin die Tanten und Onkel, die im Gegensatz zu den Geschwistern ihrer eigenen Eltern aus dem Deutschland der Konzentrationslager entkommen waren und die sich nun ausschließlich um ihre Ernten scherten, um die Milch ihrer Kühe und die Eier ihrer kostbaren, mit großer Zuneigung umsorgten weißen Hühner. In Londiani mit den dümpelnden Enten auf einer spiegelnden Wasserfläche und Truthähnen, die schimpfend aus dem Gebüsch stürzten und wie vorzeitliche Tiere aussahen, seufzte niemand den Zeiten nach, die gewesen waren. Und keiner sprach, wie Reginas Vater, von Deutschland, als bedeute das Wort Heimat und nicht den Tod. Schon weil Liesels Familie auf der Farm, wie die meisten Emigranten, keine Möglichkeit hatte, Englisch zu lernen, war es der allzeit nach Assimilation und Integration strebenden Tochter nicht vergönnt, ihre Muttersprache, der sie sich schämte, so zu vergessen, wie sie es gern getan hätte. Wenn sie in den Ferien mit den Eltern redete, sprach sie mit dem bayerischen Akzent, den sie noch als Siebzigjährige haben sollte, und so, als würde sie täglich mit den Nachbarskindern in Cham vor der väterlichen Bäckerei sitzen und ihre Salzbrezeln gegen deren Schmalzbrote eintauschen. Liesel hielt die Krapfen und Krautwickel und den Kochkäse ihrer Mutter für das achte Weltwunder. Zuweilen betrachtete sie heimlich das Fotoalbum mit einem Bild von Klein-Liesel in einem schwarz-grün-roten Berchtesgadener Strickjäckchen, und aus ihrem exzellenten musikalischen Gedächtnis wollten weder Text noch Melodie von »Der Mai ist gekommen« und »Es klappert die Mühle am rauschenden Bach« weichen. Und doch hatte sie ihre deutschen Wurzeln mit einem tiefen Schnitt gekappt. Dass sie, nur dem Alter nach noch ein Kind, so beherzt mit der Schere umzugehen wusste, war nicht nur charakteristisch für ihre Entschlossenheit, sondern noch mehr für eine Sucht, die ihre ganze Jugend bestimmte. Liesel Freund, die danach trachtete, sich so gründlich zu häuten, dass sie von der Umwelt weder als Jüdin noch als Deutsche erkannt wurde, war entschlossen, nie mehr eine Außenseiterin zu sein.

Sie war tatsächlich eine Meisterin der Assimilation und bereits auf dem Weg zu einem britischen Pass, als sie auf der Farm noch die Kleider trug, die ihre Tante Erna aus Trachtenstoffen nähte, die aus einem Geschäft in München stammten. Genau wie die britischen Kinder, die in einem sehr frühen Stadium ihres Lebens angehalten wurden, ihre Gefühle nicht in der Öffentlichkeit zu zeigen, bemühte sich Liesel allzeit um Distanz und Nonchalance. Wenn ihre Eltern sie nach den Ferien in der Schule abgeliefert hatten, waren schon Tage vorher ein ratloser Vater und eine gekränkte Mutter ermahnt worden, ihr einziges Kind ja nicht zum Abschied zu umarmen. »Und bloß nicht küssen!«, flehte die bemerkenswerte Tochter, die, obwohl sie in den drei Monaten Schulzeit durchaus Sehnsucht nach ihrem Zuhause mit den liebevollen Eltern und der warmherzigen Verwandtschaft hatte, Tränen als die Sprache der Schwächlinge verachten gelernt hatte. »Ich weiß«, verriet sie ihren Freundinnen schon als Neunjährige, »wie man in der Nacht weint, ohne dass es jemand hört.«

»Hört Gott dich auch nicht, wenn du traurig bist?«, fragte Regina verstört.
»Was du auch immer wissen willst!«
Glückliche Liesel! Trotz ihrer Herkunft und Konfession verfügte sie über alle Voraussetzungen, um in einer Schulgemeinschaft aufgenommen zu werden, in der Individualität und Originalität unangenehm auffielen. Nur die sportlichen Leistungen zählten. Liesel war eine passionierte Schwimmerin und eine geschickte Turnerin; sie schwärmte für die, die auf dem Cricketfeld den Sieg errangen, bewunderte Polospieler noch mehr als deren Pferde, achtete Jäger, und obwohl sie sonst gefeit vor Tagträumen war, sah sie sich eines Tages das olympische Feuer über Berg und Tal tragen – im englischen Nationaldress. Jedes Hockeymatch, das die Mannschaft der Nakuru School gewann, empfand Liesel als ihren persönlichen Sieg. Sie selbst hatte schon in der Elite der Heldinnen mitspielen dürfen, als sie noch in den unteren Klassen war. Körperliche Erschöpfung, der Geruch von Schweiß, wenn die Kriegerinnen den Waschraum stürmten, und die Blessuren im Kampf um den Mannschaftssieg blieben auch auf der High School in Nairobi die Bestätigung ihres Schülerdaseins. Liesels zupackende Hände jagten nicht nur den Hockeyball ins Tor und Tennisbälle über das Netz. Ebenso resolut gingen diese kräftigen Hände mit den Imponderabilien des Lebens um.
»Mich wirft niemand aus meinem Land«, verkündete Liesel in den Ferien, als sie auf der Farm in Londiani ihren dreizehnten Geburtstag gefeiert und eine schneeweiße Torte angeschnitten hatte, die hoch genug war, um eine Hochzeitstafel zu krönen. Sie gebot dem Messer einen Moment Einhalt und sah dabei den Vater so streng an, als hätte er

durch Feigheit seine Bäckerei und das Haus in Cham verwirkt. Er begriff die Botschaft und rieb sich die Augen. Regina fragte sich, als der Bus die letzte Steigung genommen hatte, das rote Ziegeldach von der Bahnstation in Nakuru in der Sonne aufleuchtete und ihr Herz den gewohnten Freudensprung tat, weshalb Liesel und sie je hatten zueinander finden und wie die Bindung zwischen zwei so gegensätzlich veranlagten Mädchen so fest hatte werden können; sie fand keine Erklärung und genierte sich ihrer Zweifel. Ihre Augen machten sich auf die Suche. Und fanden Leah, die hinter dem Fahrer saß und an einer ihrer schwarzen Locken kaute. Die von der Schulordnung vorgeschriebene Zopffrisur für lange Haare begann sich aufzulösen. Ihre blau-weiß gestreifte Krawatte hatte Leah um ihr Handgelenk gebunden, die ersten beiden Knöpfe ihrer Bluse geöffnet. Regina lächelte ihr zu, hob die Arme und rieb ihre Hände aneinander. Leah klatschte lautlos zurück und nickte Zustimmung. Es war die zurückhaltende Leah und nicht Liesel gewesen, der Regina aus einer Regung, die sie sich schon nicht mehr erklären konnte, unmittelbar vor dem Kofferpacken und im Hochgefühl des Ferienbeginns anvertraut hatte: »Alles, was mir diese verdammte Schule erträglich gemacht hat, verdanke ich Whidett.«
»Ich auch«, hatte Leah mit einem Grinsen zugestimmt, das für sie atypisch war und nicht zu ihren ausdrucksvollen Augen passte. »Als mir nämlich eines Tages aufging, dass ich diesen verdammten, sadistischen Menschenfresser überleben würde, habe ich begriffen, dass ich in meinem ganzen Leben vor keinem Menschen mehr Angst haben muss.«
»Ich hab das eben ernst gemeint, Leah.«
»Ich auch, Regina. Besonders ernst.«

Das Gespräch war noch keine zwei Stunden her. Miss Charts Donnerstimme hatte es unterbrochen, als sie geifernd befohlen hatte, die Koffer zum Bus zu bringen. »Und wenn das nicht in den nächsten dreißig Minuten geschieht, wird der Krempel noch heute Abend an die Niggerbälger in den Hütten verteilt.« Es war die letzte Drohung des schnaubenden Drachens vom Schlafsaal sechs gewesen. Miss Charts Feuer war nur noch ein Häuflein Asche. Kalt und grau und ungefährlich. Die in früher Kindheit geknechteten, nun endlich freigelassenen Sklavinnen Leah Rubinstein und Regina Redlich hatten im Chor gekichert. Schon schmeckten sie nicht mehr das bittere Brot der Tränen. Sie schleckten an der Götterspeise Ambrosia und wähnten die Zukunft eine glitzernde Kette von Jubeltagen. Seite an Seite hatten sie ihre Koffer zum Bus getragen; kurz vor dem Zaun um die Tennisplätze hatten sie ihre Last abgestellt. Sie schnauften erschöpft, doch immer noch trunken vom Bewusstsein, dass sie von nun an zu den Freien und Furchtlosen gehören würden. Erst in diesem Moment der Besinnung erfuhren sie voneinander, dass die Zukunft es noch besser mit ihnen meinte als die Gegenwart. Beide waren künftig nicht mehr dazu verurteilt, in einem Internat zu leben. In der Kenya Girls High School in Nairobi waren Regina Redlich und Leah Rubinstein als »Dayscholar« angemeldet worden. Zwar galten Tagesschüler als nicht ernst zu nehmende, von ihren Eltern verweichlichte Geschöpfe, denen im besten Fall Mitleid, nie jedoch Verständnis oder gar Achtung gebührte, doch die beiden, die es betraf, waren sich einig, dass sie vor den Pforten zum Paradies standen.

»Ehe Eva nach dem Apfel griff«, stellte die bibelfeste Leah klar.

»Ich glaube, du hast eben gelächelt«, sagte Regina.
Sie selbst hatte erst zwei Wochen zuvor von der anstehenden Befreiung erfahren. Unter dem Schutz der Bettdecke hatte sie Gott gedankt, dass er sie hinausführte aus der täglichen Not von Angst und Bedrückung, doch bei Tag hatte sie nicht gewagt, Liesel zu erzählen, was geschehen war. Und jeden Morgen hatte sie beim Aufwachen gefürchtet, der Brief ihrer Mutter mit dem geheimnisvollen Satz »Das zweite große Glück verraten wir dir erst hier« könnte sich als eine Fata Morgana entpuppen. Noch schlimmer: Nun, da sie ausgerechnet Nairobi, der von ihr ungeliebten Stadt, die große Wende in ihrem Leben verdankte, hatte die abergläubische Regina Angst vor der Rache des Schicksals. Seit ihr Vater beim Militär war, lebten ihre Eltern in Nairobi, der Vater in einem Militärcamp im Ngong, die Mutter im »Hove Court«, einem ehemaligen Hotel mit kleinen Wohnungen und Zimmern, in denen ausschließlich Emigranten logierten. Owuor war nach Nairobi mitgegangen. Er flocht, genau wie in Ol' Joro Orok, an jedem Freitag aus Hefeteig einen breiten Zopf, um den Sabbat willkommen zu heißen. Regina jedoch hatte nie den Abschied von der Farm verwunden. An jedem Ferientag, den sie im letzten Jahr in Nairobi verlebt hatte, hatte sie sich nach Ol' Joro Orok zurückgesehnt, nach dem Blau der Flachsfelder, dem dunklen Wald und dem Schnee auf dem Mount Kenya. Schloss sie nur einen Moment die Augen, tranken sie wieder von der Erhabenheit einer Landschaft, die sie ihr Leben lang mit Erinnerungen quälen sollte. Und verstopfte sie nicht rechtzeitig ihre Ohren, hörte sie die Menschen von Ol' Joro Orok lachen und auf den Feldern singen und nachts am Feuer vor den Hütten schwatzen. Was, wenn Regina nun im allerletzten Mo-

ment, unmittelbar vor den Pforten des Paradieses noch von einem Racheengel gezwungen wurde, Buße zu tun, weil sie, genau wie ihr Vater, immer nur nach hinten geschaut und nach der Vergangenheit verlangt hatte? Was, wenn sie wieder von den Eltern getrennt wurde?

»Du seufzt schon zum zweiten Mal«, rügte Liesel. »Sag nur, dir tut es Leid, diese verfluchte Schule zu verlassen. Oder bricht dir nur der Abschied von deinem geheimnisvollen Liebhaber das Herz? Gedichte gibt es überall.«

»Du lieber Himmel, ich hab' gar nicht mitbekommen, dass wir schon an der Station sind.«

»Manchmal beneide ich dich, Regina.«

»Worum? Weshalb? Wann? Wo?«

»Dass es dir in fünf Sekunden gelingt, vier Fragewörter zu finden. Und keine Antwort.«

Für Leah war die Befreiung vom Internat weder eine Überraschung noch ein Glück ohne Schatten. Anders als Regina würde sie nicht zu Hause wohnen können – die Farm in Thika, auf der ihre Mutter und der Großvater lebten, war so weit von Nairobi entfernt, dass Leah in das Internat der High School hätte gehen müssen. Um ihr jedoch endlich das Leben zu ermöglichen, das der Religiosität der Rubinsteins entsprach, sollte sie während der Schulzeit bei Rifka und Rachel Goldstayn wohnen. Die beiden Schwestern, von allen in der Jüdischen Gemeinde Nairobi bewundert und von vielen geschätzt, hatten den Rubinsteins versprochen, für Leah zu sorgen »wie für eine eigene Tochter«, sie bei Tag zu beschützen und nachts zu behüten und »das Mädel so zu verwöhnen, dass sie wie die schönste Rose im Garten des Allmächtigen erblüht. Schlange stehen«, hatte Rifka geschwärmt und außer ihrer Rechten auch die Augen

zum Himmel erhoben, »werden die jungen Männer. Unsere Leah wird singen. Den ganzen Tag wird sie singen. Wie ein Vögelchen.«
»Dann werde ich sie leider verklagen müssen, Frau Rifka. Wer nimmt schon eine Frau, die den ganzen Tag singt? Außerdem«, hatte der alte Rubinstein gesagt und dabei Frau Rifkas immer noch erhobene Rechte heruntergeholt, »ist meine Leah absolut unmusikalisch. Es jammert jeder Köter, wenn sie singen soll. Und einen Mann, den werde ich für sie suchen. Wenn die Zeit dafür gekommen ist.«
Er sorgte sich weder um die Heiratschancen seiner Enkeltochter, die in Anbetracht seines Vermögens und ihres Aussehens ohnehin optimal waren, noch um die Gestaltung ihrer Freizeit, sondern einzig um ihre jüdische Erziehung und den Frieden ihrer Seele. Seine geliebte Leah, die ihm die Vaterfreuden der Jugend zurückgebracht hatte und die er noch mehr liebte als einst ihren Vater selig, sollte endlich leben, »wie es sich gehörte« für ein Mädchen aus orthodoxer Familie. Die Speisegesetze sollte sein Augapfel nicht nur in den Schulferien achten, den Sabbat und die Feiertage sollte Leah das ganze Jahr über halten können. Sie durfte nicht mehr, wie es in der Nakuru School der Fall gewesen war, zu einem Leben vergewaltigt werden, das einem Kind aus strenggläubigem Haus Sünde und Ekel war. In all den Jahren, da Leah aus Nakuru dünn, blass und apathisch zu ihrer Familie zurückgekehrt war und nachts geschrien und dem Schrecken keinen Namen zu geben gewusst hatte, hatte sich der Großvater Vorwürfe gemacht. Er hätte, klagte er immer wieder seiner Schwiegertochter und Schwester, nicht gründlich genug bedacht, was so ein »Gefängnis einem Kind antut, das zu Hause gelernt hat, den Allmächtigen zu ehren, ehe es ein Gebet-

buch halten kann«. Nun gab der fällige Schulwechsel nach Nairobi auch ihm die Ruhe eines guten Gewissens zurück. Lange hatte er Ausschau nach Menschen gehalten, die orthodox waren und jung genug, mit einem sensiblen Mädchen umzugehen. Er hatte Leah für die Dauer des Schulsemesters in einer Familie mit gleichaltrigen Kindern unterbringen wollen, doch hatte er nur eine einzige ausfindig gemacht, die einen koscheren Haushalt führte. Die Leute hatten jedoch einen fünfzehnjährigen Sohn und der alte Rubinstein wiederum äußerst detaillierte Erinnerungen an die eigene Jugend, und er hatte auch die Phantasie, sein exzellentes Gedächtnis zum richtigen Zeitpunkt zu mobilisieren. So entschied er sich für Rifka und Rachel. Die Geschwister, hager und ohne ein graues Haar, energisch und auch den Menschen bekannt, die sie nie gesehen hatten, kargten, wie sonst im Leben auch, mit genauen Altersangaben. Ihre schnellen Bewegungen, ungewöhnlich in einem heißen Klima, fielen auf. Ebenso ihre markanten Züge. Die erinnerten den alten Rubinstein bei der ersten Begegnung unangenehm an die Geier auf den Dornakazien in Thika, vor denen sich seine Leah lange Zeit gefürchtet hatte. Auch sonst erschienen ihm Rifka und Rachel nicht der ideale Umgang für ein junges Mädchen, doch er bekämpfte, weil es keine Alternativmöglichkeiten gab, seine Bedenken. Wie er seiner Schwiegertochter am Abend der Entscheidung erklärte, waren die Goldstayns »als Kompromiss fast noch ein Glück«. Jedenfalls hatten sie auf jede seiner bohrenden Fragen eine ihn fast zufrieden stellende Antwort gegeben und ein paar Mal auch den Weg zu seinem Herzen gefunden.

Die beiden waren mit niemandem eng befreundet, allerdings auch mit keinem verfeindet genug, um mehr Neid zu erregen, als es die Tüchtigen gemeinhin tun. Eingeweihte nannten sie allerdings »die Rebbach-Schwestern«. Das jiddische Wort für Gewinn war Hinweis auf beider Fähigkeit, stets einen größeren Coup zu landen als andere in gleicher Lage. Rachel und Rifka, geboren und aufgewachsen in Warschau, waren Zwillinge. Als Neunzehnjährige wurden sie von ihrer Familie mit zwei Brüdern aus Krakau verheiratet, von denen sie nicht viel mehr wussten als deren Namen und dass der Ältere einen »kleinen Buckel« hätte und der Jüngere stotterte. »Nur wenn er sich aufregt«, pflegte seine Mutter klarzustellen. Dass die präsumtiven Ehemänner nach Afrika auszuwandern gedachten, weil sie erfahren hatten, die Engländer suchten Ingenieure beim Bau der Eisenbahn, stellte sich erst zwei Tage vor der Doppelhochzeit heraus. Für eine Reaktion der frappierten Bräute war es zu spät. Das Schicksal hatte noch Schlimmeres für sie in das Register des Lebens eingetragen. Ein halbes Jahr nach der Ankunft in Mombasa waren Rifka und Rachel Goldstayn durch eine Malaria, die absolut nicht als todbringend galt, die jüngsten Witwen, die die kleine jüdische Gemeinschaft von Nairobi je erlebt hatte. Das war im Jahr 1905.

Jede Frau, die von ihrer Tragödie wusste, brach bei ihrem Anblick umgehend in Tränen aus. Sie selbst weinten wenig. In einem Land mit akutem Frauenmangel hätten sie bald wieder heiraten können, aber Rifka sagte: »Ich hab genug«, und Rahel stimmte ihr mit den Worten zu: »Es kommt nichts Besseres nach.« Von den unglücklichen Eltern, die so viel für die Mitgift ausgegeben hatten, dass sie nun nicht mehr das Geld hatten, die Töchter aus der Fremde heimzuholen, ließen sie sich Kochbücher schicken. »Bitte, auch die mit den Speisen für die besseren

Leute«, erbat die resolute Rifka. Die Großmutter aus Lodz, die bis zur Geburt des ersten ihrer neun Kinder Küchenhilfe in einem Hotel gewesen war, konnte endlich die Früchte ihrer frühen Weitsicht ernten. Sie übertrug sämtliche Rezepte, die sie damals notiert hatte, und auch die aus ihrer sättigenden Ehe, in eine schwarze Kladde. Außerdem schickte sie die Küchenanleitungen ihrer besten Freundin, die in Böhmen für »ganz feine Leute« gekocht hatte.

Vierzig Jahre nach Erhalt der Kochbücher hatten es die mutigen, einfallsreichen Schwestern Goldstayn zu einem kleinen Vermögen gebracht. Zwar trugen sie werktags immer noch braune Kittelschürzen, die selbst für afrikanische Verhältnisse altmodisch waren und sehr ärmlich wirkten, und am Sabbat jahraus, jahrein dieselben dunkelblauen Kleider mit weißem Spitzenkragen, aber in der Barclays Bank wurden sie mit einer Tasse Kaffee bewirtet. Ihr Haus war aus Stein, Tischbesteck und Küchenmesser stammten aus Sheffield, und die Korallenketten, die sie zu Feiertagen trugen, waren von außerordentlicher Qualität. Für den Sohn ihres jüngsten Bruders, der laut Berichten seiner Mutter ein »Wunderkind« war, »von dem die Welt noch hören wird«, hatten sie bis zum Ausbruch des Zweiten Weltkriegs jedes Vierteljahr einen Scheck geschickt, der sowohl für sein Schulgeld als auch für die Grundversorgung von drei weiteren seiner Geschwister reichte. Seine afrikanischen Tanten sprachen mit keinem darüber, dass sie nie mehr von dem vielversprechenden Neffen hörten. Er gehörte zu den Ermordeten, für die Zahlen, nicht Namen bemüht werden. Selbst an den Tagen, da im Judentum der Toten gedacht werden, blieben ihre Augen trocken.

Der Garten mit Nelken und Hibiskus und einem von wei-

ßen Bänken umsäumten Jacarandabaum, der violett und weiß blühte, war der Schwestern Trost und Stolz. Wie in den ersten Jahren ihrer Witwenschaft, als sie in einer bescheidenen Unterkunft logierten, die sie von den kärglichen Ersparnissen ihrer Ehemänner erworben hatten, vermieteten die Goldstayns im Jahr 1945 immer noch Zimmer – die vier geräumigsten im Haus. Sie selbst schliefen zusammen in der kleinsten Stube und kamen mit einem einzigen Schrank aus. Noch einträglicher als die Vermietung – und schon nach zweijährigem Bestehen eine Legende – war der tägliche Mittagstisch. Für den legten Menschen, denen es nicht gelungen war, ihrer Zunge den Geschmack der Heimat abzugewöhnen, die weitesten Wege zurück. Die Nostalgiker aus Europa scheuten weder Zeit noch Kosten. An jüdischen Feiertagen kamen sie aus Limuru, Thika und Nyeri, sogar aus Eldoret und Kisumu nach Nairobi. Sie brauchten das gastliche Haus auch zum Beten nicht zu verlassen, denn die zehn Männer, die für einen jüdischen Gottesdienst vorgeschrieben sind, waren selbst an gewöhnlichen Freitagabenden zur Stelle. Pessach bei den Goldstayns war besonders beliebt. Im Krieg, als Kenia kaum noch importieren konnte und schon gar nicht den Bedarf für einen koscher geführten Haushalt, backten Rifka und Rachel sogar Matzoth.
Entgegen den Gepflogenheiten des Landes beschäftigten sie keinen Koch. Zur größten Erheiterung des übrigen Hauspersonals trugen sie anfangs selbst die Speisen auf. Rifka schälte Kartoffeln, und Rachel hobelte Kraut auf einem Gerät, das einst von Warschau nach Nairobi gereist war. Ihre Küche vereinte das Beste aus Warschau, Prag und Wien. Sie wurde von den Gästen so begeistert gelobt, dass diese von den Schwestern meistens schon nach der

Vorspeise – gehackte Hühnerleber mit Ei und Zwiebeln – in den Rang von Familienmitgliedern erhoben wurden. Weder Rifka noch Rachel zürnten Gott, dass er die Gebete ihrer Jugend nicht erhört und sie nicht mit vielen gut gewachsenen Söhnen und folgsamen Töchtern beschenkt hatte und dass kaum einer aus ihrer großen Familie den Todeslagern entkommen war. Vielmehr dankten sie dem Schöpfer jeden Morgen, dass sie zusammen aufwachen durften.

Leahs Großvater bewunderte an den tüchtigen, fleißigen Frauen das, was er bei Männern mit einem »klugen Kopf« umschrieb. Er zweifelte keinen Moment, dass seine Leah bei Rifka und Rachel glücklich werden würde. Das sagte er dann während der ganzen Zeit, da sie in Nairobi lebte, so oft und überzeugend, dass die sich nicht traute, ihn auch nur mit einem Hauch der Wahrheit zu beunruhigen. Die sah nämlich so aus, dass die ständig wechselnden Gäste im Haus die menschenscheue Leah schreckten. Zudem vermehrte sich unmittelbar nach ihrem Einzug rapide die Anzahl von jungen Männern, die sie mit begehrlichen Blicken sowie Ein- und Zweideutigkeiten bedachten, was selbst einem Mädchen nicht entgehen konnte, das sich seiner Anziehungskraft noch nicht bewusst war. Weder die jungen Männer, die in Anwesenheit der »charming Miss Rubinstein« so viel Virilität und Schlagfertigkeit wie möglich mobilisierten, noch die »Rebbach-Schwestern«, die sie drängten, beim Besuch von gut situierten Herren im heiratsfreudigen Alter »besonders freundlich zu sein und ein bisschen mehr Frau«, konnten jedoch Leahs Humor und ihren kritischen Sinn beschädigen. Nach den ersten vier Wochen im Hause Goldstayn schrieb sie an ihren Großvater: »Ich kann bereits die fetteste Suppe kochen, die je in diesem Land auf den Tisch kommen wird. Und eine Frau, die eine gute Hühnersuppe kocht, ist das Beste, was aus einem jüdischen Mädchen werden kann. Das bekomme ich hier jeden Tag zu hören.«

Noch lag indes ein dicht gewebter Schleier vor den Tagen von Nairobi. Der blaue Bus mit der Aufschrift »Nakuru School« hielt um zwölf Uhr mittags vor dem weiß getünchten Bahnhof an. Genau wie jedes Jahr zwischen einem Riesenkaktus, in den jemand »Fucking School!« eingeritzt hatte, und einem Rondell, in dem Feuerlilien mit schweren Köpfen wuchsen. In einem Tümpel badeten zwei Glanzstare mit blau schimmernden Flügeln. Für die Freundinnen der Schicksalsgemeinschaft, die sich einst im Schutz eines Eukalyptusbaums Treue für immer geschworen hatten, war die Zeit der Trennung angebrochen. Hermine und Friederike waren mit dem Auto nach Hause geholt und für das kommende Semester nicht auf der High School in Nairobi angemeldet worden. Ihre Eltern planten, sobald der Schiffsverkehr für Privatpersonen wieder aufgenommen wurde, sie – wegen der besseren Heiratsaussichten – zu Verwandten nach England zu schicken. Liesels Zug in Richtung Londiani war erst in zwei Stunden fällig, der nach Nairobi stand auf dem Gleis. Vicky lief beunruhigt um das kleine Bahnhofsgebäude. Sie sah sich sowohl nach den Eltern um, die sie am Bahnhof abholen wollten und noch nicht dort angekommen waren, als auch nach eventuellen Zeugen der unerwarteten Schmach, dass ausgerechnet sie warten musste. Nach den Ferien sollte auch sie auf die High School gehen. Ihr gutmütiger Vater war ungewohnt hartnäckig gewesen und hatte auf Weiterbildung bestanden. Vicky hoffte sehr, vier Wochen Ferien würden ausreichen, ihn umzustimmen. Sie träumte immer noch davon, Künstlerin zu werden und einen Engländer von Stand und Vermögen zu heiraten.

»Mit einem Englisch sprechenden Setter«, hatte Regina mit dem Gedächtnis der Gnadenlosen erst am Vortag angemerkt.

Während die Jungen noch eine letzte Übung in Disziplin leisten und schweigend neben ihrem Gepäck Aufstellung nehmen mussten, wurden die Mädchen mit dem Kommando »Auf die Plätze!«, das trotz des bellenden Tons eher wie ein Witz als ein Befehl klang, aus dem Griff der Pädagogen entlassen. Die Schülerinnen setzten an, den für sie reservierten Waggon zu stürmen. Ihre Befreiung war laut. Schrill schepperten die Stimmen. Sorgsam geputzte schwarze Schuhe wirbelten Wolken von rotem Staub auf. Obwohl zwei Lehrerinnen und ein besonders gefürchteter Lehrer anwesend waren, hatten einige Mädchen die Blazer der Schuluniform nicht mehr an. Dann wurde ein Hut in die Luft geworfen, sofort mehrere und schließlich so viele, dass ein Schwarm von Webervögeln aus einem Baum flog. Ein Hut mit dem hochverehrten blau-weiß gestreiften Band der Schule, das sich Reginas Eltern erst im letzten Jahr hatten leisten können, blieb an einem hohen Kaktus hängen. Zwei Soldaten, die so jung aussahen, dass sie sich nur durch ihre Uniform von den ältesten Schülern abhoben, johlten Beifall und leckten sich die Lippen.

Pamela Smith, das Idol der Schule, das bei jedem Hockeymatch des soeben abgelaufenen Semesters das Entscheidungstor für die Kämpfer der Nakuru School geschlagen hatte, schlenkerte beim Rennen zu temperamentvoll ihren großen Koffer hin und her. Mit dem letzten Schwung traf sie eine alte Kikuyufrau, die den Reisenden grüne Bananen verkaufen wollte. Die Greisin konnte sich nur mit

Mühe auf den Beinen halten, die Bananenstaude rutschte ihr jedoch erst vom Kopf und dann über die Schultern auf die Erde. Sie schrie gellend. Jammernd hob sie zwei dünne Arme in Richtung Himmel. Regina bückte sich, um die Bananen aufzuheben. Sie fühlte die Hitze der Verlegenheit in Gesicht und Körper kriechen, doch es wärmte sie auch der Gedanke, dass sie sich nun vor keinem mehr in der Nakuru School für die Moral ihres Vaters rechtfertigen musste, die so verschieden war von der der Väter, die das Land ihr Eigen nannten. Laut und beglückt redete Regina Kikuyu mit der alten Frau; sie nannte die schöne Pamela, von der sie vor langem gemerkt hatte, dass sie noch nicht einmal Suaheli verstand, geschweige denn die Sprache der Kikuyu, einen dummen weißen Affen. »So ein weißer Affe«, sagte sie und schickte mit Lust jedes Wort in Pamelas Richtung, »ist schlimmer als ein Dieb, der seiner Mutter das Essen aus dem Topf klaut.«
Die alte Frau wieherte vergnügt. Sie kratzte sich am Ohr, um zu zeigen, dass sie den Vergleich mit dem Affen verstanden hatte, deutete mit den Armen die Rundungen eines großen Topfes an und klatschte mit beiden Händen auf ihren Bauch. Schließlich stampfte sie so heftig mit dem rechten Bein auf, dass sie einen Moment aussah wie ein Massaikrieger, der seine Brüder zum Kampf aufruft. Beim Lachen zeigte sie ihren einzigen Zahn. Dann, unvermittelt und ohne zunächst ihre Körperhaltung zu verändern, atmete sie tief ein und schrie so kräftig, als hätte sie nie zu klagen aufgehört. Empört deutete sie auf die Bananen, die immer noch auf der Erde lagen. Als Leah sicher war, dass sie allenfalls von Regina ertappt werden würde, holte sie drei Shilling aus der Tasche ihres Rocks. Sie murmelte einige Worte in einer Sprache, die Regina erst später als

Hebräisch ausmachte, und drückte der alten Frau die drei Münzen in die Hand.
Die Greisin schien nicht zu begreifen, was geschehen war; sie wirkte, als wäre sie vom Blitz getroffen worden, doch mit einem Mal bückte sich die Fassungslose mit der Beweglichkeit eines jungen Mädchens und hob das Obst auf. Geschickt band sie die Bananenstaude auf ihren Rücken, wickelte flink den Gurt um den Kopf. Ohne die Reisenden, denen sie ihr Obst hatte verkaufen wollen, noch mit einem einzigen Blick zu bedenken, hetzte sie davon.
»Das war wirklich nett von dir«, flüsterte Regina. Sie ärgerte sich, dass das Kompliment so ärmlich und tölpelhaft ausgefallen war und so gar nichts von ihrer Bewunderung für Leahs Spontaneität ausgedrückt hatte. Mit einer kleinen, leichten Bewegung, die unbeabsichtigt wirken sollte, berührte sie Leahs Arm. Die wurde so rot, als wäre sie statt bei einer guten Tat auf einen Schlag beim Begehen von allen sieben Todsünden ertappt worden.
»Mein Großvater sagt immer, wir müssen den Bettlern dankbar sein«, stammelte sie.
»Warum?«, staunte Regina. »Ich hab immer gedacht, die Geschichte läuft anders herum.«
»Es sind die Bettler, die es uns möglich machen, eine gute Tat zu begehen. Sagt mein Großvater. Ohne Bettler hätten wir ein Herz aus Stein und würden dem Allmächtigen nicht gefallen. Sagt mein Großvater.«
»Dein Großvater klingt gut. Ich würde ihn gern kennen lernen.«
»Er dich auch, Regina. Ich habe ihm viel von dir erzählt.«
»Von mir? Was um Himmels willen? Von mir gibt es doch gar nichts zu erzählen.«
»Dass ich dich immer gern zur Freundin gehabt hätte,

mich aber nie getraut habe. Liesel ist verdammt stark, weißt du.« Leah war noch verlegener geworden. Trotzdem griff sie mit Energie nach ihrem Koffer. Mit langen Schritten, zu denen sie sonst nie neigte und die ihre kleinen Füße besonders zierlich erscheinen ließen, eilte sie zu dem für die Nakuru School reservierten Waggon.

»Ich komm' gleich nach«, rief Regina. »Halt mir den Platz neben dir frei.«

Liesel drückte ihren Körper an eine Mauer des Bahnhofsgebäudes. Sie genoss die Kühle der Steine und bemühte sich um eine Haltung, die Erwartungsfreude und Zufriedenheit ausdrücken sollte, doch ihre Arme waren steif, die Beine schwer. Zwar hatte sie von Reginas und Leahs Gespräch nur den letzten Satz einwandfrei gehört, doch die Art, in der die beiden miteinander gesprochen und dass sie dabei gelächelt und sich im gleichen Moment umgeschaut hatten wie Mädchen, die ein sehr intimes Geheimnis miteinander teilen, hatte Liesel von Anfang an verärgert. Als ihr Misstrauen endlich nachließ und sie erleichtert dachte, ihre Welt würde sich nun wieder im gewohnten Rhythmus drehen, kam der Augenblick der Erkenntnis. Zwar währte er nur einen Pupillenschlag, doch blendete dieser Schlag Liesel auf eine schmerzhafte, ja bohrende Weise. Beklommen registrierte sie, dass Regina und Leah ihr wie Fremde erschienen. Sie fand ihre Heiterkeit provozierend, ihre Stimmen gekünstelt, auch ihre Bewegungen unnatürlich. Bilder aus einer Welt, die sie sofort als die nicht reale erkannte, bedrängten Liesel. Ihr war es, als hätten sich ihre Schicksalsschwestern, an deren Treue, Freundschaft und Aufrichtigkeit sie sechs Jahre lang keinen Tag gezweifelt hatte, neue Kleider aus einem kostbaren Stoff schneidern lassen, während sie in der alten, ab-

gewetzten Schuluniform am Rand eines Grabens zurückbleiben musste.
»Gespenster«, murmelte Liesel. Sie wollte lachen, weil sie mit sich selbst gesprochen hatte, doch sie hörte nur ihren Atem. Ratlos strich sie über eine Stirn, in der es pochte, schaute auf ihre Schuhe und band die Schnürsenkel fest, obwohl die nicht anders gebunden waren als sonst. »Gespenster«, wiederholte sie. Beim zweiten Mal schüttelte sie den Kopf. Sie machte kurz die Augen zu. Nach einer Weile prüfte sie die Knöpfe ihrer Bluse und schloss den obersten, den sie, schon in Ferienstimmung, geöffnet hatte. Als ihr bewusst wurde, dass sie an ihrer Kleidung herumzerrte wie ein verlegenes, schüchternes kleines Mädchen, war Liesel ebenso verblüfft wie beschämt. Sie war es nicht gewohnt, sich mitten im Lärm des Tagesgeschehens mit Gefühlen auseinander zu setzen, von denen sie fand, sie gehörten in die Verschwiegenheit der Nacht. Gedanken ohne Logik erschienen ihr eine Verschwendung von Kraft, Geist und Zeit und ihrer nicht würdig. Nach einer Weile, die ihr sehr viel länger vorkam, als sie tatsächlich war, gelang es ihr, sich zu jener Wahrscheinlichkeit zu zwingen, die sie schätzte, weil das Wahrscheinliche und Glaubhafte sie noch nie in den Irrgarten der Gefühle getrieben hatten. Konsequent, wenn auch nicht ohne Mühe, suggerierte Liesel ihrem zweiten Ich, sie wäre nur deshalb so unruhig und verdrossen, weil sie so viel länger als ihre Mitschülerinnen auf ihre Abfahrt von Nakuru warten musste.
Sie sah Leah die Tür des Zugabteils öffnen und zweifelte keinen Moment, dass das Mädchen, das neben Leah stand und das sie nur von hinten sehen konnte, Regina war. Liesel hob ihre Hand. Die jedoch weigerte sich auf eine geradezu groteske Art, Regina so zuzuwinken, wie es die bei-

den zum Abschluss eines Semesters immer auf dem Bahnhof in Nakuru getan hatten. »Dein Zug fährt zur Sonne und meiner zum Mond«, hatte Regina einmal phantasiert. Jahre war das her; der schöne Satz ohne Bedeutung gehörte immer noch zum Ritual des Abschieds.

»Blödsinn«, murmelte Liesel. Sie überlegte, weshalb sie das gesagt hatte. Ihre Finger waren trotz der Hitze klamm. Obwohl sie den Gedanken lächerlich fand, dachte sie an die Klauen von Greifvögeln. Dies war der Moment, in dem sie die gelbe Flamme, die soeben dabei war, ihre Haut zu verbrühen, als das Feuer der Eifersucht erkannte. Angeekelt schüttelte die, die da verbrannte, den Kopf; sie spürte, wie die Hitze langsam in die Haarwurzeln kroch. Das Klagen ihres Atems machte sie so unsicher, dass sie die Augen schloss. Als sie ihnen wieder vertraute, sah sie, dass sie nicht mehr allein war. Vicky stand neben ihr, den Hut in der Hand, die Haare ein weizenheller Strahl, der sich im Wind bewegte. Zu Vickys Erstaunen lächelte Liesel, die sonst doch immer am unbarmherzigsten und äußerst konsequent war, wenn es darum ging, ihr Schönheit, Wohlwollen und Komplimente zu neiden, sie freundlich, ja geradezu begeistert an.

»Hast du was gesagt?«, wunderte sich Vicky, doch sie merkte an der Art, wie sich Liesels Gesichtsausdruck veränderte, dass die Antwort nicht ihr gelten würde.

»Wo in aller Welt kommst du denn her, Regina?«, rief Liesel in Richtung des abfahrbereiten Zugs.

Sie fragte sich, während sie von der Reise zurückkehrte, zu der sie nicht hatte aufbrechen wollen, weshalb Vicky sie wohl so erwartungsvoll anschaute und wie sie auf die unwahrscheinliche Idee gekommen war, sie hätte mit ihr gesprochen. Regina war gerannt, um rechtzeitig wieder zu ihrem Zug zurückzukehren. Sie atmete schnell und laut, und Liesel, die bei jedem Wettrennen die Erste war, fiel ein, dass es Regina meistens noch nicht einmal gelang, rechtzeitig zu starten. Der Gedanke rührte sie.

»Ich hab dich plötzlich nicht mehr gesehen«, erzählte Liesel, »und da hab ich gedacht, du bist auf den Flügeln deiner Phantasie nach Nairobi geflogen. Oder dass du im Zug sitzt und mir nicht auf Wiedersehen sagen kannst, weil du dir die Augen aus dem Kopf heulst.«

»Warum soll ich mir die Augen aus dem Kopf heulen, wenn ich nach Hause fahre?«

»Weil der wundervolle Mister Whidett aus deinem Leben geschieden ist.«

»Seit wann hast du Visionen?«, erkundigte sich Regina. In gut gespielter Besorgnis griff sie an Liesels Stirn. »Kein Fieber«, diagnostizierte sie mit Miss Charts Stimme, »nichts mit Krankenstube, du Drückeberger. Du faules, verkommenes Kind. Sag nur, du hast die Szene mit unserer tollen Pamela und der alten Kikuyufrau nicht mitbekommen?«

»Was war denn? Ich hab die schöne Pamela den ganzen Tag nicht gesehen. Ich dachte, die ist schon dort, wo man das Hirn am Eingangstor abgibt.«

»Und das Herz«, sekundierte Regina.

Liesel hob beide Arme. Sie holte nach rechts aus und machte eine Bewegung, als würde sie einen Hockeyball ins Tor schmettern. »Achtung, Kopf einziehen«, brüllte sie, »Lady Pamela, die Königin der White Highlands, schlägt zu.«

Sie lachten beide; sie lachten wie die Kinder, weil sie in dem Augenblick, den sie als so kostbar empfanden, nur Gegenwart sahen. Sie gurgelten Fröhlichkeit, als hätte Liesel tatsächlich einen Witz gemacht und Regina nie einen besseren gehört. Die eine bohrte den Fuß in die Erde, und die andere presste ihre Hände in die Rippen und genoss das Lachen mit der Lust derer, die begriffen haben, dass Gelächter ein Geschenk der Götter ist. Liesel sagte sogar, was sie sonst nur widerwillig tat, ein deutsches Wort. Ihre Mutter gebrauchte es gelegentlich. »Backfisch«, prustete sie und ertrank in ihrem Gelächter.

»Du magst doch keinen Fisch«, erwiderte Regina. Auch sie sprach deutsch. Es verwirrte sie, dass sie so schnell die passende Antwort in einer Sprache gefunden hatte, in der sie sonst nur mit ihren Eltern redete.

Sie dachte an ihre Mutter, überlegte einen Moment zu lange, ob sie zu ihrem Empfang, wie immer, Königsberger Klopse vorbereitet hatte, und bemerkte zu spät, dass der Zug bereits am Fahren war. Sie rannte zurück, sprang auf und sah statt Liesel, der sie noch einmal vom Abteil aus hatte zuwinken wollen, nur noch die Silhouette der alten Kikuyufrau mit den Bananen. »Kwaheri«, sagte Regina leise. Sie schämte sich ein wenig und wusste nicht, weshalb.

Die Lokomotive schnaufte an jeder Steigung. Der Zug war lang und schwankte in den Kurven. Die Fenster in den Abteilen für Europäer waren blank geputzt. In denen für Afrikaner fehlte das Glas. Ein Schaffner mit olivfarbener Haut und einem lindgrünen Turban, öffnete die Tür zum Abteil, sah die Schulmädchen und schob sie wieder zu. Die Bahn fuhr durch eine von der Sonne versengte Landschaft. Die Dornakazien hatten größere Kronen als anderswo. In ihrem spärlichen Schatten suchten Zebras Kühle. Auf Felsen dösten Klippschliefer. Viel später, als sich die Ferienfreude im Abteil auf Laute beschränkte, die starben, ehe sie Sinn wurden, und die Mädchen in den Hitze

speichernden Samtpolstern ihrer Müdigkeit nachgaben, nahm eine Herde von Pavianen Stellung vor dem Zug. Er hatte kurz vor Limuru auf freier Strecke angehalten. Der Anführer der Gruppe war ungewöhnlich groß. Er trommelte auf seinen Bauch und fletschte Zorn. Regina wurde auf einen Schlag wach. Sie dachte an die geliebte Farm in Ol' Joro Orok, die sie hatte verlassen müssen, als ihr Vater zum Militär gegangen war. Damit der Schmerz nicht ihre Ferienstimmung mordete, rief sie auf Jaluo, der Sprache Owuors, dem Affenmann zu, er möge den feinen englischen Damen seinen Hintern zukehren. Der Pavian drehte sich tatsächlich um. Seine feuerrote Haut leuchtete noch, als die Herde den Hügel hinuntertrabte.
Gestikulierend bat Regina Leah auf den Gang; sie erzählte, während sie mit dem Finger ein Affengesicht auf die Scheibe malte, was geschehen war. »Alle Affen sprechen Jaluo«, lachte sie. »Das hat mir Owuor beigebracht, als ich noch ein ganz kleines Mädchen war.«
»Ich brauche Hebräisch, wenn ich etwas sagen will, das keiner mitbekommen soll. Und die Sprache des Allmächtigen darf man nicht missbrauchen, um mit einem Affen zu reden. Das verstehst du doch.«
»Schade, ich hätte gern erlebt, was der Affe gesagt hat.«
»Eines Tages vielleicht«, sponn Leah Zukunft, »wenn die Juden in Palästina einen eigenen Staat und eine neue Sprache haben.«
Es war Regina peinlich, dass sie keine Ahnung hatte, wovon Leah sprach. Sie beschloss, noch am Abend ihren Vater nach Palästina zu fragen. Das tat sie allerdings erst eine Woche später, denn als sie am Bahnhof von Nairobi auf die ausgebreiteten Arme ihrer Eltern zulief, sah sie, dass ihre Mutter schwanger war. Die Gewalt einer Freude, die

ihren Körper lähmte, und Tränen, die ihre Augen fluteten, ließen sie im Moment des Begreifens erblinden. So war es Owuor, der vor ihren Eltern stand, den sie küsste und in dessen Ohr sie flüsterte: »In meinem ganzen Leben werde ich diesen Tag nicht vergessen.«
Die Duplizität der Ereignisse bedingte es, dass Liesel das Gleiche in Londiani sagte. Anstelle ihrer Eltern holte sie ihr Onkel Kurt von der Station ab. Er war so einschüchternd schweigsam, dass Liesel ihn nicht nach dem Grund zu fragen wagte. Als er jedoch den Wagen vor dem im bayerischen Stil erbauten Haus anhielt und die Truthähne aus dem Gebüsch stürzten, als sei der Tag wie die anderen, musste er reden. »Heute Nacht«, gab Liesels Onkel dem Druck seiner Tränen nach, »ist dein Vater gestorben.«

3
Eine Heimat für Regina?

Nairobi, März 1946 bis März 1947

»Ich werde in meinem ganzen Leben nicht mehr so glücklich sein wie heute«, trug Regina mit roter Tinte in ihr Tagebuch ein. Die Worte »glücklich« und »Leben« unterstrich sie mit einem dicken schwarzen Stift. Zum Schluss malte sie noch in einem leuchtenden Grasgrün das Wort »Hurra!« in die obere linke Ecke der Seite. Sie kolorierte das Ausrufezeichen quittegelb – nicht ohne daran zu denken, dass Mister Whidett den Ausruf bestimmt als Slang und das Ausrufezeichen als die gängige Entgleisung von sprachlichen Narren gerügt und in ihrem Fall mit einer Strafarbeit geahndet hätte. Regina lächelte mit der Wehmut der Erfahrenen, als sie an den strengen Zuchtmeister und seine Nakuru School dachte. Beide waren ja nur noch Erinnerungen, noch nicht vergoldet, doch auch nicht mehr so scharfkantig, dass sie schmerzten. »Dieses eine Mal, Sir«, sagte die aufmerksamste Schülerin, die der Dompteur für Sprache und Stil je unterrichtet hatte, als sie mit weit ausholender Hand der Wand zuwinkte. Ihr Schatten tanzte. Sie sprach laut genug, um ihrer Fröhlichkeit Ausdruck zu geben, und doch so leise, dass ihr Vater nicht wach wurde.

Der Kalender, der neben einem Stich vom Breslauer Rathaus hing, zeigte den 6. März 1946. Seit der fünften Stunde dieses nie mehr zu vergessenden Tages war Regina Redlich, die sich einen Bruder gewünscht hatte, seit sie das Wort aussprechen konnte, kein Einzelkind mehr. Sie musste die große Wende in ihrem Leben beim Schein der alten Paraffinlampe aus Ol' Joro Orok registrieren, denn seit drei Stunden hatte ein Gewitter mit der polternden Gewalt einer Herde von galoppierenden Gnus die ohnehin anfällige Stromversorgung von Nairobi lahm gelegt und die Bewohner in eine reiche und eine besitzlose Klasse gespalten. Die Armen hatten ihr Leben lang in Großstädten gelebt, die Besitzenden auf Farmen. Die meisten von denen hatten noch die zuverlässigen Laternen, die ihre Farmhäuser erleuchtet hatten, und oft auch Paraffin. Regina, damals schon so abergläubisch wie ihre Mutter und wie die ihr unbekannte Großmutter, wertete es als ein besonders gutes Omen, dass sie in einem so glücklichen Moment den eventuell aufgekommenen Neid der launischen Schicksalsgöttin mit einer mangelhaften Beleuchtung besänftigen konnte. Indes bezweifelte selbst sie nicht, die schon früh nicht wagte, Fortunas freigebiger Hand zu vertrauen, dass es das Leben nach einer langen Dornenstrecke nun endlich gut mit ihr und den Ihren meinte. Im Glücksrausch, der in Abständen wie ein Peitschenhieb ihren Körper traf und aus ihrem Herzen eine Trommel machte, konnte sie sich allerdings nicht entscheiden, welchem Gott sie zu danken hatte – dem, zu dem sie allabendlich betete, wenigstens einer oder eine aus der in Deutschland zurückgebliebenen Familie möge den Mördern entkommen sein? Oder galt ihr Dank Mungu, dem allwissenden Gott, der auf dem Mount Kenya wohnte und über die Menschen von Ol' Joro Orok wachte und der sie seit ihren Kindertagen nie enttäuscht hatte?

Obwohl Reginas Vater schon seit einer Stunde zu Hause war, hatte er noch seine Uniform an. Das Hemd, ein wenig zu eng und aus einem zu festen Stoff für das schwüle Klima von Nairobi, war feucht und klebte an seinem Körper. Im flackernden Licht der Paraffinlampe schimmerte seine Khakihose in einem fahlen Grün. Eine Fliege kroch erst über seine Stirn und dann auf den mittleren der drei weißen Streifen, die den Soldatenrang anzeigten. Sergeant Redlich lag mit herunterbaumelnden Beinen auf einem zerschlissenen Stoffsofa, von dem er behauptete, es wäre für einen Pygmäen gezimmert worden, und das in der Breite noch nicht einmal für seine untergewichtige Tochter ausreichte. Das schmale, gebräunte Gesicht des Zweiundvierzigjährigen, der trotz des Weges, der hinter ihm lag, sehr viel jünger aussah, als er war, wirkte blass und noch im Schlaf angestrengt. Das dunkle Haar war vom Schweiß verklebt. Gelegentlich stöhnte er, doch öffnete er dabei nie die Augen. Einmal rief er »Vater« und einmal den Namen seiner Schwester, was auf einen Schlag jede Freude in Regina verbrannte – erst zwei Wochen zuvor waren der Brief und somit die Gewissheit nach Nairobi gelangt, dass ihr Großvater in Russland von einem Mann in SS-Uniform und seine Tochter im Konzentrationslager Belzec ermordet worden waren.

Die ungewohnten Geräusche weckten jedes Mal den schnarchenden Rummler. Sobald ihm dies widerfuhr, ließ der weiße – und weise – Hundekoloss seinen Schwanz ein paar Mal auf dem Holzboden aufschlagen. Dann grunzte er und tauchte übergangslos wieder in die Regionen ein, in der das Gras noch so saftig und die Verlockungen für Nase und Ohren so erregend waren wie in seiner lange entschwundenen Hundejugend. Wie jeder in der Familie

Redlich hatte auch Rummler seine Vergangenheit. Er war, ehe er dem behaglichen Phlegma des Alters nachgegeben hatte, ein begabter und beherzter Jäger gewesen.
Nur wer genau hinschaute und im Detail über die Vorgänge des Tages Bescheid wusste, hätte entdecken können, dass Walter Redlich noch im Schlaf der Erschöpften lächelte. Dem einstigen Rechtsanwalt und Notar im oberschlesischen Leobschütz, der in der afrikanischen Emigration alle Stadien der Verzweiflung und des Selbstzweifels erlitten hatte, war nach Jahren einer qualvollen Dunkelheit in das Leben zurückgekehrt. Auch ihm hatte dieser Märztag die Bestätigung gebracht, dass es eine Sünde ist, die Gott nur wenigen verzeiht, die Hoffnung aufzugeben. Vier Jahre zuvor hatte seine damals zehnjährige Tochter schluchzend gefragt, weshalb ihre Mutter ein totes Kind zur Welt gebracht hatte, und Walter hatte, weil er selbst vor Regina seine Tränen nicht hatte zurückhalten können, geantwortet: »Weil der liebe Gott nicht wollte, Regina. Er hat uns vergessen.«
Der Schmerz von damals hatte ihn nie mehr verlassen. Noch vier Jahre danach, auch im überwältigenden Moment der Erfüllung, hatte er sich erinnert, wie Jettel und er auf der Farm, in den kalten Nächten von Ol' Joro Orok, zusammen um das tote Kind geweint und dass keiner für den anderen ein Wort des Trostes gefunden hatte. Hatte er auf dem Flur des Eskotene Nursing Home in Nairobi gejubelt, als Dr. Gregory ihm auf die Schulter geklopft und ihm zu einem gesunden Sohn gratuliert hatte? An einer Säule hatte er Halt gesucht und den Kopf gesenkt. Stunden später, als er diesen schwarzhaarigen, am ersten Tag seines Lebens noch blauäugigen Sohn in seinen Armen hielt, hatte sich Walter Redlich der alten Geschichten und

der durch keinen Weltenschlag auszulöschenden Geschichte erinnert und Gott um Vergebung gebeten, dass er nicht gelernt hatte, wie Abraham zu gehorchen und wie Hiob zu ertragen.

Die Mutter dieses nachgeborenen Sohns, der Max Ronald Paul heißen würde, war nach langem, erleichternden Schlaf durch das Gewitter wach geworden, das in der Chronik von Kenias Hauptstadt auf Jahre hinaus seinen Platz behaupten sollte und das besonders heftig über dem Krankenhaus gewütet und im parkgroßen Garten drei mächtige Zedern entwurzelt hatte. Die Wöchnerin hielt das Kind, dessen Leben erst nach Stunden zählte, in ihren Armen, doch sie dachte an ihre Mutter und wie die sich über ihren Enkelsohn gefreut hätte. Die Mutter, die selbst nur zwei Töchter geboren und vielleicht deshalb das in der Familie immer wieder zitierte Wort geprägt hatte: »Alle Kinder sind Glück, nur sind Söhne noch mehr Glück«, war seit vier Jahren tot, umgekommen in einem Lager, das sie in ihrer letzten Lebensbotschaft mit den Worten »Wir müssen nach Polen fahren« hatte umschreiben müssen.

»Das heißt Auschwitz«, hatte Walter schon 1942 gewusst. Obgleich es Jettel Redlich zu keinem Zeitpunkt ihres Lebens je gelungen war, sich zur Tapferkeit zu zwingen, widerstrebte es ihr, dem Druck der Tränen nachzugeben – nicht an einem Tag, da sie einen Sohn geboren hatte. Ihre Herz stolperte, als ihre Gedanken darauf beharrten, in Breslau zu bleiben. »Nein«, flehte sie, »nicht heute. Sie hätte es nicht gewollt. Sie war nie egoistisch.« Tatsächlich kehrte Jettel in die Gegenwart zurück. Ohne die üblichen Wunden. Der beherzte Sprung nach Nairobi erwärmte ihren Körper auf eine Art, nach der sie sich in der beschwerlichen Schwangerschaft oft und meistens vergeblich gesehnt hatte. Jettels Lächeln machte sie jung und schön und, obgleich nirgends ein Spiegel war, eitel. Sie ließ ihrem Kopf die Freiheit der Entspannenden, grübelte, doch ohne dass ihr das beschwerlich wurde, weshalb sie trotz der Anstrengungen einer Geburt, die sich lange hingezogen hatte, nicht erschöpft war. Noch mehr verwunderte es sie, dass sie vier Jahre lang auf diesen Sohn gehofft hatte und dass sie ihn nun an ihrem Ohr atmen hörte und trotzdem an ihre Tochter dachte. Sie schloss die Augen, doch sosehr sie sich auch bemühte, die Bilder in die Richtung zu zwingen, die sie für die Norm hielt, tauchte immer wieder ein bestimmter Augenblick des Tages auf.

»Regina«, sagte Jettel laut, ein wenig mit dem Unwillen derer, die Ruhe begehren und die sich schon von einem Windstoß stören lassen. Ihr Sohn, der bis dahin geschlafen hatte, öffnete die Augen.

Als Regina mit ihrem Vater ins Krankenhaus gekommen war und sie vor dem Bett gestanden hatte, ein wenig unsicher und stumm von einem Glück, das sie nicht fassen konnte, war es geschehen. Jettel und Regina hatten einander angeschaut, doch es waren nicht die Augen von Mutter und Tochter, die sich da begegnet waren, sondern die von zwei Frauen, die gemeinsam eine ganz bestimmte Wegstrecke hinter sich gebracht hatten. Jettel, nicht gewohnt, Situationen zu analysieren und Bedeutsamkeiten herauszukristallisieren, spürte spontan, was geschehen war. Regina, von der sie immer gedacht hatte, sie wäre eine Vatertochter, und sie selbst waren auf eine unbestimmbare Weise aneinander geschmiedet.

»Hier«, hatte Jettel gesagt, leicht im Ton und auch zu Scherzen bereit, doch nicht im Bewusstsein, dass jeder

Scherz ein Teil der Wirklichkeit ist. Sie hatte beim Sprechen ihren zufrieden suckelnden Sohn aus der Armbeuge genommen und ihn über die Bettdecke gehoben. »Du musst gut auf ihn Acht geben. Und vergiss nicht, dass du immer ein Baby haben wolltest.«
Regina hatte ihrer Mutter versichern wollen, dass sie vielleicht ihren eigenen Namen vergessen könnte, aber keine Stunde ihres Lebens würde sie je vergessen, wie sehr sie sich Geschwister gewünscht hätte. Ihre Zunge war bereits feucht gewesen, und sie hatte die Lippen geöffnet, doch zu der Antwort, die ihr so treffend und auch ein wenig geistreich erschien, war sie nicht mehr gekommen. Mit dem Argwohn des Juristen, der eine Spur wittert, die umgehend zu verfolgen ist, sobald sich zwei Menschen gut verstehen und er als der Dritte im Trio an der geschlossenen Tür lauschen muss, hatte Reginas Vater einen langen, energischen Schritt in Richtung Bett getan. Vorsichtig hatte er den ersehnten Sohn aus den Händen seiner Frau genommen und dann das duftende Bündel mit der hellblauen Mütze seiner Tochter in die Arme gedrückt. »Hier, nimm, Regina«, hatte er gesagt, »diesen herrlichen Knaben hab ich nur für dich gemacht. Wenn er groß ist, wird er für dich sorgen, falls du keinen Mann findest. Du bist ja viel zu dämlich, um für dich selbst zu sorgen, wenn ich nicht mehr da bin.«
Noch vier Tage später war ihr jedes Wort von der erstaunlichen väterlichen Kritik an ihrer Person präsent. Sie trug die beiden Sätze auf der letzten Seite ihres Tagebuchs ein – diesmal ohne Unterstreichung und belebender Kolorierung. Allerdings mit einer Kommentierung, die ein unstreitiger Beweis war, dass die vierzehnjährige Regina mehr von den Grundsätzen der Psychologie ahnte, als ihr Vater je

erfahren würde. »Kain und Abel«, schrieb sie, »hatten viel weniger Grund, einander nicht zu mögen.« In einem Zusatz erteilte sie ihrem Vater dennoch Absolution für die mangelnde Wertschätzung ihrer Person. »Mit ›dämlich‹«, notierte die Kennerin verständnisvoll, »meint er ›zurückhaltend‹.«

Noch nicht einmal ein Schatten von Eifersucht hat je das Verhältnis zwischen den beiden Geschwistern getrübt. Es war der große Altersunterschied, den die Nachbarn der Redlichs mit verständnislosem Kopfschütteln quittierten, der Bruder und Schwester von den Niederungen des Neids verschonte. Regina liebte Max wie eine Mutter ihr Kind. In seinem ersten Lebensjahr erzählte sie ihm täglich – in Jaluo, der Sprache Owuors, die ihre Eltern nie erlernt hatten, wie sehr sie sich ihn gewünscht hatte und wie wichtig es ihr war, nicht mehr allein die Bürde der elterlichen Träume auf die Zukunft tragen zu müssen. »Du wirst ja früh genug merken«, entschuldigte sie sich bei dem Baby auf ihrem Schoß, »was es heißt, das Kind von Refugees zu sein. Die können nie aus dem Fenster gucken, ohne an die Vergangenheit zu denken.«

Nie wurde es der Vierzehnjährigen eine Last, für diesen Bruder ihres Glücks zu sorgen. Wenn er nachts schrie, war sie es, die ihn versorgte. Obgleich er eine Aja hatte – eine von Owuors drei Frauen, die er zwei Tage nach der Geburt aus seinem Heimatdorf bei Kisumu herbeigeordert hatte –, war es Regina, die in den schwülen Mittagsstunden den Kinderwagen durch den Garten des »Hove Court« schob. Jedes Kompliment für das Kind empfand sie als persönlichen Erfolg.

Ausgerechnet ihre Freundin Liesel war in dieser Beziehung jedoch die große Enttäuschung. Selbst als Max schon zehn Monate alt war, hatte sie ihn noch nicht gesehen. Die Schülerinnen, die in der High School wohnten, durften jeden vierten Sonntagnachmittag bei befreundeten Familien verbringen. Es war selbstverständlich, dass Liesel zu den Redlichs eingeladen wurde – schon um sich für die Gastfreundschaft zu revanchieren, mit der Regina während der Schulzeit in Nakuru auf der Farm in Londiani bedacht worden war. Liesel hatte jedoch immer wieder und oft recht schroff Reginas Einladung abgelehnt. Noch mehr als der Umstand, dass sie es tat, war es der Ton, der Regina kränkte und unsicher machte.

»Seit ihr Vater gestorben ist«, klagte sie den Eltern, »ist Liesel anders als früher.«

»Ich bin auch anders als früher, seit ich weiß, dass mein Vater tot ist.«

»Aber du bist nicht neidisch, dass andere Leute einen Vater haben und du nicht. Manchmal denke ich, Liesel nimmt es mir übel, dass du lebst und ihr Vater tot ist.«

»Nicht neidisch zu sein, muss man erst lernen, Regina. Manche lernen das nie.«

»Ich mag neidische Leute nicht.«

»Und ich habe was gegen Leute, die anderen Menschen Dinge unterstellen, die nicht nachprüfbar sind. Wir Juristen nennen das eine Vorverurteilung.«

Regina hatte keine Ahnung, was ihr Vater ihr sagen wollte; sie hätte ihn auch dann nicht verstanden, wenn er mit ihr Englisch diskutiert hätte. Kurz darauf gab sie es auf, ihre Freundin für die freien Sonntage einzuladen. Obwohl ihr eine solche Taktik unangenehm war, gelang es ihr, das Thema nicht mehr zu erwähnen. Unerwarteterweise war es dann Liesel, die es neu belebte – zu Reginas Verblüffung ausgerechnet nach einer Mathematikstunde, in der die monatlichen Klassenarbeiten zurückgegeben wurden. Unmittelbar nach Abgabe der Hefte hatte Liesel – ein wenig scharfzüngig – angedeutet, die Arbeit wäre unter ihrem Niveau gewesen. Jedoch hatte sie sich zur Zufriedenheit ihrer Mitschülerinnen um die gewohnte Bestnote gebracht, wie der Lehrer – noch scharfzüngiger – wissen ließ, »durch einen Fehler, der absolut nicht deinem Niveau entspricht«. Ein wenig schüchtern und mit den Armen baumelnd, was sie beim Sprechen schon lange nicht mehr tat, ging Liesel in der Pause auf Regina zu und erklärte, als wäre dies eine Selbstverständlichkeit, sie wolle das Baby sehen.

Mit ihrem früh entwickelten Gespür für Sprache, registrierte Regina, dass Liesel »das Baby« und nicht »dein Bruder« gesagt hatte, doch sie umarmte ihre Freundin mit einer solchen Spontaneität und mit so viel Temperament, dass beide ins Schwanken gerieten. Sie machten ein paar tapsige Tanzschritte und lachten kreischend. Seit dem Gespräch in der Bahnstation von Nakuru hatten sie nicht mehr zu gleicher Zeit gelacht, was seit jeher als ein Glücksomen galt. Die Botschaft ihrer Augen war unmissverständlich. Beide dachten sie an den Tag vor elf Monaten, als sie – nicht nur, weil es das Eisenbahnnetz von Kenia bedingte – in verschiedene Richtungen gestartet waren.

»Da waren wir ja noch Kinder«, erinnerte sich Liesel.

»Was meinst du?«, verstellte sich Regina. »Wann und wo?«

»Du wirst alt, Regina. Früher hast du vier Frageworte in fünf Sekunden geschafft.«

»Sorry, Madam. Kommt nicht wieder vor. Weshalb? Weshalb haben wir gelacht?«

An dem folgenden Sonntag zog Regina ihrem Bruder das kobaltblaue Jäckchen an, das, wie jeder bestätigen konnte und es auch schon getan hatte, ihn zum schönsten Kind zwischen Kairo und dem Kap machte. Sie strich seinen schwarzen Haarflaum mit der silbernen Bürste glatt, auf der der Name »Regina« eingraviert war. Die Bürste war von Leobschütz über Mombasa nach Ol' Joro Orok und Nairobi gelangt und lange Zeit für den ebenso weit gereisten Teddybären missbraucht worden. Regina setzte ihren Bruder in den Kinderwagen, aus dessen Tiefen bereits die vier Nachbarskinder zur Rechten und ein Knabe zur Linken die Welt erkundet hatten. Die stolze Schwester bettete das zufriedene Baby auf ein gesticktes Kissen aus grünem Atlas, das aus Breslau stammte, und drückte ihm seine Rassel in die Hand. Sergeant Walter Redlich hatte das erste Spielzeug für seinen männlichen Erben aus Holz und Blech gebastelt und es mit winzigen Steinen gefüllt. Die Kinderklapper sollte alle Redlichs außer Regina überleben. Damit das erinnerungsschwere Musikinstrument nicht zu Menschen kam, die nichts von seiner Geschichte wussten, warf sie es an dem Tag in die Mülltonne, als ihre Welt zusammenfiel.

Es war mindestens noch eine halbe Stunde, ehe der Bus, den Liesel von der Schule bis zum »Hove Court« nehmen würde, fällig war. Das »Hove Court«, in dem fast ausschließlich Emigranten lebten, hatte erst seit kurzem eine eigene Bushaltestelle. Walter war in seiner Eigenschaft als Angehöriger der königlichen britischen Streitkräfte von den übrigen Bewohnern beauftragt worden, bei der zuständigen Amtsstelle die zusätzliche Haltestelle zu erbitten. »Weil du jetzt Sergeant bist«, hatte sich Regina gefreut, »sollst du das machen.«

»Nein«, hatte ihr Vater widersprochen, »weil ich lesen und schreiben kann.« Später pflegte er allerdings – nicht ohne

Stolz – zu erzählen: »Das war mein erster Erfolg in diesem Land. So eine Eingabe hätte kein Mensch schaffen können, der nicht zwei juristische Staatsexamen bestanden und der promoviert hat.«
Während Regina nach dem Bus Ausschau hielt und die Ungeduld, wie sie Owuor auf der Farm gelehrt hatte, in regelmäßigen Abständen zurück in die Brust drückte, dachte Regina an ihren Vater. Seit der Geburt seines Sohnes hatte er sich verändert. Er lachte, was er auf der Farm kaum getan hatte, klagte auch nicht mehr, dass Reginas Schule zu teuer war, spielte Skat mit Herrn Schlachter und dem alten Gordon, trank gelegentlich ein Glas Bier, und obwohl er nie zu sagen vergaß, dass er sein letztes Hemd für ein »richtiges Bier« geben würde, leckte er sich nach dem ersten Schluck immer die Lippen. Die Sache mit dem letzten Hemd faszinierte Regina besonders. Vor seiner Zeit bei der Armee hatte ihr Vater überhaupt nur drei Hemden besessen. Nun kam er freitags mit einer Tüte Süßigkeiten und anderen Herrlichkeiten nach Hause, die es nur in der »NAAFI« gab, dem Geschäft, in dem ausschließlich Angehörige der Armee kaufen durften; allerdings schien dieser bewunderte neue Vater mit den vielen Hemden sehr oft und sehr plötzlich zu einer Safari aufzubrechen, wohin Regina ihm nicht folgen konnte. Das war sie nicht gewohnt, jedoch erregten die unvermittelten Aufbrüche ihres Vaters nie ihren Argwohn. Ihr Misstrauen regte sich auch nicht, als ihr auffiel, dass ihre Eltern in Nairobi noch öfter stritten als in Ol' Joro Orok, und wie Kinder, die bei einer Unart ertappt worden sind, verstummten sie, sobald sie Reginas gewahr wurden.
Um auf Liesel an einem ihrer Lieblingsplätze zu warten und so den Genuss der Vorfreude zu verlängern, setzte sie

sich unter eine Palme. Es war die einzige, die am Rande der Straße wuchs. Ihre Blätter waren trotz der Dürre, die nun schon seit Monaten anhielt, und trotz des unwirtlichen Bodens, in dem der Baum zu existieren hatte, grün und voller Saft. Käfer mit ebenso grünen Flügeln tarnten auf der Palme ihr Dasein. Die Wolken hatten sich von den Feen der Lüfte, an die Regina in ihren Kindertagen geglaubt hatte, zarte Schleier ausgeliehen. Sie wirbelten durch die blaue Unendlichkeit, ohne dass sie ihre Konturen verloren. Der Wind wisperte nur. Trotzdem war er stark genug, um eine Jacarandablüte ins hohe Gras zu treiben. Die junge Schöne war zu keck in die Fremde gestürmt; nun leuchtete sie, zum Tode verdammt, trotzig violett zwischen braunen Riesen, die weder Sturm noch Schwüle zu fürchten brauchten. Eine einzige Regennacht würde ihnen reichen, um zum Hoffnungsgrün ihrer Jugend zurückzufinden. Am Straßenrand wuchsen Kakteen mit wehrhaften Stacheln. In ihre breiten Blätter hatte ein Frevler mit einem Dorn wütende Fratzen und eine Pistole geritzt. Die Blüten dieser missbrauchten Kakteen waren zart und von einem hellen Gelb. Noch in der Mittagsstunde, wenn die erschöpfte Kreatur der Hitze nachgab, lockten sie die Bienen an.

Regina nahm zwei grüne Zitronen, die sie vor dem kurzen Spaziergang im Garten des »Hove Court« gepflückt hatte, aus dem Kinderwagen und warf sie gleichzeitig in die Luft. Ihre Großmutter, so hatte Jettel ihrer Tochter erzählt, als es noch die Hoffnung gab, es würde der in Breslau Zurückgebliebenen vielleicht doch beschieden sein, rechtzeitig den Mördern in Deutschland zu entkommen, hätte mit drei Bällen jonglieren können.

»Das schaffe ich nie«, sagte Regina, als sie von den zwei

Zitronen, die sie zu hoch geworfen hatte, nur die größere fing. Sie sprach sehr laut. Es war beruhigend, wenn man die Gedanken ebenso wenig in eine bestimmte Richtung jonglieren konnte wie die Zitronen, an der eigenen Stimme eine Stütze zu finden. Sie rieb die Früchte so lange aneinander, bis die dicken Schalen ihren Widerstand aufund das Aroma freigaben. Zufrieden betäubte Regina die Verwirrung des Augenblicks, die sie noch nicht als die Melancholie einer früh Gereiften erkannte, mit dem belebenden Zitrusduft.

»Aja«, krähte ihr Bruder; mit seiner Rassel trieb er eine Fliege aus dem Schlaf.

In einem wuchernden Gebüsch mit glühend roten Beeren turtelten zwei Vögel. Ihr Gefieder leuchtete schwarz im grellen Licht, der Schnabel war lang und rot. »Schön sind die«, erkannte Regina. Sie wiederholte den Satz, den sie ursprünglich in Suaheli gesagt hatte, weil die Menschen in Kenia für »schön« und »gut« dasselbe Wort gebrauchten, in Kikuyu.

»Aja« bestätigte Max wieder. Es war das einzige Wort, das er sprechen konnte. Noch reichte es ihm für das gesamte Panorama seines Lebens.

Mit einem kratzenden Dauerhupen tauchte der Bus aus der Kurve auf. Die Kotflügel waren verrostet, die Fenster ohne Glas, eine Türklinke fehlte. Das Gefährt, mit fest verschnürten Pappkartons jeglicher Größe, Bananenstauden, einer kleinen, randvoll mit Orangen gefüllten Blechbadewanne und einem Käfig voll aufgebrachter Hühner auf dem Dach, fuhr so schnell auf die Haltestelle zu, dass Regina sicher war, er würde vorbeifahren. So etwas geschah oft. Es nährte den Stolz und das Prestige der Chauffeure, nach eigenem Ermessen zu bestimmen, wer aus ihrem Bus aussteigen konnte und wo und wie rasch dies zu geschehen hatte. Europäer waren selten im Bus. Die Fahrer achteten die gering, die kein Geld hatten, im eigenen Auto zu sitzen. Den Herrschern am Steuer machte es einen besonderen Spaß, an den Haltestellen die zu necken, die sich in jeder anderen Situation auf ihre weiße Haut verlassen konnten.

Reginas Herz schlug gegen die Rippen. Sie zählte die Schläge und spürte, wie Enttäuschung sie würgte. Ärger flammte auf. Ihr Hals wurde trocken. Fluchend bohrte sie ihre Nägel in die eine Zitrone, die sie immer noch in der Hand hielt. Dann geschah das nicht mehr Erwartete doch noch. Unendlich erleichtert, aber auch beschämt, dass sie sich wie ein Kind verhalten und ihre Gefühle ins Gesicht gelassen hatte, wurde sie gewahr, dass der Bus abstoppte – mindestens fünfzig Meter hinter der Haltestelle und an der einzigen Stelle, an der die Straße nicht gepflastert war. Es dauerte eine Weile, ehe die von den Reifen aufgewirbelte rötliche Erdwolke die Sicht freigab, und erst da erkannte Regina, dass es zwei Personen waren, die auf sie zugelaufen kamen. Zwei Schatten tanzten vor ihren Augen, wurden kurz zu einer schwankenden schwarzen Säule und trennten sich wieder.

Regina verschluckte den Seufzer, der ihren Stolz bedrohte; sie machte sich bereit, die Enttäuschung in die Flucht zu schlagen, drückte ihre Zähne so lange auf die Lippen, bis sie den Schmerz spürte, kniff die Augen zu, stand auf und scharrte mit den Füßen. Dann aber, gerade noch rechtzeitig, um nicht als eine enttarnt zu werden, die vorschnell die Hoffnung aufgab und sich wie eine benahm, die in der Schule nicht gelernt hat, in jeder Situation die Disziplin der Beherrschten zu üben, sah sie Liesel. Ihre

Freundin war in den letzten Monaten nicht nur in die Höhe gewachsen. Das Kleid aus rot-grün kariertem Kattun hatte seit den Tagen von Nakuru ein neue grüne Borte bekommen, um den ausgelassenen Saum zu kaschieren. Über der Brust spannte es mächtig. Regina vertat einige Augenblicke mit dem Wunsch, auch ihre Kleider würden endlich über der Brust zu eng werden und nicht immer nur zu kurz im Rockteil. So erkannte sie mit einer Verzögerung, die ihr im Moment des Begreifens besonders unangenehm war, wer Liesel begleitete.

Liesel nahm sich noch nicht einmal Zeit, ihre Freundin zu begrüßen. »Vickys Eltern«, spulte sie so hastig ab, als würde sie das, was gesagt werden musste, in der Kehle belästigen, und sie müsste umgehend ihren Hals befreien, »waren in Kitale, und dort ist der Motor ihres Wagens kaputtgegangen. Sie müssen in Kitale auf einen neuen warten. Ich dachte, deiner Mutter macht es vielleicht nichts aus, wenn ich Vicky mitbringe. Sie wäre ja sonst am freien Sonntag ganz allein in der Schule zurückgeblieben.«

»Sie freut sich bestimmt«, schwindelte Regina und kreuzte ihre Finger. »Bestimmt«, sagte sie noch einmal, um sich Mut zu machen. Ihre Mutter war selbst auf der Farm bestürzt gewesen, wenn Gäste auftauchten, mit denen sie nicht gerechnet hatte. »Unangemeldete Gäste«, pflegte Jettel einen gewissen Onkel Thomas aus Hamburg zu zitieren, den selbst sie nur vom Hörensagen kannte, »gehören unter den Tisch.« Regina, die damals noch nicht ahnen konnte, dass sie den mütterlichen Horror vor Überraschungen übernehmen würde, war sich im Klaren, dass sie, genau wie zuvor Liesel, zu schnell gesprochen hatte. Und wahrscheinlich zu laut, dachte sie bedrückt. Sie kam sich ungelenk und unerfahren vor, wie ein junger Hund, der zum ersten Mal einer Beute nachjagt, nicht genug Atem hat, um die Kraft seiner Läufe zu erproben und dann so dämlich aussieht, wie nur ein sehr junger, unerfahrener Hund aussehen kann. Regina überlegte, ob sie nicht gar gestottert hatte. Sie biss die Zähne aufeinander. Es erschien ihr äußerst unwahrscheinlich, dass Liesel, der ja selbst belanglose Details auffielen, ihr Dilemma nicht bemerkt hatte. Sie versuchte, Liesel anzulächeln und dabei nicht wie ein verlegenes junges Mädchen auszusehen, sondern wie die Schauspielerin Esther Williams, von der die ganze Klasse schwärmte. Einer ihrer berühmten Badefilme lief gerade im »Capitol«. Die Diva im Badeanzug lächelte immer nach allen Seiten, ehe sie ihre bewunderten Kopfsprünge in einen blau leuchtenden Pool tat.

Regina holte ihre rechte Hand aus der Tasche ihres Rockes, um sie Vicky entgegenzustrecken, hielt jedoch inne. Wenigstens da versagten ihre Reflexe nicht. In allerletzter Minute war ihr nämlich eingefallen, dass nur die Refugees und wahrhaftig nicht die Engländer einander die Hand zur Begrüßung reichten. Vor ein paar Wochen war ein Film gelaufen, in dem eine Gruppe Frauen vom Kontinent um einen runden Tisch gesessen hatte – vor einem Stück Erdbeertorte mit Sahne, das allein schon den Kinobesuch wert gewesen war. Dann war noch eine Frau hinzugekommen, eine vollschlanke Blonde in einer grünen Jacke mit wunderbaren silbernen Kugelknöpfen und mit einem hellen Hut, auf dem eine schwarze Feder wippte. Im selben Takt wie ihr Busen. Die Federfrau hatte jeder einzelnen von den Tortenesserinnen die Hand gegeben. Einige waren sogar für das Ritual aufgestanden. Das Publikum hatte sich vor Vergnügen kaum halten können. Regina auch nicht, doch zu klatschen hatte sie nicht gewagt, denn ausgerechnet im Augenblick der allergrößten Erheiterung hatte sie dem Zwang nachgegeben, ihren Vater anzuschauen. »Es wird Zeit«, hatte der gemurmelt, und obwohl sie keine Ahnung gehabt hatte, was er meinte, war danach für sie ein wenig von der Freude an dem Film dahin gewesen.

Entmutigt, dass sie auch nach diesem Erlebnis die Gewohnheit des Händeschüttelns nicht für immer überwunden hatte, zupfte sie an einer Haarsträhne. Vicky aber hätte selbst König Georg VI. oder Churchill verziehen, hätten die ihr die Hand reichen wollen. In diesem erstaunlichen Moment, der ihr für immer einen Platz in der Chronik von Reginas Erinnerungen sichern sollte, wäre ihr jeder Fauxpas gegen die feine englische Art entgangen. Vicky – mit Nachnamen Sedlacek! –, die von einem englischen Herrenhaus mit einem Butler in Livree und Stubenmädchen in gestärkten weißen Schürzen träumte und einem Herzog als Ehegatten, war bereits mit Kopf und beiden Armen in einem klapperigen Kinderwagen verschwunden, in dem nun das sechste Kind von mittellosen Refugees heranwuchs.

Max, zehn Monate und sieben Tage alt, war ein Knabenkind mit einem gut entwickelten Blick für das ewig Weibliche, das den Mann anzieht. Jauchzend warf er die von fleißiger Vaterhand gebastelte Rassel aus seiner bürgerlichen Kutsche. Beim Lächeln zeigte er alle seine drei Zähne. Jubelnd wühlte er mit Händen, die schon kräftig zuzupacken wussten, in Vickys feinem, blonden, von der Sonne gebleichten Seidenhaar. Er sagte nicht, wie sonst, »Aja«, er genoss wie ein Mann und schwieg wie ein Gentleman. Hätte er damals schon pfeifen können, hätten die Vögel Afrikas vernommen, wie ein männliches Geschöpf

auf die Balz geht, obwohl es weder Federkleid noch Flügel hat.
Regina war fassungslos. Sie stand da mit offenem Mund und starrte mit Augen, die zu groß für ihre Höhlen geworden waren. Sechs Jahre lang war sie mit Vicky in der Nakuru School gewesen. Sie hatten in derselben Klasse gesessen. Seite an Seite hatten sie geschlafen und Miss Chart gehasst. Gemeinsam hatten sie gehofft, die Schule möge abbrennen, und in all diesen Jahren war jeder Tag wie der nächste gewesen. Auch in der High School war nie etwas geschehen, das außerhalb der Norm lag. Keine Besonderheit hatte die beiden Mädchen je enger verbunden, als es der Fall war, wenn man das Pech hatte, Emigranten als Eltern zu haben. Doch nun hatte Vicky, die souveräne Schöne in einem zitronengelben Kleid, auf dessen Rock Volants wippten wie bei Herrschaftskindern, die auf Gemälden unter Kronleuchtern soupierten, im Handstreich Reginas Herz erobert. Ihr Bruder, für andere ein Baby, für sie ein Prinz, dem einst die Welt gehören würde, lag im Kinderwagen, gurgelte die Freude der Beseligten und hielt das Haar von einer in den Händen, die täglich von Fortuna aufs Neue bedacht wurde und die ihr Leben lang nichts anderes begehren würde, als in den Spiegel zu schauen und sich an ihrem Bildnis zu freuen.
Vicky hatte den Zauber, um von allen geliebt zu werden, voll entwickelt, seitdem sie in Nairobi zur Schule ging. Ob Mann, Frau oder Kind, Jüngling oder Greis, alle spürten sie die Magie, die von diesem zierlichen, doch entschlossenen Wesen ausging. Jettel, sonst eher reserviert und misstrauisch in der Gegenwart von Frauen, deren Jugend und Schönheit sie beunruhigte, würde in wenigen Minuten die für sie seltene Erfahrung vollkommener Neidlosigkeit ma-

chen. Vicky mit einem breiten Samtgürtel um die Wespentaille, der farblich so perfekt mit dem Blau ihrer Augen harmonierte, den winzigen blauen Schleifen auf dem plissierten Oberteil und um die durchsichtigen kurzen Puffärmel, holte Max aus dem Kinderwagen. Der fein geformten Nase der Holden war auch nicht der Hauch einer Belästigung anzumerken. Vicky trug das feuchte Bündel mit der durchdringenden Duftmarke wie einen kostbaren Siegerpokal vor sich her, der eigens geschaffen worden war, um eine Königin zu feiern, mit der sich auf Erden nie ein Wesen würde messen können.

»Sie hält das Kind so wie die Männer in der Synagoge die Thora«, sagte Liesel angeekelt, »wo mag Madam sich das abgeguckt haben?«

»Mir gefällt es«, verteidigte Regina die langbeinige Hüterin ihres Bruders. »Woher willst ausgerechnet du wissen, wie die Thora in der Synagoge getragen wird?«

»Buddelt Mister Whidetts Liebling mal wieder in Worten herum? Oder bin ich auf der falschen Fährte? Sag nur, du gehst seit neuestem in die Synagoge.«

»Immer am Freitagabend. Mit meinem Vater. Seit mein Bruder geboren wurde.«

»Na, so was. Dann ist es ja ein Wunder, dass ich überhaupt weiß, was eine Thora ist. Ich bin ja ein Einzelkind.«

Als das Trio, Regina den leeren Kinderwagen vor sich herschiebend und unzufrieden mit sich selbst, weil sie ja augenscheinlich ihre Freundin gekränkt hatte, und Liesel noch immer mit dem Stirnrunzeln der Düpierten, das »Hove Court« erreichte, sang Vicky das bekannte englische Kinderlied von dem schwarzen Schaf mit den drei Säcken Wolle. Das anspruchslose kleine Lied reiste klar und schön und so, als hätte es noch nie zuvor ein Mensch gesungen, in die Baumgipfel. Unmittelbar vor der Wohnung der Redlichs, zwischen der üppigen Hecke mit den blutroten Blüten und dem von weißen Steinen umlegten Blumenbeet, in dem langstielige rosa Nelken ihren betäubenden Zimtduft verströmten, stimmte die junge Sängerin »Weißt du, wie viel Sternlein stehen?« an. Regina und Liesel erfuhren trotz eingehender Befragung der Künstlerin nie, was ihre Klassenkameradin dazu bewogen haben mochte, ein deutsches Lied zu singen. Kein einziges Wort betonte sie falsch; es gab auch nicht den Hauch eines Zweifels, dass sie das Lied sehr oft gesungen haben musste. Bis zu diesem Nachmittag der überraschenden Wendungen und Pointen hätten Regina und Liesel jeden Eid darauf geschworen, dass Vicky ihrem schönen englischen Namen allzeit die Reverenz erwies, die ihm gebührte.

»Ich habe immer gedacht«, flüsterte Liesel nach dem ersten Stück Kuchen in Reginas Ohr, »die würde selbst unter der Folter nicht eingestehen, dass sie überhaupt mitbekommt, wenn jemand Deutsch spricht.«

»Himmelszelt«, kicherte Regina. »Und das aus dem Mund von Lady Vicky. Ich dachte, mir fallen die Ohren ab.«

Jettel, die unangemeldeten Besuch nicht mochte, und dann schon gar nicht, wenn der Kuchen bereits angeschnitten war und die einzelnen Teile nicht halbiert werden konnten, ohne Schaden zu nehmen, hatte schon eine Weile vor der offenen Wohnungstür gestanden. Noch ehe das Lied zu Ende war, sah sie den kleinen Max in Vickys Armen. Sie begann zu weinen. Ihre Schultern bebten. Als sie auf Vicky zulief, war sie sehr blass, und fast wäre sie über einen Topf mit dem abgekochten Trinkwasser für den Abend gestolpert, den Owuor vor die Tür zum Auskühlen gestellt hatte. Doch sie lächelte, als Vicky ihr Max übergab.

Regina hatte ihre Mutter noch nie so gesehen. Verlegen wie ein junges Mädchen erschien sie ihr, versonnen, entrückt und doch auf eine seltsame, nicht zu erklärende Art auch beglückt.
»Meine Mutter«, sagte Jettel, »hat das Lied immer meiner kleinen Schwester vorgesungen. Jeden Abend. Ich hab nicht gedacht, dass ich es in meinem Leben je wieder hören würde. Danke, Vicky. Du kannst nicht wissen, was du für mich getan hast.« Ihre Stimme war noch nicht fest. Zögernd streichelte sie Vickys Wange. »Danke«, wiederholte sie leise.
»Woher, weißt du, dass das Vicky ist?«, staunte Regina.
»Wer soll es denn sonst sein? Prinzessin Elizabeth oder Marlene Dietrich? Du hast uns doch immer erzählt, dass Vicky die Schönste von euch allen ist.«
Statt den unangemeldeten Besuch unter den Tisch zu verbannen, wie der unbekannte Onkel Thomas aus Hamburg es für die gastronomischen Notfälle empfohlen hatte, schlug Jettel, die einfallsreiche, liebenswürdige, charmante, die herzliche Gastgeberin, vor, die beiden grünen Decken, das geblümte Geschirr, den Kaffee und den Sonntagskuchen unter den Baum zu tragen, unter dem an den meisten Sonntagen die elegante, viel beneidete Mrs Malan mit ihren liebreizenden Töchtern den Tee einzunehmen pflegte. Mrs Malan wohnte in einer weißen Villa, von dem sich die Refugees im »Hove Court« erzählten, sie hätte zwei Badezimmer und in jedem eine vergoldete Badewanne und ein Bidet. Sie trug nur Saris aus Seide. Es waren leuchtende rote Gewänder, mit güldenen Fäden bestickt. Lydia Malan war die Gattin des Besitzers vom »Hove Court«. Sie galt als umgänglich, denn sie lächelte sogar den in ihren Augen völlig mittellosen Mietern ihres

Mannes zu. »Wie wir früher den Eltern der Dienstmädchen«, pflegten die Frauen aus Hamburg, Berlin, Wien, Breslau, Cottbus und Chemnitz einander zu bestätigen.

An diesem Sonntag der Sonntage vergaßen die Redlichs, dass sie nicht nur aus der Sicht von Mrs Malan mittellos waren. Sie veranstalteten, genau wie die indische Herrscherin, wenn sie sich ihrem Volk zeigen wollte, ein Picknick, und sie scherten sich nicht einen Deut, dass sie es an einer Stätte taten, die ihnen gesellschaftlich nicht zukam. Die Familie Redlich und ihre beiden jungen Gäste saßen unter einem Schatten spendenden Baumriesen, der nach Harz duftete und in dessen Krone ein Vogel um Liebe buhlte, der entschlossen war, vor dem Einbruch der Nacht eine Partnerin zu finden.

»Uns fehlen nur die silbernen Kelche der indischen Hautevolee«, sagte Walter fröhlich. Er hob seine Tasse und wollte, was er zuletzt vor der Geburt seines Sohnes getan hatte, seiner Frau zuzwinkern, unterwegs verirrten sich jedoch seine Augen. Einen berauschenden Moment gaben sie einer verblichenen Erinnerung nach und machten, weil die Bilder und Zeiten ihm durcheinander gerieten, bei Vicky Halt.

Jettel übersah großzügig den kleinen Flirt ihres Mannes. Vicky war ja, wie sie sich selbst umgehend suggerierte, noch ein Kind und dazu ihr Gast. »Lydia Malan«, phantasierte sie selbstbewusst, »würde bestimmt die Perle in ihrer Nase hergeben und die goldene Kette um ihren Hals, wenn wir ihr unser Rosenthalservice verkaufen würden. Aber das bekommt sie nicht. Nicht eine einzige Untertasse gebe ich her. Wozu habe ich das ganze Zeug von Breslau hierher geschleppt?«

»Und statt einen Eisschrank ein Abendkleid gekauft«, erinnerte sie Walter, doch an diesem unvergessenen Sonntag blieb er selbst bei dem heikelsten aller heiklen Themen liebenswürdig.

Jettel war nicht bereit, den Fehdehandschuh für einen Streit zu ergreifen, von dem jedes Wort bereits vor Ausbruch der Feindseligkeiten feststand. Zufrieden schaute sie auf die gefüllten Teller. Als hätte ihr Hausfraueninstinkt schon vor zwei Tagen gewittert, dass sie nicht nur einen Gast haben würde, gab es einen Streuselkuchen, wie ihn, das stand bei den Redlichs in all den Jahren der Emigration außer Frage, nur eine Schlesierin backen konnte. Und auf der größten Fleischplatte vom Service lagen die winzigen Brötchen, die seit den Tagen von Ol' Joro Orok nur Owuor in solcher Vollendung gelangen.

Alle, die auf die Farm zu Besuch gekommen waren, die Weyls und die Groags und selbst die verwöhnte Frau Rosenkranz mit den ewigen Gallenschmerzen und der mäkeligen Tochter, hatten Owuors Hefegebäck gelobt. Der Beifall der Feinschmecker streichelte immer noch seine Ohren. Nun lehnte er, bekleidet mit dem knielangen weißen Hemd über der Hose und der roten Schärpe, die er nur an guten Tagen trug, um bei Tisch zu servieren, an dem Baum des Lachens. Aufmerksam wachte er über die Familie, die längst die seine war und es auch immer bleiben würde. Mit gelb leuchtendem »Eierhäckerle« waren die Wunderwerke seiner Backkunst belegt. Im Gegensatz zu Liesel, die ja aus Bayern stammte und noch nicht einmal das Wort kannte, wusste Vicky zum Erstaunen aller noch vor der ersten Kostprobe, dass es sich bei der Delikatesse um gehacktes Ei mit klein geschnittenen Zwiebeln handelte. Walter war begeistert. Nachdenklich schaute er Vicky an und leckte seine Lippen.

»Meine Mutter tut auch immer ein bisschen Mostrich rein«, erzählte sie, »und manchmal auch Schnittlauch.« Wieder sprach sie auf eine so selbstverständliche Art Deutsch, als hätte sie nie Englisch gelernt. Liesel und Regina nickten einander zu, doch sie wussten absolut nicht Bescheid.
»Potsdam ist ja auch der Osten«, attestierte Walter zufrieden, »dort weiß man ja, was Häckerle ist.«
»Und wie kommst du auf die Idee, dass Vicky aus Potsdam stammt?«, platzte es aus Regina heraus, »du kannst doch nicht alles wissen.« Sie merkte, dass sie eifersüchtig war. Und hilflos.
»Sie hat es mir gesagt. Manche Leute wissen eben, wo sie geboren sind.«
»Das weiß ich auch. In Sohrau. Quatsch«, verbesserte sich Regina nervös. Sie wurde rot und ärgerte sich sehr, dass sie sich ihren Verdruss anmerken ließ. »Ich habe mich nur versprochen. Natürlich weiß ich, dass ich in Leobschütz geboren wurde.«
»Manche Leute wissen eben, ohne sich zu versprechen, wo sie herstammen.«
»Hör auf, deiner Tochter auszuteilen«, verteidigte sie Jettel. »Sie weiß ja weder, wie es in Leobschütz ausgesehen hat, noch in Sohrau. Das sind doch alles nur leere Worte für das Kind.«
»Ich ärgere sie nicht. Ich mache sie nur wehrhaft. Sonst lässt sie sich in der Ehe unterbuttern wie ihr Vater.«
»Deine Sorgen möchte ich haben.«
»Du hast vergessen zu sagen: Und dem Rothschild sein Geld.«
Die beiden letzten Gäste rückten auf allen vieren an und gesellten sich wortlos zur Runde unter dem Baum. Der erste Besucher war ein junger Hund, eine tapsige schwarz-

braune Mischung aus Gordonsetter, Ridgeback und artverwandten Genossen. Er hatte eineinhalb Ohren und einen buschigen Schwanz, und er begeisterte sich beim ersten Schnüffeln sowohl für schlesische Spezialitäten als auch für Rummler. Der Haushund mit langjährigen Grundrechten war viel zu phlegmatisch, um in irgendeinem Artgenossen einen Rivalen zu wittern; er beschnupperte kurz das arglose Hundekind und, ohne die Fliegen auf seinem massigen Kopf zu vertreiben, kehrte er zurück in den Schlaf. Allerdings war es Jettel, die dem Welpen das Urvertrauen rettete. Sie untersagte Owuor, mit einem Messer auf das Tier loszugehen, nur weil es ansetzte, einen Teller abzulecken. Trotz ihrer Tränen zu Vickys Begrüßung und obgleich sie immer noch die Bilder sehr deutlich sah, die das Lied von den Sternen am Himmel aus den Tiefen gelockt hatte, war Jettel gelöst, zuweilen gar ausgelassen. Sie vermochte, was so gut wie nie vorkam und ihren Mann noch mehr verblüffte als ihre Tochter, über sich selbst zu lachen.

»Ich mag Hunde nicht«, sagte sie. Der Satz, zum ersten Mal geäußert, als Rummler, der ewig Sabbernde, auf die Farm gekommen war, gehörte zum Familienrepertoire. Mit der Linken streichelte Jettel Rummler, mit der anderen Hand den futternden Welpen. Sie schaute dabei Vicky an und seufzte.

Der zweite Gast war ein halb nackter Kikuyujunge, ungefähr so alt wie Max, doch da er ohne Kinderwagen heranwachsen musste, körperlich sehr viel mobiler. Er schien bereits zu ahnen, dass es zweckdienlich für einen Menschen ist, auch geistig flexibel zu sein, und dies vor allem in ungewohnten Situationen. Im Gegensatz zu Max, der alle Mütter in der Nachbarschaft beschäftigte, weil er keinerlei Bedürfnisse anmeldete, die Welt jenseits seines Kinderwagens zu erkunden, konnte der kleine Kikuyu schon krabbeln. Er tat dies mit beeindruckender Geschwindigkeit. Vor allem hatte er den Instinkt, sich als Erstes bei der Dame des Hauses vorzustellen.

Das Kind war auffallend dunkel und sehr kräftig. Es hatte ein Unterhemd aus weißer Baumwolle an, das ihm noch nicht einmal bis zum Nabel reichte, doch keine Hose. Als der barfüßige Knabe zuerst gesichtet wurde, kroch er, ohne dass er sich an den Dornen verletzte, aus einem Gebüsch heraus. Er krabbelte mit gesenktem Kopf über einen mit weißen Kieseln besetzten Pfad und auf den Rasen. Ehe er im Ziel eintraf, schaute er weder nach links noch nach rechts. Der resolute Reisende schien sich über die Route im Klaren zu sein. Den jungen Hund, der sich ihm in den Weg zu stellen versuchte, schob er mit beiden Händen zur Seite und steuerte direkt auf Jettel zu. Er griff nach ihrer weißen Sandale und staunte weithin hörbar, als er ihre rot lackierten Fußnägel inspizierte. Einen Moment hielt er sich an ihrem lose gebundenen Stoffgürtel fest. Dann mit Armen, die für ein Krabbelkind eine verblüffende Muskelkraft bewiesen, zog sich der Junge hoch und kroch, befriedigt glucksend, auf ihren Schoß. Dort riss er seine berückend großen Augen so weit auf, dass sie noch größer und dunkler wirkten, als sie tatsächlich waren. Händeklatschend und immer fröhlicher werdend, ließ er sich von Jettel mit dem größten Stück Kuchen füttern, das auf der Platte lag. Der furchtlose Feinschmecker hatte drei Zähne, ein Band aus winzigen bunten Perlen um sein Handgelenk und um den Hals eine Kette aus kleinen roten Holzkugeln.

»Toto«, lachte Jettel, »du bist ja ein ganz feiner kleiner Kerl. Bist du denn deiner Mutter ausgerückt?«

Sie streichelte über den kahlen Kugelkopf des Charmeurs. Als sein Magen wissen ließ, dass er gesättigt war, goss sie den Rest der Milch aus dem kleinen Krug in ihre Tasse und ließ ihn trinken. Zu Owuors Empörung wischte die Memsahib, die sonst mit ihrer Wäsche so heikel war, dass er noch nicht einmal auf sie spucken durfte, um sie beim Bügeln anzufeuchten, ausgerechnet einem Balg vom Stamm der Kikuyu den Mund mit einer von ihm, dem Jaluo, erst am Vortag gewaschenen Serviette.
Die Zärtlichkeit machte Jettels Gesicht jung. Die Tränen, die sie vor einer Stunde um ihre Mutter geweint hatte, ließen ihre Augen immer noch leuchten. Sie stand auf, drückte das Kind, das einen Arm um ihren Hals geschlungen hatte und in ihr Ohr krähte, einen Moment an ihren Körper, wiegte es, als sie die paar Schritte unter den Baum machte, und setzte es behutsam auf die hellblaue Decke, auf der ihr Sohn an einer kleinen gelben Gummiente lutschte. Nicht ahnend, dass es im Land seiner Geburt Brauch war, Menschen nach ihrer Hautfarbe zu beurteilen, warf Max die Ente ins Gras. Er streckte seine Arme nach einem Spielkameraden aus, den gelbe Gummienten nicht interessierten, aber weiße Perlmuttknöpfe umso mehr. Die beiden Krabbeljungen vertieften sich sofort in eines jener geheimnisvollen Gespräche, die die Wissenschaft wahrscheinlich nie befriedigend entschlüsseln wird. Der mit der hellen Haut sprach ausschließlich Suaheli. Er rief »Aja« ins Gebüsch und in die Bäume. In allen Tonarten. Der kleine Kikuyu gurgelte Gelächter, als er das Wort wiederholte, das er zum ersten Mal hörte. In seinen Kreisen sorgten immer nur die Mütter, keine Ajas, für die Babys.
»Aja«, rief das Duett im Chor.

»Aja«, summte Vicky. Sie machte aus den zwei Silben ein Lied.

Walter schaute sie einen Moment zu lange an, träumte in die falsche Richtung und dachte an die Loreley. Sein Sohn und dessen Spielkumpan, dem nun doch die Gummiente gut genug gefiel, um auch an ihr zu lutschen, wurden es nicht leid, nach einander zu greifen. Selbst als der junge Hund, auch er nun satt und aufnahmebereit für die Wunder der Welt, sich bellend zwischen die Kleinen drängte und sie beide umkippten und einen Augenblick ihre Arme mit den Beinen verwechselten, jubelten sie noch Lebensfreude.

Wenn Regina später an das Picknick unter Mrs Malans Baum dachte, und das tat sie ein Leben lang und häufiger, als ihrem Herzen gut tat, sah sie die heiteren Szenen dieses unbeschwerten Nachmittags immer in den Pastellfarben, mit denen nur das diffuse Licht Afrikas malt. Sobald sie die deutlichsten ihrer scharf gestochenen Erinnerungen überfielen, schloss sie die Augen, um die schmerzhaften Bilder zu vertreiben, doch nie gelang es ihr, beizeiten zu entkommen. Immer sah sie ihren Bruder und den kleinen Kikuyujungen auf einer hellblauen Wolldecke sitzen und die Arme nach einander und nach dem Leben ausstrecken.

Noch aber ahnte Regina nichts von der Bürde, die Afrika denen auferlegt, die das Land und seine Menschen lieben. Eine halbe Stunde Kindheit war ihr noch bemessen. Auch wusste sie nichts von der afrikanischen Magie, die den Liebenden auf immer die Gnade verwehrt, zu vergessen, was ihre Augen gesehen. Wer sich je von Afrika hat verführen lassen, der findet seiner Lebtag kein Messer mehr, um die Fesseln zu zerschneiden, die ihn an das

Land binden. Die Nase gibt den Duft von Afrika nicht mehr frei, die Ohren nicht seine Melodien. Als Regina den Welpen zwischen den beiden Babys herumspringen sah und der Hund zu bellen versuchte und die Kinder zu reden, ließ sie sich von einem uralten Menschheitstraum verführen. Noch hätte sie in keiner Sprache, die ihr gegeben war, sagen können, was sie bewegte. Es war nur ein unbestimmtes Sehnen in ihr, im Moment des Jubels der Vergänglichkeit zu entfliehen und für immer zu halten, was ihre Augen gesehen.

»Ach«, seufzte Regina, als sie den Augenblick zu bleiben bat.

Sie hörte Stimmen. Noch während sie sich umsah, ging ihr auf, dass die Stimmen nicht aus der Ferne, sondern auf sie zukamen. Obwohl es Regina gelang, die aufkeimende Neugierde zu unterdrücken und sich vor allem vorzumachen, es sei nichts Außergewöhnliches geschehen, hörte sie ihr Herz schlagen. Sie spürte einen kurzen, scharfen Schmerz und wusste Bescheid. Walter unterhielt sich mit Liesel. Weil die Eifersucht nicht nur in ihrem Körper und auf ihrem Gesicht loderte, sondern auch ihre Sinne schärfte, zweifelte Regina keinen Moment, dass sie über Mathematik sprachen. Ihr Vater interessierte sich sehr für Mathematik. In Ol' Joro Orok hatte sie einmal mitbekommen, dass er – mitten beim Setzen der jungen Pyrethrumpflanzen – seinem Freund Kimani von Pythagoras erzählt hatte. Zudem ließ dieser ungewöhnliche Vater selten eine Gelegenheit aus, um lautstark zu beklagen, dass seine Tochter sich so schwer mit Zahlen und Geometrie tat. Sein Spott hatte sie nie gekränkt, sein mit übertriebener Mimik gespieltes Unverständnis sie nicht bekümmert. Gelacht hatte sie über einen, dessen Humor ihr Leben zu einem besonderen machte. Nun, ausgerechnet an einem Tag, den sie als einen der schönsten empfand, vergällten ihr Selbstzweifel und Missgunst die Freude, die sie immer an ihren guten Schulnoten gehabt hatte. Ob dieser Vater, den sie so liebte, dass er mit ihr zum Nordpol hätte aufbrechen können und sie ihm immer noch ohne ein Klagewort gefolgt wäre, nicht doch lieber eine mathematisch begabte Tochter wie Liesel gehabt hätte als eine, die Geschichten ersann, Gedichte auswendig lernte und Tagebuch schrieb?

Regina wurde es übel, als sie die einzelnen Szenen ihres Dramas entwarf und ihr zum Schluss auch noch ein Gedicht einfiel, in dem ein Vater seine Tochter erstach, doch sie widerstand der Versuchung, durch eine kleine Unpässlichkeit die Aufmerksamkeit ihrer Eltern einzufordern. Aufrecht setzte sie sich hin, straffte die Schultern und übte Großmut. Sie nahm sich vor, ihrer Freundin, der ja Mathematik und Physik so viel bedeuteten, nicht die Aufmerksamkeit eines Mannes zu neiden, dessen eigene Tochter eine Träumerin mit zu viel Phantasie war.

»Zu viel«, rügte Regina, ohne die Lippen zu bewegen.

Die Eifersucht ließ unerwartet rasch nach, war bald nur noch ein Häuflein kalter Asche. Für ihre Selbstlosigkeit belohnte sie sich, indem sie zuerst ihren Gedanken, dann auch den Augen und Ohren die Safari zurück nach Ol' Joro Orok gestattete. Weil die Menschen dort so laut lachten und das Echo ihres Gelächters wie Donner vom Berg herunterpolterte und die Paviane auch noch im Wald kreischten, dauerte es entsprechend lange, ehe es Regina aufging, dass Liesel absolut nicht über Mathematik redete. Sie sprach von ihrem Vater, sagte gerade: »Ich habe seit seinem Tod nicht von ihm reden können. Mit Regina schon gar nicht.

Sie weiß ja nicht, wie das ist, wenn ein Vater stirbt. Ich habe ihm noch nicht einmal auf Wiedersehen sagen können.«
Regina verstand nicht, was ihr Vater antwortete, doch sie sah, dass er Liesel kurz umarmte. Die beiden lächelten einander an. Wie Erwachsene. Wie Mann und Frau! Voller Entsetzen spürte die Beobachterin, dass sich ihre Stirn, Ohren und Wangen abermals entzündeten und dass sie außerstande war, den Brand zu löschen. Sie starrte auf Liesels Brust. Das Oberteil ihres Kleids spannte noch mehr als an der Bushaltestelle. Regina, immer noch brennend, hatte das Bedürfnis, ihren eigenen Körper abzutasten, doch sie traute sich nicht und bohrte mit der rechten Hand ein Loch in die Tasche ihres Rocks. Undine fiel ihr ein, dieses rätselhafte, von Regina seit jeher geliebte Fabelwesen. Sie versuchte zu klären, weshalb sie ausgerechnet an Undine gedacht hatte, die der Liebe wegen aus dem Wasser gekommen war, um auf der Erde zu leben, aber ihre Gedanken rasten noch schneller als ihr Herz.
Lange vor der Geburt ihres Bruders hatte sie Owuor die wundersame Geschichte erzählt. Er hatte immer wieder nach ihr verlangt. Regina erinnerte sich, wie er auf der Farm neben dem Wassertank auf einem Bein gestanden und »Ich bin Undine« gerufen hatte. Sie hörte sich jubeln. Wer mit Owuor lachte, vergaß das Wort für Schmerz. Sehr bewusst zog sie immer mehr Fäden aus dem Knäuel ihrer Erinnerungen. Sie war so beschäftigt, Vergangenheit und Zukunft voneinander zu trennen, dass sie die allerletzte war, die die schreiende, keifende, böse, gefährliche Stimme von Dornröschen hörte. Jeder kannte Dornröschen. Alle wussten, dass sie die Abgesandte des Teufels war. »Pack«, keifte des Teufels Botin. »Ihr elendes mieses Pack!«
Erna Landsberger, die Managerin vom »Hove Court«, für

die Mr Malan ein Gott war und alle seine Mieter ihre Untertanen, wurde erst seit einem Jahr Dornröschen genannt. An dem Tag hatte sie es auf die junge Frau Levy abgesehen und behauptet, die hätte mit den Rädern ihres Kinderwagens die Umzäunung des Rosenbeets beschädigt. Die Landsberger, kräftig wie eine ausschließlich mit Fleisch gefütterte Bulldogge, hatte eine Bewegung gemacht, die darauf schließen ließ, sie wollte die junge Frau schubsen. Genau da war Herr Levy erschienen, ein kleiner, schweigsamer Mann, ein stotternder Zwerg. Dieser Zwerg war im genau richtigen Moment in einen Riesen verwandelt worden, in einen mutigen Menschenfresser, in Goliath persönlich. Goliath hatte die Landsberger geschubst, nein gestoßen. Mitten in ihr kostbares Rosenbeet. Mitten in die Dornen! Die Zuschauer hatten gejohlt und gepfiffen und sich die Hände wund geklatscht. Einer jedoch war noch lauter als die Übrigen gewesen: Walter Redlich. »Dornröschen«, hatte der gebrüllt, und beim Brüllen hatte er die strampelnde Erna Landsberger salutiert, als wäre ihr hochgerutschter Rock der Union Jack. Den Salut verzieh sie ihm nie.

»Typisch«, brüllte sie nun und zeigte mit ihrem Finger auf die beiden Kinder unter dem Baum ihres Arbeitgebers, »manche Leute werden nie lernen, was sich in diesem Land gehört. Die werden ihr Leben lang bloody Refugees bleiben. Sergeant Redlich, wie können Sie es wagen, in diesem Hotel Ihren Sohn auf einer Decke mit einem verdreckten Negerkind sitzen zu lassen? Wenn ich nicht wüsste, dass Sie in zwei Monaten nach Deutschland abdampfen, würde ich ganz andere Konsequenzen ergreifen. So kann ich nur sagen: Sie haben genau fünf Minuten Zeit, dieses Balg wegzuräumen.«

Als Walter aufstand, bezweifelte keiner der Zuschauer, die sich bereits in großer Anzahl am Schauplatz des Geschehens eingefunden hatten, er würde es Herrn Levy nachtun und die Landsberger, genannt Dornröschen, schütteln und rütteln. Jeder wartete auf den großen Moment, in dem Sergeant Redlich den verachteten Satansbraten entweder für immer mundtot machen oder sie wenigstens vor sich herschieben und sie in die Grube mit dem stinkenden Müll werfen würde. Walter aber ging an Dornröschen vorbei. Seine Augen sahen nur eine. Als er die erreichte, hob er sie hoch, als wäre sie ein Kind, und drückte sie an seinen bebenden Körper. Auch seine Nasenflügel bebten.

»Es tut mir Leid, Regina«, flüsterte er, »ich wollte das nicht. Ich wollte nicht, dass du es auf diese Weise erfährst. Ich dachte immer, ich habe noch Zeit. Dein Vater ist ein mieser Feigling. Das werde ich mir nie verzeihen.«

Es war der Moment, da Regina zum ersten Mal bewusst wurde, dass Liebe und Lüge Schwestern sind. Sie hörte auf zu weinen und konnte gar lächeln, als sie sich die Augen trockenwischte. Zwischen zwei Herzschlägen kam ihr gar der Gedanke, wie nützlich es war, dass sie an der Nakuru School Disziplin und Mut eingeübt hatte. »Deutschland«, sagte sie, »ist ja nicht der Nordpol.«

4

Leahs Aufbruch

Nairobi, 1949

»Es wird Zeit«, sagte Rifka.

»Für was?«, fragte Rachel.

»Na, für was soll schon Zeit sein?«

Die drei Sätze, aus denen keiner außer den Schwestern Goldstayn je einen Sinn herausgehört hätte, gehörten zum umfangreichen abendlichen Ritual der beiden. Die Prozedur, sich vom Tag mit immer gleich bleibenden Bewegungen und Sätzen zu verabschieden, die sich auch stets glichen, hatte sich seit Jahren nicht verändert. Sie war allerdings um einen Punkt erweitert worden, seitdem Leah im Haus lebte. Seit dem ersten gemeinsamen Frühstück waren fast vier Jahre vergangen – zu langsam für Leah, die es drängte, die Schule in Nairobi hinter sich zu wissen, für Rachel und Rifka viel zu schnell. Beängstigend schnell.

Ehe sie zu Bett gingen, schauten sie nach, ob Leah Wasser für die Nacht hatte und sie ihre Füße nicht aus dem Moskitonetz steckte. Wer durch die Malaria als Zwanzigjährige zur Witwe gemacht worden war, hatte schließlich Grund, besonders vorsichtig zu sein. War ausnahmsweise nur eine von den beiden Schwestern bei Leah, und schien die fest genug zu schlafen, um nicht am nächsten Tag Zeugnis für die Besorgtheit ihrer Wirtsleute abzulegen, berührte sie gar ihre schmale Schulter. Oder die Stirn. Sie taten es beide, wobei jede dachte, es wäre sie allein, die in der letzten Stunde des Tages den Allmächtigen wissen ließ, wie sehr sie sich immer danach gesehnt hatte, Zärtlichkeit zu geben.

Das abendliche Repertoire der Goldstayns setzte ein, sobald die Pendeluhr mit den Lilien auf dem Zifferblatt und den Trompete blasenden Herolden im Aufsatz halb elf anzeigte. Die schöne Uhr, vor der sowohl die Gäste als auch das Personal staunend zu stehen pflegten, wenn sie sie das erste Mal sahen, war eine Erinnerung an die selige Tante Bela.

»Sie hatte das große Glück, rechtzeitig an einer Fischvergiftung zu sterben«, pflegte Rachel seit dem Krieg zu erzählen, »in ihrem eigenen Bett.«

Beide Nichten fanden, sie seien es der seligen Tante Bela schuldig, die würdigen Umstände ihres Todes zu betonen. Die Tante war nicht nur ihr ganzes Leben lang enorm großzügig gewesen, sondern auch klug, eine Visionärin, wie sich herausstellte. Wäre sie sonst auf die Idee gekommen, unmittelbar vor ihrem Tod, von dem sie ja wahrhaftig nichts ahnen konnte, im August 1939 die geliebte Uhr von Warschau nach Nairobi zu schicken?

Während Rachel noch den Nähkorb ordnete oder an manchen Tagen die Bilder gerade hängen musste, begann Rifka schon mit dem Programm. Sie brachte dem alten Herrn Eppstein, der in einem Erker des Zimmers saß und täglich Briefe in alle Welt schrieb, von denen keiner wusste, ob er sie auch abschickte, einen warmen Tee. Dem Tee war ein kleines Schnapsglas selbst gemachter Honiglikör zugesetzt, und er wurde in einem Glas serviert. Solche Teegläser waren in ganz Nairobi nicht zu kaufen, aber Herrn Eppstein konnte man trauen. Seine Hände zitterten nicht.

Noch nicht. Er kränkelte an den Bronchien. Dinge aus der alten Heimat wusste er zu schätzen. »Die sind«, pflegte er zu scherzen, »ja noch älter als ich. Und Glück haben sie auch.«

»Was soll ein Teeglas schon für Glück haben, Herr Eppstein?«

»Hat ein Teeglas Erinnerungen? Oder Verwandte, die man ermordet hat?«

Nachdem Rifka genickt und dem alten Mann geholfen hatte, den »East African Standard« zusammenzulegen, dessen Inhalt er seiner mangelnden Englischkenntnisse wegen nicht zu seiner Befriedigung ausschöpfen konnte, inspizierte sie mit Rachel die bereits für den nächsten Morgen eingedeckten Frühstückstische. Das blau-weiße Geschirr war durch Gutscheine erworben worden, die den Packungen einer bestimmten Zigarettenmarke beilagen. Die Goldstayns rauchten nicht, sie gestatteten es jedoch ihren Gästen, denen es Vergnügen machte, sich mit den Gutscheinen zu revanchieren und dann zu behaupten, ein Teil des Hausrats gehöre ihnen. Es entsprach dem Hausfrauenstolz von Rifka und Rachel, jeden Abend zu überprüfen, ob die kleinen Marmeladenschalen gut gefüllt und die Sirupgläser von außen nicht so klebrig waren, dass sie die roten Ameisen angelockt hätten. Danach trennten sich ihre Wege für einige Minuten.

Rifkas wachsames Auge galt der Küche. Es gab leider Anlass, selbst solchen Angestellten zu misstrauen, die schon jahrelang im Haus arbeiteten. Seit Kriegsende und der allerorten empfundenen Lockerung der Sitten bedienten sich auch jene, auf die sonst immer Verlass gewesen war, recht ungeniert der Küchenreste. Dabei ging es wahrhaftig nicht um das bisschen Essen, doch wenn das Geschirr

der Goldstayns in den Behausungen vom Personal landete, war es ja nicht mehr koscher. Von dem unguten Gefühl abgesehen, machte es immense Mühe, die missbrauchten Töpfe und Teller wieder im Sinne der jüdischen Speisegesetze »rein« zu bekommen.
Während Rifkas ausgedehntem Küchenrundgang prüfte Rachel, ob alle Fenster und vor allem die Eingangstür geschlossen waren, auch dies ein Zeichen der veränderten, verwildernden Zeit. Zum Ende der vierziger Jahre, die im Nachhinein von den Europäern und nur ein wenig später auch von den Indern als die letzten wirklich guten betrachtet wurden, stiegen in Nairobi Überfälle und nächtliche Einbrüche deutlich an. Und immer war das Hauspersonal gerade nicht zur Stelle. Dafür standen Schränke, die stets abgeschlossen wurden, ausgerechnet am Tag des Einbruchs sperrangelweit offen, und die Schlüssel waren auf wundersame Weise verschwunden. Rifka und Rachel prüften neuerdings jeden Schrank, ehe sie zu Bett gingen. Ob ihnen das immer gleiche Ritual nicht Sinnbild für die Monotonie des Lebens wäre, wurden sie einmal von einem Gast gefragt, einer vorlauten jungen Frau, von der man sich erzählte, sie sei zweimal mit einem recht anständigen Mann verlobt gewesen und beide Male sitzen gelassen worden.
»Die Jugend braucht Leben«, hatte Rifka die vorwitzige Jungfer belehrt, »alte Leute brauchen Gewohnheiten.«
Der Satz, den Rachel damals als so treffend und auch klug empfand, dass sie ihn mitten in der Nacht laut wiederholte und dadurch ihre Schwester aufweckte, wurde seitdem oft und bei sehr verschiedenen Gelegenheiten zitiert. Zunächst war es Rachel, die witterte, dass das einst so geschätzte Gleichmaß der Tage dabei war, dem Leben seine Würze zu nehmen. Jedoch ging ihr bald durch einen ein-

zigen Satz von Rifka auf, dass auch die sich entsprechende Gedanken machte. Als sie den Satz äußerte, der so manches verändern sollte, starrte sie verdrießlich auf das Beet mit dem jungen grünen Salat. An den Salatköpfen war wahrhaftig nichts auszusetzen. Kein Wurm und nur ein einziger Käfer. Und doch murmelte Rifka: »Von einem mageren Huhn kann auch die beste Köchin keine gute Suppe kochen.«
Ohne Zweifel war der Satz nur für die eigenen Ohren bestimmt, aber Rachel hörte ihn doch. Nach einer Zeit, in der das Schweigen zu dick und neblig wurde, um so zu tun, als wären die Worte der Schwester nur die momentane Bestimmung eines Zustands, erwiderte sie: »Wer weiß schon, ob eine missratene Suppe nur an einem mageren Huhn liegt. Vielleicht ist der Löffel, mit dem die Köchin rührt, rostig geworden.«
Mochte das Gespräch ungewöhnlich und schwer zu entschlüsseln sein, auf längere Sicht war es doch ein doppelter Segen. Rachel, die Sparsame, zeigte sich ab diesen Zeitpunkt willens, beim Einkauf in der Markthalle mehr Geld als vordem für ein ordentliches Suppenhuhn auszugeben. Noch entscheidender war der Umstand, dass beide Schwestern den Mut fanden, selbst an den ganz gewöhnlichen Tagen, an denen der Allmächtige weder Einkehr noch Buße erwartete, über andere Dinge zu sprechen als über die Fleischpreise und das Dilemma, dass es in der ganzen Stadt keine Gerste zu kaufen gab. An so einem Tag ohne Bedeutung – es war ein Donnerstag, und nichts stand auf dem Programm außer dem Setzen von neuem Zwiebelknollen im Gemüsegarten und dem Hängen der frisch gewaschenen Gardinen im Essraum – machte Rifka eine Bestandsaufnahme des Lebens. Ausgerechnet unter dem

herrlichen Baum mit den duftenden Guaven sagte sie, der Himmel in Nairobi, der ihnen bei ihrer Ankunft vor fast fünfundvierzig Jahren als so wohltuend blau und so angenehm für das Gemüt aufgefallen war, würde längst nicht mehr so hell leuchten wie damals. War eine Antwort nötig, so musste sie gut bedacht sein. Ein wenig irritiert von einer Bemerkung, die sie eher als philosophisch denn als meteorologisch empfand, schüttelte Rachel die Erde von ihren Händen. Sie setzte einen Regenwurm, der sich in ihre rechte Hand verirrt hatte, zurück in das Zwiebelbeet und sagte: »Oj.« Die kurze, für nahezu jede Lebenssituation zu gebrauchende Silbe wurde zweimal wiederholt. Selbst Kenner dieser feinsten aller sprachlichen Finessen hätten ihre Schwierigkeiten gehabt, sich zu entscheiden, ob Rachel in diesem Moment über die schwesterliche Einsicht in Sachen Himmelssymbolik staunte oder ob sie nur mit dem Regenwurm litt, der sich nichts ahnend in Lebensgefahr begeben hatte. Nur wenige Sekunden nach dem dritten »Oj« stimmte Rachel allerdings ihrer Schwester mit einem Nicken zu. Die Kopfbewegung war prononciert genug, um nicht mit einer flüchtigen Bejahung verwechselt zu werden.

»An der Brille liegt es nicht«, setzte Rifka wieder an, zufrieden ob der schnellen Bestätigung, »nicht an der Brille.«

»Es wird gut sein, wenn wir den Krautstrudel immer am Montag machen«, verstand Rachel. »Strudelteig macht viel Arbeit. Arbeit lenkt ab. Unsere selige Mutter hat schon immer gesagt, eine Frau muss die Hände bewegen, wenn sie denkt, sie wird meschugge.«

»Ist ein Mensch gleich meschugge, wenn er nicht vergessen kann?«

»Bei den anderen nicht.«

»Die haben nichts zu vergessen, die anderen.«
Dieses Gespräch über die Relation zwischen Krautstrudel und geistiger Gesundheit hätte niemand interpretieren können, nicht die Feinfühligen mit ähnlichen Erfahrungen und nicht die groben Klötze, die auf jede Frage eine Antwort parat haben, auch auf die, die nicht gestellt werden. Die Goldstayns kannten nämlich keinen Menschen, dem sie freiwillig gestanden hätten, weshalb sie der Tag zwischen Sonntag und Dienstag so belastete, dass sie fortan schon zu Wochenanfang ihre Gäste mit Krautstrudel verwöhnen wollten. Einst war der Montag, jedenfalls der erste im Monat, ein Tag zum Jubeln gewesen. Vor dem Krieg hatte dieser Montag Rifka und Rachel die wunderbare Bestätigung gegeben, dass sie Grund und das Recht hatten, jeden Tag stolz, zufrieden und dankbar zu sein. Zu Monatsanfang waren Rachel und Rifka Goldstayn, die nur mit ihrer sehr bescheidenen Aussteuer ins Land gekommen und mit zwanzig Jahren schon Witwen gewesen waren, gemeinsam zur Post gelaufen. Zu diesem Höhepunkt ihres Lebens in ihren besten Kleidern, in den teuersten Schuhen und mit Tropenhüten, die sie sich noch auf dem Schiff gekauft hatten. »Ein Hut passt immer, Köpfe werden ja nicht dicker oder dünner. Köpfe werden klüger«, pflegte Rifka zu sagen.
Gelaufen waren sie zur Post, nicht etwa mit dem Bus oder einer Rikscha gefahren. Um die Freude zu verlängern, hatte es ihnen nichts ausgemacht, dass der Weg steil und staubig war und zum Teil durch eine Gegend führte, die schon in den besten Zeiten von Nairobi als unsicher für weiße Frauen galt. Vor allem für ihre Handtaschen. Rachel hatte immer Mut gehabt und Rifka das ganze Geld der beiden um den Hals.

»Erwürgen«, pflegte sie mit dem scherzhaften Trotz zu sagen, der ihr so gut in der Zeit der jungen Witwenschaft zupasse gekommen war, »hat Er ja verboten.«
»In welcher Sprache?«, war meistens Rachels Antwort. Manchmal fragte sie nur knapp: »Wem?«
Am Postschalter hatte ein schlanker junger Inder mit Augen schwarz wie Kohle und einem glänzenden Schnurrbart gesessen. Und mit einem Haarschopf, in den Rifka gern gegriffen hätte, was ihre Schwester durchaus ahnte, denn ihr erging es ebenso. Bei der Begrüßung wirkte der junge Mann immer, als wäre er überglücklich, die Goldstayns zu sehen. Es war stets die gleiche Zeremonie. Mit ernsten Mienen steckten sie ihm ein festes, weißes Couvert zu. Adressiert war es nach Krakau, das Wort »Poland« zweimal mit roter Tinte unterstrichen. In dem Umschlag war ein langer Brief an Bruder und Schwägerin; für deren Sohn lag ein Scheck im Gegenwert von sieben englischen Pfund. Dieser Sohn war ja wahrhaftig nicht allein Rifkas und Rachels ältester Neffe gewesen, er war doch das Wunderkind, von dem nach Aussage seiner damals so hoffnungsfrohen Eltern die Welt noch hören würde. Sehr viel und sehr bald.
Seine familienbewussten Tanten waren nie dazu gekommen, darauf hinzuweisen, dass der Neffe doch gewiss kein Kind mehr wäre und eigentlich die Zeit für den Applaus der Welt überfällig sei. Der Tod, millionenfach und unvorstellbar, hatte die Herrschaft ergriffen. Das Wort »hören« war nicht mehr zu gebrauchen, wenn es um das Schicksal von jüdischen Menschen ging, die der Schöpfer nicht rechtzeitig aus Europa herausgeführt hatte. Für die Zurückgebliebenen gab es weder Gräber noch Totengebete, noch nicht einmal Spuren, dass sie gelebt hatten. Die Mörder

trugen deutsche Uniform. Rachel und Rifka Goldstayn erfuhren nie, wie und wo ihr Neffe, seine drei Geschwister und seine Eltern umgekommen waren.
Noch vier Jahre nach Kriegsende klammerten sich die Schwestern an den Wahn, es wäre in Krakau oder in einem dieser Lager, deren Namen sie nicht hören konnten, ohne dass sich ihre Augen mit Tränen füllten, ein Wunder geschehen und wenigstens einer aus der großen Familie hätte das Morden in der Heimat überlebt. An einem Jom Kippur, dem Tag, da die Juden ihrer Toten gedenken, gaben sie die Hoffnung verloren. Sie waren zu fromm, um aufzubegehren oder nach dem Warum zu fragen. Immer öfters grübelten sie jedoch, eine Zeit lang jede für sich, nach dem Gespräch über das Suppenhuhn schließlich auch gemeinsam, für wen sie eigentlich das Geld brauchten, das sie verdienten. Solche Überlegungen rüttelten an den Fundamenten ihres Lebens. Immer wieder tauchte die Frage nach dem Sinn ihres Tuns und Seins auf. Das nahm ihnen Kraft und Zuversicht. Der Brunnen, aus dem die lebensfrohen, fleißigen Frauen ihr ganzes Leben geschöpft hatten, begann auszutrocknen. Sie hatten in ihrer Jugend nie vom Leid der Seele gesprochen. Im Alter bestrafte der Körper ihr Schweigen. Rifkas Bronchien wurden so empfindlich wie die von Herrn Eppstein. Wenn sie aufstand, hinkte sie, abends spürte sie den Druck des Tages im Kreuz und brauchte eine Wärmflasche. Bei jedem Bad befürchtete sie, sie käme nicht aus der Wanne heraus und müsste ihre Schwester zu Hilfe rufen. Sie ging dazu über, Schuhe zu tragen, in die sie hineinschlüpfen konnte, ohne sich zu bücken. Auch Rachel gab den Kampf mit den Schnürsenkeln auf. Sie klagte immer öfter, dass die Zeitungen sehr viel kleiner gedruckt wären als in ihrer Jugend

und dass Doktor Harvey, der junge Zahnarzt, der den vertrauten Doktor Landmann aus Wien ersetzt hatte, sich keine Mühe gab, einen Zahn zu füllen und ihn immer gleich ziehen wollte. »Und zum Essen«, stellte Rachel fest, »brauche ich viel mehr Zeit als früher.«
»Zum Kochen auch«, bemerkte Rifka. Zu ihren Altersleiden zählte eine spitze Zunge.
Von der Zukunft redeten beide Schwestern nur noch selten. Ohne dass sie den Gedanken hätten ausdrücken können, erschien es ihnen dumm und frevelhaft, ihren Blick in eine zu weite Ferne zu lassen. Nach ihrem Wohlergehen gefragt, antwortete die eine wie die andere trotzdem mit immer noch kräftiger Stimme und ohne zu seufzen: »Nu, man lebt!« Allerdings strengte es sehr viel mehr an als einst, ausgerechnet bei diesem Satz ein freundliches Gesicht zu machen.
Rifka und Rachel sprachen nie aus, was sie fühlten und fürchteten, doch keine von beiden bezweifelte, dass sie am Ende ihres Weges waren. Voller Dornen war dieser Weg gewesen, und stets war er bergauf verlaufen. Es war genug. Warum weitermachen? An einem Abend, der nicht anders war als andere, vielleicht ein bisschen schwüler und vielleicht ein wenig anstrengender, weil der alte Herr Eppstein unpässlich gewesen war und mehr Zuwendung gebraucht hatte, als die ermüdeten Schwestern ihm geben konnten, ohne Opfer zu bringen, fragte Rifka doch tatsächlich: »Warum weitermachen?« Sie senkte beim Sprechen noch nicht einmal den Kopf, und sie sagte die beiden Worte so laut, als ob so eine Frage selbstverständlich und nicht unpassend, ja eine Sünde wäre.
»Warum nicht?«, fragte Rachel zurück. Sie war nie eine gewesen, die rasch Antwort gab. Schon als kleines Mädchen

hatte sie sich für die simpelsten Fragen so viel Bedenkzeit genommen wie ein studierter Mann. »Du sollst mir nicht die Welt erklären«, hatte die Mutter einmal geschimpft, »du sollst mir sagen, was du mit deiner Haarschleife gemacht hast.« Und selbst da hatte Rachel »Warum?« gefragt.

Obwohl Rifka immer noch abgelenkt und nervös war, weil sie die für eine alte Frau so unstatthafte Frage nach dem Sinn des Lebens gestellt hatte, witterte sie sofort, dass Rachel sie dieses eine Mal nicht allein mit einer ihrer üblichen Gegenfragen habe bedenken wollen. Rachel starrte nämlich ausdauernd in Richtung der Tür, hinter der Leah schlief. Als hätte sie dort eine Handschrift an der Wand entdeckt. Ein Zufall war das bestimmt nicht. Natürlich wäre für jeden anderen Menschen in Nairobi Rachels starrer Blick keine Botschaft von relevanter Bedeutung gewesen. Rifka jedoch hatte auch im Alter noch Augen wie ein Adler. Wo andere nur einen einzelnen feinen Faden ausmachten, sah sie ein fertig gesponnenes Netz.

»Wir können doch nichts machen, wenn es so weit ist«, sagte sie.

»Warum nicht?«, fragte Rachel wieder.

»Sie hat ja noch nichts gesagt.«

»Weil sie wahrscheinlich noch nicht weiß, was sie machen will. Haben wir in dem Alter gewusst, was wir machen wollten?«

»Geheiratet haben wir«, seufzte Rifka. »das haben wir gemacht. So alt bist du doch nicht, und so schlecht kann ein Gedächtnis gar nicht sein. Wir haben nicht gewartet, bis uns ein Mann gefällt. Wir sind verheiratet worden.«

»Die Mädchen haben heute ihren eigenen Kopf. Sie gebrauchen ihn auch, und sie lassen sich Zeit mit dem Heiraten.«

»Abwarten. Wenn der Richtige kommt.«

Leah war das letzte Jahr auf der High School, und danach gab es für die Familie Rubinstein keinen Grund mehr, sie bei den Goldstayns wohnen zu lassen. Am Ende würde sie studieren wollen. Es studierten ja immer mehr junge Mädchen, auch die jüdischen, für die es früher durchaus gereicht hatte, einen Studierten zu heiraten. In Nairobi gab es keine Universität. Doch wer, wenn nicht der alte Rubinstein, konnte es sich leisten, seine Enkeltochter, die späte Freude von Rifka und Rachel, die Sonne ihres Alters, zum Studieren wegzuschicken? Den Reichen stand ja seit dem Krieg wieder die ganze Welt offen. Nicht nur zum Studieren. In England und Amerika zum Beispiel gab es nicht nur mehr Universitäten, als die Leute brauchten. In einer einzigen Stadt, selbst in einer nur mittelgroßen, lebten mehr heiratsfähige jüdische Männer, als in ganz Kenia wohnten. Und in Israel.

»Er wäre ein schöner Dummkopf, wenn er unsere Leah nicht ins Ausland schicken würde«, sagte Rifka.

»Vielleicht findet sie vorher einen Mann und bleibt hier«, träumte Rachel. Sie hatte, ihre Schwester bemerkte das sofort, sich nicht die übliche Wartezeit gegönnt, ehe sie antwortete. Noch auffälliger war, dass sie zwinkerte. Wie ein albernes junges Mädchen mit einem albernen Geheimnis sah Rachel aus, jünger als seit Monaten, mit roten Backen und mit Augen, die klar waren. Sie sagten nichts mehr, obwohl sie, was eigentlich fällig gewesen wäre, nicht zu Bett gingen. Stattdessen holte Rachel die Schnapsgläser – nicht die kleinen, aus denen Herr Eppstein seinen Abendtrunk bekam, sondern die größeren aus geschliffenem Kristall

und mit langem Stiel. Rifka schenkte sie ziemlich voll. Sie verzichteten auf einen Trinkspruch, und ein wenig glaubte jede von der anderen, sie würde den Honiglikör nur aus gesundheitlichen Gründen brauchen. Dann sagten sie jedoch beide im genau gleichen Augenblick »Unsere Leah« und schauten sich jenen Moment zu lange an, der bei Frauen im Allgemeinen und bei Zwillingsschwestern im Besonderen für die Bereitschaft steht, sich mit allen Kräften um ein gemeinsames Ziel zu bemühen.
Sie machten sich so rasch ans Werk, als käme es bei Tagträumen auf das Tempo an, in dem die einzelnen Programmpunkte erledigt werden. Mittwochs fuhren sie unmittelbar nach dem Mittagessen in die Stadt. In der Delamare Avenue kauften sie für einen Betrag, für den sie im »Thorn Tree«, dem schönen Straßencafé vom »New Stanley Hotel«, ohne weiteres zwei alkoholische Drinks hätten bekommen können, eine dickleibige Zeitschrift. Das Titelblatt hatte sie mit modischen Neuigkeiten aus aller Welt gelockt, doch beklagenswerterweise galten in den Augen der Redakteure ausschließlich New York und London als erwähnenswerte Teile des Universums. Engländerinnen, waren sich die Goldstayns einig, sah man in Nairobi mehr als genug und New York sei auch nicht mehr das, was es gewesen war, seitdem als Präsidentengattin die bewunderungswürdige Mrs Roosevelt nicht mehr das Sagen hatte, sondern Frau Truman.
»Und die sieht immer aus wie eine Aja«, fand Rifka, »nur in Weiß.«
Die Schwestern standen, als sie den allgemeinen Niedergang der westlichen Welt beklagten, vor dem einzigen Schuhgeschäft in Nairobi. Es gab neuerdings dort wieder Importware. Die Damen, mit denen die Goldstayns seit

dreißig Jahren jeden zweiten Dienstag Canasta spielten, hatten sich dort schon eingedeckt. Rifka lehnte ihren Kopf an die Schaufensterscheibe und genoss die Kühle.
»Warum haben alte Füße immer junge Wünsche?«, seufzte sie.
»Alte Füße haben junge Hühneraugen«, verbesserte Rachel sanft. »Meinst du nicht, dass die roten Sandalen uns gut passen würden?«
»Warum soll ich meinen, wenn du schon gemeint hast?«
Zwecks Tauschmöglichkeiten kaufte Rifka die Sandalen in Weiß und Rachel die roten; das Gefühl, dass jede von ihnen nun zu zwei paar neuen Schuhen gekommen war, belebte sie wie damals als Vierzehnjährige, wenn sie bei der Mutter durchgesetzt hatten, dass die den Töchtern verschiedenfarbige Kleider kaufte. Sie hörten beide die Stimme der Mutter und dankten dem Allmächtigen, dass er ihnen im Alter die Freude gewährte, nicht allein im Album ihrer Jugend blättern zu müssen. Dem anregenden Schuhkauf folgte der Besuch bei einem Friseur, dem sie beim letzten Mal gedroht hatten, er würde sie seiner unverschämten Preise wegen nie wieder von vorn sehen. Der Scherenmeister aus Bombay revanchierte sich für den Wortbruch mit äußerst verjüngenden Frisuren und Schmeicheleien, wie sie in einem Pariser Salon nicht inspirierender hätten sein können.
Wegen der Vorbereitungen zum Sabbat – die Hefe war nicht frisch genug, und um ein Haar wäre der wöchentliche Mohnzopf nicht gegangen – unterblieben weitere Planungen bis nach dem Abendessen am Freitag. Dann aber ließen Rifka und Rachel – rein zufällig, wie ihre Unschuldsmienen perfekt auswiesen – die jungen jüdischen Männer vor ihren Augen aufmarschieren, die weder feste Absich-

ten zu haben schienen noch irgendjemanden fest versprochen waren.
»Dass es so viele sind«, sagte Rachel und schlug sich an die Brust, »hätte ich nie gedacht. Wir hätten schon längst damit anfangen sollen.«
Am Samstag morgen gingen sie zum Gottesdienst, wobei sie es als eine nicht zu übersehende Botschaft des Himmlischen empfanden, dass Leah unpässlich war und zu Hause bleiben wollte. Der steile Berg, den sie wegen des am Sabbat geltenden Fahrverbots zu Fuß bewältigen mussten, zehrte noch mehr an ihren Kräften als sonst, denn morgens um zehn war es schon so gnadenlos heiß, wie es erst mittags hätte sein dürfen. Die neuen Sandalen waren längst nicht so bequem, wie sie im Schaufenster ausgesehen hatten. Rifka hatte leichte Kopfschmerzen, Rachel einen steifen Nacken. Sie sprachen wenig. Hätten sie einander gestanden, woran sie dachten, hätten sie wieder einmal über die Übereinstimmung ihrer Wunschträume gestaunt. Rachel sah Leah im weißen Kleid unter dem Hochzeitsbaldachin stehen, Rifka sie mit ihrem jungen Gatten in ein Häuschen einziehen, das keine zehn Minuten Fußweg vom eigenen entfernt war und das seit Monaten zum Kauf angeboten wurde. Leahs Großvater kam in beider Tagträume nur am Rande vor, obwohl Rifka erst vor einer Woche erfahren hatte, dass er geäußert hatte, seine Enkelin solle nach der Schule endlich die Verwandtschaft in Amerika kennen lernen.
Ein Wüstenwind verstärkte die dumpfe Schwere, die Erde war gerissen und schwarz, der Vorhof zur Synagoge mit einem ausgetrockneten Brunnen aus grauem Stein speicherte die Hitze wie ein Backofen. Das Gebäude selbst hieß die Gläubigen jedoch mit jener Kühle willkommen,

die in den Tropen als ein besonders warmherziger Empfang verstanden wird. Für die Teilnehmer des Gottesdienstes wurden am Eingang kalte Getränke und feuchte Tücher bereitgehalten. Als die Goldstayns beim Nachmittagskaffee Leah das zum Beweis erzählten, dass doch in jeder Lebenslage Verlass sei auf ein jüdisches Herz, brach ihr gemeinsamer Augapfel zu ihrem größten Erstaunen in ein wirklich wieherndes Gelächter aus und kreischte gleich zweimal hintereinander: »Das hatte schon der goische Pfarrer in Nakuru. Bei dem gab es immer erst kaltes Wasser und dann ein heißes Vaterunser.«
Sonst aber war der Gottesdienst und erst recht der anschließende Kiddusch mit Schnaps und Fisch (in der alten Heimat hatte es zum kleinen Empfang nach dem Schlussgebet immer Hering und Wodka gegeben, in Nairobi leider nur einen schlecht geräucherten Bückling mit einem mittelmäßigen Brandy) ein absolut wärmendes und bestätigendes Erlebnis. Die ersten Erfolge konnten schon vorher verbucht werden. Noch während der Wochenabschnitt aus der Thora gelesen wurde, erfuhr Rachel von der alten Mrs Greenspan, die für ihr Alter beneidenswert viel im Lande herumkam und sogar Besuche bei Zufallsbekanntschaften als Lebenselixier verstand, dass der junge Harry Rose »ganz bestimmt nicht abgeneigt« und ein wirklich »anständiger Junge« sei. Der junge Rose, so stellte sich heraus, war im besten Mannesalter und der allergrößte Erfolg, den seine Mutter, immerhin eine Zahnärztin mit florierender Praxis, je zuwege gebracht hätte. Er bewirtschaftete schon seit Jahren mit viel Fortune eine Milchfarm in Rumuruti und wollte »expandieren«. In welcher Richtung, wusste Mrs Greenspan leider nicht, doch begeisterte sie sich mit jedem preisgegebenen Detail mehr für die Auf-

gabe, von der Rachel ihr zu verstehen gab, ein guter Abschluss wäre ihr Schaden gewiss nicht. Mrs Greenspan erbot sich, bis zum folgenden Sabbat mit weiteren Informationen zu dienen.

»Ach, das muss ich Ihnen schon sagen«, fiel ihr ein, »ein wenig hinkt er.«

»Aber nur beim Laufen«, kicherte Rachel, die der Gottesdienst noch vor seinem Ende so sichtbar verjüngt hatte, dass Mrs Mayer ihrer Nachbarin, Mrs Gordon, zuraunte, den Zwillingen müsse es doch noch sehr viel besser gehen, als »man sich so erzählt«.

»Wer erzählt?«, fragte Mrs Gordon patzig, »Sie erzählen. Sie erzählen immer, und dann wundern Sie sich, dass andere erzählen, dass Sie so viel erzählen.«

Zeitgleich erfuhr Rifka, deren Wangen ebenso rosig erglüht waren wie die ihrer Schwester und die noch nicht einmal mehr leichte Kopfschmerzen hatte, eminent Wichtiges von der immer als besonders gut informiert geltenden Mrs Bloomingdale (Frau Blumenthal war vor drei Jahren eingebürgert worden und führte erst seitdem den schönen englischen Namen, von dem viele meinten, er wäre nicht passend für eine jüdische Frau und schon gar nicht für eine, die Englisch mit einem sächsischen Akzent sprach). Mrs Bloomingdale wusste von einem jungen Mann namens George White (»ordentlich und bescheiden und so arbeitsam, dass er fast mit der Peitsche geprügelt werden muss, damit er sich einen einzigen Augenblick Ruhe gönnt«) aus dem Ngong. Dort hatte er eine eigene Kaffeefarm – »direkt neben der von der meschuggenen dänischen Baronin, die Pleite gemacht und dann ein Buch darüber geschrieben hat«. Obgleich es gerade im Ngong wegen eines Unwetters zur Erntezeit viele Missernten auf

Kaffeefarmen gegeben hatte, schien der gesegnete Mr White Tausende zu machen.
»Pfund oder Erfahrungen?«, begehrte Rifka zu wissen.
»Beides«, räumte Mrs Bloomingdale ein wenig widerwillig ein. Sie schaute sich um aus der sicheren Warte der Frauenabteilung, holte ihre mit drei Ringen dekorierte Hand aus der Tasche ihres lindgrünen Leinenjacketts und wies mit dem Zeigefinger auf den Hinterkopf eines schmächtigen Männchens, das fast hinter dem breiten Rücken seines Nachbarn verschwand. Mrs Bloomingdale sagte, das Männchen wäre der Cousin zweiten Grades des trefflichen Mr White. Vielleicht könnte sie die beiden Herren irgendwann zum Dinner einladen. Ob Mrs Goldstayn und die werte Schwester auch kommen möchten? Vielleicht gar mit dem reizenden Mündel.
»So schnell mag ich's nicht«, wehrte Rifka ab, »und Leah ist nicht unser Mündel. Sie hat einen Großvater, und was für einen.«
Es stellte sich heraus, dass dieser Großvater, wenn es um seine geliebte Enkelin ging, nicht nur das Gras wachsen hörte, sondern über jedes Gerücht Bescheid wusste, das im Umlauf war. Bei seinem nächsten Besuch in Nairobi gab er sich noch nicht einmal Mühe, den Anschein zu erwecken, es sollte ein Gespräch der üblichen Art werden – mit Komplimenten für die Damen, die ihn als einen Charmeur der alten Schule auswiesen. Sein Alter Ego war ein koloniales Raubein. Dieser grobe Klotz aus Thika hakte die Daumen beider Hände unter seinen breiten Gürtel, unterdrückte jede Schwingung einer freudigen Erregung, obwohl er Leah im Garten lachen hörte, und verdüsterte sein Gesicht mit einem Ausdruck, von dem er wähnte, er würde Churchills Mimik bei der berühmten Rede von Schweiß,

Blut und Tränen ähneln. Statt »Jambo« zu poltern und dabei mit einem Auge zu zwinkern wie Clark Gable, was er nun seit Jahren tat, um sein jugendliches Temperament zur Geltung zu bringen, starrte der empörte Besucher, der zwei Stunden früher als angekündigt eingetroffen war, die Schwestern Goldstayn an, als wären sie zehn Jahre alt und soeben beim Diebstahl von Schokoladenpudding entdeckt worden.

»Wenn hier einer meine Enkeltochter verheiratet, dann bin ich es«, sagte er. »Merken Sie sich das. Von jetzt an. Und für immer.« Er sprach so leise, wie es Männern seiner Statur nur gelingt, wenn sie jeden Muskel zum Gehorsam zwingen.

»Das Mädel ist doch noch ein Kind«, räsonierte er in Richtung von Leahs Gelächter.

»Wir haben kein Wort zu irgendjemand gesagt.«

»Kein Wort bei Frauen ist ein ganz schön dickes Wörterbuch. Wenn ich noch einmal zu hören bekomme, dass Sie Erkundigungen über junge Männer einziehen und dann noch so tun, als hätte ich Sie beauftragt, wohnt meine Leah im Hotel. Und ich erzähle jedem, weshalb. Wenn meine Prinzessin heiraten will, machen wir einen Wettbewerb. Wie im Märchen. Da müssen die Männer auch beweisen, was sie können.«

Die liebliche Prinzessin tauchte just am Siedepunkt einer großväterlichen Drohgebärde aus einem dichten Gebüsch mit wild wuchernden Heckenrosen auf. Sie trug ein kurzes, eng anliegendes Khakikleid. In der letzten Zeit zeigten Leahs sämtliche Röcke und Blusen Rundungen an, die vier Wochen zuvor noch nicht sichtbar gewesen waren. Das olivgrüne Kleid war eine unauffällige Auffälligkeit. Reizvoller hätte kein Couturier ihre Schönheit und ihren

Teint betonen können. Die Khakifrau sah aus wie eine wilde Rose, eine freilich, die noch nicht entblättert ist, die jedoch schon mit dem Zauberstab aus dem Land der Elfen die Anbeter herbeilockt. Einen Moment war der Großvater stumm vor Staunen, einen belebenden Wimpernschlag lang nur Mann und Jäger. Dann, obwohl er eine Hand gebraucht hätte, um seine Augen trockenzuwischen, breitete er die Arme der Liebe aus. Mit jedem Atemzug nährte er Sehnsucht und das Bewusstsein um die Vergänglichkeit. Der Schmerz war gewaltig.

»Jedes Mal, wenn ich dich sehe«, sagte er vorwurfsvoll, »bist du älter geworden.«

»Und du jünger, Aba«, schwindelte Leah den Mann an, den sie Vater nannte. Sie wusste schon gut genug Bescheid, dass sie den Seufzer, der sich ihr aufdrängte, zu einem Hüsteln verwandelte. »Und wer«, fragte sie im gekränkten Tonfall der ungeliebten Geschichtslehrerin, »erklärt mir in aller Ruhe, wann er mich verheiraten will, mit wem und weshalb?«

»Du hast gelauscht!«

»Wer in meinem Alter nicht lauscht, hat schlechte Karten. Ehe man sich's versieht, ist man von Leuten, die kein Recht dazu haben, einem Kerl versprochen, dem man freiwillig noch keinen Hund anvertrauen würde. Überall lauern Mütter, die ihre Söhne in beste Hände abgeben wollen. Nicht bei mir. Ich bin erblich belastet. Bekanntlich haben sowohl meine Mutter als auch mein Vater aus Liebe geheiratet.«

»Und was ist daraus geworden?«

»Ich«, lachte Leah, doch sie schmeckte Salz, als sie ihren Großvater küsste.

Sie wurden alle – außer Leah, die wilde Rose – ein wenig verlegen und genehmigten sich noch vor dem Mittagessen einen Versöhnungsschnaps. Er war sehr viel wirksamer als der übliche Honiglikör und erleichterte die allgemeinen Beteuerungen immens, dass es keinem je einfallen würde, im zwanzigsten Jahrhundert »ein kluges und gebildetes jüdisches Mädel so zu verschachern wie irgendeinen Trampel aus einem polnischen Dorf«. Der Vergleich mit den Heiratsusancen im heimatlichen Polen stammte vom alten Rubinstein, der im Übrigen viel zu lange von dort weg war, um sich an Einzelheiten zu erinnern. Die sympathische – und selten zu bemerkende – Kompromissbereitschaft der Goldstayns entsprang der Überlegung, dass sie künftig wohl unauffälliger hinter den Kulissen agieren müssten, wollten sie ihre Leah nicht nach dem Ende ihrer Schulzeit aus den Augen verlieren.

»Das mit dem jungen White werde ich mir doch noch mal gut überlegen«, schwor Rifka vor dem Einschlafen. »Ich hatte ein besonders gutes Gefühl, als Mrs Bloomingdale mir von ihm erzählt hat.«

Es kam nicht mehr dazu. Im Spiel um Leben und Zukunft war für Leah nämlich der Würfel seit dem 14. Mai 1948 gefallen. Eigentlich hatte sie sich vorgenommen, nicht vor dem Abschluss ihrer Schulzeit über ihren Wunsch zu sprechen, im neu gegründeten Staat Israel zu leben. Das Beispiel einer Mitschülerin indes, die noch nicht einmal die High School fertig machen durfte, weil ein aussichtsreicher Ehekandidat aufgetaucht war, schreckte sie. Und die Diskussion zwischen ihrem Großvater und den Goldstayns machte ihr endgültig klar, dass Dringlichkeit geboten war. Sie grübelte die ganze Nacht. Die Lösung, die sie schließlich fand, erschien ihr ein Meisterstück. Endlich fühlte sie sich von einem Ballast befreit, der Herz und Nerven seit Monaten beschwert hatte.

Großvater Rubinstein, der selten mehr als einen Tag in Nairobi blieb, hatte sich nicht, wie sonst, nach einer Nacht in seinem eigenen Hotel in der Valley Road zurück nach Thika fahren lassen. Als Zeichen, dass er den Goldstayns, die er in der Tat ja sehr verehrte, nicht anhaltend wegen ihrer kupplerischen Neigungen und Absichten zürnte, hatte er ihre Einladung zum Essen am nächsten Abend angenommen. »Es wird Ihnen nicht Leid tun«, versprach Rifka.
»Warum soll es einem Mann Leid tun, wenn er bei Ihnen essen darf? Bei Ihnen sind die Reste besser als bei anderen Leuten die ganze Mahlzeit.«
»Bei mir haben Sie noch nie Reste bekommen, Herr Rubinstein.«
»Da können Sie sehen, was Sie mir nicht gegönnt haben.«
Rubinstein zu Ehren gab es Ochsenzunge in einer süßsauren Soße, die mit Zimtrinde, Zitronenschale und Rosinen zubereitet war, ein Gericht, für das er besonders schwärmte und das, wie er erzählte, als die mit dünnen Scheiben von roter Bete dekorierte Platte hereingetragen wurde, seiner Schwiegertochter noch kein einziges Mal so gut gelungen war wie seiner seligen Frau.
»Vielleicht hat sie nicht genug Phantasie fürs Kochen«, sagte Rachel.
»Das auch nicht«, bestätigte der Rubinstein.
»Und nie die passenden Gewürze«, ergänzte Leah, »Ima kennt nur Salz und Zwiebel.«
Sie war gerade dabei, sich eine Rosine aus der sämigen schokoladenfarbenen Tunke zu fischen. Zweimal schon hatte sie vergeblich versucht, die Rosine auf die Gabel zu spießen. Zumindest für Rifka und Rachel und den grauhaarigen Kikuyu Warani, der seit zwanzig Jahren das Essen im Hause Goldstayn auftrug und Leah für den lie-

benswürdigsten Gast hielt, vor den er je einen Teller hingestellt hatte, sah die Szene absolut alltäglich aus. Leah war ruhig und freundlich, heiter und witzig. Sie erweckte den Eindruck, als betrachte sie die endgültige Einkesselung der widerspenstigen Rosine als eine äußerst verantwortungsvolle Aufgabe, von deren Gelingen ihr künftiges Lebensglück abhinge. Diesen Part spielte sie so perfekt, dass sich die gute Laune am Tisch noch steigerte. In dem Augenblick jedoch, da das Gespräch der übrigen drei von dem immensen hausfraulichen Können, das eine Ochsenzunge erforderte, abkam und bei den immer größer werdenden Schwierigkeiten landete, den neuen Kantor aus Pretoria dazu anzuhalten, im Gottesdienst das Tempo seiner Gesänge so zu beschleunigen, dass die Gläubigen am Sabbat pünktlich zu ihrem Mittagsmahl kamen, schaute Leah hoch. Dies tat sie, was nur Warani registrierte, weil er ja sowohl auf als auch unter dem Tisch den Verlauf der Dinge registrieren konnte, mit geballter linker Faust. Ihr Gesicht war angespannt. Keinem der Anwesenden konnte dieser Ausdruck von Entschlossenheit entgehen. Leahs Mimik erschien fast ein wenig vulgär, vielleicht gar brutal. Es war unverkennbar, dass die wohlerzogene Miss Rubinstein, die Erbin der größten Kaffeeplantage des Landes und zweier Luxushotels samt einer Lodge in Naivasha, einen Entscheidungscoup plante. Jedenfalls war es für Großvaters sanftmütige und liebreizende Prinzessin ein Leichtes, mit fünf wohlgesetzten Worten die Tischgesellschaft aus der Ruhe zu bringen.
»Ich werde«, verkündete sie, »Maurice Chevalier heiraten.«
Obwohl in dem einen Nachbarzimmer die ertaubende Miss Jermyn gerade ihr Grammophon angekurbelt hatte

und das Gerät auch noch den alten Kriegsschlager »Don't Fence Me In« in einer provozierenden Lautstärke spielte und im Raum daneben sich Mr Eppsteins Bronchien zwei Stunden vor der gewohnten Zeit bemerkbar machten, entstand um die Platte mit der Ochsenzunge eine totale, eine entsetzte, eine entsetzliche Stille. Rifka legte das Besteck aus der Hand. Sie hörte eine dumpf klingende Glocke das Ende allen Lebens einläuten. Rachel hatte allergrößte Mühe, den Bissen hinunterzuschlucken, den sie gerade im Mund hatte. Ihr Gesicht brannte feuerrot. Obwohl der alte Warani die Bedeutung und Tragweite von Leahs Ankündigung nicht verstanden hatte, spürte er die aufgeladene Atmosphäre im Raum. Verlegen fixierte er die beiden silbernen Salzfässer, die er erst am Morgen mit so viel Mühe blank gerieben hatte. Er zerdrückte eine Fliege auf seinem linken Arm, die ihn schon seit einiger Zeit belästigt hatte, und rieb seine Zunge an seinem letzten Backenzahn. Rubinstein fasste sich als Erster. Energisch riss er an der Serviette, die Rachel, gewohnt, sich um die Kleidung ihrer Gäste zu sorgen, ihm mit einem großen Knoten umgebunden hatte. Einen Moment schwankte er noch, ob es nicht der kürzeste Weg zum Ziel wäre, seinem Verlangen nachzugeben, seine Enkeltochter ordentlich durchzuschütteln, um ihr aus dem Kopf zu treiben, was immer sich dort festgesetzt hatte. Jedoch hatte Rubinstein seiner Lebtag nicht die Hand gegen eine Frau erhoben, und gegen Leah, die er mehr liebte als jeden seiner Söhne, hatte er noch nicht einmal eine Drohung ausgesprochen. Er bemühte sich so sehr, seine Erregung und die Ratlosigkeit zu unterdrücken, die seinen Körper durchfluteten, dass jeder seiner angespannten Muskeln schmerzte. Erst nach einigen tiefen Atemzügen gelang es ihm, sich gegen das Gefühl zu

wehren, seine Angst würde aus ihm herausbrüllen und alle am Tisch würden sie hören.
»Ich nehme an«, sagte er so langsam, wie er nur konnte, »früher war dein Bräutigam mal ein ganz gewöhnlicher Moische.«
Es war, lobte sich der großväterliche Taktiker selbst, kein schlechter Schachzug, der ihm da unmittelbar vor dem Matt eingefallen war. Eigentlich war es eine überaus geschickte Methode, um ohne Bauernopfer herauszufinden, ob der räudige Kerl, der ihm seine Leah zu stehlen beabsichtigte, jüdisch war oder nicht. Wo um Himmels willen konnte sein behüteter Augapfel einen Mann mit einem französischen Namen überhaupt kennen gelernt haben? Kenia war doch eine britische Kolonie. Die Franzosen saßen ja in Algerien. Und in Marokko, jedenfalls Welten weit weg. Hatten die Belgier nicht auch französisch klingende Namen? Welcher Teil von Afrika war eigentlich belgisch? Rubinstein spürte, als ihm endlich der Kongo einfiel, nicht nur die Last der Jahre. Ihn bedrückte das Gefühl, er würde Leben und Zeit nicht mehr überschauen.
»Wie hieß er denn gleich, dein Mister Moische?«, seufzte er.
»Chevalier«, sagte Leah, doch sie konnte das Gelächter, das in ihr war, nicht länger halten. Die Heiterkeit sprudelte aus ihr heraus wie ein Wasserfall zwischen Felsen. Zwar war ihr klar, dass sie noch eine gewaltige Wegstrecke vor sich hatte, aber sie konnte nicht aufhören zu lachen. Sie sah erst die Goldstayns an, dann ihren Großvater. Sie hatte den Schneid, Warani zuzuzwinkern und Rifka anzulächeln. Dann begann sie Maurice Chevaliers berühmten Song »Isn't It Romantic?« zu summen. Ein Blick genügte, um ihr klar zu machen, dass ihr Großvater die Melodie

noch nie gehört hatte. Musik war für ihn ausschließlich mit Synagoge und Gebet verbunden. Einmal hatte sie sich als Achtjährige vor ihm aufgebaut und »God Shave the King« geschmettert. Er hatte keine Miene verzogen, die Parodie noch nicht einmal bemerkt.

»Hast du denn noch nie von Maurice Chevalier gehört, Aba?«, fragte sie dennoch. »Er ist ein ganz berühmter französischer Chansonnier. Und ein toller Schauspieler. Der hat in Hollywood Riesenerfolge. Glaubst du, so einer würde ein jüdisches Mädchen heiraten? Außerdem ist er uralt.«

»Wahrscheinlich um Jahrzehnte jünger als ich. Es ist schlechter Geschmack, Leah, aus dem Unwissen anderer Kapital zu schlagen. Glaubst du, der Allmächtige hat den Klugen ihre Intelligenz gegeben, damit sie sich über die Dummen lustig machen?«

»Tut mir Leid. So habe ich das nicht gesehen. Es sollte nur ein kleiner Scherz sein.«

»Und was wolltest du mir wirklich sagen? Hab' ich nicht verdient, dass du mit mir sprichst wie mit einem Mann?«

»Regen Sie sich bloß nicht auf, Herr Rubinstein! Das schadet dem Herzen.«

»Wenn ein Mann zu alt ist, sich aufzuregen, braucht er kein Herz mehr, Frau Rifka.«

Leah beugte sich tief über ihren Teller. Die Versuchung war stark, ihren Kopf zu schütteln, zu behaupten, sie hätte tatsächlich nur einen Scherz machen wollen, und das Gespräch, das ihr in der Nacht noch so dringend geboten erschien, auf einen günstigeren Zeitpunkt zu vertagen – wenn sie mit ihrem Großvater allein war und ihm besser klar machen konnte, was ein Mädchen bewegte, das er für ein Kind hielt und das keines mehr war. Ihr Gedächtnis ließ jedoch keine Vertagung zu. Es trommelte ihr in den Kopf, dass die ersten Ehekandidaten schon ins Gespräch gebracht worden waren, und Leah bezweifelte keinen Moment, dass die Bemühungen, sie zu verheiraten, mit jedem Monat stärker werden würden. Hitze durchflutete ihren Körper. Ihre Stirn brannte. Doch sie schaute mit jenem Trotz vom Teller hoch, der ihr in der Nakuru School allzeit die Kraft gegeben hatte, den Anblick von Schweinefleisch zu ertragen, ohne sich den Ekel anmerken zu lassen. Rifka und Rachel starrten sie immer noch wie Frauen an, die vor einem offenen Grab stehen. Leah trank einen Schluck Wasser. Ruhig und sehr erwachsen sah sie den Mann an, der ihr Vater und Großvater war, dem sie ihr Leben verdankte und an dem sie, was sie da noch nicht wusste, alle Männer messen würde, die ihre Lebensbahn betraten. Die Liebe, die in ihr war, machte sie schwach.

»Ich dachte«, sagte sie und flehte vergebens um die Leichtigkeit der Zunge, »wenn du erst einen großen Schreck bekommst und denkst, ich will heiraten, dann wirst du den kleinen Schreck besser verdauen.«

»Willst du in den Diplomatischen Dienst, Leah?«

»Nein«, lachte sie und wunderte sich, dass sie im Moment der Entscheidung wie das junge Mädchen lachen konnte, das sie bis zum 14. Mai 1948 gewesen war. »Wenn ich mit der Schule fertig bin, will ich nach Israel.«

Zum ersten Mal in seinem Leben verzichtete der alte Rubinstein im Hause Goldstayn auf das Dessert – ausgerechnet Mango, in selbst gemachtem Rosinenwein eingelegt, für die er die Strecke von Thika nach Nairobi sogar geritten wäre (was er in seiner Jugend mehr als einmal getan hatte). Nun war ihm übel. Eine messerscharfe Traurigkeit hatte seinen Körper in zwei Hälften gespalten. Immer war ihm bewusst gewesen, dass Kinder einem Mann nur geliehen werden. Leahs Vater, der liebenswerteste seiner Söhne, war eine solche Leihgabe gewesen. Eines Tages war er, ohne zu erklären, warum, in die Fremde aufgebrochen, um die Welt in seine Arme zu schließen, und dann war er in Paris gestorben. Hatte Rubinstein in Ahnung der Dinge, die da kommen würden, Abraham bewundert? Der war ein Vater, der von Anbeginn begriffen hatte, dass ein Kind Gott gehört. Abraham war zum Opfer bereit gewesen und hatte seinen Sohn zum Opfer auf den Felsen gelegt, als Er es von ihm verlangte.

»Wie, hast du gesagt, heißt er?«

»Wer?«

»Na wer schon? Der alte Mann, den du da in Paris heiraten willst.«

Nur im Augenblick der größten Verlegenheit ließ sich Leah narren. Da glaubte sie wahrhaftig, ihr Großvater, der weise, gewitzte, allen anderen überlegene Beschützer, hätte einen Schock erlitten und sich von der Plötzlichkeit, mit der sie ihm eine schlechte Nachricht zugemutet hatte, in die Irre führen lassen. Sie dachte, er würde jetzt noch zwischen Traum und Begreifen schweben. Scham verbrannte ihr Gewissen. Trotzdem traute sie sich, ihn anzuschauen. Weil sie sah, dass seine Augen leuchteten, erkannte sie, dass nichts von alledem stimmte. Sein Humor, diese einzigartige Mixtur aus Ironie, die das Herz schützte, und aus scharfem Verstand, der das Hirn allzeit in der Balance hielt, hatte ihn gerettet. Auch sie. Nie zuvor war Leah ihrem Großvater so dankbar, so nahe. Vom Tischtuch geschützt, fand sie seine Hand und drückte sie fest. Er nickte, und sie schwiegen. Wie ein Liebespaar. Wie Romeo und Julia vor dem Ruf der Lerche. Wie Philemon und Baucis, nachdem die Götter ihnen versprochen hatten, dass keiner vor dem anderen sterben müsse. Die Geschichte war alt. Leah erlebte sie zum ersten Mal. Auch an diesem Abend fuhr ihr Großvater nicht auf die Farm zurück.

Sie saßen im Garten, bis sich die ersten drei Sterne zeigten, die himmlischen Wachen in einer Tropennacht, die der alte Mann und das junge Mädchen nie vergessen würden. Leah schaukelte sanft auf einem grün gestrichenen Brett, das Rifka für die Kinder ihrer Besucher um die starken Äste einer Zeder hatte binden lassen. Ihre Füße berührten selten die Erde, ihr Verstand immer.

»Warum Israel, Leah? Jüdisches Leben gibt es überall. In London wohnt ein Bruder von mir. Er hat eine wunderbare Frau, die dich wie eine eigene Tochter aufnehmen wird, und ein großes Herz. Du könntest studieren. Oder einen Mann suchen. Ich hab' mir sagen lassen, heutzutage geht beides gleichzeitig.«

»Beten wir nicht jedes Jahr an Pessach ›Nächstes Jahr in Jerusalem‹?«

»Gebete, Leah! Was sind Gebete? Ich weiß nicht, ob es klug ist, dem Allmächtigen alles zu überlassen. In letzter Zeit scheint er mir ein bisschen überfordert.«

»So denkst du doch nicht.«

»Nein«, gestand der alte Rubinstein. »Juden, die so denken, können es nicht aushalten.«

»Was?«

»Das Leben.«

»Ich werde im September siebzehn. Seit vierzehn Jahren weiß ich, was es heißt, wenn wir zu Pessach ›Nächstes Jahr in Jerusalem‹ sagen. Warum reden wir denn von einer Heimat für alle Juden, wenn wir nicht in dieser Heimat leben wollen?«

»Mein Gott, Leah. Das Land ist im Krieg. Es wird dort nie Frieden geben.«
»Aber keinen Antisemitismus. Davon habe ich seit dem Tag geträumt, an dem ich eingeschult wurde.«
»Verlang nicht von mir, dass ich nicht an mich denke. In meinem Alter hat man verlernt, Abschied zu nehmen.«
Leah sprang von der Schaukel. Als ihre Füße den Boden berührten, spürte sie die Kraft der Jugend. Sie setzte sich zu ihrem Großvater auf die Bank, den Kopf wie in ihren Kindertagen an seiner Schulter. Er roch ihr Haar und dankte seinem Schöpfer, dass die Erinnerungen, die seinen Schmerz betäubten, so gut waren. Sie hörten Stimmen flüstern, die sie nicht verstanden, und beide erbaten sie vom Himmel, nur das eigene Herz möge Schaden nehmen. Als die Nacht sich anschickte, endlich dem Tag zu weichen, tröstete sie der Gedanke, dass sie sich am Kreuzweg entschlossen hatten, um der Liebe willen Rücksicht aufeinander zu nehmen. Leah versprach, nicht nach Israel zu gehen, ehe sie die Verwandtschaft in London und New York kennen gelernt hatte.
»Und mich«, sagte ihr Großvater, »nimmst du mit. Wann hat ein alter Mann noch die Chance, mit einer jungen Frau in die Welt zu reisen? Ich werde jeden jungen Mann beißen, der es nur wagt, meine Enkeltochter anzuschauen.«
Ein halbes Jahr später legte die »Princess Alexandra« ab. Sie bewältigte die Strecke von Mombasa nach Southampton in der Rekordzeit von neunzehn Tagen. An Bord waren viele gut gelaunte junge Männer, temperamentvoll wie junge Stiere. Die meisten trugen Uniform und waren auf dem Weg in die Heimat. Ihre Lebenslust schäumte hoch wie die Wellen, in die sie sehnsüchtig starrten, wenn sie von Frauen träumten. Einem von diesen Jungen, ein blon-

der Ingenieur aus Sheffield, wäre es im Roten Meer fast gelungen, mit Leah ins Gespräch zu kommen. Sie hatte, obwohl es ein stürmischer Tag war und das Schiff mächtig schwankte, sich tief über die Reling gebeugt, um die fliegenden Fische zu beobachten. Einen Moment schien es, als würde sie ausrutschen. Der Leutnant aus Sheffield stürzte herbei, doch der bärtige Alte, der selbst beim Essen den Hut nicht abnahm, war schneller. Er war bemerkenswert stark und behende. Der zu spät gekommene englische Retter staunte, als er Rubinstein mit einer Stimme, die auch im Sturm deutlich war, sagen hörte: »Ob der Kapitän überhaupt was taugt? Unser Moses hat wenigstens dafür gesorgt, dass seine Leute im Roten Meer nicht seekrank wurden.«

5
Vicky und der Wikinger
Nairobi, 1950

»Ich kann mich nur an ein einziges großes Desaster in meinem Leben erinnern. Das war, als ich Tomatenketchup auf mein neues weißes Kleid gegossen habe. Ich war damals auf den Tag halb so alt wie heute, und ich war ganz sicher, dass die Welt einstürzen würde. Ich sah mich an der Himmelstür stehen, und ein Engel zeigte auf meinen dreckigen Rock und schrie: ›So kommst du hier nicht rein.‹ Ich habe schrecklich geheult.«

Das erzählte Vicky Sedlacek am Abend ihres Geburtstags in der bei Alt und Jung beliebten Bar vom »Thor's Hotel«. Als die drei jungen Männer, die sie erst seit zwei Stunden kannte, so herzhaft lachten, als wäre die Anekdote wirklich so entzückend und witzig, wie Vicky wähnte, trug sie abermals ein langärmeliges Kleid. Wieder war es aus weißem Batist. Diesmal trübte allerdings kein Fleck die Farbe der Unschuld. Der schwingende Rock und die enge Korsage waren Relikte eines Jungmädchentraums. Ursprünglich hatte Vicky vorgehabt, zwischen Kindheit und Ehestand als Ballerina die Herzen der Welt zu erobern. Nun gewährte ihr Dekolleté tiefe Einblicke, was bei den männlichen Gratulanten für sehr viel mehr Furore sorgte als die ihnen doch fremde Vorstellung von Engeln, die an Ketchupflecken Anstoß nahmen.

»So einen Busen habe ich noch nie gesehen«, staunte einer der jungen Bewunderer.
»Ich schon. Allerdings nur im Kino«, tuschelte sein Freund zurück.
Der Kellner mit einer Weste im Zebramuster und Augen, die gerade in einem anderen Teil des Landes waren, servierte die ersten Sundowners in hohen Gläsern und auf einem silbernen Tablett – Gin mit Lime, das Nationalgetränk der Kolonie. Vicky war nun achtzehn Jahre alt und somit nicht mehr genötigt, bei jedem Tun nach der Zustimmung von Menschen zu fragen, die aus ihrer Sicht die Welt längst nicht so gut durchschauten wie sie. Als sie charmant und mit gut gewählten Worten von ihrer Vergangenheit plauderte und vergessen ließ, dass sie noch keine hatte, saß sie in einem mit rotem Plüsch bezogenen Ohrensessel. Das altmodische Möbel betonte so effektvoll ihre zierliche Figur und die feinen Züge ihres Gesichts, als hätte der Schöpfer des wuchtigen Stuhls nichts anderes im Sinn gehabt, als einen passenden Thron für eine graziöse junge Regentin zu schaffen.
Aus Vicky, dem Kind, das mit seinen Grübchen, dem blonden Seidenhaar und dem Charme der Elfen jedermann becirct hatte, war eine Schönheit geworden. Keinem, der mit wachen Augen das Erblühen dieser seltenen Knospe erlebte, wäre je der Gedanke gekommen, eine solche Engelserscheinung könnte irgendwann durch ein graues Haar, Falten oder ein Doppelkinn verunstaltet werden. Vergänglichkeit war kein Wort, das Menschen beim Anblick von Vicky einfiel.
Die Bar vom »Thor's« war nicht, wie etliche andere im Land, mit Jagdattributen möbliert. An den Wänden hingen weder die üblichen Tiertrophäen noch Fotos von Safaris.

Obwohl das »Thor's« eines der ältesten Hotels in Nairobi war und Hemingway vor gar nicht langer Zeit an der Bar gesessen hatte, sah man nicht das unvermeidliche Bild vom stolzen Jägerpoeten mit einem geschossenen Löwen. Die vornehme Enklave, die ihren Gästen den totalen Rückzug vom eintönigen kolonialen Leben ermöglichte, war im Stil jener feinen englischen Klubs eingerichtet, in denen Gentlemen jenseits der guten Jahre hinter der »Times« verschwanden und nur dann anzeigten, dass sie noch lebten, wenn sie mit der Zeitung raschelten. Bekanntlich geschah dies in den Ausnahmefällen, da sie in ihrem geschützten Männerreservat eine weibliche Stimme zu hören bekamen.

In der Bar vom »Thor's« gingen die Uhren anders. Dort waren Frauen, sogar wenn sie nicht britisch waren, gern gesehen. Der Manager war, wie seine Neider nie zu betonen vergaßen, ein recht degoutanter Filou, dem anständige Männer noch nicht einmal ihre Mätresse anvertraut hätten, doch war man sich einig, dass er sein Handwerk optimal verstand. Der Könner stammte aus Wien; er war der Meinung, Frauen in einer Bar, besonders junge und attraktive, steigerten den Umsatz. »Bei einer Frau«, hatte der wendige Wiener seinem misstrauischen Chef beschieden, »spielen Nationalität und der Akzent nicht die geringste Rolle. Glauben Sie mir, Sir, ich stamme aus einem Land, in dem sich kein Mann vor dem Vergnügen den Pass einer Frau zeigen lässt.«

Vicky war der beste Beweis dieser in Nairobi noch ungewöhnlichen Geschäftsauffassung. Die drei jungen Männer, die mit ihr am Kamin saßen und die eine Zigarette an der anderen anzündeten und bei jeder noch stärker husteten als bei der zuvor, weil sie das Rauchen noch nicht gewöhnt waren, hatten auch schon mehr getrunken, als sie vertrugen. Ihrem Redevermögen tat das nicht gut. Nach Möglichkeit überließen sie dem Objekt ihrer gemeinsamen Begierde das Wort. Vicky hatte ihre zart gebräunten, gazellenhaften Beine so von sich gestreckt, dass sie das Glas Whisky on the Rocks bequem auf dem rechten Knie abstellen konnte. So war das Getränk nahe genug, um den Eindruck zu erwecken, sie sei eine geübte und genussfreudige Trinkerin – und weit genug von ihrer empfindlichen Nase entfernt, um nicht zu stören. Die hochgestimmte Jubilarin verabscheute nämlich den Geruch von Whisky. Trotz aller Bemühungen, zum englischen Pass, der spätestens in einem Jahr fällig war, ihre Zunge den kolonialen Trinkgewohnheiten anzupassen, mochte sie auch keinen Gin, und sie brauchte viel Selbstdisziplin, um sich nicht wie ein nasser Hund zu schütteln, wenn sie Brandy trinken musste.

Wäre Vicky von einem der jungen Recken, mit denen sie ihren Geburtstag feierte, nach ihren Präferenzen in Sachen Alkohol befragt worden, hätte sie vielleicht in einem unbedachten Moment gestanden, dass die Alkohol überhaupt nicht mochte und erst recht nicht den Kater am nächsten Morgen. Der Kreis in Nairobi jedoch, mit dem Vicky verkehrte, nachdem sie beglückt der ungeliebten High School entronnen war, stellte selten Fragen und nie welche von Bedeutung. Allenfalls, wenn eine Unterhaltung sich zu lange von belanglosen Anekdoten und alten Witzen ernährt hatte, befragte man sich gegenseitig nach den Wetteraussichten, nach Jagderfolgen auf den Safaris, die ja immer beliebter wurden, oder nach eventuellen Reiseplänen. Die Farmerssöhne, die ihre endgültige Befreiung von der Schule zunächst einige Wochen in der Hauptstadt feierten, und die Jugend von Nairobi, die noch vertrauensvoll glaubte, sie würde in den nächsten Jahren das Sagen in der Kolonie haben und hätte bis dahin als einzige Verpflichtung die, das Leben zu genießen, hielten sich an feste Regeln. Es war altmodisch und einfältig, in einer Unterhaltung mit Gleichaltrigen ernste Themen zu behandeln. Private Fragen galten als dumm und bourgeois.

Zwar war das Wort, das Nairobi eben erst erreicht hatte, ein wenig diffizil für englische Zungen, doch wurde es auch gern von Leuten benutzt, die keinen Schimmer hatten, was es bedeutete. Man sagte »bourgeois« mit arroganter Betonung und hochgezogenen Augenbrauen und vergaß dabei die Vorbehalte, die man sonst gegen die Franzosen hatte. Abgesehen von der Tatsache, dass sie ihren eigenen König samt Frau und Kinder geköpft hatten und in Dünkirchen den rechten Kampfeswilllen hatten vermissen lassen, aßen sie Froschschenkel und Schnecken und hatten den Schneid, allein bei der Vorstellung, ein Mensch könnte Hammelfleisch mit Minzsauce essen, ihr Gesicht zu verziehen.

Vicky sorgte sich nicht, sie könnte als bourgeois abgetan werden. Ihre Abneigung gegen allzu persönliche Fragen war zeitgeschichtlichen Ursprungs. Sie entsprang der Furcht, ein vorwitziger junger Mann oder eine eifersüchtige Rivalin könnten sich am Umstand festbeißen, dass Mutter Sedlacek das Töchterlein nicht mit »Rockaby Baby« oder »Little Boy Blue«, sondern mit »Guten Abend, gute Nacht« in den Schlaf gesungen hatte. Vicky war von den Göttern überreichlich mit der Gabe bedacht worden, nur mit den heitersten Farben der Lebenspalette zu malen, und sie war fest entschlossen, dass es auch so bleiben sollte. Zukunft war für sie keine Größe von Bedeutung. Noch seltener blickte sie nach hinten. Selbst der Tag im

September 1938, der immerhin ihr Schicksal bestimmt hatte, war zu einer verschwommenen Erinnerung in lichtem Grau geworden. Und so gut wie schmerzfrei. Ihre Mutter wusste dagegen umso deutlicher, wie ihre Vicky, sechs Jahre alt, damals noch Auguste Victoria und ein deutsches Mädel mit adrett geflochtenen Zöpfen, schluchzend von der Cecilienschule in Potsdam nach Hause gekommen war – ohne Ranzen und mit blutender Stirn. Manchmal hatte die Mutter das Bedürfnis, nicht nur mit ihrem Mann, sondern auch mit der Tochter über die Zeit zu sprechen, da sich die Sedlaceks ihres Judentums bewusst geworden waren und sich geschämt hatten, weil sie, wie alle Assimilierten, zu lange an das Gute im Land der Dichter und Denker geglaubt hatten. Erna Sedlacek hatte allerdings in der Emigration gelernt, mit ihren Bedürfnissen nicht ihre Tochter zu belästigen.
Vicky hatte auch für Blessuren jüngeren Datums nicht das Gedächtnis, das aus den Lieblingen der Götter zu früh im Leben Zauderer, Grübler und Feiglinge macht. Fortunas Liebling zauderte selten, gegrübelt hat sie zu spät im Leben, und an Mut fehlte es ihr am meisten, wenn ein Hund auf sie zusprang oder eine Katze um ihre Beine strich, was atypisch war für ein Mädchen, das auf einer Farm aufwuchs, aber typisch für ein Kind war, das das Leben in der Weite und Fülle des Landes nie als ein Geschenk Gottes erkannte.
Die elterliche Teeplantage in Kericho florierte mit den Jahren immer besser. Die Ernten erzielten Höchstpreise. Drei Jahre zuvor war das Anwesen mit einem riesigen Farmhaus bedacht worden, das dem ehemaligen Architekten Siegfried Sedlacek auch in seiner neuen Heimat Anerkennung brachte. Die Ställe, die er für sein Vieh baute, wurden auf

Nachbarfarmen kopiert. Jan de Wett, ein Bure, der bis dahin das moderne, schmucklose »New Stanley Hotel« in Nairobi für das Maß der Kunst gehalten hatte, baute das liebenswürdige Gartenhäuschen nach, das sein viel bewunderter Freund Sedlacek in Erinnerung an einen Pavillon im Park von Sanssouci errichtet hatte. Vicky begann zu ahnen, was ihr Vater an Talent und Berufsehre mit der Vertreibung aus Deutschland hatte aufgegeben müssen, doch am liebsten registrierte sie die väterlichen Leistungen aus der Ferne. Die Fotos, die seine Erfolge dokumentierten, klebte sie sorgsam in ein Album.
Ihre Eltern betrübte es, dass die Abstände zwischen ihren Besuchen auf der Farm immer größer wurden, doch sie zeigten Verständnis. Sie lieferten immer noch frisch geschlachtete Kaninchen, in gestärkte Damastservietten aus Deutschland gewickelt, an das Krankenhaus in Nakuru und an die Missionsschule in Naivasha. Nach Nairobi reisten sie nur, wenn die Sehnsucht nach ihrer Tochter übermächtig wurde. Vicky, die durchaus wegen ihrer seltenen Besuche in Kericho plötzliche und heftige Attacken von Unzufriedenheit und Reue hatte, ihr schlechtes Gewissen jedoch immer in kurzer Zeit zu beschwichtigen verstand, schwärmte bei ihren Freundinnen, Bewunderern und flüchtigen Bekannten: »Ich habe die besten Eltern der Welt.« Bei Liesel – und nur ihr gegenüber – präzisierte sie die schmeichelhafte Bestandsaufnahme ihres Familienlebens mit der Feststellung: »Meine Eltern sind die idealen Reps.«
»Meine Mutter«, seufzte Liesel, als sie dies erfuhr, »ist noch meilenweit davon entfernt. Neulich hat sie mich doch tatsächlich, ohne rot zu werden, gefragt, ob ich nicht Regina beneide. Ausgerechnet Regina, die jetzt in Deutschland hockt.«

»Reps« war in den Kreisen, die es betraf, die gängige Abkürzung von »Refugeeparents« – das, was Dr. Walter Redlich absolut nicht sein wollte, als er sich entschloss, nach Deutschland zurückzukehren, um dort in seiner Muttersprache reden zu können, ohne dass sich seine Tochter ihres Vaters schämte. »Reps« waren Eltern, die sich nicht in das Leben ihrer heranwachsenden Kinder einmischten und sich in britischer Umgebung so wenig wie möglich zu Wort meldeten, war doch nach dem Krieg ein deutscher Akzent noch weniger zumutbar für englische Ohren denn zuvor. Kinder, die in den Schulen des Landes erzogen worden waren und in den meisten Fällen zu veritablen kleinen Snobs, verabscheuten selbst den kleinsten Hinweis auf ihre Vergangenheit. Am nachhaltigsten für die Wahrung des Familienfriedens sorgten Eltern, die aus Deutschland oder Österreich stammten, wenn sie es unterließen, mit ihren Töchtern und Söhnen über eigene Erfahrungen zu sprechen.

Die Sedlaceks beteten ihre Tochter an. Es kam ihnen gar nicht in den Sinn, sie mit den moralischen Wertvorstellungen aus der ehemaligen Heimat zu traktieren. Die Wünsche ihres einzigen Kindes geleiteten sie durchs Leben. Ihre Hoffnungen waren bescheiden – Gesundheit für alle drei und, wenn die Zeit dafür gekommen war, ein redlicher, fleißiger jüdischer Schwiegersohn, der ihre Tochter so verwöhnte, wie sie es taten, und der eines Tages in Kericho die Früchte erntete, die ihr Preußenfleiß gesät hatte. Von der Zukunft wurde allerdings selten gesprochen, von der Vergangenheit nur, wenn Vicky im Internat war. Ihre Großeltern, sowohl die väterlichen als auch die mütterlichen, drei Onkel mit ihren Frauen und Kindern waren in deutschen Konzentrationslagern ermordet worden. Wusste sie das? Wollte sie es wissen? Was bedeutete

ihr jüdisches Schicksal, wenn es sie in einen Kreis drängte, der Kenia für den Mittelpunkt der Erde und Englisch für die Muttersprache der Welt hielt?
»Hauptsache«, sagte der Vater, ohne dass er den Seufzer bemerkte, den er hinunterschluckte, »unsere Tochter ist glücklich.«
»Sie kann gar nicht anders, als glücklich sein«, lächelte die stolze Mutter.
Die glückliche Tochter hatte, als ihr Vater zwei Wochen vor ihrem Geburtstag seinen Besuch ankündigte, also berechtigte Hoffnungen, er würde in gewohnt zurückhaltender und sympathischer Art auf die Nachricht reagieren, dass es gewaltige Veränderungen im Leben seines Lieblings gegeben hatte. Damals wohnte Vicky – ein halbes Jahr nach Beendigung der Schule und nach vier Monaten auf der elterlichen Farm, die ihr als die längsten ihres Lebens erschienen waren – in einem kleinen Boarding House. Es gehörte Bekannten der Sedlaceks; die Frau hatte versprochen, »ein Auge auf Vicky zu werfen«, gab ihre Bemühungen jedoch schon nach zwei Wochen auf. Väterliche Bedingung für den Umzug nach Nairobi war gewesen, dass die nach Abwechslung und städtischem Vergnügen lechzende Tochter sich um Aufnahme in eine private Handelsschule bemühte, die sich zu Vickys Begeisterung noch mehr Zeit als im Lande üblich mit ihrer Antwort ließ. Da zog sie wieder einmal den Hauptgewinn in der Lebenslotterie. Ihre Freundin Daphne lud sie ein, eine Zeit lang bei ihr zu wohnen.
Daphne Jenkins, eine ehemalige Mitschülerin in der High School, war ein Mädchen von etwas unterdurchschnittlicher Begabung und ebensolchem Aussehen, geschlagen mit Minderwertigkeitskomplexen, strähnigem Haar, Puber-

tätspickeln und melancholischen Anwandlungen. Sie war in Limuru auf eine Privatschule gegangen und hatte dort nie eine Freundin gefunden. Vom ersten Tag an in der High School schwärmte sie für Vicky, der es ihrerseits schmeichelte, dass sich ein so wohlhabendes britisches Mädchen für sie interessierte. Die Eltern Jenkins, ungemein erleichtert, dass ihre schwierige, sensible Tochter auch nach der Schule noch Anschluss an junge Menschen hatte, stimmten bereitwillig Daphnes Wunsch zu, Vicky einzuladen.

John und Patricia Jenkins gehörten zur Creme der Gesellschaft. Sie residierten in einer Villa mit marmornem Swimmingpool. Der Garten war so weitläufig, dass Daphne als Kind in einem Ponywagen von ihrem Planschbecken zur Pferdekoppel kutschiert werden musste; die Blumenbeete wurden von vier afrikanischen Gärtnern und einem Fachmann aus Wales gepflegt, die Pferde von einem ehemaligen Jockey, dem zehn Stallburschen unterstellt waren. Daphne war schlau genug, kein einziges Mal Vickys Nachnamen zu erwähnen. Sie wusste, dass ihre Eltern nie ein jüdisches Mädchen eingeladen und eine derartige Begegnung schon gar nicht einem Mann wie Alan Thorndike zugemutet hätten, der regelmäßiger Gast im Haus war.

Thorndike hatte aber nicht nur Vorurteile. Er hatte auch Augen und Phantasie. Bereits das ersten Treffen zwischen ihm und der »blonden Bombe«, wie er Vicky in einem Gespräch mit seinem Freund John nannte, war für beide Teile befruchtend. Nur eine Woche nach dem Kennenlernen hatte sich Vicky durch Thorndikes resolute Art, spontan eine Chance zu ergreifen, um die ihn andere beneideten, in das Erwerbsleben von Nairobi eingegliedert. Über Einzelheiten mutmaßten nur die Neider laut.

Vickys Vater erfuhr mit einiger Verspätung, dass seine behütete Tochter, von der er immer gedacht hatte, sie sei ein unwissendes junges Mädchen, dem Geld noch nichts bedeute, Sekretärin im vornehmen Nairobi Golf Club geworden war. Ganz entgegen seiner Art ließ sich Siegfried Sedlacek seine Fassungslosigkeit anmerken. Er wurde erst blass und dann rot. Statt der Tochter zustimmend die Wange zu tätscheln, was sie erwartet hatte, schwieg er, als hätte er noch nie gehört, dass moderne junge Frauen ihr eigenes Geld verdienen und nicht vom Wohlwollen ihrer Väter abhängig sein wollten. Dabei starrte er auf seine Schuhspitzen und knabberte am Nagel seines rechten Zeigefingers. Als er endlich seine Zunge aus der Starre zu erlösen vermochte, war seine Stimme zittrig. Schlimmer noch in Anbetracht der heiklen Situation: Er sprach deutsch, obgleich er sehr genau wusste, dass dies seine Tochter genierte.

»Muss man denn nicht irgendwas gelernt haben, um als Sekretärin zu arbeiten?«, fragte er.

»Wie meinst du das?«

»Ich habe da so altmodische Vorstellungen. Ich dachte an Stenographie und Schreibmaschine. Vielleicht auch an Buchhaltung.«

»Mein Chef ist kein altmodischer deutscher Papi«, erwiderte Vicky mit dem tückischen Tochterlächeln, das aus ordentlich dressierten Vätern demütige Domestiken macht. »Der wollte noch nicht einmal mein letztes Zeugnis von der High School sehen.« Um ihren Vater nicht unnötig aufzuregen, sprach auch sie deutsch, ohne auf die Idee zu kommen, dass es nun ihr Akzent war, der ihn nervös machte.

»Bei mir«, brummte er, »hat es in diesem Land noch nie einen Menschen gegeben, der meine Papiere nicht sehen wollte. Selbst der Arzt bestand darauf, schwarz auf weiß nachzulesen, wer ich war, als ich mit einem eingeklemmten Bruch und brüllend vor Schmerzen in ebendas Krankenhaus eingeliefert wurde, das ich jahrelang jede Woche mit Fleisch beliefert hatte.«

»Ach, das ist eine alte Geschichte.«

»Nicht so alt, wie du denkst, mein Kind. Komisch. Ich hab gedacht, die Golfklubs hätten was gegen Juden. Gegen Juden und Neger, heißt es doch immer.«

Ausgerechnet in der schmucken Bar vom »Thor's« fiel Vicky der unglückselige Satz wieder ein und dass sie ziemlich unglücklich und auch unwillig über den Verlauf der Unterhaltung gewesen war. Ihr Vater, diagnostizierte sie auch im Rückblick wieder, war wohl doch mehr bourgeois, als sie immer angenommen hatte. So ein typisch klammernder Vater war er, der sich einbildete, er hätte auf Lebzeiten ein Anrecht auf seine Tochter. Schon als Kind hatte sie Angst gehabt, ihre deutschen Eltern würden sie mit Liebkosungen und Küssen und ihren verdammten gutturalen Lauten vor den englischen Mitschülerinnen und den Lehrkräften blamieren. Ausgerechnet am Abend ihres Geburtstags, den sie unbeschwert hatte genießen wollen, sah sie sich wieder mit ihrem Vater diskutieren. Sie sah sich auf die Lippen beißen und den Kopf schütteln, weil ihr eine kleine Lüge als ein geschickter Ausweg aus dem Dilemma eingefallen war, doch sie war zu stolz gewesen, um ihn anzulügen. War das nun der Dank für ihre Aufrichtigkeit? Die unangenehme Szene war so deutlich, als hätte der Teufel persönlich einen Film gedreht. Mit Vicky und Siegfried Sedlacek in den Hauptrollen. Jeden Satz, jedes Wort hatte sie noch im Ohr, selbst das peinliche Räuspern und die ekligen Seufzer.

»Nach meiner Konfession«, hatte sie mit der etwas gelangweilten Stimme derer gesagt, die sich gezwungen sehen, über Selbstverständlichkeiten zu reden, »hat mich bis heute auch niemand gefragt.« Sie hatte nach diesem Satz, den sie selbst bemerkenswert fand, mehr geschmollt, als sie ursprünglich vorgehabt hatte, aber sie war tatsächlich verärgert. Offenbar hatte ihr Vater vergessen, dass sie die Witze, die die Emigranten einander erzählten, degoutant fand.

Prinzessin Vicky machte es unsicher, dass ihr sonst so nachgiebiger und gutmütiger Untertan sich dieses Mal gegen Logik und Einsicht sperrte. Kapierte er denn wirklich nicht, dass sie nichts anderes getan hatte, als sich auf eigene Faust einen Job zu besorgen? Die tüchtige Tochter lächelte und streichelte die väterliche Stirn, obwohl sie weder Lust zum Lächeln noch ein Bedürfnis hatte, irgendwelche Zärtlichkeiten auszutauschen. Einen schönen Moment lang war sie auch überzeugt, sie hätte ihn besänftigt, doch das Feuer loderte wieder auf. Die Stimme, die sie hörte, war unangenehm, irgendwie drohend, auf alle Fälle fremd.

»Sag mal, meine liebe Vicky, ist der vertrauensselige Mann, der dich ohne Kenntnisse und Zeugnisse als Sekretärin eingestellt hat, am Ende der Meinung, dass der Name Sedlacek englischen Ursprungs ist?«

»Für Mister Thorndike heiße ich Sell.« Sie stotterte ein wenig, als sie das sagte. Oder war es ein Lispeln? Auf alle Fälle musste sie sich Mühe geben, so auszusehen, als hätte sie etwas ganz Banales gesagt.

»Wer in drei Teufels Namen ist Mister Thorndike? Ein Pfarrer, der jüdische Mädchen tauft?«

»Du brauchst nicht gleich zu brüllen. Mich tauft keiner.

Jedenfalls nicht, wenn ich das nicht will. Ich hab dir doch eben gesagt, hier weiß niemand, dass ich jüdisch bin. Was geht das die Leute an? Warum soll ich Leuten, die noch nicht einmal das Wort Kraut aussprechen können, mit einem Namen wie Sedlacek kommen? Falls es dich wirklich interessiert, Mister Thorndike ist der Managing Director im Klub. Und er ist unheimlich nett und hilfsbereit. Ich habe schon jede Menge bei ihm gelernt.«

»Das kann ich mir denken. Seit wann malst du dich eigentlich so an wie ein Massai?«

Selbst an diesem Punkt der Unterhaltung hatten sie sich nicht gestritten. Keine Sturmglocke hat geläutet. Nur der Wind wurde kühl. Vor der Diskussion mit ihrem Vater hatte Vicky sogar daran gedacht, ihren Geburtstag mit den Eltern auf der Farm zu feiern, unter dem duftenden Eukalyptusbaum Berliner Pfannkuchen und Kranzkuchen mit zwei Lagen Schlagsahne zu essen und zu genießen, dass sie mit den einzigen Menschen zusammen war, bei denen sie sich nicht verstellen musste. Sie hatte, was sie da noch nicht wusste, die Chance verpasst, sich zu sich selbst zu bekennen.

Vier Tage vor ihrem Geburtstag schickte sie eine Postkarte nach Kericho und teilte den Eltern mit, sie würde ihren Besuch lieber »auf später verschieben«, denn sie sei »nach gründlicher Überlegung« zu dem Ergebnis gekommen, sie wolle den Tag nur mit ihrer Freundin begehen, »ganz ruhig und gemütlich. Daphne ist am liebsten mit mir allein, und ich habe ein großes Bedürfnis, mich für die einmalige Gastfreundschaft zu revanchieren, die mir in ihrem Haus zuteil wurde.«

»Wird das hohe Fräulein achtzehn oder achtzig?«, fragte Vater Sedlacek seine Frau. Er trat so heftig nach einem

Scheit Holz im brennenden Kamin, dass die Funken flogen, als er die Postkarte zerknüllte.
»Lass nur«, sagte seine Frau, als sie die Karte mit beherztem Zugriff vor den Flammen rettete, »Kinder müssen sich erst die Hörner abstoßen, ehe man wieder mit ihnen reden kann. Mit achtzehn war ich genauso.«
»Mit achtzehn, meine Liebe, warst du klug und wunderschön. Und ich kann mich noch nicht einmal an den Ansatz eines Horns erinnern. Nur an ein riesengroßes Herz.«
Vicky hatte ihren Eltern noch nicht einmal etwas vorgemacht. Von ihrem Geburtstag wusste tatsächlich nur Daphne. Die Freundin holten sie im Golfklub mit einem Rosenstrauß ab, der passend für eine Millionärsbraut gewesen wäre, und mit Vaters Chauffeur in einer neuen moosgrünen Livree, die von Harrods in London stammte. Der Mann mit Goldborte um den Kragen saß am Steuer eines Buick, der erst eine Woche zuvor in Mombasa ausgeliefert worden war. Der prächtigste, stolzeste Fahrer von Nairobi nahm ab und zu die Hände vom Steuer und klatschte. Die Aufmerksamkeit, die der schwere amerikanische Wagen auf der Delamare Avenue erregte, steigerte er mit einer Serie von Huptönen, dann und wann auch mit einem animierenden Dauerkonzert. Die beiden Damen im Fonds lächelten fein.
Die Zuschauer waren hingerissen, doch mochten sie nicht nur stumm staunen. Sie hatten auch das Bedürfnis, den in der Nachmittagssonne golden glänzenden Wagen anzufassen, die Scheinwerfer zu streicheln und die Reifen zu befühlen. In Minutenschnelle sorgte das enthusiastische Publikum für einen Riesenstau. Der Chauffeur musste abbremsen. Er tat es unmittelbar vor den Füßen von Tommy Evans.

Alle, die in der Stadt was galten, kannten Tommy. Er war rothaarig, keck und spontan. Vor allem war er so ungeniert, dass er ein enormes Talent hatte, mit nur einigen Sätzen aus Freunden Feinde zu machen. Als kleiner Junge war er einige Male zu Daphnes Geburtstagen und Weihnachtspartys eingeladen worden. Unmittelbar bevor aus den regelmäßigen Einladungen ein Gewohnheitsrecht wurde, verscherzte er sich jedoch sämtliche Sympathien. In einer Blitzaktion hatte er die Teddybären seiner Gastgeberin und eine kostbare Puppe aus den Beständen ihrer Mutter im Badezimmer rasiert. Nun riss er an der Tür des neuen Autos, pfiff durch die Zahnlücke, die ihm trotz seiner zwanzig Jahre noch das Aussehen eines frechen Schuljungen gab, und verbeugte sich wie ein königlicher Page im Buckingham Palace.

»Mein Gott, Daphne Jenkins«, rief er. »Schämst du dich denn nicht, Daphie, Daph, Daph. Du hast uns ja mit keinem Sterbenswörtchen wissen lassen, was du für eine berückende Freundin hast. So etwas habe ich hier noch nie frei herumlaufen gesehen.«

Daphne – in einer tief ausgeschnittenen lila Bluse, die sie noch blasser machte, als sie ohnehin war, und für die sie weder die Figur noch das Auftreten hatte – war es gewöhnt, dass sich alle männlichen Wesen außer ihrem Pferd ausschließlich für Vicky interessierten. Sie zeigte sich noch großzügiger als sonst. »Das ist Vicky, seit vier Wochen Alan Thorndikes Sekretärin und seit Mitternacht achtzehn Jahre alt. Wir sind gerade auf dem Weg zu ›Thor's‹ und wollen auf ihren Geburtstag anstoßen.«

»Das nenne ich Glück«, gluckste Tommy, »Beute machen, ohne zu jagen.«

»Magst du uns Gesellschaft leisten?«

»Und uns beschützen?«, lächelte Vicky. »Ich war noch nie allein in einer Bar.«
Tommy Evans war berühmt für seine gute Laune und sein Organisationstalent. Und um nichts in der Welt hätte er sich die Chance entgehen lassen, mit dem schönsten Mädchen, das ihm je begegnet war, bei »Thor's« zu sitzen. Nach einem einzigen Blick in die blauen Augen dieser Schönheit, malte er sich Szenen aus, die den Schweiß in seinen Nacken trieben und sein Herz wie eine Trommel schlagen ließen. »Wir machen eine Party«, begeisterte er sich, als er sich neben Vicky in die tiefen Polster des Buick fallen ließ – ohne zu bedenken, dass er dabei war, seine Chancen zu dritteln.
Binnen einer Stunde und nach einem Sundowner und einem doppelten Whisky, der die Wirkung von dreien hatte, orderte Tommy seine Freunde Jim Canon und Fred Morrison an den Schauplatz des Geschehens. Auch sie waren begeistert, dass sie zeitgleich mit dem reichsten Mädchen von Nairobi und dem schönsten, das sie je gesehen hatten, in einer Bar sitzen durften, in der die Elite der Stadt und nicht, wie im »New Stanley«, amerikanische Touristen und Neureiche verkehrten. Bei Anbruch der zweiten Stunde der neuen Zeitrechnung hatte der Teufel Tommy bereits seine Hand auf das Knie des hochgestimmten Geburtstagskindes gelegt. Von Fred und Jim wurde die kichernde Vicky getauft – mit pastoraler Stimme, artistischen Verbeugungen, die allerbestes Zeugnis für den Turnunterricht in der vornehmen Privatschule von Elburgon ablegten, und dem teuersten Champagner, den die Bar vom »Thor's« zu bieten hatte. Etwas rüpelhaft, aber doch rührend unbefangen in Anbetracht des Umstands, dass noch keine fünf Jahre seit Kriegsende vergangen waren, hatte sich das lus-

tige, belustigte Herrentrio in Erinnerung an Hitlers Wunderwaffe auf den Namen »V 1« für die schöne Jubilarin geeinigt.
Vicky quittierte den kruden Einfall schon deshalb mit Gelächter, weil sie sich trotz des Schicksals ihrer Eltern nur sehr oberflächlich für den Kriegsverlauf interessiert hatte und so auch nicht mehr wusste, dass sich das Geschoss als äußerst unwirksam erwiesen hatte. Sie delektierte sich an kleinen, mit Käse überbackenen Happen, für die das »Thor's« berühmt war, und schlürfte souverän den Champagner, obwohl sie den Geschmack seltsam und enttäuschend fand. Keiner der übrigen vier kam der Wahrheit nur annähernd auf die Spur – Vickys Erfahrungen mit Alkohol hatten sich achtzehn Jahre lang auf heißes Wasser mit einigen Tropfen Brandy beschränkt. Das Getränk, in feuerfesten Jenaer Gläsern aus Potsdam serviert, war die wirksame Waffe ihrer Mutter bei Magenschmerzen, Grippe, Albträumen und Weltschmerz.
Es war, da waren sich alle fünf einig, ein überaus gelungener Abend. Sogar Daphne entschlüpfte dem trostlosen Dasein als Mauerblümchen. Dann und wann legte einer der jungen Männer aus Gründen der Kollegialität und Rücksicht auf die Freunde beim Buhlen um die Gunst der geheimnisvollen Lady in Weiß, die sich absolut weigerte, ihren Familiennamen bekannt zu geben, eine Pause ein und beschäftigte sich mit Daphne. Die war entzückt und brauchte nur ganz kurz überredet zu werden, nach der ersten Flasche Champagner eine zweite zu bestellen.
»Das darfst du nicht«, wehrte sich Vicky, »das ist mir peinlich.« Sie ballte ihre Hände so fest zur Faust, dass ihre Knöchel weiß glänzten. Ihr Gesicht war feuerrot. »Das könnte ich mir ja nie leisten«, stammelte sie. »Mein Vater

würde mir den Hals umdrehen, wenn er mich hier sehen könnte.«
Ihre Aufrichtigkeit reute sie sofort. Quälende Bilder stürzten auf sie zu wie ein reißender Fluss, den der Sturm über die Ufer peitscht. Das Gesicht, als er von ihrer Stellung im Golfklub erfahren hatte, war riesengroß und grell in den Farben. Sie hörte ihn Alan Thorndikes Namen nennen, sah, wie er den Kopf schüttelte und dass sie selbst, wie Alice im Wunderland, immer kleiner wurde. Der Augenblick des Schreckens war nur kurz, doch währte er lange genug, um sich in die Kindheit zurückzusehnen, ohne Gewissensbisse und mit Berliner Pfannkuchen unter dem Eukalyptusbaum von Kericho.
»Schaut mal, unsere ›V 1‹ ist auf Safari«, trompetete Tommy.
»Quatsch«, sagte Fred, »sie verwandelt sich gerade in Königin Bodicea.«
»Wer war das denn?«
»Mensch, bist du nie zur Schule gegangen? Eine englische Königin in grauer Vorzeit.«
»Und was hat die mit unserer Superwaffe zu tun?«
Noch prallte die Hitze des Tages gegen die Fensterscheiben. Die Luft in der Bar war schwer. Die Polstermöbel sahen aus, als würden sie dampfen. Alle Ventilatoren, nicht nur wie bisher der große in der Mitte des Raums, wurden angestellt. Kellner in bordeauxroten Jacken und mit teilnahmslosen Gesichtern balancierten silberne Tabletts zu den Tischen. Eiswürfel klirrten in langstieligen Gläsern. Vicky fiel auf, dass der Raum dabei war, seine Farbe zu verlieren. Weil sie die Veränderung nicht deuten konnte und schon gar nicht die Unruhe, die sie deswegen spürte, wollte sie einen Witz machen, einen hübschen leichten wie vor

dem Moment ihrer Einkehr, doch sie war sich bewusst, dass ihr sprachliche Kapriolen und witzige Pointen nicht gegeben waren. Sie dachte abermals an Kericho und an den Kranzkuchen mit zwei Schichten Sahne. Es irritierte sie, dass sie kein englisches Wort für Kranzkuchen kannte. Die Stühle drehten sich im Kreise, die mit grünem Leder und Goldborte bezogenen kleinen runden Tische wirbelten ins Nirgendwo. Einem fiel ein Bein ab. Vicky spürte ein Ziehen zwischen den Rippen. Als der Schmerz nachließ und sie wieder so atmen konnte wie sonst, begriff sie, dass nicht nur die Augen sie in einen Irrgarten gelockt hatten. Auch auf ihre Ohren war kein Verlass mehr. Sie meldeten eine Stimme, die weder die von Jim, Tommy noch Fred und ganz bestimmt nicht die quengelnde von Daphne war.

Die Stimme, die sie aus dem Tal der stürzenden Möbel holte, war klar und tief und überraschend dicht an ihrem Ohr. Sie übertönte das Klavier und auch die rothaarige, spindeldürre Sängerin, die sich schon zum zweiten Mal an diesem Abend mit dem ausgedienten Kriegsschlager »Keep The Homefires Burning« abmühte.

»Den Vater möchte ich erleben, der es wagt, einem so schönen Schwan den Hals umzudrehen«, verkündete der beherzte Sprecher. Seine Mimik gab beredt Auskunft. Ihn genierte es augenscheinlich kein bisschen, sich in fremde Gespräche einzumischen. Im Gegenteil: Es war nicht zu übersehen, dass es ihm Spaß machte, über die Hürden der Konvention zu springen. Er hatte die athletische Figur, die zu seinem Auftreten passte, und lehnte, beide Hände tief in die Hosentaschen vergraben, an einer der aufwendig geschnitzten Säulen, die an griechische Tempel erinnern sollten. Der Hürdenläufer war höchstens zehn Schritte von Vicky und ihren jungen Bewunderern entfernt.

»Oder«, erkundigte er sich, »handelt es sich bei diesem schrecklichen Daddy um Meister Blaubart persönlich?« Er schaute beim Sprechen nur Vicky an.
Schon da war sie nicht mehr die, die sie eben noch gewesen war. Sie fühlte, wie sich ihre Haut entzündete, hörte sich erst atmen und dann ihr Herz schlagen. Noch ehe ihr Körper steif wurde, begriff sie, dass es ein Mann war, der von ihrem Hals gesprochen hatte und der nun ihr Dekolleté fixierte und seine Lippen anfeuchtete. Der war kein Jüngling wie Tommy und Fred oder gar Jim, der jedes Mal seine Finger ineinander hakte, ehe er Vicky ein Kompliment machte. Alle drei gaben ja nur vor, Männer zu sein, und sie glaubten es auch, obwohl sie noch Pickel am Kinn hatten und selbst am lautesten über ihre eigenen Witze lachten, die ebenso dumm wie langweilig waren.
Der Fremde holte seine Hände aus den Taschen. Er griff nach dem Glas, das er auf einem Sattel aus rotem Samt abgestellt hatte, der über einen hölzernen Elefanten drapiert war, und ließ die Eiswürfel kreisen. Amor komponierte aus dem klirrenden Eis eine Melodie. Sie erregte Vicky; zum ersten Mal seit dem Ketchup auf dem Kleid wusste sie nicht, wohin mit ihren Armen. Es tat ihr Leid, dass sie nicht ein silbernes Armband mit baumelnden Anhängern hatte, die bei jeder Bewegung klimperten und der neueste Schlager waren. So ein Armband zeigte an, dass die Besitzerin in besten Verhältnissen lebte und keinesfalls das Pech hatte, ein Kind von Emigranteneltern zu sein.
Der Anflug von Neid währte nur so lange, bis Vicky Daphnes teigiges Gesicht und ihre lila Bluse sah. Sie lächelte, allerdings nicht in Daphnes Richtung. Gleichzeitig gab sie es auf, in ihrem Gedächtnis zu forschen, ob sie je von Blaubart gehört hatte. Im allerletzten Moment fiel ihr ein, dass

es für eine, um die vor fünf Minuten Tische und Stühle getanzt hatten, nicht klug war, den Kopf zu schütteln.
Der Mann, der Blaubart kannte, griff nach den Streichhölzern, die in einer Schale auf dem Elefantenrücken lagen; er holte eine Pfeife mit einem weißen Kopf aus seiner Brusttasche und zündete sie an, hielt das Streichholz bis zu dem Augenblick, da es verkohlt war, in der Hand. Das Glimmen des Tabaks und dass es in der rauchigen Bar mit einem Mal so angenehm nach Honig duftete, beeindruckten Vicky. Einem Pfeife rauchenden Mann war sie bisher nur im Kino begegnet. Dieser hier lebte. Er atmete und hatte mit ihr gesprochen, und er sah aus, als würde er gleich loslachen und mit seinem Gelächter die Wände zum Einsturz bringen, denn er war ein Riese. Ein junger, starker Riese, der sich bestimmt vor keinem Menschen fürchtete und schon gar nicht vor drei wiehernden Jungen mit Pickeln und hellem, ekligen Flaum unter der Nase. Seitdem der wundersame, wunderbare Riese die Welt betreten hatte, sahen Tommy und Co. ohnehin alle aus, als hätte ihnen der ältere Bruder ihr Lieblingsspielzeug gestohlen. Sie waren beim ersten Wort des Pfeifenrauchers verstummt. Wie die Karnickel von Kericho hockten sie da. Unmittelbar, bevor sie geschlachtet wurden.
Er trug nicht, wie die meisten der anwesenden Herren, einen marineblauen Blazer mit einem gestickten Wappen, sondern eine jener Khakijacken mit vielen Taschen und großen Achselklappen, die gerade dabei waren, Kenia zu erobern, und die den modischen Usancen im Hotel absolut nicht entsprachen. Zweifellos war der Pfeife rauchende Riese ein ganzer Kerl, einer, der sich nicht von einem indischen Portier mit einem schrecklichen Akzent reglementieren ließ. Er trug auch keine Krawatte. Die Jacke

saß nicht perfekt. Sie deutete Lässigkeit an und war so ausgebleicht, dass niemand auf die Idee verfallen wäre, der souveräne Fremde könnte eines jener lächerlichen Greenhorns sein, denen die White Hunter buchstäblich die Löwen und Leoparden vor die Flinte treiben mussten, damit sie zu ihren Jagdtrophäen für die Leute in der Heimat kamen.

Vicky zupfte an ihrem Rock. Sie merkte, wie sich ihre Erstarrung löste, griff nach den kleinen goldenen Kugeln an ihrem Gürtel, rieb sie aneinander und legte sie akkurat auf ihren Schoß. Ihr Blick kam von unten, als sie den Mann in der Khakijacke anschaute. Er stand breitbeinig und mit verschränkten Armen da, und er war so hellblond, dass seine Haare weiß leuchteten, wenn sie ein Lichtstrahl traf. Haare und Statur, die breiten Schultern und der kräftige Nacken erschienen Vicky seltsam vertraut.

»Warum?«, fragte sie, doch er hörte es nicht.

Schließlich fiel ihr das dritte Schuljahr in Nakuru ein und unmittelbar danach das Bild von einem Wikinger in ihrem Geschichtsbuch. Geschichte war ihr immer zuwider gewesen, doch der Wikinger hatte sie beeindruckt. Sie hatte die Zeichnung koloriert, den Mann aus dem unbekannten Norden mit blauen Haaren und sehr roten Lippen versehen. Die allergrößte Mühe hatte sie sich mit seinem Schiff gegeben, die Segel mit allen Buntstiften ausgemalt, die sie in ihrem Kästchen gefunden hatte – und anschließend hundertmal »Ich darf mich nicht an Schuleigentum vergreifen« schreiben und die nächsten drei Geschichtsstunden auf dem Flur verbringen müssen. Sie lachte.

»Darf ich mitlachen?«, bat der Wikinger.

Er wartete die Antwort nicht ab. Ihm fehlte es wahrhaftig nicht an Farbigkeit. Stirn und Wangen waren feuerrot, die

Hände so braun gebrannt, als hätte er eine Woche lang in der Mittagszeit in der Sonne gesessen. Stirn und Hände ließen darauf schließen, dass der Sonnenanbeter nicht in Kenia zu Hause war. In Kenia schützten die Europäer ihre Haut – schon, um der Peinlichkeit zu entgehen, irgendwer könnte auf die Idee verfallen, sie wären Inder oder Leute aus Goa oder den Seychellen. Denen nützte weder Ansehen noch alles Geld der Welt. Wollten sie in ein Hotel wie das »Thor's«, wurden sie von einem Portier gleicher Hautfarbe höflich hinauskomplimentiert.

»Cheers«, sagte der blonde Hüne aus Vickys Geschichtsbuch. Er sah nun aus wie ein Jäger, der keinen Schuss verfehlt, und er stand unmittelbar vor dem Polstersessel, in dem Vicky vor seinem Auftreten so souverän Hof gehalten hatte. Ihr Volk interessierte sie nicht mehr. Zu sehr faszinierte es sie, dass der jagende Wikinger sie so lange anschaute. Der war nicht wie die Knaben, mit denen sie die letzten drei Stunden verbracht hatte. So einer gerierte sich nicht wie ein balzender Pfau oder protzte mit Daddys Wagen. Auch imponierte es Vicky, dass er nicht wirkte, als wollte er jede Minute eine Salve von Bonmots abschießen; bestimmt wusste er, dass ein Mädchen sich weder für Autos noch für Rennpferde oder Cricket interessierte und beileibe nicht, ob ein Jäger schon die großen Fünf auf seinem Erfolgskonto hatte oder ob der Büffel noch fehlte.

»Cheers«, sagte Vicky.

Sie versuchte, damit die Möbel nicht wieder zu tanzen begannen, das Glas an die Lippen zu führen, ohne zu trinken, doch es gelang ihr nicht. Zum Glück perlte der Champagner nicht mehr. Er kitzelte trotzdem in der Nase und schmeckte noch mehr nach Seife denn zuvor. Sie schloss die Augen, als ihr schlecht wurde, doch sie blieb aufrecht sitzen und wartete ab, bis der Schwall von Übelkeit nachließ. Vicky wusste, dass sie einen Schwips hatte; fast sicher war sie, dass sie träumte, und sie befürchtete sehr, dass der Held mit dem Wikingerschiff, der sich keinen Deut um die alberne Kleiderordnung vom »Thor's« scherte, nicht mehr da sein würde, wenn sie die Augen wieder öffnete.

»Oh«, staunte sie, und nach einem Herzschlag, der durch ihren Körper raste wie ein Blitz durch einen Baum, sagte sie noch mal »Oh« und rieb sich die Augen wie ein Kind, das aus dem Schlaf zurück ins Leben taumelt.

Er stand immer noch da, breitbeinig und fest wie ein Felsen. Nur, dass er ihre Schulter berührte, nicht behutsam wie der Königssohn im Märchen, der es noch nicht wagt, die schöne Prinzessin auf seinen Schimmel zu heben, sondern kräftig und entschlossen, vielleicht väterlich, auf alle Fälle beschützend. Seine Arme waren kräftig. Die braune Hand auf Vickys weißem Kleid roch wunderbar männlich, wahrscheinlich nach dem Honigtabak der Pfeife, auf keinen Fall nach den scharfen Seifen, die in Kericho benutzt wurden, weil sie sparsam im Verbrauch und preiswert waren. Sie seufzte, als Kericho ihre Träume verdunkelte.

»So jung und schon so traurig, Miss Blaubart?«

»Nicht traurig und nicht jung.«

»Sie ist heute achtzehn geworden«, gluckste Tommy.

Es war das Letzte, was Vicky von ihm hörte. Auch Fred und Jim verschwanden auf wundersame Weise, schließlich Daphne, die Vicky mit ihrer knochigen Hand auf die Schulter klopfte. »Bis demnächst, altes Mädchen«, murmelte sie. Vicky schaute ihrer Freundin interessiert und ohne eine Spur von Reue nach, als die mit eingezogenem Kopf und schleppendem Gang hinausging.

»Endlich«, sagte der weißblonde Jäger. »Das wäre ge-

schafft. Wie kommt ein so aufregendes Mädchen wie du bloß zu so einschläfernden Freunden? Und einer Freundin, die aussieht wie das zweihundertjährige Gespenst, das im Laufe von vier Jahren drei meiner Köchinnen in die Flucht geschlagen hat. Die letzte hat den besten Yorkshirepudding der Welt gemacht.«
»Ich dachte, ein Gentleman sagt so etwas nicht.«
»Das ist doch nicht unmoralisch, wenn man gern Yorkshirepudding isst«
»Ich meine, das mit Daphne und dem Gespenst.«
»Bekenne mich schuldig, Euer Ehren. Jetzt und für immer. Ich bin kein Gentleman. Ich bin ein Mann«
Es war die uralte Geschichte. Durch die Verlockungen einer afrikanischen Nacht hatten die Menschen, für die sie neu geschrieben wurde, noch weniger Chance denn je, ihr zu entkommen. Dem Hotelgarten entströmte der Duft von Rosen und Nelken, Pfauen saßen auf den Bäumen. Ein Ara rief die Zauberer der Welt herbei, und keiner fehlte. Wäre der Balkon von Romeo und Julia in Nairobi gewesen, hätte die Nachtigall bis in alle Ewigkeit für die Liebenden gejubelt, und keine Lerche hätte es gewagt, die Morgenröte anzukündigen.
Vicky sah den Flügelgott seinen Bogen spannen. Weil sie wähnte, sie wäre die Einzige, für die er es tat, lachte sie, als der erste Pfeil traf. Ihr Herz kehrte erst zur Erde zurück, nachdem die Frist zur Besinnung abgelaufen war. Einmal versuchte sie noch, dem Liebessturm zu entkommen, den Weg aus dem Nebel zu finden, der sie blind, taub und stumm machte. Es gelang ihr sogar, sich an ihre Eltern zu erinnern, an die Schule, an Lebensmaximen und Gebote und an das verhasste Joch, in dem sie jahrelang eingespannt gewesen war und das ihr doch Halt gegeben

hatte. Für die Dauer eines Herzschlags war ihr auch klar, was sie zu tun und zu sagen hatte, doch als sie sich wehrte, tat sie es mit dem klassischen, einfältigen, noch nie ernst gemeinten Satz, den Frauen zu Hilfe rufen, wenn sie das Ja scheuen und ein Nein fürchten.

»Aber«, flüsterte Vicky, »ich hab' doch keine Zahnbürste.«

Irgendwann in dieser Nacht von Rausch und Glück, in der größten, elegantesten, teuersten Suite vom »Thor's«, vergraben in weiche Kissen, die nach Zitronen dufteten, unter kühlenden Laken und an der Seite eines Mannes, dessen Glieder heiß wie Feuer und stark und geschickt waren, wurde das Mädchen Vicky eine Frau. Der Mann, der sie zur Frau machte, war Casanova, der alles von der Liebe weiß – nur nicht, wie sehr sie das Wort Ewigkeit verabscheut. Irgendwann, als Casanova am Fenster saß und Vicky schon genug weiblichen Instinkt hatte, um Schlaf vorzutäuschen, dachte sie an ihren Geburtstag vor sechs Jahren und an die Hunde, die sie Bingo und Baxter nennen wollte.

»Magst du irische Setter?«, fragte sie am nächsten Morgen. Sie frühstückten im Bett. Der Tee war stark wie die Nacht und die Ananas süß wie die Verheißungen aus dem Himmel der Liebe.

»Nicht besonders. Ich finde, sie haben zu dünne Beine. Sehen irgendwie dekadent aus. Ich hab seit Jahren dänische Doggen.«

»Ach so«, schluckte Vicky.

Er hieß auch nicht Howard, wie sie sich einst erträumt hatte, sondern Mortimer Horatio Archduke, und er war aus adliger Familie. Zwei Weltkriege und eine wirtschaftliche Depression hatten zwar deren Vermögen blessiert, sie konnte sich Tradition jedoch immer noch leisten. Die männlichen Archdukes hatten die Wahl, sich entweder ins Erwerbsleben einzugliedern oder sich mit dem Beruf des Sohns zu begnügen und sich auf eins der eigenen Landgüter zurückzuziehen. Mortimer Horatio entschied sich, wie fast immer, für den Mittelweg, der in seinem Fall tatsächlich zu einem goldenen wurde.

Die Luftwaffe Seiner Majestät hatte er als Kriegsheld und Major verlassen – auch da hatte die zwölfjährige Vicky einst erstaunlich visionär geträumt. Seitdem lebte er in Sussex in einem Anwesen aus dem achtzehnten Jahrhundert, das er mit dem Hang seiner Gesellschaftsklasse zu Untertreibungen »meine Klause« nannte. In den etlichen Morgen Land, die dazugehörten, züchtete er Rosen, die bei fast allen Wettbewerben preisgekrönt wurden, und eine Sorte Rosenkohl, deren kleine Köpfe Furore machten und einem Ondit zufolge sogar in Frankreich verkauft wurden. Es grunzten Schweine, deren Fleisch Höchstpreise erzielte, und grasten Langwollschafe, deren Wolle in Kennerkreisen besonders geschätzt wurde. Im Übrigen war Mortimers Klause ein Schloss, freilich eins, das seinem Besitzer die Wahl ließ, es entweder der Steuern wegen aufzugeben oder sich den Erfordernissen der Zeit zu beugen. Mortimer beugte sich. Bereitwillig und mit so sicherem Instinkt, dass die beiden Brüder ihm den Erfolg neideten und die Schwester in regelmäßigen Abständen versuchte, ihren glücklosen Mann als Verwalter in Sussex unterzubringen. Von April bis Oktober standen viele der Privaträume (eingerichtet mit Möbeln aus der Zeit von Königin Anne) und der Park mit Bäumen, unter denen schon Oliver Cromwell gestanden hatte, dem Publikum offen. Machte der Hausherr persönlich eine Führung für seine Besucher, denen er auch Fruchtkuchen und Ingwermar-

melade nach einem Geheimrezept seiner Großtante Imogen verkaufen ließ, vergaß er nie das Gespenst zu erwähnen, das es auf Köchinnen abgesehen hatte.
Die Safari im Hochland von Kenia war ein lang gehegter Traum. Mit der Reise beschenkte sich Mortimer zu seinem fünfunddreißigsten Geburtstag und tröstete sich über die unangenehme und kostspielige Scheidung von Priscilla hinweg, die zwar bei ihrem Auszug für immer aus seinem Leben verschwand, allerdings mit einem Bild von Turner, dem Schmuck seiner verstorbenen Mutter und, was ihn am meisten kränkte, seinen sämtlichen Auszeichnungen aus dem Krieg. Seine Meinung, dass Frauen das Leben unnötig komplizierten, erhärtete sich. Gerade deshalb wählte er Afrika als Ziel seiner Sehnsucht. »Löwen«, sagte er beim Abschiedsessen in seinem Klub, »sind mir lieber. Sie erwarten keine Liebeserklärungen und kämpfen mit offenem Visier.«
Der Schafe, denen er von Herzen zugetan war, und seiner Lieblingscousine wegen, die ihn als Trauzeugen eingeplant hatte, setzte Mortimer seine Reise auf vier Wochen fest. Afrikas listige Götter durchkreuzten seine Pläne. Der Mann, für den Romantik und Roman synonyme Begriffe waren, der sich den letzten Gefühlsausbruch als Zehnjähriger gegönnt hatte, weil eine Lungenentzündung seine Ferien vom Internat zu vermasseln drohte, und der nach der Trennung von Priscilla und dem Smaragdcollier seiner geliebten Mutter für alle Zeiten jeder Zweisamkeit abgeschworen hatte, verliebte sich. Weder in eine Frau noch in einen Löwen. Ihm widerfuhr ein typisch afrikanisches Schicksal, zwischen Kairo und dem Kap so alltäglich wie ein Moskitostich oder ein Zebra auf der Landstraße, das den Weg nicht freigibt. Der Kontinent, den die Unwis-

senden den dunklen nennen, gab ihn nicht mehr frei. Jeder Sonnenaufgang, den er sah, jeder Stern, den er an einem Himmel aus Samt entdeckte, die Landschaft, ihre Unendlichkeit, die Farben und Fülle ließen ihn vergessen, weshalb er ursprünglich gekommen war. Flora und Fauna machten ihn willenlos. Die Menschen, mit denen er nicht reden konnte, die ihn jedoch anlachten, als wäre er der Größte, Weiseste und Witzigste, faszinierten ihn. Mortimer Horatio Archduke, ein Mann, der sein ganzes Leben lang Sinn für Proportionen gehabt und als Major der Luftwaffe jede Entscheidung ohne zu zögern getroffen hatte, ließ sich treiben wie die Wolken an Kenias blauem Himmel. Wann immer er in Nairobi war, nahm er sich vor, sich um seine Rückreise zu kümmern, doch nach dem zweiten Whisky und einem Gespräch mit Gleichgestimmten über Afrikas ewige Verlockung gab er sich geschlagen.

»Es war«, erzählte er den Grauhaarigen, die er in den Bars der Lodges und Hotels traf und die schon vor Jahrzehnten gestrandet waren, »Liebe auf den ersten Blick.«

»In Afrika ist es immer Liebe auf den ersten Blick«, erfuhr er.

Als die sich bei Vicky einstellte, verlor Mortimer nicht nur sein Herz, sondern auch den Verstand. Er war so verzaubert von Vickys Jugend und Schönheit, dass er selbst zum Knaben wurde, zum Himmelsstürmer, zu Amors Bruder und dem Sohn der Venus. Vickys Vertrauen rührte ihn. Er war alt genug, um geschmeichelt zu sein, dass ein so schönes, unerfahrenes, lernbegieriges Geschöpf ihn anbetete. Mit Priscilla hatte Mortimer, der Landmann und heimgekehrte Krieger, solche Nächte nie erlebt, dafür äußerst unangenehme Tage. Noch nicht einmal, als er in Uniform gewesen war und Englands Zukunft auf seinen Schultern trug, hatte ihn eine Frau als Helden verehrt. Und nur von Vicky, dem unschuldigen kleinen Mädchen, das in der ersten Nacht noch rot geworden war und gekichert hatte, als er die Knöpfe ihres Kleides öffnete, hatte er erfahren, was Sex war. Nach einer Woche sagte sie beim Aufstehen: »Ich kann mir schon gar nicht mehr denken, wie es ohne dich war.«

Er machte ihr einen Heiratsantrag. Er war selbst überrascht, als er das tat, doch nicht unzufrieden und schon gar nicht unglücklich. Seine Spontaneität hielt er für einen Teil von Afrikas Magie. Am Abend feierten sie ihre Verlobung. Nur zu zweit. Diesmal im Speisesaal vom »Thor's«, vom Oberkellner bedient, der sie zwar nicht kannte, sich jedoch so mit ihnen freute, dass die anderen Gäste neidisch zu ihnen herüberschauten. Schon nach dem Servieren der Vorspeise hatte der Menschenkenner mehr Trinkgeld in seiner Tasche als sonst in einer Woche.

Beim Zubettgehen fragte der Bräutigam seine Braut nach ihren Eltern. Vickys Gesicht entflammte. Sie stotterte ein wenig, als sie von der Teeplantage in Kericho erzählte, doch weil er nickte, als hätte er nichts anderes erwartet von einem Mädchen aus Kenia als Eltern mit einer Teeplantage, ließ ihre Verlegenheit wohltuend schnell nach. Zu ihrem Entsetzen kam er aber am nächsten Tag auf Kericho zurück. »Ich werde deine Eltern besuchen müssen«, erklärte er, »du bist ja erst achtzehn. Ich kann dich ja nicht einfach in meinen Koffer packen wie das Fell des Leoparden, den ich geschossen habe.«

Seine Stimme, erst recht seine Augen zeigten an, dass die Aussicht auf den Trip ihm unangenehm war. Vicky wusste ihre Zeit gekommen. Ihr fiel ein, dass der Akzent ihres Vaters besonders deutsch war, wenn er sich aufregte. Bestimmt würde ihre Mutter »einen Happen« servieren wollen und ihn – noch gewisser! – einen »Hap« nennen. Sie hielt Soleier für eine Delikatesse, hatte immer einen entsprechenden Vorrat und war nicht von der Idee abzubringen, alle Menschen wüssten, wo Sanssouci wäre. Und doch überlegte Vicky, als wäre die Herausforderung, die soeben auf sie niedergekommen war, eine wie andere auch, ob sie den langen oder den kurzen Weg zum Ziel wählen sollte. Nur ein einziges Mal straffte sie ihre Schultern. Dann traf sie die Entscheidung, und das mit einer Courage, von der sie seit ihrer Kindheit gedacht hatte, sie wäre ihr nicht gegeben. Vicky lächelte, als sie sprach. Ihre Grübchen tanzten. Die Augen waren klar, die Stimme ruhig. Hätte sie einen Spiegel gehabt und gesehen, wie verführerisch sie in diesem Moment der Selbstüberwindung aussah, hätte sie mit einem einzigen Blick begriffen, dass das Leben ungerecht ist. Auf dem Weg der Jungen und Schönen liegen keine Steine und wachsen keine Dornen.

»Meine Eltern«, sagte sie entschlossen, »stammen aus Potsdam. Ich bin auch da geboren.«

»Na so was? Im Leben hätte ich dich nicht für eine Amerikanerin gehalten.«

»Wie kommst du denn da drauf?«

»Der alte Morty ist nicht so dumm, wie er aussieht. Und er hat ein Gedächtnis wie eine Maus. Quatsch, wie ein Elefant. Der vergisst ja nichts. Wir hatten einen im Regiment, der ursprünglich aus Pottstown kam. Aus irgendeinem Grund habe ich mir gemerkt, dass Pottstown ein kleines Kaff bei New York ist. Um Himmels willen, Vicky, was ist denn los? Da gibt es doch nichts zu weinen?«

6
Liesels Entscheidung

Londiani – London, 1950

»Hapana«, sagte das kleine Mädchen auf Liesels Schoß und strampelte mit den Beinen. Mit der Rechten machte es eine Faust und bedrohte einen winzigen schwarzen Vogel im Maulbeerbusch, der die belebende Frische nach dem Regen am Morgen bejubelte.

Sie hieß June und jonglierte mit Sprachen wie die übrigen Kinder auf der Farm mit den glatten runden Steinen, die sie hochwarfen und wieder fingen. Manchmal drei auf einmal. Für ein wütendes Nein eignete sich das Suaheliwort mit den drei melodischen Silben sehr viel besser als das einsilbige englische »No«. Zwar würde June noch lange nicht in der Lage sein, solche Wahrnehmungen zu erklären. Seitdem sie sprechen konnte, hatte sie jedoch einen sicheren Instinkt für die Möglichkeiten bewiesen, die mehrsprachigen Menschen offen stehen. June, vier Jahre und einen Monat alt, hatte noch mehr landestypische Talente. Sie konnte Weizen von Mais unterscheiden, Kamille von Margeriten und Pyrethrum und die Namen von neunzig Kühen, zwanzig Ochsen, vierzig Schafen sowie von sämtlichen Truthähnen nennen, die gackernd aus dem Gebüsch stürzten, sobald Besucher auf die Farm kamen. Seit neuestem band June Doppelschleifen, zählte bis zwanzig und häkelte Luftmaschen. Das Wort Bäcker kannte sie zwar nicht, doch der Anblick von Butter und Mehl und der Duft von Hefe setzten Kräfte in ihr frei, die nur mit dem Wort Tradition zu erklären waren. Hatte dem Kind auch niemand erzählt, dass sein früh verstorbener Onkel und auch der Vater, der nun mit den Kühen und Schafen von Londiani Bayerisch redete, einst in Deutschland Bäcker gewesen waren, ließ sich die kleine June an Backtagen nicht aus der Küche weglocken. Zum Entzücken der gerührten Familie formte sie Brötchen, Brezeln und selbst den schwierigen Hefezopf so geschickt, als wäre die alte Zeit nie ermordet worden und sie, wie einst Liesel, in der Backstube der Familie Freund in Cham aufgewachsen. Die Kleine war liebenswürdig und umgänglich, ebenso beliebt bei ihrer Aja und dem Hauspersonal wie bei den Arbeitern auf den Feldern. Gelegentlich vergaßen Mutter und Tanten Liesels weitsichtige Vorgabe, dass sie June als eine kleine englische Miss zu erziehen hatten, die »Thank you« sagte und um Himmels willen keinen Knicks machte. Wenn die Frauen des Hauses ihre Zunge nicht beizeiten maßregelten, nannten sie den Liebling von Londiani schon mal »Herzerl« oder »Maderl«. Die Afrikaner riefen, wenn June sie anlächelte oder ihre Puppen am Rande der Felder aufreihte, spontan »toto misuri« aus, was auf Suaheli – je nach Bedarf – gutes oder schönes Kind bedeutete. Diese beiden Worte plapperte June schon nach, ehe sie laufen konnte.

An dem Nachmittag, als die Erde nach dem Regen dampfte und das Gras honigsüß roch, rupfte das gute Kind jedoch mit ungewohnt energischen, ja zornigen Bewegungen an den Zöpfen ihrer Puppe. Immer wieder murmelte es Unverständliches. Menschen mit Phantasie hätten jedoch keinen Moment gezweifelt, dass es sich bei den

Äußerungen aus Kindermund um derbe Verwünschungen und schreckliche Flüche handelte. June hatte allen Grund, ihr Herz vom Groll frei zu fegen. Sie erlebte den ersten Kummer ihres Lebens. Bisher hatte die Vierjährige die Welt für ein Bilderbuch gehalten, in dem sich nach Belieben und Laune blättern ließ. Seit zehn Minuten wusste sie aber, dass die Welt erstens rund und zweitens ungeheuer groß ist. Noch hatte June nicht die Angewohnheit ihrer skeptischen Cousine, in unklaren Situationen Beweise anzufordern. Gewiss hätte sie auch die Größe der Welt akzeptiert, ohne ihre Puppe zu malträtieren. Dass es jedoch außer der Farm in Londiani mit dem künstlichen See, auf dem Enten dümpelten, und dem Haus mit den großen Balkons, von denen rote Blumen im Wind schaukelten, noch andere Stätten geben sollte, auf denen Menschen lebten, das mochte June nicht glauben. Allenfalls war sie bereit, Nairobi als Alternative zu Londiani zuzulassen. June hatte ja schon oft und immer wieder erlebt, dass ihre geliebte Liesel, die sie in den ersten zwei Jahren ihres Lebens zum Verdruss der eigenen Mutter »Mama« genannt hatte und erst seit sechs Monaten nicht mehr »Tante«, von einem Tag zum anderen verschwunden war; dieser traurige Zustand war immer mit dem Wort Nairobi begründet worden. Nun hatte ausgerechnet Liesel, die besser als jede andere wusste, wie sich Kindertränen trocknen ließen, von einem großen Schiff gesprochen und dass sie mit diesem Schiff aus Londiani wegfahren müsste und June nicht mit ihr reisen konnte.

»Und wann kommst du wieder?«

»Lange nicht, sehr lange nicht, meine Kleine.«

»Das darfst du nicht«, protestierte June. Sie spuckte erst in Richtung der Truthähne und dann die Katze an, die in

der Sonne döste, zog der Puppe das Jäckchen aus, ein selbst gestricktes mit aufgesticktem Edelweiß, und ohrfeigte sie. Zweimal hintereinander.
»Du kommst mich besuchen«, tröstete Liesel. Sie wischte vier Augen trocken.
»Weinst du?«
»Erwachsene weinen nie.«
June war das große, immer noch bestaunte, nie für möglich gehaltene Wunder von Londiani, das spät geborene und einzige Kind von Liesels Lieblingstante Ruth. Das Baby war im Juni vor vier Jahren in einer Sturmnacht zur Welt gekommen – zwei Wochen zu früh. Es hatte dem aufgeregten Vater noch nicht einmal Zeit gelassen, den Wagen von einem entwurzelten Baum zu befreien und seine Frau ins Spital zu fahren. Die Familie war zunächst in allergrößter Sorge, ob das Kind, dessen Eltern ja schließlich auch seine Großeltern hätten sein können, gesund wäre. Es war indes trotz seiner unziemlichen Eile, sich vorzustellen, sieben Pfund schwer und gab mit so kräftiger Lunge Entwarnung, dass der Hund, aufgeschreckt durch das unbekannte Geräusch, die ganze Nacht jaulte. Eine Sorge blieb noch.
Der Familienclan, der so lange in größter Harmonie zusammengelebt hatte und sich nach dem Tod von Liesels Vater noch enger aneinander klammerte als zuvor, hatte sie neun Monate lang diskutiert. Was, wenn die vierzehnjährige Liesel, die ja immer nur als Einzelkind in der Gemeinschaft gelebt hatte, eifersüchtig auf die neugeborene Cousine war? Als erste Präventivmaßnahme überließ man ihr die Namenswahl – mit der logischen, doch auch ehrenvollen Begründung, dass sie sich als Einzige mit englischen Namen auskannte. Liesel wusste die freundliche Geste zu schätzen, doch sie scheute sich, über ihre tatsächlichen

Wünsche zu sprechen. In Erinnerung an die einzige Freundin, die sie je gehabt und gewollt hatte, hatte Liesel das Bedürfnis, Regina als Namen vorzuschlagen. Regina war damals seit drei Monaten aus Kenia fort; das war eine kurze Zeitspanne im Leben einer Vierzehnjährigen, deren Gefühlswelt in der Regel noch flexibel genug ist, um die Vergangenheit auszublenden und neue Horizonte anzuvisieren. Liesel aber begriff, dass die Schicksalsverbundenheit, die sie und Regina seit dem ersten Schultag aneinander geschmiedet hatte, einmalig und aller Wahrscheinlichkeit nach nicht wiederholbar war.

Sie war froh, dass sie geschwiegen hatte, stellte sie sich doch rechtzeitig genug die Lehrer der Nakuru School vor, in die ihre neugeborene Cousine ja in sechs Jahren würde gehen müssen. Die Vorstellung von radebrechenden Lehrern, die sich über einen deutschen Namen mokierten, hatte genügt, um der Vernunft zum Sieg zu verhelfen. Das Kind, weil im Juni geboren, wurde June genannt, der Alliteration wegen, die Liesels Sinn für Ordnung entsprach, auch noch Josephine. Der Tag, da aus dem belastenden Familiennamen Freund ein angenehmes, leicht sprechbares »Friend« werden sollte, lag ohnehin in absehbarer Zukunft. Alle zur Naturalisation notwendigen Papier waren eingereicht, Liesel entschlossen, wenn die Zeit gekommen war, sich Liz zu nennen.

June Josephine, blond wie keiner in der Familie, mit einer schönen kleinen Nase und mit grün schimmernden Augen, würde nicht mehr erfahren, was es bedeutete, das Kind von Refugees zu sein. »Keine Vergangenheit, nur Zukunft«, malte sich der glückliche Vater aus.

»Nur noch die falsche Religion«, sagte die Mutter, die sonst nicht nach Haaren in der Suppe zu suchen pflegte.

»Das sieht man ja bei den Blonden nicht.«
Dank dem unermüdlichen Einsatz der besorgten Cousine, die ja als Sechsjährige leidvoll hatte erleben müssen, was es bedeutet, in einem britischen Internat zu landen und der Landessprache unkundig zu sein, sprachen die Eltern, Tanten und Onkel mit dem Nesthäckchen nur in jenen Ausnahmefällen Deutsch, die ernst genug waren, um die Muttersprache erforderlich zu machen. An gewöhnlichen Tagen bediente sich die Verwandtschaft eines Idioms, das sie für reinstes Englisch hielt. Das hatte Folgen, die die vierzehnjährige Liesel freilich nicht hatte voraussehen können. Wahrscheinlich gab es kein Kind in der ganzen Kolonie, das solch einen sprachlichen Mischmasch redete wie die kleine June Josephine Freund. Zu dem üblichen Kauderwelsch, das die Kinder von Emigranten vor ihrer Einschulung babbelten, weil es ihren Eltern ein Herzensanliegen war, sich zur Sprache der neuen Heimat zu bekennen, kamen bei June noch aparte Anreicherungen durch das Hauspersonal und die Feldarbeiter hinzu. Das Hauspersonal und die Aja redeten Suaheli mit dem Kind, die Arbeiter Jaluo. Der Viehhirte, der grundsätzlich mit niemanden redete außer mit den Kühen, machte bei June, die ihn sogar anfassen und seinen Schmuck anprobieren durfte, eine Ausnahme. Er erzählte ihr wundersame Geschichten in Lumbwa, seiner Stammessprache.
Nicht ein Hauch von Eifersucht trübte das Verhältnis der ungleichen Cousinen. Liesel war schon lange kein Kind mehr. Wie sie später ihren eigenen Kindern einmal erzählte, als sie im Krankenhaus lag und ihr Herz nicht mit der gewohnten Sorgfalt bewachte, war die Nacht vom 9. November 1938, in der die SA-Männer in ihr Elternhaus eindrangen und die Federbetten auf die Straße warfen und

ihr Vertrauen in die Menschen ermordeten, die letzte, in der sie ein Kind gewesen war. Selbst Liesels Mutter spürte den Schutzwall, den ihre ehrgeizige, stets nach Vollkommenheit strebende Tochter um sich gebaut hatte. Nur selten hat sie es gewagt, an die Pforte zu klopfen und Einlass zu begehren. Liesel machte ihrerseits keinen Hehl aus dem Umstand, dass ihr das gebrochene Englisch ihrer Mutter peinlich war und auch deren Demonstrationen von spontaner Herzlichkeit. War diese kritische Tochter jedoch gut gelaunt, neckte sie die Mutter auf eine gutmütige Art. Wer Liesel gut genug kannte, um sie nicht nur als Fels in der Brandung zu sehen, spürte, dass sie sehr wohl fähig war, anderen Menschen und nicht nur June einen Platz in ihrem Herzen einzuräumen.
Liesels heitere Momente waren selten und schon deshalb ein Fest für die Familie. Da beschrieb sie anschaulich, was einem in Londiani aufgewachsenen Mädchen an Zumutungen seitens der englischen Küche widerfuhr, wobei sie ihre komischen Schilderungen würzte, indem sie sich an der Aussprache der Worte Sauerkraut, Nürnberger Bratwürste und Zwetschenknödel versuchte. Einmal, zu Silvester, es hatte in der Tropennacht Punsch gegeben, der selbst denen zu Kopf gestiegen waren, die sich noch an Punsch erinnerten, versuchte sich »das Kind« an »Fischers Fritz …« und »Blaukraut bleibt Blaukraut«.
Ihren toten Vater erwähnte Liesel nie, schaute sich aber, ohne dass die Familie davon wusste, öfters die Fotos aus der Zeit vor ihrer Geburt an. Drei Bilder faszinierten sie besonders. Das eine zeigte ihn mit hoher weißer Bäckermütze, das zweite in einer kurzen Lederhose und mit weißen Kniestrümpfen. Über das dritte hatte Liesel schon als Neunjährige mit Regina gesprochen und ihr unter dem

Pfefferbaum in der Nakuru School anvertraut, der Vater, den sie so ernst und zurückgezogen erlebte und den sie manchmal gar fürchtete, hätte in seinem ersten Leben einen »Hut mit einem Rasierpinsel« getragen.
»Und meiner«, hatte Regina geseufzt, »hatte einen weiten, langen schwarzen Mantel mit einem seidenen Kragen. Den trägt jetzt Owuor. Papa hat gesagt, er wird ihn nie mehr brauchen. Ich weiß aber nicht mehr, warum er das gesagt hat.«
Zeigte der Kalender November an, grübelten Freunds alljährlich, ob Liesel sich noch an die Nacht des Pogroms erinnerte. Oder wenigstens an das schöne Cham und die Schmalznudeln und den Pflaumenkuchen aus Vaters Bäckerei. Auf einer Farm, deren Lebensrhythmus von Säen und Ernten und dem Wohlergehen der Kühe und Schafe bestimmt wurde, wäre es Mutter, Tanten und Onkel indes sehr unpassend vorgekommen, Liesel nach ihrem Seelenleben zu befragen, geschweige denn nach Wunden, die auch bei den Erwachsenen nicht vernarbt waren. Liesel erschien allen so beneidenswert gefestigt und selbstbewusst. Stets wusste sie eine Antwort und fast immer die richtige. Sie war brillant in der Schule gewesen, und bestimmt würde sie mehr aus ihrem Leben machen als alle anderen Familienmitglieder. Wer hätte da auf den Gedanken kommen können, dass dieser junge starke Baum seine Geheimnisse, Träume und Wünsche hatte?
Ein Wunsch war ein uralter Kindertraum. Das zurückhaltende Mädchen, das sich Umarmungen entwand und zum Ende der Ferien stets gefleht hatte, die Mutter möge es nicht vor seinen englischen Mitschülerinnen küssen, hatte es schon damals danach verlangt, Zärtlichkeit zu geben und nicht zu nehmen. Solange ihr Vater lebte, betete Lie-

sel, obwohl sie ja nicht religiös erzogen wurde, jede Nacht um Geschwister. Nach dem Tod des Vaters schöpfte sie Hoffnung, wann immer ihre beiden Tanten ein Pfund zunahmen oder einen Rockbund erweiterten. Diese Hoffnung gab sie erst verloren, als sie im deutsch-englischen Wörterbuch, der Baedeker für das Leben in Londiani, die Vokabeln »Hitzewallung« und »Schweißausbruch« suchen musste. Und gerade da wurde Tante Ruth, die nach Liesels Dafürhalten noch nie etwas Außergewöhnliches getan oder gesagt hatte, schwanger.
Liesel war selig. Auf der Farm verbrachte sie so viel Zeit wie möglich mit der Schwangeren, von der Schule schrieb sie ihr jede Woche einen Brief, ermahnte sie, wie eine Mutter die unerfahrene Tochter, zur Vorsicht und Schonung. Sie war zu Hause, als June in der Sturmnacht auf die Welt kam, und empfand die Geburt als ihren persönlichen Triumph; sie verwöhnte das Kind, wie sie selbst nie verwöhnt worden war. Die Mutter ließ es lächelnd – auch dankbar – geschehen. Die Aja war begeistert. Dank Liesels Enthusiasmus brauchte sie noch nicht einmal die Hälfte der ihr aufgetragenen Arbeiten zu erledigen. Liesel wickelte das Baby, gab ihm das Fläschchen, um dessen Zubereitung sie sich riss, schob den Kinderwagen durch den Garten und sang englische Kinderlieder, von denen jedes einzelne der Familie klar machte, dass mit der kleinen June eine neue Zeit angebrochen war. Die Menschen auf der Farm ließen sich keine Szene eines Schauspiels entgehen, um dessentwillen die Frauen in der Mittagshitze aus ihren Hütten kamen und die Kinder auf dem Bauch im hohen Gras lagen und kicherten – die Aja, eine schlanke, junge Frau in einem bunten Rock und mit rotem Turban auf dem Kopf, schlief unter der Schatten spendenden Zeder am Beet mit den lila

Schwertlilien, während die junge Memsahib wachte und das Baby auf ihrem Schoß wiegte.
»Sie hat einen Knoten in der Zunge«, erkannten die Frauen, »aber Hände, die gut für ein Kind sind.«
Wenn sie June behütete, ihre Haut roch und in Augen schaute, die noch satt wurden von bunten Blumen und wippenden Gräsern, wenn das Kind lächelte und Frohsinn gurgelte, hatte Liesel keinen Knoten in der Zunge. Da hatte sie die Phantasie, die ihr als Kind nie gekommen war. Allzeit fand sie das Wort, und es wurde – kaum, dass sie es ausgesprochen hatte – zur Musik. Später, als June sprechen und zuhören konnte, erfand Liesel komische Geschichten, die sie selbst amüsierten. Sie erzählte ihr Märchen, las ihr die berühmten englischen »Nursery Rhymes« vor und zeichnete Landschaften, in denen die Äpfel an Bäumen mit kugelrunder Krone so rot waren wie die untergehende Sonne und die Sterne wie Diamanten strahlten. Es war die Zeit, da sehr viele Briefe zwischen Londiani und Frankfurt am Main gewechselt wurden. »Ich bin«, schrieb Regina kurz nach der Ankunft in Deutschland, »so glücklich mit meinem Bruder, wie ich noch nie in meinem Leben war. Und nie mehr sein werde. Es ist ein ganz großes Glück, wenn man mit vierzehn Jahren schon ein Kind haben darf.«
»Das hast du«, schrieb Liesel zurück, »so wunderschön gesagt, wie ich es nie ausdrücken könnte. Es ist sehr schade, dass wir nicht beide mit unseren Kindern zusammen unter einem Baum sitzen können.«
»Du hast vergessen«, monierte Regina in ihrer Antwort, »zu sagen, dass dieser Baum in Kenia stehen sollte. Am besten in Londiani an dem See, den ich in meinem ganzen Leben nicht vergessen werde.«

Für Regina währte die Seligkeit der aneinander geschmiedeten Herzen fünf Jahrzehnte, für Liesel zunächst nur vier Jahre. Doch selbst als alte Frau und mehrfache Großmutter, als sie das Bild vom Farmhaus in Londiani mit den hängenden Geranien und der Zeder vor dem Lilienbeet nur noch in den vergilbten Farben der Erinnerung sah, sehnte sich Liesel nach der Zeit mit June zurück. June war ihre erste Liebe, ihr erstes Kind.
Es blieben nur wenige Wochen, sich auf den Abschied vorzubereiten. Der Weg war mit Dornen gespickt. Auf den Tag genau einen Monat, ehe die kleine June von der Größe der Welt und Schiffen erfuhr, die Kontinente miteinander verbinden, traf in Londiani ein Schreiben von der High School ein – zwar seit Wochen erwartet, aber auch gefürchtet. Mitgeteilt wurde, dass der ehemaligen Schülerin Miss Liesel Freund »aufgrund ihrer außergewöhnlichen Leistungen und ihres exzellenten Abschlussexamens« ein Stipendium für die London School of Economics gewährt worden war.
Miss Liesel Freund, auserwählt unter vielen für eine Universität mit alter Tradition und modernem Renommee, las den Brief dreimal und wurde bei jedem Mal blasser. Zum ersten Mal in ihrem Leben stand die robuste Achtzehnjährige, von kräftiger Statur und mit gestählter Seele, die gute Sportlerin und begnadete Mathematikerin, flexibel und resolut, ratlos an einer Kreuzung. Sie begriff sehr wohl, dass die Chance, die ein solches Stipendium ihr bot, ein Göttergeschenk war für das Kind von Emigranten. Sie, die absolut nicht gewusst hatte, was sie nach der Schule machen sollte, hätte jubeln müssen, weil ihr die Möglichkeit geboten wurde zu studieren. Laut singen hätte sie müssen bei der Aussicht, von einer Farm fortzudürfen, die sie nie so

als Heimat empfunden hatte wie ihre Freundin Regina die Farm in Ol' Joro Orok, auf der ihr Vater nur ein miserabel bezahlter Angestellter gewesen war.
Liesel, in deren Schicksal Fortuna persönlich eingegriffen hatte, konnte sehr wohl das Glück würdigen, das ihr widerfahren war, doch glücklich war sie nicht. Der Brief aus Nairobi, versehen mit einer knappen Gratulation ihrer ehemaligen Direktorin, verdüsterte den Himmel wie eine Gewitterwolke. Jedes Wort nahm ihr die Ruhe, machte sie kleinmütig und unsicher. Sie brauchte alle Kräfte, um nicht zu zeigen, wie es um sie bestellt war. Die Tanten und Onkel lächelten sie mit Wohlgefallen an. Von der Familie Freund hatte noch keiner studiert.
»Du brauchst«, sagte Onkel Theo, »keinen Doktor zu heiraten. Du kannst ihn selbst machen.«
»Quatsch nicht so dumm, das Madel soll doch nicht Medizin studieren«, schimpfte seine Frau.
»Hapana«, sagte die kleine June. Sie machte daraus ein fröhliches Lied. »Hapana«, das Suaheliwort für Nein, entsprach wie kein anderes dem Gemütszustand ihrer ratlosen Cousine.
Was für sie eine neue Erfahrung war: Liesel fühlte sich allein und allein gelassen, zu jung, um die Last einer so wichtigen Entscheidung zu tragen, zu alt, um die falsche zu treffen. Sie kam sich wie ein Kind vor, das sich im dunklen Wald verirrt hat und, statt eine Lichtung zu suchen oder nach Fußspuren Ausschau zu halten, nach der Mutter schreit. Nach ihrer Mutter verlangte es Liesel tatsächlich. Nur mit einem Mal traf es sie sehr, dass sie sich dieser Mutter immer ein wenig geschämt hatte. Mit dem unbarmherzigen Urteil der Jugend hatte sie die besorgten mütterlichen Blicke, die zärtlichen Gesten, die Herzlichkeit

und die Bereitschaft, alles zu verstehen und allen zu verzeihen, als zu jüdisch und zu deutsch abgetan. Nun schien ihr die Mutter die Einzige, die ihr selbstlos geraten hätte. Nur ihr hätte Liesel ohne Angst, sich lächerlich zu machen, die Wahrheit gestehen können: Gewiss, sie hatte studieren wollen, doch nicht Wirtschaftswissenschaften. Seit Jahren schon hatte sie an Mathematik oder Chemie gedacht.
Diese verkannte, endlich geliebte Mutter, die im Übrigen ihre dominante Tochter sehr viel besser verstand, als die sich je klar machen würde, war jedoch eine Woche vor Eintreffen der Schicksalsbotschaft nach Montevideo gereist. Dort wollte sie ihren Bruder treffen. Wegen des seit Monaten laufenden Gesuchs um das Stipendium in London hatte sie im letzten Moment die Reise absagen wollen, doch war sie seit langem geplant gewesen und der Bruder, den sie seit der Auswanderung nicht mehr gesehen hatte, nicht gesund.
Liesel hatte ihrer Mutter sehr zureden müssen, die Schiffskarte nicht verfallen zu lassen. Sie hatte sie nach Mombasa begleitet und der immer Bescheidenen, stets Genügsamen geraten, die Zeit zu genießen und nicht zu schnell nach Hause zurückzukehren. »So oft hat man keine Chance, aus Londiani fortzukommen«, hatte Liesel am letzten Tag gesagt. Mutter und Tochter, die seit der Flucht aus Cham nicht miteinander allein gewesen waren, hatten in dem Hotel, das sie hatten nehmen müssen, weil sich die Ankunft des Schiffs um zwei Tage verzögerte, auf der Terrasse gesessen. Auf roten Kissen unter blau-weiß gestreiften Sonnenschirmen, staunende Besucher in einer Welt, von der sie immer gedacht hatten, sie würde nur den sorglosen Reichen und immer Glücklichen offen stehen. Rosen dufteten in hohen Porzellanvasen, Passionsblumen

rankten sich bis zum Geländer. Ihre Augen widerstanden dem Neid. Der Luxus blendete sie nicht, doch er gab ihnen Flügel, und sie entschwebten in den Himmel. Sie genehmigten sich, obgleich das im Pauschalpreis für das Doppelzimmer nicht enthalten war, zwischen Mittagessen und Dinner Gurkensandwiches, gebrannte Cashewnüsse und einen Orangensaft, der in einem hohen Glas serviert wurde. Sie lachten wie ausgelassene Kinder bei einer Geburtstagsfeier, denn Liesel hatte noch nie und die Mutter zuletzt bei einem Sommerfest in Cham aus einem Strohhalm getrunken. Die Blätter der Palmen schaukelten in einem sanften Wind, und die Mutter blickte aufs Meer und sagte mit einer Stimme, die wie ein Dolch in Liesels Herz schnitt: »Das hätte dein Vater erleben müssen. Wir haben vor der Hochzeit einmal eine Bootsfahrt auf dem Chiemsee gemacht.«
Liesel hatte sie anschauen können und lächeln. Und am Tag der Abfahrt hatte sie gesagt: »Es waren zwei wunderschöne Tage mit dir. Eines Tages machen wir auch eine Bootsfahrt.« Sie hatten beide sehr gestaunt – die Mutter über das, was sie hörte, Liesel, über das, was sie sagte. Wäre sie mit der Gnade bedacht worden, zu sagen, was sie in Momenten der Bewegung fühlte, hätte sie ihre Mutter mit mehr als sieben Worten beschenken können. Sie spürte, dass es ihr fortan gleichgültig sein würde, ob ihre Mutter Englisch mit einem deutschen Akzent sprach oder ob Sehnsucht ihre Augen verfärbte, wenn sie von ihrer Jugend in einem Land erzählte, das für Liesel nichts als ein Synonym für Gewalt, Zerstörung und Tod war. Zu dem Zeitpunkt, da die Mutter die Hoffnung aufgegeben hatte, ihrem Kind so nahe zu sein wie andere Mütter, hatten sie zueinander gefunden. »Liesel ist eine sehr außergewöhn-

liche Persönlichkeit, wenn man sie erst richtig kennt«, erzählte die Schwester aus Kenia dem Bruder in Uruguay am zweiten Tag ihres Besuchs, worauf er, Vater von vier Töchtern und einem Sohn, mit einem ziemlich zweideutigen Grinsen kundgab: »Mir scheinen achtzehn Jahre mehr als genug, um eine Tochter kennen zu lernen. Mir haben immer acht Tage gereicht.« Die Bemerkung führte dazu, dass Frau Freund sich erinnerte, dass ihr Bruder schon als Kind ein gewisses Talent zur Taktlosigkeit gehabt hatte. In einer Beziehung hatte Liesel nämlich durchaus richtig vermutet – ihre Mutter war eine jiddische Mamme. Sie kämpfte wie eine Löwin, sobald sie nur den Hauch einer Gefahr für ihr Junges witterte, und schärfte bei der geringsten Kritik ihre Krallen.

Als die spät begreifende Tochter, der diese Krallen der Liebe galten, mit June vor dem Haus saß und sie beide die Zöpfe der gerupften Puppe wieder ordentlich flochten, dachte sie an das weiße Segel einer Dhau, die sie sehr beeindruckt hatte. Auch fiel ihr wieder ein, dass ihre Mutter so jung ausgesehen hatte wie seit Jahren nicht mehr. Mutter und Tochter hatten, als die Dhau aufgetaucht war, lange geschwiegen und dabei mit großer Konzentration zitronengelbe Papierservietten geglättet. Im gleichen Moment hatten sie brüllend losgelacht und den Kopf geschüttelt. Ihnen war bewusst geworden, dass es bestimmt in einem guten Hotel nicht üblich war, mit der Hand Papierservietten zu bügeln. Doch Liesel hatte noch nie eine gesehen und ihre Mutter seit der Auswanderung nicht mehr. Ein paar Minuten später schaute sie Liesel an und sagte, vielleicht mit einem kleinen Seufzer, der einen Vorbehalt anzeigte, aber doch sehr entspannt: »Du hast Recht. So oft kommt man nicht aus Londiani fort.«

Als Liesel im Zug nach Londiani zurückfuhr und die Erlebnisse von Mombasa so deutlich wurden, als würden sie sich auf einer erleuchteten Bühne abspielen, kam ihr immer wieder die Vorstellung, gerade diese beiden Sätze enthielten eine Botschaft für sie. Liesel, die Realistin aus Passion, hatte nie gezweifelt, dass das Leben berechenbar ist. Schon gar nicht mochte sie sich vorstellen, das Schicksal würde den Menschen mit Zeichen und Hinweisen zum Ziel geleiten. Dennoch sah sie sich immer wieder mit der Mutter in Mombasa sitzen, und entweder sagte die Mutter: »So oft kommt man nicht aus Londiani fort«, oder sie tat es. Der Satz marterte sie; er holte sie nachts aus dem Schlaf, und morgens fiel er ihr ein, ehe die Sonne aufging. Schließlich gab sie es auf, sich zu wehren. Liesel, nun wieder die mit Durchblick und Energie, machte sich klar, dass sie nicht die Erste war, die an einer Lebenskreuzung stand. Danach war es nur noch ein kleiner Schritt, bis sie erkannte, welch ein Fehler es sein würde, vielleicht gar eine nie mehr gutzumachende Sünde, sich eine so einmalige Gelegenheit wie ein Studium in London entgehen zu lassen. Ihr Herz machte sich zum Aufbruch bereit. Nicht jubelnd, aber doch zufrieden. Drei Tage noch prüfte Liesel, ob sie mit ihrer Entscheidung zufrieden war.

Am Abend des vierten Tages, bei einem zäh geratenen Kaninchenbraten und in der einzigen Minute, da alle schwiegen und June anstarrten, die ihr Fleisch in ihr gefülltes Wasserglas tunkte und dabei wie ein Hase mümmelte, räusperte sich Liesel und sagte: »Ja.« Sie merkte, ohne dass sie es zu kommentieren wagte, dass alle mit ihrem Ja gerechnet hatten. Was sie noch weniger erwartet hatte: Ihre herrischen Onkel, die sich ja in den letzten vier Jahren berufen gefühlt hatten, der jungen Nichte im Namen ihres

verstorbenen Vaters immerzu Befehle, Verweise und Ratschläge zu erteilen, waren längst zur Tat geschritten.
»Du wirst«, sagte Onkel Gustav, während er, ohne sie anzuschauen, weiter an seiner Kaninchenkeule säbelte, »bei unserer Schwester Mina und ihrem Mann wohnen. Sie haben uns schon vor einem Jahr zugesagt, dass sie dich jederzeit aufnehmen werden. Deine Mutter war sehr glücklich, als der Brief aus London ankam. Erinnerst du dich an deine Tante Mina und an Onkel Bruno? Um Himmels willen, schau mich nicht an, als hätte ich dich gefragt, ob du noch unschuldig bist! Ihr habt doch alle drei bei den Sterns gewohnt, als wir aus Deutschland fortmussten und in London auf die Papiere für Kenia warteten.«
»Nein, ich kann mich so gut wie gar nicht an London erinnern. Nur an die roten Busse und einen Apfel auf einem Stiel, den ich haben wollte und nicht bekommen habe.«
»Das ist doch kein Grund, sich aufzuregen«, sagte Ruth, »du bist ja ganz blass, Kind.« Sie streichelte die kleine June, obgleich sie in dem Moment sehr viel lieber die große Liesel an sich gedrückt hätte. »Du hast«, belächelte sie die Erinnerung, »immer deine Finger durch die Löcher der Korbmöbel gebohrt, und die gute Tante Mina war ganz außer sich. Sie war Kinder nicht gewöhnt.«
»Und ist sie achtzehnjährige Mädchen gewöhnt?«, fragte Liesel. Sie wunderte sich sehr, dass es ihr gelungen war, ironisch zu sein, ohne den Klang der Stimme zu verändern. Immer hatte sie Regina beneidet, weil die so gut mit Worten umgehen konnte.
Bis zu dem für sie vollkommen unerwarteten Auftauchen des Onkels in Montevideo war Liesel der Meinung gewesen, die Familie Freund wäre geschlossen von Cham nach Kenia ausgewandert und sämtliche Mitglieder des Clans

würden in Londiani leben. An die Sterns erinnerte sie sich nicht, aber nun, da Ruth sie erwähnt hatte, doch und mit einem Mal auch recht deutlich an deren Korbmöbel. Vielleicht hätte sich Liesel mit der Zeit auch an Mina und Bruno Stern erinnert und mit entsprechenden Bemühungen wahrscheinlich auch an deren Wohnung und dass die recht klein war, dass ein Ölbild von einem äußerst grimmig aussehenden Mann mit einem langen weißen Bart an einer dunkelgrün tapezierten Wand hing und dass auf dem Tisch und der Anrichte im Wohnzimmer runde, weiße Häkeldeckchen lagen. Nicht nur durch die Korbmöbel, auch durch die kleinen Löcher der kostbaren Handarbeiten pflegte drei Monate lang ein verängstigtes siebenjähriges Kind, für das die nervösen Erwachsenen keine Zeit mehr hatten und das um einen in Cham zurückgelassenen, einäugigen Stoffaffen trauerte, seine kleinen Finger zu bohren. Von der Tante wurde es ob dieses Frevels mit Worten bedacht, die es bis dahin noch nie gehört hatte. Wer indes so früh wie Liesel gelernt hatte, selbst Todesnot und Verlustängste zu verdrängen, der hatte nicht die Angewohnheit, sein Gedächtnis zurück zu Häkeldeckchen und Ölbildern zu peitschen. Sie wollte etwas Kluges, wenigstens etwas Verbindliches sagen, weil sie fand, eine ironische Bemerkung wäre zu wenig für jemanden, der soeben verkündet hatte, er wäre bereit, ein neues Leben anzufangen. Außer der Feststellung, der Riemen an ihrem Koffer müsste repariert werden, fiel ihr jedoch nichts ein.

Sechs Wochen nach dem misslungenen Kaninchenbraten von Londiani betrat Liesel Freund frierend und mit gesenktem Kopf den Boden, von dem sie einst in der Nakuru School gelernt hatte, es sei die geliebte Erde des Mutterlandes. Das indes galt, wie sie sehr schnell an einem nebligen Freitag morgen in Southampton feststellte, eher für patriotische englische Dichter oder heimkehrende Soldaten als für eine junge Frau, die unter Afrikas Sonne aufgewachsen war. Die hatte weder den richtigen Mantel an, um einer beißenden Kälte und den Februarwinden zu trotzen, noch empfand sie die Insel als ein Juwel. Sie erinnerte sich nur dunkel, dass es Shakespeare getan hatte.

Noch als weit gereiste Siebzigjährige, die für den Blick jenseits des eigenen Horizontes weder ihren Körper noch ihren Geist zu schonen pflegte und die sich selbst als Touristin in Alaska wohl gefühlt hatte, konnte Liesel nicht von der Reise Mombasa–London berichten, ohne dass ihr Magen rebellierte und sich ihre Augen mit Tränen füllten. Tante Ruth und – auf Liesels inständige Bitten – die kleine June hatten sie bis Nairobi begleitet. Der Abschied von der geliebten Cousine, die am Bahnhof so gellend schrie, dass die Mutter noch nicht einmal die Abfahrt des Zuges nach Mombasa abwarten konnte, zerschnitt Liesels Herz. Ihr war es, als hätte sie June im Stich gelassen. Noch jahrelang träumte sie von der Trennung. Den Schlafwagen, der Stolz Ostafrikas, empfand sie wie ein Verlies. Sie schluchzte die ganze Nacht in die Kissen und nahm sich vor, das Schiff nicht zu betreten, die Fahrkarte zu zerreißen und die beiden Onkel zu vergiften. Sie schämte sich, weil sie noch nie zu melodramatischen Ausbrüchen geneigt hatte, bangte um ihren Geisteszustand und verpasste, weil sich ihre geschwollenen, verweinten Augen weigerten, Schönheit zu trinken, den letzten afrikanischen Sonnenaufgang. Ebenso die Giraffen, die entlang der Bahnlinie die Bäume kahl fraßen, die galoppierenden Gnuherden und das in der ganzen Kolonie berühmte Frühstück in dem eleganten Speisewagen. Hätte sich ein junges dänisches Ehepaar, dem das weinende Mädchen und das schreiende Kind auf dem Bahnhof von Nairobi aufgefallen war, sich nicht ihrer bei der Ankunft in Mombasa angenommen, wäre ihr Wunsch in Erfüllung gegangen und sie hätte auch das Schiff verpasst.

Im Roten Meer, genau an der Stelle mit den fliegenden Fischen, die Leah ein Jahr zuvor so fasziniert hatten, wurde Liesel, die bis dahin den Magen für ein Organ wie jedes andere gehalten hatte, zum ersten Mal seekrank. Sie erreichte mit Mühe ihre Kabine, die sie mit einer jungen Krankenschwester aus Mogadischu teilte, die zu Liesels Erleichterung ihre Tage auf Deck und den größten Teil ihrer Nächte beim Tanzen verbrachte. Das war, wie sich herausstellte, der einzige Glücksfall dieser Reise. Zwar legten sich die Monsunwinde, die absolut ungewöhnlich für die Jahreszeit waren, bereits am nächsten Tag, aber Liesel erholte sich nicht mehr. Die zwei Stunden, in der die Übelkeit doch nachließ, nutzte sie für einen Brief an Regina. »Ich weiß nicht«, klagte sie, »wie du das ausgehalten hast. Du bist doch immer so empfindlich gewesen. Im Gegensatz zu mir. Vielleicht macht es auch etwas aus, ob man mit seinen Eltern reist oder allein.«

In der Biskaya betete sie zum ersten Mal seit Jahren; sie erflehte von Gott einen raschen Tod. Der Schiffsarzt, ein missgelaunter Mann aus Liverpool, der Frauen nicht mochte und stöhnende junge Mädchen mit permanentem Brechreiz schon gar nicht, hielt ihr einen übellaunigen Vortrag über das Verhältnis von Hypochondrie zur Seekrankheit, die frohgemute Kabinengenossin verabreichte ihr in einer Tanzpause Tabletten, von denen sie behauptete, in Mogadischu würde das Medikament selbst bei Amokläufern wirken. Die Aussage hatte einen gewissen Wahrheitsgehalt.

Nach Einnahme der ersten Pille schlief Liesel vierundzwanzig Stunden am Stück. Sie erwachte mit Kopfschmerzen, wie sie sie noch nie gehabt hatte, und hatte kaum Zeit, vor der Ankunft in Southampton ihre Koffer zu packen. Als sie von Bord ging, schwankte sie. Es fehlten das goldene Armband vom Juwelier Weißkopf in Cham, das ihre Mutter jahrelang im Wäschefach versteckt und der Tochter zum achtzehnten Geburtstag geschenkt hatte, und ein Paar nagelneue Schuhe von »Bata« in Nakuru. Liesel hatte zehn Pfund abgenommen, einen gelben Teint und schwarze Ringe unter den Augen. Die Reise hatte drei Wochen gedauert; sie war mindestens drei Jahre älter geworden.
Auf der Bahnfahrt von Southampton nach London erholte sie sich dennoch überraschend schnell. Sie war stolz, dass sie den Zug ohne Hilfe fand. Mit einem Appetit, der sie Biss für Biss mehr verblüffte, aß sie ein mit Huhn, Mayonnaise und Salatblättern belegtes Sandwich. Der Zug fuhr an und hielt sofort wieder. Nach zehn Minuten verließ er endgültig den Bahnhof.
»Jeden Tag das Gleiche«, sagte eine Frau auf der gegenüberliegenden Seite. Sie strickte einen rosa Strumpf.
»Ja«, lächelte Liesel. Sie genierte sich ihrer Schüchternheit und überlegte, ob sie der Frau erzählen sollte, dass sie auch gern strickte, doch allein der Gedanke, einer Fremden ungefragt eine Mitteilung zu machen, ließ sie frösteln.
Dass ein Häuschen so dicht neben dem nächsten stand wie die Maispflanzen auf den Feldern von Londiani, beeindruckte Liesel sehr, noch viel mehr, dass deren Vorgärten winziger waren als daheim die Gemüsebeete der Feldarbeiter. Beim Anblick von mehrstöckigen Häusern duckte sie sich und fühlte ihr Herz schlagen. Sie hauchte ehrfurchtsvoll »Oh«, als der Zug an einem steinernen König

auf einem steinernen Ross vorbeifuhr. Die Kinderwagen auf den Dorfstraßen erschienen ihr wie die königlichen Staatskarossen, von denen sie einmal ein Foto in der »Sunday Post« gesehen hatte. Die beiden Mitreisenden (eine Dame mit einem glänzenden schwarzen Regenhut wie Christopher Robin, der Vater von Pu dem Bären, war kurz vor der Abfahrt ins Abteil gestürzt) und die Frauen, die durch den Wagen in Richtung Speisewagen liefen, fand sie einschüchternd elegant.

Was aber die »Einwandererin« aus Afrika am wenigstens fassen konnte, tagelang, wochenlang nicht: Europäer körperlich arbeiten zu sehen. Liesel hatte die Gepäckträger, die in Southampton den Schiffspassagieren demütig ihre Dienste anboten, angestarrt, als wären sie vorzeitliche Riesen. Nun staunte sie über jeden Bahnarbeiter, den sie aus dem Zugfenster erblickte. Als der Schaffner ihre Fahrkarte sehen wollte, verfiel sie in lautes, hysterisches Gekicher. Im Land, in dem die Hautfarbe Prestige und Schicksal der Menschen bestimmte, waren Schaffner immer Inder und Gepäckträger Kikuyus gewesen, die mit »Boy« angeredet wurden.

»Wehe, wenn du mit meinem Gepäck abhaust«, hatte Liesel in Southampton einem älteren Mann mit roter Mütze und Karre gedroht, worauf der, mit purpurnem Gesicht und einer Salve von Flüchen ihr die beiden Koffer vor die Füße geworfen und »verdammtes Kolonistenbalg« gebrüllt hatte.

Sie brach in Schweiß aus, sobald sie an die Szene und den pöbelnden Mann dachte, und sie nahm sich vor, sich in London vor allen Gewohnheiten der Zunge zu hüten. An der Victoria Station lief sie indes keine Gefahr, durch unpassende Reden aufzufallen. Als Liesel aus dem Zug kletterte, versagten Augen, Nase und Ohren. Der Lärm machte sie taub, die Lichterflut blind. Die Menschenmassen ängstigten sie. Alle, die da als Schatten durch eine schlecht beleuchtete Halle hasteten, erschienen ihr körperlos und doch bedrohlich. Lautsprecher quakten und Zeitungsjungen brüllten, es roch nach Blumen, Fisch und Chips, Tabak, Bier, Schweiß und süßlichem Parfüm. Sie sah ein Schild, das vor Taschendieben warnte, und buchstabierte es Wort für Wort wie eine Leseanfängerin. Es war ihr unvorstellbar, dass es außerhalb von Nairobi Taschendiebe geben sollte. Als ein Kind schrie, dachte Liesel einen Moment lang, es wäre June, und danach, sie hätte den Verstand verloren. Ein Mann mit einer Schildmütze und einem Cockney-Akzent, der ihr so fremd war, wie es Chinesisch gewesen wäre, rüttelte an ihrem Koffer. Sie vergaß alle Vorsätze und brüllte angstvoll: »Nein.« Viel später fiel ihr auf, dass sie Deutsch gesprochen hatte. Unmittelbar darauf stellte sich ihr ein Mann in den Weg, der den »Manchester Guardian« schwenkte. Sie stammelte dreimal hintereinander »Thank you« und musste das Bedürfnis unterdrücken, ihn zu umarmen.

Dass der Mann mit der Zeitung sie an der Victoria Station abholen würde, war ihr in einem Brief von Ruth mitgeteilt worden, der sie auf dem Schiff erreicht hatte – bei der Ankunft in Neapel. Der Zeitungsschwenker, klein, mit hohem schwarzem Hut und abgeschabtem Hemdkragen, der unter einem fleckigen Mantel hervorschaute, sagte kaum ein Wort. Er dirigierte Liesel mit Handzeichen zwischen Menschenmassen, die es sehr eilig hatten, fuhr mit ihr etliche Rolltreppen hinunter, lief durch taghell erleuchtete, weiß gekachelte Gänge und schob sie nach einem Moment des Wartens in eine U-Bahn mit Türen, die zu ihrer Faszination auf Knopfdruck reagierten und aus denen ebenso viele Menschen heraus- wie hineinstürzten. In der Bahn drückte sie der Unbekannte auf einen Sitzplatz, über dem ein Schild mit der Aufschrift war »Nehmt Rücksicht auf Alte und Kranke«. Er schob ihre beiden Koffer gegen ihre Beine und blieb mit über dem Bauch gefalteten Armen vor ihr stehen, die Zeitung unter den Gürtel seines Regenmantels geklemmt. Sie verlor jedes Gefühl für Raum und Zeit, sah nur Füße und Gesichter und konnte, als der Mann ihr zunickte und mit seinem Daumen auf die Tür deutete, nur mühsam aufstehen. Liesel trug in jeder Hand einen Koffer, er die Zeitung. Schweigend liefen sie im Nieselregen unter tropfenden Bäumen auf einer schwach beleuchteten Straße, wobei er zweimal »Mm« sagte und bald darauf: »Na also.« Mit einem Ring, den ein vergoldeter Löwe als Nasenschmuck trug, klopfte der Mann an eine Haustür. Im Licht der Straßenlaterne glänzte das Holz dunkel. Als im Haus das Licht anging und draußen Schritte zu hören waren, gab der stumme Begleiter Liesel einen kleinen Schubs, der nicht ohne Zärtlichkeit war. »There we are, dearie«, sagte der Mann und war verschwunden. Als sie ihm nachschaute, sah sie nur noch seinen hohen Hut. Seine Identität hat sie nie klären können. Es war abends um halb neun, als Liesel die älteste Schwester ihrer Mutter und deren Mann kennen lernte. Sie trugen beide Pantoffeln aus grauem Filz, Strickjacken aus schwerer Wolle und einen Schal um den Hals.

Die Sterns wohnten in einer kaum geheizten, bei Ostwind besonders zugigen Dreizimmerwohnung in Golders Green. In dem Viertel hatten sich viele jüdische Emigranten aus Deutschland, Österreich und der Tschechei angesiedelt. Leisten konnten es sich allerdings nur diejenigen, die es in ihrem Gastland wenigstens zu einem bescheidenen Wohlstand gebracht hatten. Auf den Straßen hörte man noch lange nach 1945 so viel Deutsch wie Englisch und mindestens einmal täglich den alten Emigrantenwitz: »Sind Sie happy in England? Happy ja, aber nicht glücklich.« Das galt nur bedingt für die Sterns. Sie waren kinderlos, was ihnen den Aufbruch aus Deutschland extrem erleichtert hatte, strebsam und gesegnet mit einer Eigenschaft, die in der Emigration den gleichen Stellenwert hatte wie Bargeld: Nicht nach hinten zu schauen. Bruno Stern tat das auch im Alter nie. Er war gebürtiger Westfale und vertraute seinem eigensinnigen Kopf und robuster Konstitution. Sein Spruch »Die einzige Leistung der Deutschen, die ich rückhaltlos bewundere, sind Pumpernickel und Steinhäger« verführte zu der vorschnellen Annahme, er hätte Humor. Aussagen und Verlautbarungen über die eigene Befindlichkeit waren für ihn keine Sache von Wortwahl und Witz. Er war ein deutscher Beamter gewesen, verlässlich, vertrauenswürdig und überzeugt von seiner Person. In Münster war er auf dem Grundbuchamt beschäftigt gewesen und 1933 als Jude entlassen worden. Der Schock war gewaltig. Anders als viele seiner Leidensgenossen hatte er jedoch weder geglaubt, die Nazis würden bald wieder verschwinden, noch hatte er sich um irgendeine andere Arbeit in Deutschland bemüht. Mit seiner Frau Mina war er nach England emigriert, dazu ermutigt von einem Jugendfreund, der als Schreiner unmittelbar nach seiner Ankunft auf der Insel eine Anstellung in Manchester gefunden hatte. Mina hatte die Zeit bis zur Auswanderung zu einer Schnellausbildung als Schneiderin genutzt, ihr Mann nahm Kurse in Englisch und Buchhaltung.

Zu seinem Glück war er auch in der Heimat griesgrämig,

nicht sehr menschenfreundlich und pessimistisch gewesen. Solche Eigenschaften schützten im Exil vor übertriebenen Hoffnungen, deprimierenden Grübeleien und Wehmut. Nostalgie und die Frage nach dem Warum erschwerten ja jeden Neuanfang. Bruno Stern hatte einen Instinkt für solche Hürden. Er fand eine Anstellung in einer Fabrik, die damals Hemden herstellte, vier Jahre später Uniformen für die Air Force. In einem Tempo, um das ihn andere beneideten, gelang ihm gar ein doppelter Coup. Mina fand Arbeit in der Schneiderei der Firma, er bald im Büro, zwar nicht als Buchhalter, doch er verwaltete – zur großen Zufriedenheit seiner Vorgesetzten – das Lager mit den Stoffbeständen und dem Werksmaterial. Schon im Jahr 1939, als die Freunds mit Liesel drei Monate bei den Sterns Unterschlupf gefunden hatten, ging es ihnen besser als den meisten Emigranten. Sie hatten ihre Möbel aus Deutschland mitnehmen können, den größten Teil von Minas Aussteuer und eine Geldsumme, die ihnen den Neuanfang erleichterte. Ihre ursprüngliche Sparsamkeit steigerten sie zum Geiz. Mina Stern trug nach dem Krieg noch den Mantel aus grauem Krimmer, der mit ihr aus Münster ausgereist war, ihr Mann seinen Hochzeitsanzug. Bis der Brief aus Londiani eintraf, in dem auf die Erfolge der jungen Nichte hingewiesen wurde, vermieteten die Sterns eins ihrer drei Zimmer.

»Hoffentlich ist deiner Schwester klar, dass sie uns den Mietausfall wird vergüten müssen«, erklärte Bruno.

»Sie und ihr Mann haben sich auch das letzte Mal nicht kleinlich gezeigt, als sie bei uns wohnten«, erwiderte Mina.

»Sicher. Nur jetzt ist sie Witwe. Die sind ja besonders schwierig und machen auf die Mitleidstour.«

»Du wirst dich schon zu wehren wissen. Du hast deiner Lebtag mit noch keinem Mitleid gehabt. Außer mit dir selbst.«
Trotz einer Reihe solcher Erörterungen, die ihrer Ehe noch unbekömmlicher waren als der Alltag, und obwohl sie sich allzu deutlich an Liesels störenden Umgang mit Korbmöbeln und Häkeldeckchen erinnerten, stimmten Sterns zu, die Nichte bei sich aufzunehmen. »Natürlich kann die Kleine bei uns wohnen«, schrieb Mina an ihre afrikanischen Verwandten, »auch Bruno wird sich freuen, wenn junges Leben ins Haus kommt.«
In Londiani hatte man klugerweise Liesel diesen Brief nicht gezeigt. Von den Sterns wurde nur Gutes erzählt. Von den Onkel und gar von Tante Ruth wurde die Reisende auf eine »herzensgute Seele« eingestimmt, die es gar nicht abwarten konnte, ihren Besuch an ihre mütterliche Brust zu drücken. Am Schauplatz des Geschehens indes reichten Liesel drei Tage, um zu begreifen, weshalb sich ihre spät gefundene Tante so spontan gastfreundlich gezeigt hatte. Mina Stern brauchte Hilfe. Sie hatte Arthrose in den Fingern, Rheumatismus im Knie und morgendliche Schwindelanfälle. Zudem war sie der Meinung, dass die Summe, die ihr für Liesels Logis in Aussicht gestellt worden war, weder den Lebenskosten in London noch den Maximen entsprach, die ihr Bekanntenkreis als richtig befunden hatte. Ihr Mann stimmte ihr zu.
»Die Gewitterhexe«, schrieb Liesel schon in der ersten Woche ihres Aufenthalts an Regina, »braucht einen Boy. Keinen Hausboy und keinen Koch und auch nicht einen, der das Geschirr abwäscht oder die Wäsche bügelt, sondern einen einzigen, der alle im Haus anfallende Arbeit erledigt. Und rat mal, wer diesen Prachtjob bekommen hat?

Nur die Hunde und Hühner brauche ich nicht zu füttern. Das liegt allerdings daran, dass meine selbstlosen Verwandten weder Hunde noch Hühner halten.«

Noch entmutigender war für Liesel die Prozedur, sich an der Universität einzuschreiben. Die Sekretärin, bei der sie vorsprach, war abweisend, hatte Schnupfen und einen dringenden Arzttermin. Sie konnte die entsprechenden Unterlagen nicht finden, noch weniger brauchbare Auskünfte geben. Liesel vermutete, die einzige Ansprechpartnerin, die sie hatte auftreiben können, würde nicht das erste Mal darauf hinweisen, dass die Anmeldefrist für Neuzugänge verstrichen und die nächste erst in sechs Monaten wäre. Ob denn da kein Irrtum vorläge?

»Irrtümer«, befand die Verschnupfte und wühlte in ihrer Handtasche, »kann man nie ausschließen.«

»Darf ich nächsten Montag noch mal wiederkommen? Montag ist doch Sprechtag?«

»Natürlich dürfen Sie kommen. Wir leben doch in einem freien Land.«

Auf der Rückfahrt nach Golders Green machte Liesel Bilanz. Außer mit den Sterns hatte sie seit der Ankunft in London nur mit dem Gemüsehändler, bei dem sie einmal Blumenkohl und zweimal Kartoffeln für die Tante eingekauft hatte, und einer Frau gesprochen, die am Briefkasten nach einer Apotheke gefragt hatte. Als dritte war die verschnupfte Sekretärin von der Universität hinzugekommen. Als Liesel die Sekretärin zu dem Gemüsemann und der Frau am Briefkasten hinzuaddierte, verlor sie allen Mut. Wie der Familie in Londiani, der Mutter in Montevideo klar machen, weshalb sie so unglücklich war? Für den Moment tat es ihr gut, sich den Brief vorzustellen, den sie mit klammen Fingern, am Rande einer tödlichen

Grippe, in ihrem ungeheizten, zugigen Zimmer schreiben würde. »Mein Stipendium«, formulierte sie, während sie aus dem Fenster der U-Bahn in die Dunkelheit starrte, »ist hier so viel wert wie auf der Farm Aschenputtels linker Schuh. Es ist mir nicht gelungen, mich in London an der Universität anzumelden. Ich habe noch mit keinem Menschen ein vernünftiges Wort geredet. Falls ihr nichts mehr von mir hört, liege ich im Krankenhaus.« Liesel hatte keine Übung mit fiktiven Briefen. Sie wusste nicht, dass Phantasie Menschen in Not nicht gut tut. Ihre Gedanken wanderten zu einem Kinderbuch, das sie vor Jahren gelesen hatte. Ein Waisenkind, erzogen in Luxus und von einer indischen Aja vergöttert, war nach dem Tod der Eltern nach London gekommen und von herzlosen Verwandten als Küchenmädchen ausgenutzt worden. Die süßlichen Zeichnungen des Illustrators wirbelten durch Liesels Gedächtnis.
An der Wagentür saß tatsächlich eine Inderin, trotz der Kälte in einen grünen Sari mit Goldstickerei gewickelt, auf der Stirn ein roter Punkt. Liesel starrte sie an, als wäre ihr noch nie eine Inderin begegnet. Sie merkte nicht, dass die Bahn hielt. Dass die Fahrgäste, die an der Tür gestanden hatten, alle schon ausgestiegen waren, dämmerte ihr erst, als die ersten Eingestiegenen einen Sitzplatz suchten. Erschrocken stand sie auf, stürzte mit einem kleinen Schrei hinaus, sah die Bahn abfahren, stand schwer atmend auf dem Bahnsteig, der ihr fremd vorkam, und fuhr mit der Rolltreppe, die sie ebenfalls nicht erkannte, nach oben. Wie eine Gejagte hetzte sie aus dem Gebäude. Erst, als sie ein Auto hupen hörte und die Aufschrift auf einem Bus las, der vor ihr gehalten hatte, wurde ihr bewusst, dass sie nicht in Golders Green ausgestiegen war, sondern in Hamp-

stead. Das Schild an der U-Bahn-Station, die sie soeben verlassen hatte, gab ihr Auskunft.
Die Straße mit einem mächtigen Gebäude, von dessen grünem Dach eine Fahne wehte, die sie nicht einordnen konnte, und einem Lyon's Tearoom an einer Ecke ähnelte den Straßen, die sie in Golders Green kennen gelernt hatte. Aufschriften in den Schaufensterscheiben zeigten koschere Restaurants und koschere Bäckereien an. Neben einen Blumengeschäft war ein koscherer Metzger. Ein Schild verwies auf eine Synagoge, ein Plakat auf einen jüdischen Wohltätigkeitsball im April und eine jüdische Kulturwoche im Juni.
Noch immer stand Liesel an der Bushaltestelle. Sie sah einen kleinen Platz mit Bäumen, Blumenbeeten und einer Kinderwippe. Sie dachte an June und schluckte. Ihre Augen brannten. Zwei Jungen in kurzen Hosen und grauem Schulblazer spielten Fußball auf einer kleinen Rasenfläche. Die Blazer erinnerten die Gestrandete an die Uniform der High School. Dass sie eine so starke Sehnsucht nach ihrer alten Schule hatte, beschämte sie. Vor dem Rasen mit den kickenden Buben standen zwei Bänke. Auf der einen saß ein Mann in einer weißen Jacke mit schwarzer Mütze, vor sich einen Wagen mit heißen Maronen. Die andere Bank war leer. Wie im Zwang lief Liesel auf sie zu.
Der Märzwind war messerscharf. Sie setzte sich trotzdem, machte noch nicht mal den Versuch, ihr Gesicht zu schützen, und holte, mit dem Ausdruck eines trotzigen Kindes, ihre Hände aus den Taschen. Sie merkte, wie erst die Finger ertaubten und dann die Handgelenke und dass die Kälte ihr Gesicht versengte. Dann senkte sie den Kopf und gab es auf, sich gegen die Tränen zu wehren. Mit Ausnahme der Biskaya war es das erste Mal, dass Liesel sich selbst

aufgab. Sie weinte nicht, weil sie nicht an der Universität angekommen war. Ihre Tränen galten nicht den Sterns, die in ihrer Post und in ihrem Schrank schnüffelten und ihr Taschengeld und Freizeit zuteilten wie einer Fünfjährigen. Sie beweinte auch nicht die Einsamkeit, die ihr Kraft und Hoffnung nahm. Liesel weinte Tränen der Erschöpfung. Sie war nicht nur an der falschen Haltestelle der U-Bahn ausgestiegen, sie hatte die Orientierung über ihr Leben verloren. Die Wankende, die nie gewankt hatte, die Mathematikerin, die sich nie verrechnet hatte, stand zu gleicher Zeit in einer Welt aus Nebel, an einem Steilabhang, vor einer Wand aus Eis und einem Berg aus Feuer. Sie hatte, während das Eis barst und Lava auf sie zuwaberte, nur einen einzigen Wunsch: auf der Bank sitzen zu bleiben, die Narzissen anzustarren und in der Nacht zu erfrieren.

Der junge Mann, der sich neben die Schluchzende setzte, war nicht der Tod. Es war auch nicht nachts, sondern nachmittags um vier. Er fröstelte wie sie. Da er jedoch nicht erst seit vier Wochen in England lebte, war er das gewohnt. Er knöpfte seinen Trenchcoat zu und verknotete den Gürtel, zauberte aus der Tasche einen gestrickten gelben Schal und legte ihn um Liesels Schultern. »Nicht weinen«, sagte er. »Blut, Schweiß und Tränen haben uns nur im Krieg weitergeholfen.«

Sie erkannte nicht, dass er Churchill zitierte, doch sie ahnte, dass es ein Fehler sein würde, nicht auf seinen Vorschlag einzugehen, mit ihm bei Lyon's eine Tasse Tee zu trinken. Als sie beide den Zucker in der Tasse verrührten, sahen sie sich zum ersten Mal an. Er fragte nach ihrem Namen. Sie brach wieder in Tränen aus. »Liesel«, flüsterte sie, »tut mir Leid.«

»Kann ich überbieten«, lächelte er, »ich heiße Emil.«
Er witterte die Wahrheit, denn er war fünf Jahre älter und um Äonen erfahrener als sie. Liesel hingegen erkannte keine einzige Zahl im Rätselspiel des Lebens. Sie dachte, dass sie nichts gemeinsam mit dem Mann hätte, der für verzweifelte junge Mädchen Taschentücher und wärmende Schals bereithielt. Zwar klopfte ihr Herz, doch sie war absolut sicher, sie würde ihn nie wieder sehen.

7
Regina verzichtet
Frankfurt/M., 1954

»Zwei Mosel, bitte«, bestellte Regina.

»Wird der dem gnädigen Fräulein nicht zu sauer sein?«, zweifelte der Kellner. Er misstraute der Zahlungsfähigkeit und der Moral von weiblichen Gästen, die ohne männliche Begleitung in einem Lokal saßen und dann auch noch zwei Getränke bestellten. So etwas, pflegte er seiner Frau zu erzählen, wenn sie ihm nach getaner Arbeit in der frisch tapezierten Wohnküche das Essen aufwärmte, wäre früher nicht vorgekommen. Er war ein genauer Beobachter der Zeitläufte und wusste allabendlich von Missständen zu berichten, die früher nicht vorgekommen waren.

Regina missdeutete den Blick des Kellners als den Unmut, auf den ein Mann, der den rechten Fuß nachzog und zu dünn für seine Jacke war, ein Recht hatte. Gutmütig sagte sie: »Mein Vater kommt gleich. Und wir beide mögen den Wein gern sauer. Das macht lustig.«

»Nicht immer«, widersprach der Kellner. Er sah die Packung Gold Dollar und die Streichhölzer auf dem Tisch liegen, runzelte die Stirn und holte vom Nebentisch einen Aschenbecher, stellte ihn vor Regina und grunzte Ablehnung. Auch Frauen, die in der Öffentlichkeit rauchten, waren früher nicht vorgekommen. Jedenfalls keine anständigen.

Regina saß, während sie auf ihren Vater wartete, in einem Gartencafé am Main, in dem es Eiskaffee aus hohen silbernen Bechern gab und mehr Schlagsahne zur Torte als anderswo. Das Terrassenlokal mit blau-weiß gestreiften Kissen auf weiß lackierten Stühlen hatte für jeden Tisch einen eigenen Sonnenschirm. Wurden die an den heißen Tagen aufgestellt, sorgten sie für ein Flair, das die Gäste, von denen ja die allerwenigsten je ins Ausland gereist waren, als südlich empfanden. Der große Innenraum entzückte mit kleinen Schalensesseln, die nicht, wie in den meisten Cafés, die Kriegs- und Nachkriegszeit überstanden hatten und mit muffigem Plüsch bezogen waren, sondern mit einem herrlich praktischen, bunten Kunststoff. Von so etwas träumten aufgeschlossene Hausfrauen auch für Heim und Garten. Nierentische, die ein Berichterstatter als »die Trumpfkarte der Moderne« beschrieben hatte, standen in den Nischen und jede Menge der modernen Tütenlampen, die neuerdings in jeder ernst zu nehmenden Illustrierten abgebildet wurden, in »Film und Frau« dreimal hintereinander. Das Café war erst vor einigen Monaten eröffnet worden, vom ersten Tag an beliebt bei Jung und Alt. Es galt als eines jener Wunder, für das die Stadt Frankfurt mit ihrem Rekordtempo in Sachen Wiederaufbau in der ganzen Bundesrepublik bekannt war. Im Sommer war ein Besuch in der gastlichen Stätte am Fluss ein besonderes Vergnügen. Mit den Mainbrücken im Blick, über die nun wieder Autos, die Tram und Flotten von Vespas fuhren, konnten die Gäste die Großstadt genießen und dabei ihr Vanilleeis löffeln, danach ein Gläschen Danziger Goldwasser trinken oder Kakao mit Nuss und wohlig schaudernd der Zeiten gedenken, als alle Brücken in Frankfurt, selbst der Eiserne Steg, zerstört gewesen waren

und man von Frankfurt nach Sachsenhausen mit dem Boot übersetzen musste.
Wann immer Walter und Regina es einrichten konnten, sich aus dem Alltag zu schleichen, ohne dass es Jettel merkte, verabredeten sie ein Treffen im »Nizza«. Das Lokal war von Walters Anwaltsbüro in der Neuen Mainzer Straße bequem zu Fuß zu erreichen. Im Sommer führte er seine Gäste aus dem Ausland dorthin, die trotz aller Vorbehalte gegen Deutschland ihre jahrelang aufgestaute Sehnsucht nach deutschem Streuselkuchen mit einem erstaunlichen Appetit stillten. Der französische Name beeindruckte Besucher, doch es war nicht das Lokal, das Nizza hieß. Gemeint war die Gartenanlage auf der Frankfurter Seite des Mains. Der kleine ironische Vergleich war charakteristisch für das Selbstbewusstsein dahingegangener Zeiten. Die Bezeichnung hatte den Bombenkrieg weit besser überstanden als die Bürger selbst, und in der schönen Gartenanlage blühte es so üppig, als sei nichts geschehen.
Von Zeit zu Zeit probierten die Redlichs aus, wie weit sie mit der selbst gestellten Aufgabe waren, sich ein neues Zuhause in einer Stadt zu schaffen, die für sie vor dem Krieg so wenig bekannt gewesen war wie Nairobi. Dann kaufte Jettel Gelbwurst und machte den Kartoffelsalat ohne Mayonnaise an, oder sie probierten alle, Metzger zu sagen statt Fleischer und nicht Sonnabend, sondern Samstag. Baten sie gar in einem Lokal um Senf und nicht um Mostrich, fühlten sich die Redlichs einen Zungenschlag lang aufgenommen in der Stadt, in der ihr Leben nach Afrika neu begonnen hatte.
Vom Alltag mit List abgezweigte Stunden, in denen sie ungestört und vor allem mit der alten Vertrautheit miteinander reden konnten, wie sie es auf der Farm in Ol' Joro Orok

getan hatten, zählten zu den vielen Geheimnissen, die Vater und Tochter miteinander teilten. Es wurden jedes Jahr deren mehr. Auf dem Konto der alltäglichen Sünden waren auch Wein, Pralinen und vor allem die Zigaretten zu verbuchen, die Walter seit dem Ausbruch seiner Diabetes und nach einem schweren Herzanfall im vergangenen Jahr verboten waren. Statt auf Regina zu hören, die an seine Vernunft und an sein Verantwortungsbewusstsein appellierte, hatte er sie ermutigt, selbst mit dem Rauchen zu beginnen. Wein hatte er regelmäßig mit ihr getrunken, seitdem es wieder problemlos welchen zu kaufen gab.

»Die Enkeltochter eines Schnapsgroßhändlers«, pflegte er zu sagen, »trinkt keine Limonade. Dein Großvater hätte das nicht geduldet.«

»Und wie erklärst du die Pralinen?«

»Wenn Gott gewollt hätte, dass ich keine esse, hätte er den Kakao nicht wachsen lassen.«

Beklagenswert oft versäumten es die beiden Konspiranten, ihr Herz zu schützen und die Zunge im Zaum zu halten. Dann tauchten in den Stunden der Verschwörung die Erinnerungen an Afrika auf, an Owuor vor allem, der sie durch die Wirrnisse der Emigration geleitet hatte, und an Kimani, der in den Wald gelaufen war, um zu sterben, als Walter die Farm verließ. Auf solchen Safaris in die Welt, die sich unterzugehen weigerte, redete Regina, was er dort nie zugelassen hätte, ihren Vater mit »Bwana« an. Öfters sprachen sie auch Suaheli und schickten, obgleich das zu Beginn der Safari in die Vergangenheit keineswegs eingeplant gewesen war, ihre Augen zu den Flachsfeldern, die in Ol' Joro Orok in einem Blau blühten, das es sonst nirgendwo auf der Welt gab.

»Kornblumenblau«, betonte Walter, wenn die Zeit gekom-

men war, wieder in das Land zurückzukehren, in dem tatsächlich Kornblumen blühten und nicht der Flachs.
Der Kellner brachte die zwei Gläser Wein. »Warten Sie auf einen Rechtsanwalt?«, fragte er misstrauisch. Er hielt das Tablett auffallend hoch, so als fürchte er, Regina würde es ihm entreißen, ehe er die Frage befriedigend geklärt hatte.
»Ja«, antwortete sie alarmiert. »Wie kommen Sie da drauf?«
»Er hat angerufen und lässt ausrichten, es sei alles in Ordnung. Der verfluchte Eierdieb hat sich verspätet.«
»Danke«, prustete Regina los. Sie holte ihre Hand aus der Rocktasche, in der sie zu Beginn des Gesprächs ihre Finger gekreuzt hat, um die Malaisen des Schicksals abzuwehren, und lachte noch einmal. »Auf Eierdiebe ist kein Verlass mehr. Die verspäten sich immer«, erklärte sie.
»Auf den Arm nehmen kann ich mich selbst«, brummte der Kellner.
Regina fragte sich, als sie ihre Handtasche nach einem Kamm absuchte, wie sie den Nachmittag und Abend überstehen sollte, wenn schon das Benehmen eines Kellners sie so aus der Fassung brachte, dass ihr Herz noch nach zehn Minuten in ihrem Körper vibrierte. Ihre Lippen klebten aufeinander. Die Stirn war feucht. Sie versuchte, sich zu beruhigen, indem sie – ohne zu blinzeln – auf das Wasser im Fluss starrte. Es bewegte sich nur, wenn ein Schiff vorbeizog. Möwen hockten auf Pfählen, die Schwalben flogen hoch. Vor einem Haus, das aussah, als hätte es nur friedliche Zeiten erlebt, blühten die letzten Tulpen und die ersten Rosen. Eine Weile malte sich Regina aus, wie es wohl wäre, ständig auf einem Schiff zu wohnen, das Kohlen von einem Ort zum anderen beförderte, und dann stellte sie fest, nicht ohne einen gewissen Grimm, dass sie nicht mehr

über die deutsche Binnenschifffahrt wusste, als dass es sie gab. Auf der Liste der Fächer, die sie in der deutschen Schule angeödet hatten, hatte die Geographie Deutschlands sehr weit oben gestanden.
Einen Moment dachte Regina an die Geographielehrerin, die einen großen Teil ihres Unterrichts mit der Belehrung zugebracht hatte, dass der größte Teil der östlichen Welt immer altes deutsches Kulturgut gewesen sei. Die Erinnerung an die Geographielehrerin tat ihr nicht gut. Erinnerungen an ihre Schulzeit taten Regina nie gut. Weder an die Schule in Kenia noch an die in Frankfurt konnte sie denken, ohne dass die Scham derer auf ihrer Haut brannte, die sich ausgegrenzt fühlen. In Frankfurt war es anders gewesen als in Nakuru. Als kleines Mädchen hatte sie an der offenen, gehässigen Feindseligkeit der britischen Mitschülerinnen und Lehrer gelitten, die alles Fremde ablehnten. In Frankfurt, da sie kein Kind mehr war und sensibel für die subtilen Töne des Lebens, hatte sie das Unverständnis ihrer Mitschülerinnen von Jahr zu Jahr schwerer belastet. Sie hatten Regina als einen exotischen Paradiesvogel sehen wollen. Die Emigration nach Afrika mit ausreichendem Essen und ohne Bombenkrieg hatten sie als eine besondere Gunst des Schicksals betrachtet, und sie hatten sich nicht gescheut, dies bei jeder Gelegenheit auch zu sagen.
Der Ober holte den Aschenbecher ab, obwohl nur eine Kippe in ihm lag, und schüttelte den Kopf. Regina tat, als hätte sie es nicht bemerkt. Sie schickte ihre Blicke zu einem besonders prächtigen Kastanienbaum am Mainufer. Seine weißen Kerzen flaggten Hoffnung, doch kaum hatte sie das Zukunftsschwere in ihren Kopf gelassen, steigerte sich ihre Unruhe. Zwar tauchte wieder ein Kohlenschlepper auf, und sie träumte ihm nach, bis er unter der Ober-

mainbrücke verschwand, doch er hatte nicht mehr die beruhigende Wirkung seiner Vorgänger.
Regina hatte die Angst, den zu verletzen, dem sie kein Leid zufügen konnte, ohne selbst zu leiden, seit sieben Wochen klein gedacht. Sie hatte sie noch keinen Tag verdrängt und nur in den geliehenen Stunden dem großen Vergessen anvertraut. Nun wurde ausgerechnet an dem Tag, da sie sich ihrem Vater offenbaren wollte, aus der Angst eine grinsende, sadistische, nicht zu ertragende Wirklichkeit. Regina war, als sie den Kampf verloren ahnte, nicht überrascht. Es erleichterte sie, dass die Zeit des Schweigens in spätestens zwei Stunden vorbei sein würde. Schon als Kind war es ihr nicht gelungen, sich an der Wahrheit vorbeizumogeln und dabei in den Spiegel zu schauen, als wären die Götter auf ihrer Seite.
Kleine bunte Punkte kreisten um ihren Kopf, sobald sie die Augen schloss. Zufrieden brach sie auf nach Ol' Joro Orok, zum Himmel mit den fegenden Wolken und ins hohe, von der Sonne versengte Gras mit den Klippschliefern auf den Felsen. Regina dachte an die langen Gespräche mit dem Vater auf dem Weg von einem Schamba zum nächsten und wie sie seinen Humor geliebt und noch zu Beginn des Lebens, das dem afrikanischen folgte, gedacht hatte, eine solche Einverständlichkeit zwischen Vater und Tochter wäre die Norm. In Kenia, da er erst an seiner Heimatlosigkeit und dann an der Sprachlosigkeit zerbrochen war und sich aufgegeben hatte, war sie die Starke gewesen, ein Kind noch, aber eines, das keines sein durfte und keines sein wollte. Dieses Kind wider Willen hatte versucht, den Gestürzten zu schützen vor den Kränkungen, die das Leben Menschen zufügt, denen Ehre, Stolz und Würde genommen wird. Schon früh, lange vor dem Zeit-

punkt, da Owuor ihr klar gemacht hatte, ihr Vater wäre schwach und sie der Baum, den kein Sturm brechen würde, hatte Regina – ohne sich dessen bewusst zu sein – Aufgaben übernommen, für die sie um Jahre zu jung gewesen war.

Nun, da sie das Gespräch bedachte, das fällig war, sobald ihr Vater auf die Terrasse kam und das Lied von der Loreley pfiff, konnte sie sich nicht gegen die Sehnsucht wehren, die sie auf die Farm zurückholte. Regina machte sich nichts vor. Seit Ol' Joro Orok hatte sich nichts verändert. Es war gleichgültig, ob sie den Mount Kenya sah oder Sachsenhausen mit den schönen großen Häusern und den Gärten mit Blumen und Bäumen, die im Mai die heitersten Geschichten des Jahres erzählten. Das Leben in Frankfurt, nach den Hungerjahren und der seelischen Not in einer Stadt von Fremden, nun eines ohne materielle Sorgen und mit dem gesellschaftlichen Status, nach dem Walter im Exil gedurstet hatte, verlief immer noch nach den alten Spielregeln der Liebe. Regina gelang es nie, es ihren Altersgenossen gleichzutun und sorglos ins Leben zu stürmen. Spätestens seitdem sie in Frankfurt wohnte, war ihr klar, dass die Rücksichtslosigkeit der Jugend denen nicht gegeben ist, die ihre Vergangenheit nicht vergessen können. Regina war nicht nur Tochter, nicht nur Schwester. Das Schicksal hatte Ketten geschmiedet, die sie nie in die Freiheit entlassen würden. Sie liebte ihre Eltern und den spät geborenen Bruder, wie nur Menschen zu lieben fähig sind, für die das Wort Trennung ein Synonym für den Tod ist.

Sie fröstelte trotz der Hitze, als sie sich umschaute und die Menschen sah, die so viel Freude an ihren Eisbechern und den Sahnebergen auf den Kuchentellern hatten, und sie fühlte sich so schuldbewusst, als hätte sie Peter Laughton vor Jahren kennen gelernt und alle glauben lassen, ihr sei die Liebe noch nicht begegnet. Regina trommelte unruhig mit den Fingern auf den Tisch. Sie hatte das Bedürfnis, aufzustehen und dem Vater entgegenzurennen, mit ihm zu lachen wie damals, ihn zu umarmen, nie mehr loszulassen und ihm endlich einmal zu sagen, dass es auf der ganzen Welt keinen Vater gab, der ihrem glich. Ging es um seine Tochter, war Walter Redlich ein eifersüchtiger, uneinsichtiger, scheinheiliger Despot, ein Falschspieler und Heuchler. Er wusste es. Und er schämte sich nicht.

Bei jeder Gelegenheit beteuerte dieser liebende, liebenswerte Tyrann, er würde seine Tochter viel lieber als Ehefrau denn als Journalistin sehen. Kaum hatte er den Boden Frankfurts betreten – das war nun sieben Jahre her –, hatte dieser Vater der Liebe und der List davon gesprochen, dass Regina nach dem Abitur für einige Zeit nach England gehen und sich dort »einen vernünftigen jüdischen Mann« suchen sollte. So war es Brauch geworden in einem Land, in dem die jüdische Gemeinschaft so klein geworden war, dass die heranwachsenden Töchter ins Ausland expediert wurden, um den passenden Partner zu finden. Doch schon als Sechzehnjährige hatte Regina ihren Vater durchschaut. Sie verzieh ihm seine Tricks – so wie sie ihm verziehen hatte, dass er sie nach Deutschland gebracht hatte, in ein Land mit einer Sprache und Menschen, die ihr fremd waren, und das bis dahin für sie nur das Land von Not und Mord gewesen war. Für diesen Vater der Widersprüche hatte Regina jedoch immer ein Herz gehabt. Und die vom Gott der Liebenden abgesegnete Gabe, ihren Verstand nicht zu gebrauchen.

Walter war schon der Gedanke unerträglich, seine Tochter

könnte woanders leben als in Frankfurt. Regina wusste das, und er wusste, dass sie das wusste. Trotzdem hielt sich die Familie an die schamlosen Spielregeln der Kuppelei. Die Redlichs wurden regelmäßig von Leuten, die Regina gar nicht oder nur flüchtig kannte, zu Kaffeenachmittagen eingeladen. »Zufällig« waren in den gastlichen Häusern immer Männer aus dem Ausland zu Besuch, die eine Frau suchten und dies ohne Umschweife wissen ließen. »Ich reise Mittwoch schon wieder ab«, bedrängte Regina ein Freier aus Uruguay zwischen dem ersten und dem zweiten Stück Apfelkuchen, »da müssen Sie mir schon bis morgen Bescheid geben, Fräulein. Ich muss mich ja um eine zweite Schiffskarte kümmern.«
Regina schäumte. Sie hatte den Mann aus Montevideo bis zu diesem Moment der Offenbarung für den Gastgeber gehalten. Ihr Vater verschanzte sich noch auf dem Nachhauseweg in seinem Anzug als Unschuldslamm, und Jettel, die derartige Treffen organisierte, war beleidigt. Drei Wochen danach, nachdem der fünfjährige Max einen ergrauenden Bewerber aus Antwerpen wissen ließ: »Wir sind nicht interessiert«, nahmen wenigstens die peinlichsten Auswüchse des absurden Heiratsmarktes ein Ende.
Als Regina zur Frankfurter »Abendpost« ging, erst als Volontärin und danach als Redakteurin, ebbte die Parade der Ehekandidaten weiter ab. Es wurde für Jettels kupplerische Vertraute zu schwierig, die Termine einer Redakteurin einer Boulevardzeitung mit der knapp bemessenen Freizeit von reisenden Heiratskandidaten zu koordinieren. Regina war erleichtert, ihr Vater schien es ebenso. Souverän betrat der Wendige neues Terrain. Die Zeiten hätten sich geändert, sagte er in einem Ton, als wäre dies ihm selbstverständlich, heute müsste eine junge Frau selbst entscheiden,

»wem sie die Socken stopfen will«. Wäre er tatsächlich bereit gewesen, seine Tochter mit einem Schwiegersohn und künftigen Enkeln zu teilen, von denen er wissen ließ, erst sie wären die ultimative Erfüllung eines Männerlebens, hätte dieser eifersüchtige, leidenschaftlich liebende, absolut selbstlose, vollkommen egoistische, rührend unlogische Papa einen überaus sympathischen, blendend aussehenden, hoch gebildeten jungen Mann namens Peter Laughton als ein Geschenk des Himmels an seine Vaterbrust drücken müssen.
Peter Laughton, in London in Verhältnissen aufgewachsen, von denen sein Familienname nichts ahnen ließ, erzogen auf einer Schule ohne Tradition und Renommee und doch mit einem Stipendium für eine angesehene Universität bedacht, hatte zwei Jahre politische Wissenschaften studiert, sich dann jedoch für den Journalismus entschieden. Er war zehn Jahre älter als Regina und nicht, wie sie, erst am Anfang der Möglichkeiten, sondern dabei, nach vielen Höhen einen neuen Zenit seiner Karriere zu erreichen. Die »Times«, bei der er seit sechs Jahren politischer Redakteur war, wollte ihn im nächsten Jahr als Korrespondenten ins Ausland schicken. Washington war im Gespräch, auch Südamerika oder eventuell Südafrika. Laughton erzählte Regina dies alles auf eine sehr englische Art. Er begnügte sich bei seiner ersten Selbstauskunft mit Nebensätzen und nicht ganz verständlichen Andeutungen. Sie sollten absolut nicht den Eindruck erwecken, der Berichterstattende wäre in irgendeiner Weise stolz auf sich oder hätte in seinem Leben mehr geleistet, als in der fünften Klasse den Preis für das am besten gepflegte Gemüsebeet zu bekommen. Regina hatte seit dem Abschied von der High School in Nairobi nicht mehr genug Übung, um

mit solcher Bescheidenheit und den daraus resultierenden Untertreibungen umzugehen. Deutsch lustvoll stürzte sie sich auf das eine Wort, dem sie nicht widerstehen konnte und das sie zur spontanen Entblößung ihrer Seele trieb.
»Nach Südafrika«, verkündete sie so laut, dass sie der Bannstrahl des Referenten am Pult traf, »würde ich sogar schwimmen. Und wenn man mir nur die Stelle einer Klofrau anbietet. Falls es dort so etwas gibt.«
»Und als Ehefrau eines Journalisten?«, erkundigte sich Peter Laughton.
Er staunte ein ganzes Leben lang, dass er es am 2. März 1954 gewagt hatte, eine so provozierende, intime, von ihm im Nachhinein als völlig albern disqualifizierte Frage zu stellen. In sentimentalen oder melancholischen Stunden übernahmen bei solchen Rückblenden allerdings seine Ohren die Regie. Sie erinnerten ihn unbarmherzig an jeden Satz, mit dem Regina ihn schon am ersten Tag um den Verstand gebracht hatte.
»Für Afrika«, flüsterte sie, um nicht noch einmal den empfindsamen Redner am Mikrophon zu derangieren, »würde ich sogar den Mann im Mond heiraten.«
»Ich bin der Mann im Mond.«
»Und ich die Katze, die mit der Eule zum Mond fährt. Im schönen erbsengrünen Boot.«
Peter Laughton, der seit vier Wochen nicht gelacht und so gut wie nie gelächelt hatte, musste einen Moment überlegen, ehe er staunte. Er rieb seine Stirn glatt und grub in der Tiefe seines Gedächtnisses. Als er begriff, dass die ganze Unterhaltung, die für unwissende Kontinentaleuropäer klingen mochte, als sei sie dem Wörterbuch für Flirtende entnommen, eine wichtige Botschaft enthielt, knöpfte er unter seiner Krawatte das Hemd auf. Die junge schwarz-

haarige Frau zu seiner Linken, die ihm bereits aufgefallen war, als sie einen Platz gesucht hatte, hatte ihn soeben wissen lassen, dass sie mit den gleichen englischen Kindergedichten aufgewachsen war wie er selbst.

»Ich habe«, webte er weiter an dem blauen Teppich der Romantik, »ein bisschen Geld mitgenommen.«

»Und ich ganz viel Honig.«

Sie hatten sich bei der Pressekonferenz zur Frankfurter Frühjahrsmesse kennen gelernt. Regina musste hin, weil sie die Jüngste in der Redaktion war und noch nicht die Position und schon gar nicht den Mut hatte, um sich erfolgreich gegen langweilige Termine zu wehren. Peter Laughton war nur dort, weil er die Einladung mit einer verwechselt hatte, die er absolut nicht versäumen durfte. Von den vier Monaten, in denen er einen erkrankten Kollegen vertrat, war damals der erste gerade vorbei und Laughton so missmutig wie sonst nur, wenn er schwer erkältet war und die Gasheizung in seiner Londoner Wohnung wieder einmal nicht funktionierte. Er fühlte sich einsam, unausgefüllt und zu oft zu Gedanken getrieben, die ihm unangenehm waren, denn sie berührten die Kapitel seines Lebens, die er mit allergrößter Umsicht zu überschlagen pflegte.

Die Stadt langweilte ihn. Zweimal aß er Grüne Sauce – in Erinnerung an seine verstorbene Großmutter und ihre nostalgischen Geschichten, die ihm als Kind allerdings eher peinlich gewesen waren. Weil er nach dem ersten Bissen für Frankfurter Kranz schwärmte, saß er täglich eine halbe Stunde lang im Café Kranzler, obgleich er unmusikalisch war und der Geigenspieler ihn nervös machte. Er schaute sich das wieder aufgebaute Goethehaus und die wieder hergestellte Paulskirche an und beschloss, sich vor

seiner Abfahrt wenigstens so weit mit deutscher Geschichte zu beschäftigen, dass er sich keine Vorwürfe würde machen müssen, er hätte seine Zeit in Deutschland nicht genutzt. An einem Samstag ging er zum Gottesdienst in die Synagoge, fühlte sich dort jedoch so unwohl, dass er nach einer Stunde das Haus verließ. Erst die Begegnung mit Regina erschien Peter Laughton ein Grund, wohlwollend an Frankfurt zu denken.
In der ersten Woche trafen sie sich dreimal, in der zweiten mietete er sich einen Volkswagen und holte sie jeden Abend von der Redaktion in Offenbach ab. Peter war, wie viele gebildete Engländer jener Jahre, die noch nach dem traditionellen Muster zu zurückhaltenden, unauffälligen Gentlemen erzogen worden waren, nicht mitteilsam. Erst recht war er nicht mit dem Talent gesegnet, aus seinem Witz Kapital zu schlagen. Das machte ihn zu einem überdurchschnittlich guten Zuhörer. Regina, begeistert, dass sie endlich wieder Englisch sprechen konnte, redete so viel und erzählte so anschaulich, als hätte ihr Owuor auf der Farm nie etwas von der Kunst und der Gnade des Schweigens verraten. Schon während der ersten gemeinsamen Woche, da sie erfolglos versuchte, ihn an Handkäse mit Musik zu gewöhnen, ließ sie keine Station ihrer Lebensreise aus. Wenn er nicht gerade in ihre Augen sah oder sich Gedanken über ihre Brust und den Hals machte, verzauberte sie ihn mit wohl gewählten Worten – so wie einst die Sirenen den Weltreisenden Odysseus mit Gesang. Weil der Mann, den der Zauber traf, jedoch nicht wusste, dass man ihn an einen Mast hätte binden müssen, holte er sich Blessuren fürs Leben. Vorerst aber folgte der Verführte seiner Verführerin willig – und glücklich – nach Rongai, Ol' Joro Orok und Nairobi. Obgleich Regina nicht fabulierte, um

ihren Kopf zu retten, wie einst Scheherazade in Tausendundeiner Nacht, fand sie bis in die frühen Morgenstunden kein Ende, und am nächsten Abend setzte sie mit gleicher Präzision die Segel zu einer neuen Safari.

Von Liebe redeten sie nie, doch sie hörten die Botschaft, als sie erklang, und sie glaubten ihr, ohne zu zögern. An einem Sonntagabend gingen sie das erste Mal nicht essen, sondern in Peters Zimmer im »Inselhotel«. Er hatte den Vorschlag gemacht, ohne die Stimme zu verändern, ohne die Hände aus den Taschen zu nehmen, ohne die Andeutung eines Lächelns, ohne Regina anzuschauen.

»Willst du mir deine Briefmarkensammlung zeigen?«, fragte sie.

Der Witz entstammte dem Schatzbuch des deutschen Humors; er kannte ihn nicht. Darum lachte er auch nicht und gab stattdessen Antwort auf eine Frage, die nicht gestellt worden war. »Ich kann es nicht ausstehen«, sagte er, »wenn man mich nach der Religion fragt, sobald ich die Hose ausziehe.«

Einen Moment dachte Regina, diesmal wäre er es, der einen Witz gemacht hätte. So leicht und ironisch wie möglich und vielleicht auch ein wenig frivol wollte sie ihn wissen lassen, dass sie es wunderbar, praktisch und äußerst aufgeschlossen fand, wenn ein Mann schon auf der Straße ankündigte, er wollte seine Hosen ausziehen. Weil ihr jedoch ausgerechnet der frivole Teil ihrer Replik zu spießig auszufallen schien, blieb sie stehen und versuchte, die Ironie in ihre Augen zu transponieren. Da sah sie seinen angespannten Blick und dass seine Nasenflügel bebten. Auch sein Atem fiel ihr auf. So atmeten Menschen, die beim Rennen ihren Körper bezwingen und doch vor dem Ziel zusammenbrechen.

»Ach«, sagte Regina, als sie begriff, doch sie konnte sich nicht entscheiden, ob sie wütend war oder enttäuscht oder ob sie wie ein Pferd wiehern wollte, bis die Mauern der umliegenden Häuser einstürzten. »Du verdammter Narr! Warum in aller Welt hast du das nicht gesagt? Warum ausgerechnet mir nicht? Du hast mich reden und reden lassen, und du hast dagesessen und kein Wort gesagt. Mich wundert es, dass du mich nicht gefragt hast, warum wir nach Kenia ausgewandert sind. Oder ob ich mich auf Weihnachten freue, und warum ich keinen Schinken esse? Das hätte zu deinem miesen Gespensterspiel gepasst.«
»Nein, so war es nicht. Glaub mir, Regina.«
»Hat dir einer als Kind gesagt, du darfst um Himmels willen niemanden wissen lassen, dass du jüdisch bist? Wie macht man das, ohne sich anzuspucken, wenn man in den Spiegel schaut? Das muss verdammt umständlich sein, wenn du jeder Frau, mit der du ins Bett gehst, erst sagen musst, tut mir Leid, Darling, ich bin beschnitten. Sorry, ich hab ganz vergessen, dass das in England kein Problem ist. Da sind ja die meisten Leute beschnitten. Sogar der Sohn der Königin.«
»Es tut mir Leid, Regina. Ich bin ein Riesenesel. Und du bist der Wahrheit verdammt nahe gekommen. Seitdem ich denken kann, habe ich erst gesagt, dass ich jüdisch bin, wenn mir nichts anderes mehr übrig blieb. Ich erwarte nicht, dass du das verstehst. Du bist so offen, so mutig. Du kannst dir gar nicht vorstellen, dass es Leute wie mich gibt. Nur nicht auffallen, hieß es für Peter Laughton. Immer nur wie die anderen sein.«
»Sagen wir es mal so: Ich habe eine schwache Ahnung, was in dir vorging. Ich war nämlich auch auf einer englischen Schule. Doch wenn man Regina Redlich heißt, kommt

man gar nicht in die Versuchung zu behaupten, man wäre in Cambridge geboren und die Mami im Kirchenvorstand, Mister Laughton. Und wenn man einen Vater hat, wie ich ihn habe, dann wird man schon im Kinderwagen dazu erzogen, Zivilcourage zu haben. Zivilcourage war ungefähr das Einzige, was wir uns in der Emigration leisten konnten. Aber davon jede Menge.«

»Als ich Kind war, hießen wir nicht Laughton, sondern Leubuscher. Also ganz so fern, wie du denkst, liegt mir die Begegnung mit dem Antisemitismus nicht. Und da ich schon beim Beichten bin, hier eine weitere Unterlassung. Meine Eltern stammen aus Frankfurt. Ihr Prachtsohn übrigens auch. Ich bin in der Eppsteiner Straße geboren.«

»Sieh mal einer an. Deshalb die Oma mit der Grünen Sauce. Die kam mir gleich nicht ganz koscher vor. Doch ich dachte, das kann gar nicht sein. In Deutschland kann man ja heute wieder, ohne Schaden zu nehmen, zugeben, dass man eine jüdische Großmutter gehabt hat. «

»Du hast schon Recht«, sagte Peter. Er machte eine Bewegung, als wollte er Regina umarmen, und er ging auch auf sie zu, doch er ließ erst die Arme sinken und dann den Kopf. »Wenn ich du wäre, würde ich mit mir kein Wort mehr reden«, sagte er und streckte ihr beim zweiten Mal nur seine Hände entgegen. »Wegen Frankfurt habe ich diesen Job überhaupt nur angenommen. Ich war neugierig. Vielleicht auch sentimental. Du kennst ja die Wurzeltheorie bei uns Emigrantenkindern der zweiten Generation. Auf alle Fälle wollte ich die Stadt kennen lernen, in der ich mein Leben lang gelebt hätte, wenn Hitler nicht gekommen wäre.«

»Und bist du nun zufrieden?«

»Zufrieden nicht. Aber glücklich. Unglaublich glücklich,

Regina. Betrunken und narkotisiert. Und nicht wegen der Stadt. Wegen ihrer Bewohner. Na sagen wir, wegen einer von ihren Bewohnerinnen. Die hat Augen wie ein Reh und eine verdammt scharfe Zunge.«

Regina konnte an diese erste Nacht schon in der, die ihr folgte, nicht ohne Wehmut denken, denn die Nacht des Sichfindens und Sichverlierens war ein einmaliges Geschenk des Schicksals. Nur in dieser ersten Nacht gelang es Regina, die Zukunft auszusperren und mit ihr die Ahnung, dass die Liebe zu ihrer Familie zu stark sein würde, um den Schmerz der Trennung von Vater, Mutter und Bruder zu ertragen. In der zweiten Nacht ließ sich Regina von Amor überreden, ihre Vernunft und ihren Sinn für Logik aus dem Zimmer zu jagen wie einen räudigen Hund.

Weil ihr dieses Meisterstück an Verdrängung so gut gelang, als hätte sie ein Leben lang für den Erfolg geprobt, fasste sie den Entschluss, ihrem Vater zunächst nichts von Peter Laughton zu erzählen. Auch nur seinen Namen zu erwähnen hätte bedeutet, vom Leben an der Seite eines Mannes zu sprechen, der sie aus Deutschland zurück in die Welt holen wollte, die für sie immer noch die Heimat ihres Herzens war. Jeden Tag dieser Liebe, deren Einzigartigkeit beide schon im Moment des Geschehens empfanden, wollte Regina erleben, als würde das Wunder ewig währen. Die, die sich das vornahm, war jung genug, um an Wunder zu glauben, und noch zu unerfahren, um der Hoffnung zu misstrauen. Als sich nämlich die Zeit der Liebe ihrem Ende zuneigte, im vierten Monat von Peter Laughtons Aufenthalt in Frankfurt, erschien es Regina töricht, verlogen, kleinmütig und ihrer unwürdig, ihrem Vater nicht wenigstens zu erzählen, was geschehen war. Manchmal malte sie sich aus, was passieren würde, wenn sie am Freitagabend einfach ein fünftes Gedeck auflegte. »Kommt der Messias?«, würde ihr Vater fragen und sie »nein« antworten und den Kopf ein wenig schief halten wie der Wellensittich Kasuko im Käfig auf dem Fensterbrett, »dein künftiger Schwiegersohn«. So schön die Szene auch war, es gelang ihr nie, das Bühnenbild für das Happyend zu entwerfen.

Die Federwolken lösten sich auf. Eine Schwanenfamilie reiste von der Dreikönigskirche an und kletterte in Frankfurt ans Ufer. Reginas Glas war leer. Sie griff, weil sie sich nicht erinnern mochte, dass sie es leer getrunken hatte, nach dem noch gefüllten, doch ihr fiel rechtzeitig ein, dass Walter gewiss noch mit ihr trinken wollte. Er trank gern mit seiner Tochter, behauptete, das gehöre sich so für den Sohn und die Enkeltochter eines Mannes, der seinen Lebtag keinen Schluck Wasser getrunken hatte. »Mit einem hübschen Mädchen Wein zu trinken«, sagte er bei solchen Gelegenheiten, und seine Augen gingen auf Reisen, »erinnert mich an das Semester, das ich in Heidelberg studieren durfte, ehe mich deine Mutter zurück nach Breslau befahl.«

Regina begann sich zu grämen, dass er sie so lange warten ließ. Frauen, die allein im Lokal saßen, galten entweder als forsch oder zu mondän. Sie wusste, dass sie weder das eine noch das andere war. Was sie noch besser wusste: Die Zeit arbeitete gegen sie. Mit jeder Minute, die an diesem Nachmittag der Entscheidung ungenützt zerrann, würde ihr das Geständnis schwerer fallen, dass es außer ihrem Vater noch einen Mann in ihrem Leben gab. Wie sollte sie zu diesem Vater von ihrer Liebe sprechen, von Heirat, von einer Zukunft in London, vielleicht in Südafrika, wie von dem Bruder, von dem sie sich nie würde trennen können, ohne dass ihr Herz in zwei Teile gespalten wurde? Jedes einzelne Wort, das ihren Gedankenstrom zu einem reißenden Fluss aufpeitschte, hatte Dornen, und jeder einzelne Dorn bohrte sich in ihr Fleisch.

»Noch einen Wein, Fräuleinchen?«, fragte der Kellner, »Ihnen scheint es ja mächtig geschmeckt zu haben.«

»Nein danke. Ich warte auf meinen Vater.«

»Ach ja, der Herr Papa. Ihren Vater habe ich ja komplett vergessen. Das war doch der Mann mit dem Eierdieb, nicht wahr?«

Reginas Augen brannten. Sie suchte, um ihren Zorn zu besänftigen, die Schwäne, doch der Fluss war ohne Leben. Eine Verlegenheit, die sie in der Plötzlichkeit, mit der sie zum Angriff ansetzte, an ihre Kindheit erinnerte, kratzte ihren Hals wund. Tatsächlich wurde sie auch wieder Kind, denn sie nahm sich vor, nie mehr zu irgendwem aufrichtig zu sein, sich nur noch um sich selbst zu kümmern, gegen alle Wände zu rennen, alle Türen einzutreten und so lange zu schreien, bis die Welt taub war. »Schon heute Abend«, erklärte sie.

Als die Drohung ihre Ohren erreichte, war Regina nicht sicher, ob sie laut gesprochen oder stumm die Götter angefleht hatte, sie sollten ihr und ihrem Gewissen beistehen. Sie drückte, auch dies eine Gewohnheit aus Kindertagen, ihre Hände unter dem Tisch gegeneinander, bis sie den Schmerz fühlte. Er befreite sie aus der Dunkelheit, kühlte die Haut, besänftigte das Pochen in den Schläfen. Als sie wieder sehen konnte, hatten auch ihre Ohren Erbarmen mit ihr und geleiteten sie in den milden Mai zurück. Am Nachbartisch aßen zwei Spatzen die Reste von einem Stück Kirschkuchen, und die dicke Frau vor dem kleinen Teller sagte zu ihrem Mann: »Man muss den armen Viechern was gönnen. Die mussten lang genug hungern, als es noch nicht mal Brot gab.« Regina hörte einen Mann pfeifen. Sie sprang auf. Ihr Körper wurde leicht, als der Albtraum, der selbst die Liebenden nicht verschont, wie ein Blatt vom Winde verweht wurde. Als sie jedoch zum Eingang des Cafés schaute, merkte sie, dass es nicht ihr Vater war, der gepfiffen hatte, sondern ein junger Mann mit Sonnenbrille. Er winkte auffällig mit seinen Autoschlüsseln.

Die Unsicherheit kehrte gleichzeitig mit dem Kellner zurück, der – so laut wie möglich – einen sauberen Aschenbecher auf den Tisch stellte. »Manche Leute«, sagte er und nickte in Richtung des Mannes mit Sonnenbrille, »manche Leute, die gibt's gar nicht.«

Regina begann noch einmal ihren Kamm zu suchen. In dem Täschchen, in das er gehört hätte, fand sie einen Zettel mit der Adresse einer Frau, die sie nicht kannte, ein Notizbuch mit Kaffeeflecken, das sie in der Vorwoche eine halbe Stunde lang vergeblich gesucht hatte, und einen Eukalyptusbonbon. Sie packte ihn aus. Sorgsam glättete sie das grüne Bonbonpapier mit der schwarzen Schrift. Der ehrfürchtige Umgang mit Papier war ein Relikt aus der Zeit vor der Währungsreform, als das kleinste Stück Papier eine Kostbarkeit und eine Tüte nur für die Erwählten gewesen war. Einen Moment genoss sie die Frische und die Süße des Bonbons ohne Arg. Sie ließ sich zu Gedanken treiben, die weder einen Anfang noch ein Ende hatten und schon gar keine Bedeutung. Mit dem Behagen der Unbeladenen und der Sorglosigkeit der Unwissenden malte sie sich einen Sommer aus, in dem jede Brise und auch die Sturmwinde mit Eukalyptus getränkt waren.

Die Nase gierte nach Vergangenheit, denn kaum wehte

der Duft der Erinnerung an die Frankfurter Kastanien heran, raschelte der Eukalyptusbaum von der Nakuru School. Regina hatte ihn lange nicht mehr gesehen. Die Tage, da sie seine Blätter zwischen Daumen und Zeigefinger zerrieben und verlangend an die Nase gepresst hatte, waren Teil eines entschwundenen Universums. Seit Jahren hatte sie keinen Wind mehr in der Krone des gütigen Schattenspenders gehört, auf den Blättern nicht mehr die grünen Käfer gesehen, deren Flügel in der Mittagshitze so glänzten, als wären die Käfer bis zur Sonne geflogen. Nun aber, da Regina am Nektar der Vergangenheit gerochen hatte, stürzten die zu Staub gewordenen Tage aus dem Eukalyptusbaum von Nakuru wie Sternschnuppen von einem europäischen Augusthimmel.

Fünf Mädchen saßen auf dem Hügel am Rande des Tennisplatzes, die Beine gekreuzt, die Knie geschrubbt, die Nägel geschnitten, die Hüte gebürstet, denn es war Sonntag, der Tag des Herrn, der seine Schäflein, ob Jude oder Christ, in der Kirche erwartete, und dies mit sauberen Händen und fleckenlosem Rock. Rote Ameisen bohrten sich einen Weg um den Baum. Leah fehlte, weil Miss Chart da noch dachte, sie hätte Mumps. Es war nicht einfach, sich Leahs Gesicht länger als ein paar Sekunden vorzustellen. Sie hatte manchmal bildhübsch ausgesehen, den reichen Bilderbuchkindern gleich, die in Samtkleidern und Spitzenkragen von Bonnen in den Park geführt wurden, und dann wieder blass, verängstigt und gehetzt. Der Baum aber hatte sich nicht verändert. In zehn Jahren war kein Ast verkümmert, kein Blatt verdorrt. Wer die Blätter vom Eukalyptusbaum kaute, wurde mit einem Saft belohnt, der immun gegen das große Vergessen machte.

Regina machte den finalen Test. Sie kannte sich noch mit

den Regeln aus, schloss die Augen, zählte bis zehn in allen Sprachen, die sie je gelernt hatte, und öffnete sie wieder. Die Bilder blieben. Sie sah die blauen Faltenröcke der Schuluniformen, die weißen Blusen, die gestreiften Krawatten, die Blazer mit dem Schulwappen, das sich ihre Eltern nicht hatten leisten können und von dem sie zu Hause immer behauptet hatte, es wäre nicht Pflicht, eins zu haben. Vicky, die viel beneidete Prinzessin mit dem hüftlangen Haar, die Schönste des Quintetts, Schneewittchens blonde Schwester, war an diesem Sonntag zwölf Jahre alt geworden. Sie hatte soeben aus langen Grashalmen ein winziges Körbchen geflochten, um eine Fliege zu fangen, doch ehe die Glocke zum Nachmittagstee läutete, würde sie die Fliege freilassen, denn sie wollte auch von Fliegen und Moskitos geliebt werden. Vicky drehte eine Pirouette, setzte sich wieder und befahl ihre Zukunft herbei. Regina konnte sich noch an jedes Detail der üppigen Vision erinnern – zwei Paar entzückende Zwillinge hatte sich das träumende Geburtskind vom Schicksal ausbedungen und zwei ebenso entzückende Setter. Die Hunde hießen Bingo und Baxter, und Vickys Ehemann war ein Edelmann, ein nichts ahnender, der seine Augen nicht aufmachte und seine Ohren verschloss. Nie sollte er erfahren, dass seine schöne Herzdame keine Engländerin und zu allem Unglück noch jüdisch war.
»Shocking«, murmelte Regina in dem Ton ihrer ehemaligen Klassenlehrerin. Sie bedauerte, dass sie das damals nicht gesagt hatte.
Ihr fiel ein, dass es durchaus noch Spuren gab, die zurück in die Zeit der Träume führten. Die achtzehnjährige Vicky, sehr stolz auf ihre so frühen Erfolge als Frau, hatte allen Schulfreundinnen – selbst Reginas Adresse hatte sie

herausbekommen – eine Hochzeitsanzeige geschickt. Auf Papier fest wie Pergament war die Verlautbarung des Glücks gedruckt gewesen und in der oberen linken Ecke mit einer zierlichen Zeichnung von zwei ineinander verschlungenen Ringen versehen. Selbstverständlich waren die ehemaligen Weggenossen nicht eingeladen worden. Noch nicht einmal in die Kirche, doch auf Reginas Karte hatten, sorgsam gemalt, wie es immer schon bei der künstlerisch begabten Vicky Brauch war, in Deutsch die Worte gestanden: »Ich hoffe, es geht dir gut.« Ungefähr eineinhalb Jahre später hatte Regina noch einmal einen Brief bekommen. Sie wäre, schrieb Vicky, schwanger und »so so glücklich, dass ich jeden Tag über mich selbst staune. Schade, dass meine Eltern mir immer mir noch nicht verziehen haben. Wir haben auch zwei prächtige dänische Doggen.«
Es schien Regina nicht ohne Bedeutung, dass sie ausgerechnet zu einem Zeitpunkt wieder an Vicky gedacht hatte, da sie sich mit Peter Laughtons mangelnder Bereitschaft auseinander setzen musste, sich zu seinem Judentum zu bekennen. Sie grübelte eine Zeit lang, durchaus erheitert, weil sie die Situation so typisch für Vicky fand, ob deren Mann inzwischen erfahren hatte, dass seine Gattin jüdisch war, oder ob Vicky sich jeden Sonntag in der Kirche auf die Knie warf und das Vaterunser betete, dessen Text sie sich in der Schule nur mit Mühe hatte merken können?
Der Teil der Erinnerung belustigte Regina so, als wäre sie noch zwölf Jahre. Sie probierte aus, ob sie selbst denn den Text noch aufsagen konnte, und stellte – nicht ohne Stolz – fest, dass ihr seit dem Kirchgang in Nakuru kein einziges Wort abhanden gekommen war. Danach versuchte sie,

sich ein Leben vorzustellen, in dem sie keinen Kontakt mehr zu ihren Eltern hatte. Nach der erste Szene, als ihr Vater eine Tür zuschlug und sie die sofort wieder aufriss, brach sie allerdings die absurde Vorführung ab. Zudem war ihr gerade noch rechtzeitig klar geworden, dass ihr Vater wohl doch nicht alle Brücken zu seiner Tochter einreißen würde, nur weil die einen Mann heiraten wollte, der in London lebte.
Die dicke Frau am Nebentisch hatte sich ein zweites Stück Kirschkuchen mit Sahne bestellt. Die Spatzen waren wieder da. Die Genießerin im hellblauen Pünktchenkleid schob eine Locke aus der Stirn, schnalzte zärtlich mit der Zunge und nannte die Vögel »Bobbelche«. Regina nickte ihr freundlich zu. Es war das einzige Wort der Frankfurter Mundart, das sie selbst aussprechen konnte, ohne dass sie sich wie die Emigrantenkinder von der Nakuru School vorkam, die um jeden Preis ihre Zugehörigkeit zu den englischen Mitschülerinnen beweisen wollten. Babys und Kleinkinder wurden in Frankfurt »Bobbelche« genannt. Als ihr Bruder zu laufen und zu sprechen anfing, hatte auch sie das gelegentlich gesagt, aber ihr Vater, schon immer allergisch gegen sprachliches Anbiedern, mochte das nicht. »Mein Sohn labert kein Kleinkindergeschwätz«, pflegte er zu sagen. So war es auch gekommen. Max der Spätgeborene war, zum berstenden Stolz des Vaters, ein Frühentwickelter, der intuitiv die Familientradition fortsetzte, ohne sprachliche Albernheiten, Verkleinerungen und Verniedlichungen auszukommen. »Ich bin«, belehrte der Dreijährige eine alte Dame, »kein Bübchen. Ich bin ein Mann.« Regina sah ihn im gleichen Jahr an der Wohnungstür stehen und einem unangemeldeten Besucher mitteilen: »Mein Vater hat heute Termin am Landgericht.«

Sie unterdrückte das Gelächter, das in ihr war, denn sie spürte, wie sehr jeder fröhliche Gedanke an die Familie es ihr erschweren würde, mit ihrem Vater von einer Zukunft mit Peter Laughton zu sprechen. Sie versuchte, sich ein Leben in London vorzustellen. Nie kam sie jedoch über die Binney Street hinaus. Dort war der Familie Redlich im Jahr 1947 nach der Rückkehr aus Kenia zwei Wochen lang von den britischen Militärbehörden Quartier zugewiesen worden, ehe die Reise nach Frankfurt am Main weitergegangen war. Die Binney Street ist eine Nebenstraße der Oxford Street. Regina hatte den Kinderwagen mit ihrem einjährigen Bruder Mal um Mal bis zur Straßenecke geschoben, und dann, weil der Verkehr und die vielen Menschen auf der Oxford Street sie ängstigten, hatte sie Halt gemacht und war zu dem christlichen Hospiz zurückgerannt, in dem die vier Redlichs in einem Zimmer logierten, abends Brotsuppe aus Blechschüsseln aßen und – bis auf das Baby, das mit Schokoladenkeksen und Zwieback bei Laune gehalten wurde – hungrig zu Bett gingen.
»Binney Street« meldete das Echo aus Reginas Gedächtnis. Sie dachte an Odysseus, der es versäumt hatte, seine Ohren zu schützen, und rechtete mit sich, dass sie nichts aus seinen Erfahrungen gelernt hatte. Einer der Spatzen vom nachbarlichen Kuchenteller flog auf Reginas Tisch. Einen Flügelschlag lang stellte er sich neben das Weinglas. Als wäre die Frage von Belang, überlegte sie minutenlang, weshalb es in Europa so farblose Vögel wie Spatzen gab und ob eine Spatzenfrau nicht manchmal Lust hätte, ihren Gatten mit einem Buchfink zu betrügen. Ohne dass sie es zunächst merkte, sprang sie abermals über den Graben der Zeiten und Kontinente. Noch einmal machte sie in Nakuru Halt. Der stechende Geruch vom Salzsee erreichte ihre

Nase. Hitze, die vom Menengai herabwehte, betäubte die Sinne. Die Flamingos standen auf einem Bein und putzten ihr Gefieder. Es leuchtete rosa am blauen Himmel, als sie hochflogen. Regina seufzte Sehnsucht und klagte flüsternd: »Ach!«

Ihr Vater musste zweimal den Familienpfiff über die Terrasse jagen, ehe sie ihn hörte. Walter war blass. Er sah dünn und müde aus, doch er schwenkte seine Aktentasche so gut gelaunt über dem Kopf wie ein Schüler am ersten Ferientag. Zweimal hintereinander – beim zweiten Mal donnernd laut – rief er: »Jambo, Memsahib!« Die Gäste im Café legten die Kuchengabeln auf die Teller. Sie stellten ihre Gläser auf den Tisch und starrten ihn an – sehr verwundert die meisten, einige belustigt, alle neugierig. Regina sprang erlöst auf, klatschte in die Hände und winkte. »Gott hat mich mit einer unmusikalischen Tochter gestraft«, sagte Walter. Als er das leere Weinglas sah, klopfte er Regina so kräftig auf die Schulter, dass sie schwankte, leckte seine Lippen und fügte so laut hinzu, dass keiner der Lauschenden ein Wort überhören konnte: »Und saufen tut das Luder auch.« Drei Ehepaare und ein älterer Mann mit einer weißen Schirmmütze drehten sich um. »Die Jugend«, sagte Walter zu dem Mützenmann, »ist doch keinen Schuss Pulver mehr wert. Das hätte es beim Adolf nicht gegeben. Und die Autobahnen hat er auch gebaut.«

Der Angesprochene und einige andere Gäste wurden rot.

»Um Himmels willen, hör auf«, flehte Regina.

»Schämst du dich deines Vaters?«

»Nein. Damit hätte ich früher anfangen müssen. Tut mir Leid, dass dein Wein warm geworden ist. Ich hab ihn für dich bestellt, als ich kam. Ich wusste ja nicht, dass es so spät werden würde.«

»Ich war noch mit meinem Eierdieb einen Schnaps trinken. Er stammt aus Kattowitz. Warum drehen sich die Leute jetzt schon wieder um? Mir ist ein ehrlicher Eierdieb aus Kattowitz sehr viel lieber als manche Menschen, die ich hier in Frankfurt kennen gelernt habe.«
»Wenn du so weitermachst«, kicherte Regina, »verhaut dich der Ober. Mich hat er schon mit Blicken aufgespießt.«
»Warte nur, bis der kommt. Meine Tochter spießt keiner ungestraft auf. Und mein Freund aus Kattowitz ist gar kein Eierdieb. Das habe ich ja nur so gesagt, weil das Wort Eierdieb am Telefon leichter zu verstehen ist als Schwiegermuttermörder.«
»Hat er seine Schwiegermutter umgebracht?«
»Quatsch. Nur ein bisschen verhauen. Ein bisschen sehr. Ach, Regina. Den ganzen Tag habe ich mich auf diesen Nachmittag gefreut. Das sind immer besondere Tage, wenn deine Mutter verreist. Gott segne Mittenwald. Du bist der einzige Mensch, mit dem ich lachen kann. Und vergessen. Manchmal frage ich mich, wann das angefangen hat.«
»Ich frage mich das auch«, sagte Regina, doch sie kannte den Tag und auch die Stunde, der zurück zu den Anfängen führte. Der 5. April 1941, der vierte Tag der Ferien. Sechsundzwanzig Tage Seligkeit lagen noch vor ihr. Neun Jahre war sie damals alt gewesen, lesehungrig, wissbegierig und allzeit lauernd auf das Paradies, zu dem nur ihr Vater den Schlüssel besaß. An diesem vierten Tag der Befreiung aus dem Internat hatte er ihr zum ersten Mal von den antiken Göttern erzählt. Weil damals der Regen ausgeblieben und die Flachsernte in Gefahr war und er wegen der drohenden Missernte den Zorn seines Chefs fürchtete, hatte Walter für Demeter, die Fruchtbarkeitsgöttin, geschwärmt. Bei

Regina hatte Amor gesiegt, der seinen Bogen spannte und mit dem Pfeil auf das Herz der Menschen zielte. Er war klein wie ein Kind und klug wie die Weisen, ein Gottzauberer, der eine gefährliche Waffe in Händen hielt, der aber nur die Liebe wollte und nicht den Kampf.
Regina hatte sich vorgestellt, dieser Gott der Liebe würde noch immer leben und wäre ein Massai. Sie war absolut sicher gewesen, einer seiner Pfeile hätte erst ihren Vater getroffen und danach sie. Auf dem Weg zum ausgetrockneten Flussbett erzählte sie das Walter. Sein Lachen war donnernd gewesen; sie hatte es noch jahrelang gehört. »Mea culpa«, hatte er gesagt, »da ist etwas mächtig schief gelaufen.«
Nun, mit dem Blick auf den Main und die Spatzen, die sich um Krümel balgten, an diesem Tag, der einer der Entscheidung zu werden hatte, wurde Amors frühes Opfer von den Erinnerungen geblendet. Betroffen und so, als könnte er nicht verstehen, was geschehen war, hatte ihr Vater damals ausgesehen – und doch stolz.
Der Kellner brachte das zweite Glas. »Endlich«, sagte Walter. »Heute besaufen wir uns. Jeder Mann hat das Recht, sich von Zeit zu Zeit zu besaufen.«
»Besonders mit seiner Tochter«, hielt ihm Regina vor. »Ein schöner Vater bist du. Hast mir das Rauchen beigebracht und das Trinken. Die Mädchen in meiner Klasse durften sich noch nicht mal schminken. Dafür«, sagte sie, »durften sie mit Jungen weg.«
»Sei froh, Regina, dass du das nicht durftest. Mir ist eine Tochter lieber, die raucht und Wein trinkt und sich anmalt wie ein Massai, als eine, die einen Nichtjuden heiratet. Das hätte ich nicht ertragen können.«
Sie begriff sofort, dass das Schicksal ihr kein besseres

Stichwort hätte liefern können, um ihrem Vater von Peter Laughton zu erzählen und dass ihre Liebe eine besondere, eine einmalige, der Volltreffer ihres Lebens war. Weil Regina Walter jedoch noch einmal ansah und, statt zu sprechen, die Hand auf ihre Brust drückte, um den zu lauten Schlag ihres Herzens zu dämpfen, wusste sie, dass er gewonnen hatte. Es war, das wurde ihr sofort klar, kein Kampf unter Gleichen gewesen. Kinder, die in der Emigration aufgewachsen waren und die nicht zu leben gelernt hatten, sondern Gott Tag für Tag für das Überleben und das Zusammensein mit den Ihren zu danken, hatten zu starke Bindungen an ihre Familien. Denen gelang es nicht, ihre Liebe abzuschütteln wie eine Schlange die Haut. Was immer geschah, wie sehr sie auch von einer Ehe träumte, von Kindern, von einem Leben in England, noch mehr von einem unter Afrikas Sonne, sie würde es ihrem Vater nicht sagen können. War es Dummheit, Sünde wider die Natur, ein Missverständnis? Sie würde es nie erfahren. Nur eines wusste Regina: Sie hatte am falschen Tag, zur falschen Zeit und am falschen Ort an den Amor aus Ol' Joro Orok gedacht, der mit einem einzigen Pfeil Vater und Tochter für immer gezeichnet hatte.

»Komisch. Du siehst heute nicht gut aus, Regina. Ich sage doch immer, dieser verdammte Journalismus ist kein Beruf für ein anständiges Mädchen. Der hält dich doch nur davon ab, einen Mann zu suchen, der zu dir passt.«

»Und was würdest du tun, wenn ich einen finde?«

Noch einmal flammte die Hoffnung auf. Sie flehte Gott an, er möge ihr beistehen, ihr einen Beweis schicken, dass sie sich getäuscht hatte, dass dieser Vater doch nicht anders war als die vielen, die ihre Töchter ziehen ließen, wenn die Zeit dazu gekommen war.

Der Vater, von dem Owour am letzten Tag ihres afrikanischen Lebens gesagt hatte, er wäre ein Kind, leckte seine Lippen. »Prost«, sagte der gut Gelaunte. »Wenn sich endlich ein Mann findet, der so ein tummes Luder wie dich nimmt und mich von der Sorge befreit, was aus dir wird, wenn ich tot bin, würde ich ihn auf Rosen betten.«
Sie kannten einander und lachten. Trotzdem sagte Regina: »Das hätte ich nicht von dir gedacht. Irgendwie bist du mir nie als der Vater erschienen, der das Bedürfnis hat, seinen Schwiegersohn auf Rosen zu betten, Bwana.«
»Da siehst du doch, dass Frauen nicht logisch denken können. Das wäre ich doch einem Mann schuldig, den ich gerade erschossen habe.«

8

Vicky – Tod einer Rose

Sussex, 1957

»Ganz der Vater«, murmelte Schwester Nancy. Ihre Stimme war noch gedämpfter als die Stimmung im Zimmer. Es war zwar zwölf Uhr mittags und die Augustsonne grell, doch Lehrschwester Pam hatte wieder einmal vergessen, beim Wecken der Patientinnen die Vorhänge aufzuziehen.

»Wo ist er denn?«, fragte Vicky. Auch ihr Ton war gedämpft. Allerdings hatte der Hauch von Missmut, der ihr Gesicht umschattete, nichts mit der Atmosphäre im abgedunkelten Raum zu tun. Ihre Frage galt auch nicht dem Verbleib ihres sechs Stunden alten Sohnes. »Wer wird denn gleich so ungeduldig sein?«, monierte Schwester Nancy, »es ist doch nicht unser erstes Baby.« Sie schnalzte mit der Zunge, doch in ihrem Fall war das nicht als eine Ermunterung oder eine Form von Verzückung zu werten, sondern als eine Ermahnung, sich bloß nicht zu irgendwelchen Gefühlsausbrüchen hinreißen zu lassen. So ein plötzlicher Ausbruch von Emotionen, pflegte Schwester Nancy in den Kursen für die Lehrschwestern zu betonen, sei eine enorme Belastung für die Patientinnen und erst recht für das überarbeitete Pflegepersonal.

»So«, sagte sie, »das Paket wurde heute früh für die glücklichste Mutter von Chichester abgegeben. Von den Engeln persönlich eingewickelt. Vorsicht, zerbrechlich!«

Ihr fiel auf, dass der hübsche kleine Scherz, den die meisten jungen Frauen mit einem mädchenhaften Gekicher zu goutieren pflegten und der manchmal noch Monate danach zu Schwester Nancy zurückkam, wenn sie die jungen Mütter beim alljährlichen Sommerfest traf oder beim Weihnachtsbasar, bei Mrs Archduke enttäuschend wenig Reaktion hervorbrachte. Es war dann auch nicht verwunderlich, dass Schwester Nancy, deren Witze im Allgemeinen als wohltuend und herzhaft galten, umgehend einfiel, was die Leute, die immer alles wussten, über die Frau von Major Archduke erzählten. Wort für Wort. Erst neulich hatte Mrs Umbrage – sie war sechs Monate lang im Hause Archduke Gouvernante gewesen – äußerst anschaulich geschildert, welch Ausbund an Gutgläubigkeit der gute alte Morty schon als Knabe gewesen sei. Und dann hätte er, erzählte Muriel Umbrage immer noch überall, seine junge Braut von einer Afrikareise sozusagen als Souvenir nach Hause gebracht. »Wie ein Löwenfell oder eine hübsche Elfenbeinbrosche.« Doch die abenteuerlustige Dame wäre in Wirklichkeit gar nicht aus Afrika. Die wäre eine im Dschungel – »oder war es auf diesem Berg, den die da haben?« – zufällig gestrandete, mittellose Amerikanerin, die es ganz gezielt auf einen vermögenden Gentleman abgesehen hatte und erst recht auf sein prächtiges Anwesen mit der berühmtesten Rosenzucht von ganz Sussex. Obgleich das Ganze vor fünf Jahren geschehen war, ließen sich die, auf die es in Chichester ankam, nicht die Freude an der animierenden exotischen Würze nehmen.

»So«, sagte Schwester Nancy. Sie verschob mit ihrem Knie das Bett um einige Zentimeter. Beim zweiten Mal klang der Ausruf weder erwartungsvoll noch kumpelhaft. Die Art, das »So« wie einen Weckruf bei Militär zu poltern, entsprach

allerdings weit mehr Schwester Nancys Charakter als ihr ursprünglich besänftigendes Gemurmel. Ganz Chichester konnte bestätigen, dass sie zupackend und direkt war und dem Herrn nicht die Zeit mit feinem Getue stahl. Sie drückte Vicky ein recht unhandliches Bündel aus weißem Kissen, einer Windel und einem immer noch schwach bläulich angelaufenen Neugeborenen in einem hellblauen Jäckchen in die Arme. Schwester Nancy lächelte, wenn auch nicht übertrieben freundlich, so doch im wohltuenden Bewusstsein, dass sie nun das Ihrige getan hatte, um für eine gute, entspannte Stimmung in Zimmer sechs zu sorgen. Immerhin war Zimmer sechs mit der Aussicht auf den Garten und dem mit rosa Chintz bezogenen Sessel das größte, eleganteste und teuerste in der ganzen Klinik. Ein anderes hätte der Major ja auch nicht zugelassen.
Nicht allein Nancy Dillwaters Vorname, der ja sehr kess und ein wenig nach den hübschen Hollywoodfilmen klang, die sie sich von Zeit zu Zeit gern anschaute, war dazu angetan, werdende und junge Mütter fröhlich zu stimmen. Als leitende Schwester der gynäkologischen Abteilung des Krankenhauses von Chichester in West Sussex konnte sie sich Freiheiten herausnehmen, die sie bei ihren Untergebenen gewiss als unangebracht eigenwillig gerügt hätte. Nancy Dillwater war seit über dreißig Jahren an der Klinik und zu ihrem Jubiläum im vergangenen Februar mit einem besonders prächtigen Bildband über die Grafschaft Sussex und einem sehr bewegenden, persönlichen Schreiben der Krankenhausverwaltung geehrt worden. In einer kleinen Rede hatte der Verwaltungschef augenzwinkernd und unter dem lautstarken Beifall des ganzen Personals neben ihren »exzeptionellen beruflichen Kenntnissen und Fähigkeiten« auch ihren »phantasievollen Umgang mit der Näh-

nadel« erwähnt. Nancy hatte sich nämlich auf jeden Kittel ihrer Schwesterntracht mit goldgelbem Faden ein winziges strampelndes Baby sticken lassen. »Gelb«, erzählte sie, wenn nach der unüblichen Farbwahl befragt, »passt ja zu jeder Gelegenheit, egal ob Junge oder Mädchen.«

Die junge Mrs Archduke ließ sich nach den Anstrengungen der Geburt – es war zu einer in ihrem Alter absolut nicht zu erwartenden Komplikation gekommen – freilich nicht so leicht erheitern wie dankbare Erstgebärende. Zudem erlebte Vicky nun schon zum dritten Mal – und das in einem Zeitraum von nur viereinhalb Jahren – das goldgelb gestickte Baby, das über der strammen Brust von Schwester Nancy strampelte. Obwohl sie wahrlich nicht überempfindlich war, wenn Witze und gute Einfälle mehrmals wiederholt wurden, hatte sie nicht die gleiche naive Freude wie die angestammten Bewohner von Chichester an dem gestickten Schwesternkittel. Im Übrigen hatte es Nancy auch beim ersten Mal nicht leicht mit der Aufgabe gehabt, Vicky aus dem sich abzeichnenden Tief einer Wochenbettdepression zu ziehen.

Schwester Nancy war unbestimmbaren Alters und von forciert munterem Auftreten. Sie hatte feines, in Wellen gelegtes graues Haar, dem sie bei jeder Kopfwäsche eine Silbertönung gönnte. Ihre Wangen leuchteten apfelrot wie die von drallen Marktfrauen, die auf alten Illustrationen Schlittschuh laufenden Kindern heiße Kastanien verkaufen. Das Wort aus dem Fundus der englischen Sprichwörter, »Ein Apfel pro Tag hält den Doktor fern«, wurde von ihr mindestens dreimal pro Tag zitiert. Wenn Nancys kleine blauen Augen leuchteten, ließen die vergessen, dass der Schwester sehr daran gelegen war, Spuren zu entdecken, die Unterlassungen ihrer Untergebenen sichtbar machten.

Dies alles ließ die gestrenge Krankenschwester sehr viel sympathischer wirken, als sie war. Augen, Teint, Silberhaar und der Apfelspruch erinnerten Vicky aber unglückseligerweise an Miss Chart von der Nakuru School. Und die wiederum hatte ihr ja als Erste klar gemacht, dass kein Mensch, und sei er ein noch so verwöhntes, schönes Einzelkind, einen legalen Anspruch auf Beachtung und Zuwendung hat. Mehr noch: Schwester Nancy und Miss Chart, an die Vicky zu ihrem eigenen Erstaunen unter Englands Himmel mehr dachte, als sie dies am letzten Tag in der Nakuru School je für möglich gehalten hätte, verfügten über die gleiche rigide Art, Menschen zu reglementieren, die von ihnen abhängig waren. So wenig wie Miss Chart sich darum geschert hatte, ob eine Schülerin aus hoch angesehener britischer Familie stammte oder ob es sich um ein ungeliebtes Refugeekind mit mangelnden Sprachkenntnissen und einem gebrochenen Verhältnis zu gebratenem Speck handelte, so wenig ließ sich Nancy Dillwater von Äußerlichkeiten beeindrucken. Ob ihre Patienten angesehen, begütert und in ganz Sussex bekannt waren, ob sie einen Stammbaum hatten, der sich auf Heinrich V. zurückführen ließ, oder – was ja neuerdings unangenehm oft vorkam – dem unteren Mittelstand angehörten und ihre Nachthemden bei billigen Versandhäusern bestellten, war Nancy Dillwater gleichgültig. »Mütter sind Mütter«, pflegte sie der jungen Generation von Schwestern zu predigen. Diesen Müttern machte Schwester Nancy wiederum unmissverständlich klar, dass eine Frau nach der Geburt ihres ersten Kindes sehr anders gelagerte Pflichten zu erfüllen hätte, als ihrer Eitelkeit nachzugeben und sich zu intensiv um die Pflege des eigenen Körpers zu kümmern. Selbst Nancys Vater, der noch als Pensionär die Uniform eines königlichen Infanteristen trug, empfand die Lebens- und Arbeitsauffassung seiner ältesten Tochter als streng; seitdem sie seine zwanzig Jahre alte Strickjacke in den Müll geworfen und dabei ein unpassend angewidertes Gesicht gemacht hatte, erlaubte er sich sogar, in ihrer Anwesenheit von »altjüngferlichem Getue« zu sprechen. Seine beiden anderen Töchter und deren Bruder gaben ihm Recht – unabhängig von der mottenzerfressenen Jacke. Sehr charakteristisch für Nancy war auch, dass ihr bereits in der Jugend latentes Misstrauen gegen schöne Frauen von Jahr zu Jahr zunahm.

Miss Dillwater, die ja einst, genau wie ihre Mitschülerinnen, von einem Mann, Kindern und einer Bank vor dem Haus geträumt hatte, hatte nur drei größere Freuden erlebt, und die waren Jahrzehnte her. Für eine gute Tat war sie von der Leiterin der Pfadfinder in Chichester öffentlich belobigt worden – als Dreizehnjährige hatte sie bei einem Waldspaziergang spontan ihr Halstuch zerrissen und damit einer alten, über eine hervorstehende Wurzel gestürzten Frau eine blutende Kopfwunde verbunden. Auf der Liste der Höhepunkte standen dann nur noch der heruntergesetzte Kamelhaarmantel zum Winterschlussverkauf und die mit der Note Gut bestandene Schwesternprüfung. Dieser begrenzte Lebenshorizont und wohl auch der morgendliche Blick in den Spiegel verleiteten Nancy zu ihren einengenden, vorschnellen Urteilen. Schon als Vicky ihr erstes Kind unter Schwester Nancys pflegerischer Obhut gebar, wurde die junge Mrs Archduke von ihr als unangenehm kapriziös und eitel befunden. Damals ließ das Nancy die nichts ahnende Wöchnerin nicht fühlen, hatte sie doch seit jeher eine Schwäche für den Hausherrn von »Chestnut Grove« gehabt. In allen Ehren, versteht sich. Miss Dillwater hatte Mortimer Horatio Archduke noch als kleinen Jungen mit Zahnspange und Angst vor Gespenstern gekannt und auch dann noch seinen Werdegang mit Interesse verfolgt, als ihre Freundin Muriel Umbrage so abrupt das Haus der Archdukes hatte verlassen müssen. Nach Mortimers Scheidung hatte sich Nancy sogar dazu durchgerungen, ihn nicht mehr respektvoll mit Sir anzureden, sondern, wie sehr viele Leute in Chichester, denen es ihrer Meinung nach wahrhaftig weniger zustand als ihr, ihn salopp Morty zu nennen. Weil er zufällig am Donnerstag, ihrem freien Tag, in die Stadt fuhr, um Einkäufe und andere geschäftliche Angelegenheiten zu erledigen, sah sie ihn öfters. Es machte sie stolz, dass Morty sie wie seinesgleichen behandelte. Schon deshalb war es für sie eine Ehrenpflicht, nur im allerintimsten Kreis ihre Meinung über seine Gattin auszusprechen. Sie fand die schöne Vicky, von der ja wirklich niemand in ihrem Kreis mehr wusste, als dass sie nicht aus Chichester stammte, nicht eines Mannes würdig, dessen Stammbaum sich bestimmt mühelos ins dreizehnte Jahrhundert zurückverfolgen ließe.

»Irgendwie«, pflegte es Nancy auszudrücken, wenn sie sich donnerstags mit zwei ehemaligen Schulkameradinnen von St. Mary's traf und mit Gladys Fridge, der Wirtin vom »Tearoom« am Kirchplatz, »habe ich immer das Gefühl, das Mädchen hat ein Geheimnis.«

Vicky Archduke, geborene Sedlacek, ahnte nichts von solchem Getuschel, erhielt sie doch von männlicher Seite genau die Art von Komplimenten, die sie liebte – anregend und wenn zweideutig, nie so schlüpfrig, dass eine Frau rot zu werden brauchte. Im Pub und auch im Klub waren sich die Gentlemen von Chichester und auch solche, die es ganz gewiss nicht waren, meistens schon nach dem dritten Whisky einig: »Vicky, das Busenwunder« hatte – »wie auch immer« – einen Mann mit Prinzipien dazu gebracht, zum zweiten Mal zu heiraten und somit nach einer »verdammt üblen Scheidung, die einem Kerl wirklich den Appetit auf Frauen bis zum Jüngsten Tag verderben kann«, wortbrüchig zu werden. Die Scheidung von Priscilla hatte ja alle im Umkreis von hundert Meilen schockiert. Über den Verlust des Bildes von Turner und des Familienschmucks, den Prissie ja zusammen mit Mortys Kriegsorden hatte mitgehen lassen, wurde gelegentlich noch gesprochen. Laut einhelliger Meinung der Männerclique hatte Mortys ältester Freund, Harry Cartright, für die Geschichte mit Vicky die denkbar beste Kurzfassung gefunden. Es war an dem Tag gewesen, da die Freundesschar ausprobiert hatte, ob es überhaupt möglich wäre, den ganzen Abend ausschließlich Beaujolais primeur zu trinken, der auch in Chichester als der letzte Schrei galt, und mit dem Leben davongekommen war.

»Deine Vicky«, hatte Harry um fünf Minuten nach Mitternacht verkündet, »hätte ich, weiß Gott, auch lieber erlegt als einen stinkenden Löwen.«

»Ich habe beides getan«, stellte Morty klar. »Und Löwen stinken nicht.«

Das Gespräch war nun fünf Jahre her. Mortimer Horatio Archduke, der in der Bar vom »Thor's Hotel« in Nairobi ein achtzehnjähriges Mädchen als Pfeife rauchender Wikinger verzaubert und in einer einzigen Nacht erobert hatte, rauchte immer noch Pfeife. Sein Haar war nicht mehr so blond wie damals und er selbst, was seine geräumigen Tweedjacken vorerst noch kaschierten, ein wenig fülliger geworden. Manchmal – seit Beginn der dritten Schwangerschaft immer öfter – erschien es Vicky, als hätte ihr Mann seinen Vorrat an Humor aufgebraucht, als er sie Blaubarts Tochter genannt hatte. Nur in besonderen Momenten gelang es ihr noch, den Duft von süßem Tabak zu schnuppern, der sie an ihrem denkwürdigen achtzehnten Geburtstag berauscht hatte. Hätte sie in Chichester eine Freundin wie die gute alte Daphne gehabt, an die sie irritierend oft dachte, hätte Vicky mit der Vertrauten eine weitere Beobachtung teilen können: Im heimischen England roch ihr Mann eher wie seine geliebten Langwollschafe als nach einem Mann, der zu jener englischen Oberklasse gehörte, die ihre ganze Kindheit mit Vorstellungen vom Paradies der Elite genährt hatte. Als Landmann, der seine Pferde, sein Federvieh und die landwirtschaftlichen Maschinen aufopfernd pflegte, wirkte er sehr viel weniger elegant und imponierend denn als Jäger auf Safari im Hochland von Kenia. Ein ausgebleichtes Khakijackett und von der afrikanischen Sonne gegerbte Haut hatte ihm weitaus besser gestanden als der braune Cordsakko seines Vaters und ein dunkelblaues Wollhemd, von dem noch fünf gleiche im Schrank lagen.

In der Ehe hatten sich die meisten von Vickys Träumen unter dem Eukalyptusbaum aufgelöst. Eintöniger als erwartet entpuppten sich die zwei von den vier ersehnten Kindern, niederdrückend die schwere Geburt des dritten. Auch erfüllte es sie nicht mehr mit der Freude, die sie sich als kleines Mädchen ausgemalt hatte, die Hunde Bingo und Baxter zu nennen. Morty fand die Namen äußerst unpassend für dänische Doggen, die einen Stammbaum hatten, der seinem würdig war, und ließ sie das, nachdem er ihr die Namenswahl so großzügig überlassen hatte, auch bei kleinen Meinungsverschiedenheiten wissen. Überhört hatte er den Wunsch seiner jungen Frau, er möge ihr einen irischen

Setter kaufen, weil sie sich »schon genug« vor den beiden dänischen Doggen fürchtete, die in »Chestnut Grove« unter dem Esstisch saßen und vor dem Kaminfeuer lagerten.
Trotz drei Schwangerschaften und nach Einsichten, die viele andere Frauen nachdenklich und melancholisch gestimmt hätten, hatte sich Vicky äußerlich nicht verändert. Der Spiegel erzählte der grazilen Kindfrau mit den staunenden Augen, die immer ein wenig feucht wirkten, so wunderbare Geschichten wie in den Tagen von Kericho. Ihre zarte Haut leuchtete selbst im Winter bronzen, das blonde Engelshaar war das Entzücken der Friseuse in der Hauptstraße, die den größten Teil ihrer Freizeit mit Romanen von jungen Bürgermädchen versüßte, die zum guten Schluss ein Schlossherr für immer von der Fron der täglichen Arbeit erlöste. Vicky war für Maggie aus dem Friseursalon die Feenkönigin in dem berühmten Rosenreich derer von Archduke, einem Märchenbuch entsprungen, in dem nur die Glücklichen blättern durften. Die Männer sahen es nüchterner. »Wahrscheinlich ist die Frau zu jung gewesen, um zu merken, dass Morty bei Nacht auch nichts hat, was ihn von uns unterscheidet.«
Am ersten Hochzeitstag beschenkte Mortimer seine im achten Monat schwangere Gattin mit einem Präsent, von dem sich alle in Chichester einig waren, dass es romantischer und liebevoller nicht hätte sein können. Er führte sie in den duftenden Garten und taufte in Gegenwart seiner sorgfältig ausgesuchten Gäste die prächtige Neuzüchtung einer Fuchsrose, um die er sich seit seiner Rückkehr aus Kenia intensiv und mit wechselndem Erfolg bemüht hatte, Victoria.
Als er zwei Jahre später Vater eines Sohnes wurde und sei-

ne Zunge kurzfristig die gleichen Sprünge machte wie sein Herz, vertraute er seiner Schwester Beatrice an: »Sie ist so ganz anders als die Mädchen von hier. Ein Kind bei Tag und eine Frau bei Nacht.«

»Wäre die Mischung nicht auch etwas für deine Schafe?«, fragte Beatrice zurück. Sie war schon immer ein wenig taktlos gewesen. Und sehr redselig, denn sie sorgte dafür, dass sich bald sämtliche weiblichen Mitglieder der Familie Gedanken machten, ob Mortys Ödipuskomplex nicht daher rühren könnte, dass er als Junge so oft mit den Puppen der Schwester gespielt hätte. Der hässliche Klatsch verstummte erst, als Beatricens Gatte, ein Professor für Geschichte in Eton, den sie für einen geschäftsuntüchtigen Trottel hielt, sie genüsslich darauf aufmerksam machte, dass sie Ödipus mit Pygmalion verwechselt hatte.

Von den Vorbehalten ihrer Verwandtschaft ahnte Vicky lange Zeit nichts. Mortys Schwester, seine Brüder, deren Ehepartnerinnen und ein für sie nicht überschaubares Aufgebot von Tanten, Onkel und Cousins beschränkten in der Gegenwart einer Frau, von der sie nicht viel mehr wussten als ihren Namen und dass sie sehr fruchtbar war, Unterhaltungen und Gedankenaustausch auf ein Minimum. Vicky war das recht. Nach der ersten ehelichen Euphorie reichte es ihr, einen Mann zu haben, der so englisch war, wie sie sich ihn selbst in ihren kühnsten Träumen nicht ausgemalt hatte. Sie selbst hatte so gut wie keine Pflichten und immer genug Geld, um sich ohne jene Rückfragen, die die meisten Ehen zu belasten pflegen, ihre Wünsche zu erfüllen. Es dauerte allerdings recht lange, ehe sich Vicky Archduke die ersten Gedanken über den Umstand machte, dass sie weit weniger Wünsche hatte als einst Vicky Sedlacek.

Das Lebens in Chichester war nicht dazu angetan, Bedürf-

nisse und Gelüste jenseits von ein wenig mehr Sonne im Sommer, einer besseren Zentralheizung im Winter und einer neuen Köchin zu erwecken. Bridget, die seit dreißig Jahren im Haus war, hielt Yorkshirepudding, Hammelfleisch und weiße Bohnen in Tomatensauce für Delikatessen, an der sich Menschen mindestens zweimal wöchentlich delektieren wollten. Wer täglich Schafe blöken hörte und Hühner gackern und wer angehalten wurde, über die kleinen Knospen vom Rosenkohl zu staunen, der wünschte sich nicht die Kleider und Schuhe, die Samtroben und Hüte, nach denen die junge Frauen in den Städten verlangen. Wäre Vickys Intellekt ausgeprägt genug gewesen, um der Ironie des Lebens auf die Spur zu kommen, wäre ihr eine ungewöhnlich absurde Konstellation bewusst geworden. Im Rückblick erschien ihr Nairobi eine riesige Stadt, das Leben dort pulsierend und aufregend wie auf einem Vulkan, die Menschen geistreich und unterhaltsam. In Nairobi hatte Vicky zu jeder Stunde des Tages Wünsche aufzählen können. Nach den ersten drei Wochen in »Chestnut Grove« hatte sie sich – später mochte sie das kaum noch glauben – von Morty ein Karnickel gewünscht. Weder ihr noch dem Ehemann, dessen Schläfenhaar schon die erste Grautönung zeigte, war damals bewusst geworden, dass die junge Frau Heimweh nach ihrer alten Welt und somit Sehnsucht nach den Karnickeln von Kericho hatte.
Solche kindlichen Wünsche sprach Vicky schon lange nicht mehr aus. Der Alltag prägte sie, ohne dass sie es merkte. Sie begleitete ihren Mann nicht mehr so häufig wie am Anfang ihrer Ehe, wenn er geschäftlich nach Chichester musste. Sie registrierte zwar, dass er länger wegblieb als früher, um Ersatzteile für den Traktor oder ein besonderes Futter für im Frühherbst kränkelnde Langwoll-Lämmchen zu kaufen,

doch sie mobilisierte keine speziellen weiblichen Fähigkeiten, um seine veränderten Einkaufsgewohnheiten zu deuten. Im Sommer rauchte er nach dem Mittagessen Pfeife in seinem Rosengarten und las Jagdzeitschriften, sie schaukelte in einer Hängematte, die aus seiner Militärzeit stammte, und entwarf im Kopf Briefe an ihre früheren Freundinnen, die nur äußerst selten geschrieben wurden. Eine rheumatische Nanny mit ständig verstopfter Nase und ähnlich gelagerter Gemütsverfassung, die Vicky nicht mochte, die jedoch ein von Morty verehrtes Relikt aus seiner Kindheit war, spielte mit Georgina und wachte darüber, dass ihr fünfzehn Monate jüngerer Bruder Rupert nicht vor der festgesetzten Zeit aus dem Bett krabbelte. Korrespondierte die junge Mutter in der Hängematte nicht mit ihrer Vergangenheit, träumte sie, wie einst unter Afrikas Sonne, das Märchen von der Prinzessin weiter, die alle Menschen liebte und die von der ganzen Welt geliebt wurde. Allerdings konnte die einst so begabte Träumerin, der es gelungen war, beim Malen alle dunklen Farben zu vermeiden, immer weniger verhindern, dass sich bereits nach Ruperts Geburt die gefälligen Bilder aus dem Paradies der Sorglosen zu verfärben begannen und die ersten Risse bekamen.

In der ersten Zeit mit Morty war das anders gewesen. Da hätte Vickys unbefangenes Gelächter einen jeden als Neider oder Tor überführt, der auch nur angedeutet hätte, sie würde irgendwann nicht mehr so glücklich sein wie in jener ersten Nacht von Nairobi. Selbst die Schlacht mit den Eltern war ihrer Meinung nach ohne Blessuren beendet worden. Wohl hatten sich Vater und Mutter geweigert, die frühe Ehe ihrer einzigen Tochter abzusegnen. Sie war mit einem steinschweren Gewissen aus Afrika abgefahren, die

Eltern noch nicht einmal nach Nairobi gekommen, um sie zu verabschieden. Jedoch schon bei der ersten Schwangerschaft stürzten auf beiden Fronten die Mauern ein. Ganz entgegen seiner von Jugend an bewährten Devise, sich »nur bei drohender Lebensgefahr in das Leben von Dritten einzumischen«, hatte Morty den Rat seiner Schwester Beatrice befolgt. Mit ihrem üblichen Takt hatte sie ihm empfohlen, die zu erwartenden Elternfreuden nach Kericho zu melden. »Man weiß ja schließlich nie, was beim Kinderkriegen passiert«, hatte sie gesagt, »und gerade von solchen Leuten lässt man sich keine Vorwürfe machen.«
Woher die Einsichten der umtriebigen Beatrice stammten und weshalb es ihr gelungen war, ausgerechnet in einem Fall, den beide Beteiligten mit äußerster Verschwiegenheit behandelten, wieder einmal das Gras wachsen zu hören, erfuhr der Bruder nie. Jedoch schrieb er umgehend an Vickys Eltern und beendete seinen Brief mit der Formulierung »Euer treuer Schwiegersohn«. Knapp vier Wochen später konnte er seiner weitsichtigen Schwester, um deren Herz es im Übrigen sehr viel besser bestellt war als um deren Manieren, Bericht erstatten. Am Wochenbett eines besonders prächtigen Langwollschafs vertraute er ihr an: »Einen so durchschlagenden Erfolg hatte ich noch nicht einmal im Krieg mit meinen Bomben auf Dresden.«
»War das nicht an fast dieselbe Adresse?«
»Kericho, meine Liebe, liegt in Kenia.«
»Ich habe läuten gehört, dass deine Schwiegereltern ihren Lebensunterhalt nicht immer mit dem exzellenten Tee aus dem Hochland von Afrika bestritten haben, mein Bester«, sagte Beatrice, wobei sie das Langwollschaf kraulte und ihrem Bruder schelmisch mit den Finger drohte.
Schon das Couvert mit der Briefmarke aus Kenia und der

steilen väterlichen Handschrift, die ihr nach all den Jahren in Kenia immer noch so unverwechselbar deutsch erschien, löste bei Vicky einen Freudentaumel aus, wie sie ihn seit den ersten Ferien an der Nakuru School nicht mehr erlebt hatte. Sie war allein im Haus, als der Postbote kam. Er hielt ihr den Brief hin, lächelte, sagte: »Wenn Sie die Briefmarke nicht brauchen, hätt' ich sie gern, Ma'am«, und Vicky, da schon mit feuchten Augen und stolperndem Herzen, musste sich bezwingen, den Mann nicht abzuküssen. Wie in Trance schleppte sie sich in den Salon mit der leinenbezogenen Recamiere am Fenster und Mortys Ahnen im goldenen Rahmen an beiden Längswänden und fing unter deren Blicken aus schmalen Augen, die ihr schon immer missfallen hatten, zu lesen an. Noch vor Ende des ersten Absatzes schüttelte ein so heftiges Schluchzen ihren Körper, dass sie eine halbe Stunde nicht aufstehen konnte, ein Kissen in feiner Gobelinstickerei durchnässte und absolut sicher war, die Wehen hätten eingesetzt. »Vergiss«, hatte der Vater geschrieben, »was war. Und verzeihe uns, wenn du kannst. Nach allem, was wir hinter uns haben, wäre es doch eine Sünde, seinem eigenen Kind nur deshalb zu zürnen, weil es der Stimme seines Herzens gefolgt ist. Mutter und ich sind sehr glücklich. Gott segne dich und dein Kind.«

Es steigerte Vickys Jubel, dass ihr Vater nicht auf Deutsch geschrieben hatte und sie also den Brief, der sie so selig machte wie nichts seit ihrer Ankunft in England, Morty zeigen konnte, dem Mann, dessen Liebe, Rücksicht und Weitsicht sie ihre wiedergefundene Ruhe und das größte Glück einer werdenden Mutter verdankte. Obwohl schon nicht sehr beweglich und ein wenig kurzatmig, war sie den ganzen Weg zur Koppel am Waldrand gerannt. Dort war Mor-

ty gerade dabei gewesen, einer neu gekauften Stute die Trennung von ihrem Heimatstall zu erleichtern. Er hatte sie umhalst, flüsterte ihr ins Ohr, und sprach er einmal lauter, waren es wunderbar zärtliche Worte, von denen seine Frau bis zu diesem erstaunlichen Beweis des Gegenteils heilige Eide geschworen hätte, er würde sie gar nicht kennen. Den Brief aus Kenia hatte der viel Beschäftigte allerdings prompt gelesen – wenn auch mit dem Stirnrunzeln derer, die erstens ungern bei der Arbeit gestört werden und sich zweitens nicht blenden lassen. Während er das Pferd noch mit seiner Linken streichelte, sagte er: »Ein bisschen sehr kontinental der Brief. Findest du nicht auch, Darling? Und was um Himmels willen meint dein prächtiger Daddy mit ›nach allem, was wir mitgemacht haben‹? Für mich klingt das ein bisschen wie Nelson nach der Schlacht von Waterloo. Was kann ein Mann schon Großes erlebt haben, der zeit seines Lebens auf einer Teeplantage hockt und die Sonne beim Untergehen beobachtet.«
Vicky war so schockiert, als er das sagte, dass sie zwar bleich wurde und zitterte, aber auch nicht den Ansatz einer Korrektur wagte. Wenn auch mit Hilfe eines großen Glases Whisky, das bei ihr auf erstaunliche Art für einen zungenlösenden Mut gesorgt hatte, der ihr nie wieder vergönnt sein sollte, hatte sie noch vor der Hochzeit Morty über die Stationen ihres ungewöhnlichen Lebens ins Bild gesetzt – schon weil er mit einem Besuch bei ihren Eltern drohte. Vicky, erst achtzehn Jahre alt und gezwungen, Entscheidungen zu treffen, die in der Emigration auch denen mit Zivilcourage nicht leicht gefallen wären, hatte ihm gestanden, dass sie erstens aus Deutschland stammte und außerdem noch jüdisch war. Morty, damals noch der strahlende Wikinger, der zufällig in Nairobi an Land gegangen war und

Probleme mit einem tiefen Zug aus seiner Pfeife lösen konnte, war großartig, souverän und ungeheuer tolerant gewesen. »Zu spät, mein Kind«, hatte er entschieden und an Vickys Ohren geknabbert, die er damals besonders schätzte, »die Segel sind gesetzt. Das Mahl ist angerichtet. Das Schwert ist gezogen.«

Die Filmszene, die in der teuersten Suite vom »Thor's Hotel« spielte und Morty vor einem mannshohen Spiegel im allerbesten Licht als einen großherzigen, strahlenden Ritter zeigte, der bereit gewesen war, für seine Jungfrau auch in den aussichtslosesten Kampf zu ziehen, lief in Sekundenschnelle vor Vickys Augen ab. Nun da dieser Krieger sich jedoch als einer enttarnt hatte, der noch nicht einmal die Liebe einer Magd verdiente, konnte sich Vicky nicht entscheiden, ob sie ihn provozierend, erzdämlich oder nur gedankenlos fand. Sie spürte ein kindisches Bedürfnis, nach ihm zu treten, und drückte ihren Fuß fest in die feuchte Erde. Selbst ruhig zu atmen machte ihr Mühe. Ihr unterentwickeltes Interesse für Geschichte erleichterte es ihr indes, die Bemerkung über Nelson nicht tragisch zu nehmen. Die ziemte sich nämlich gar nicht für den Absolventen einer Eliteschule und erst recht nicht für einen ehemaligen Major der siegreichen britischen Streitkräfte. Wenigstens einer von beiden hätte wissen müssen, dass der Sieger von Trafalgar zehn Jahre vor der Schlacht von Waterloo für das Vaterland gefallen war.

Keineswegs aber entging Vicky der Ausdruck in Mortys Augen. Sein Blick erschien ihr verräterisch typisch für einen reuigen Sünder, den alle, die ihm wohl meinen, vor drohendem Ungemach gewarnt haben und der dennoch trotzig in sein Verderben galoppiert. Die Situation genierte Vicky noch mehr, als dass sie sie kränkte. Ihre Gedanken

waren ihr peinlich. Morty erschien ihr fremd, ein fremdes Ungeheuer. Ein Fremder, der ihr auf einen Schlag nicht mehr geheuer war. Sie dachte, als die Hitze ihren Körper durchströmte, sie schämte sich ihrer Gedanken, doch kam sie auch später nicht auf die Idee, dass sie sich ihres Mannes schämte. Im Moment ihrer allergrößten Verlegenheit probierte sie, die neue Stute zu streicheln, doch das Pferd scheute zurück. Auch Morty schüttelte den Kopf.
»Da siehst du's wieder«, sagte er, »ihr Mädchen seid doch alle unberechenbar.«
Abends donnerte es. Morty, der zu jeder Jahreszeit auf die reinigende Kraft von Gewittern schwor und sehr lange über sie reden konnte, ohne dass ihm die Reminiszenzen an stürmische Nächte ausgingen, führte um Mitternacht noch die dänischen Doggen aus und musste länger, als er erwartet hatte, die neue Stute beruhigen. Vicky ging früh ins Bett. Sie dachte, was sie verblüffend fand, an die gestickten Damastservietten aus Potsdam, in die ihre Mutter das Kaninchenfleisch für das Hospital in Nakuru zu wickeln pflegte. Nicht, wie sonst, glitt sie schnell und sanft in den Schlaf, während der Wind an den Rollläden rüttelte. Einige Male schreckte sie hoch, ihre Stirn schweißnass, doch, weil sie sich nicht auskannte mit Trauer und Melancholie, glaubte Vicky, der schwer verdauliche Käsetoast vom Abendessen – ausgerechnet »Welsh rabbit« genannt – würde ihr im Magen liegen.
Nun da der Frieden mit ihren Eltern auf so wundersame Weise wieder hergestellt war, korrespondierte Vicky zu ihrer Verwunderung regelmäßig mit ihnen, und Tag für Tag hielt sie Ausschau nach dem Briefträger. Die Schulzeit, als jeden Sonntag der wöchentliche Brief nach Hause geschrieben werden musste, lebte wieder auf. Als Kind hatte

Vicky diese Briefe immer als lästige Pflicht empfunden und drei Monate lang jeden einzelnen mit der Feststellung begonnen: »Der See ist fast voll. Es ist sehr heiß. Ich freue mich auf die Ferien.« Es faszinierte sie, dass ihr in all den Jahren kein Wort entfallen war. Auch zu Beginn des regelmäßigen Briefwechsels zwischen Chichester und Kericho tat sich Vicky schwer mit dem Schreiben; ihre ersten Bemühungen gingen nicht über das Maß von beruhigenden Lebenszeichen hinaus. Die allerdings lösten in Kericho so viel Freude aus, dass erste Überlegungen von einer Reise nach England aufkamen. Als dann die Geburt der kleinen Georgina sehr rasch Vickys Empfinden für das besondere Verhältnis zwischen Eltern und Kind schärfte, lernte sie im gleichen Tempo, ihre Briefe nicht als verpflichtende Gesundheitsatteste zu empfinden.

Die ihrer Eltern waren von Anfang an für sie ein Stück Heimat, ein Stück ihrer Vergangenheit, ein Stück ihres Lebens. Schon wenn die Mutter »Meine geliebte Tochter« schrieb und der Vater mit »Mein Lieblingskind« den Scherz ihrer Kindheit aufgriff, wurde ihr klar, was ihr gefehlt hatte und wie gewaltig die Liebe ihrer Eltern war, wie groß aber auch ihre. Einmal versuchte die Gerührte, das ihrer Mutter zu schreiben; sie musste sich jedoch mangels emotionellen Wortschatzes auf die Erkenntnis beschränken: »Ich glaube, ich werde niemals wieder so viel lachen wie als kleines Mädchen.« Als erst einmal die Hemmschwelle überschritten war, die sie davon abgehalten hatte, allzu Persönliches nach Kericho zu übermitteln, verriet die Tochter den Eltern, dass sie sich »oft irgendwie allein fühle. Obgleich Morty nie mit mir unzufrieden ist, wünsche ich mir manchmal doch eine Freundin. Neulich habe ich Regina Redlich nach Deutschland geschrieben. Chichester scheint entweder nur aus Männern zu bestehen, mit denen Morty auf die Jagd oder in den Klub geht, oder aus Frauen, die alle sehr viel älter sind als ich und irgendwie alle aussehen wie die Lehrerinnen in der Nakuru School.«

Vicky war, als sie ihren Brief noch einmal las, selbst erstaunt, dass sie ihr Leben in Chichester so treffend in einem einzigen Absatz umrissen hatte. Sie malte, weil die Erinnerungen sie überwältigten, unter ihren Namen ein kleines Bild vom Farmhaus in Kericho. Was sie in den Briefen allerdings noch nicht einmal andeutete, war ein Verhalten, über das sie sich lange Zeit selbst nicht klar geworden war. Seit ihrer ersten Schwangerschaft dachte sie viel häufiger über ihre jüdischen Wurzeln nach als zu der Zeit, da es ihr trotz der Vorurteile gegen Fremde an britischen Schulen doch leicht gemacht wurde, jüdisch zu sein. Allerdings hätte sie es als einen Verrat an Morty empfunden, das auszusprechen. Es verlangte sie am meisten nach Vertrautem, wenn seine Familie zu Besuch im Haus war, oder wenn sie ihn in die Stadt begleitete, er Freunde traf und sie ihm anmerkte, dass er lieber mit denen allein gewesen wäre. Ihre Gedanken an die Welt, die sie verlassen hatte, waren indes zu flüchtig, um anhaltend zu schmerzen. Der Blick zurück überraschte sie jedes Mal, wenn sie ihren Erinnerungen nachgab, doch sie fand ihn nicht bedrückend, nur ein wenig seltsam und doch reizvoll.

Vicky war nicht unzufrieden. Auch nicht, als aus der großen Liebe die kleine geworden war. Schon gar nicht war sie unglücklich. Sie war nicht auf der Suche nach Bestätigung, nicht auf Erfüllung aus. Schon dem Schulmädchen Vicky, das am Rande der Teefelder gehockt und ihrer Puppe ein Jäckchen aus Wollresten gehäkelt hatte, war das Gleichmaß als ein Ideal erschienen, das es auf alle Fälle zu erreichen gedachte. Das war ihr vollauf gelungen. Da sie ja so gut wie keine Pflichten im Haus und selbst für das Baby eine Kinderfrau hatte, die jeden Handgriff besser beherrschte als die unerfahrene junge Mutter, unterschied sich ihr Leben nicht von dem der anspruchsvollen europäischen Frauen in den Kolonien, die für jede Situation das passende Personal beschäftigten und allenfalls ihre Hunde und Pferde eigenhändig streichelten. Diese Auserwählten brauchten nur zu befehlen und hoheitsvoll auf dem Thron zu sitzen, auf den sie das Schicksal gehoben hatte. Es kam ihnen nie in den Sinn, sie wären vielleicht nur lächerliche Schachfiguren, die sich nach Belieben verschieben ließen, ehe es zum finalen Matt kam. Die Begüterten empfanden ihr Leben nicht als eintönig. Das Wort Langeweile kannten sie nicht. Eine solch behütete, der Realität ferne Existenz hatte sich Vicky gewünscht, sobald sie die Spielregeln für das Leben in Kenia begriffen hatte – schon weil es sie doch immer wieder geniert hatte, dass ihre emsige Mutter Tag für Tag durch ihrer Hände Arbeit bewies, wie wenig die Familie Sedlacek zu den Reichen und Erwählten im Lande gehörte.

Morty hatte nicht nur aus Vickys Traum von der feinen Lady eine Wirklichkeit gemacht, die für sie zunächst nur einen einzigen Makel hatte – es waren nicht genug Menschen aus ihrer Jugendzeit da, um ihren unaufhaltsamen Aufstieg zu bestaunen. Für Vicky schien immer die Sonne. Bis auf Nanny, die auch schon Mortys erste Frau als eine Sünde wider die Tradition im Haus betrachtet hatte, bewunderte das Personal Vickys Schönheit und schwärmte für ihren Charme. Sie wurde auf dem Weg zur Kirche, am Arm ihres Gatten wie eine Landedelfrau auf Weihnachtskarten aus viktorianischer Zeit wirkend, ehrerbietig gegrüßt, in den örtlichen Geschäften mit Respekt behandelt.

Die älteren Damen, die schon seit Jahrzehnten den alljährlichen Weihnachtsbasar ausrichteten, betrauten sie mit der Tombola und lobten noch im April ihren unermüdlichen Einsatz, ganz zu schweigen von den beiden beeindruckenden Kaffeewärmern, die sie gestrickt hatte. Im November, wenn die künstlichen Mohnblumen zum Gedenken an die Gefallenen des Ersten Weltkriegs verkauft wurden, erzielte »die süße, kleine Mrs Archduke« den größten Gewinn für das Heim der Kriegsveteranen. Eingeweihte wollten gehört haben, dass sie selbst Morty eine Spende abverlangt hatte.
»Eine dreistellige«, wusste Mrs Featherstone, die immer alles wusste.
Der stolze Gatte machte es diesem Schatz leicht, auch zu Hause zufrieden zu sein. Eventuelles Missfallen drückte er nur in Ausnahmefällen mit Worten aus, wenn schon, mit einer veränderten Höhe seiner Augenbrauen oder indem er ein wenig vulgär mit den dänischen Doggen sprach. Sein beruhigendes Temperament schäumte auch im Schlafzimmer nicht über, doch die Männlichkeit, die Vicky in der ersten Nacht so rasch bezwungen hatte, überzeugte sie noch immer. Dass Morty dazu übergegangen war, ausschließlich die Nacht von Samstag auf Sonntag für die Liebe zu reservieren, hielt sie für eine Eigenschaft der guten englischen Gesellschaft.
»Ich finde das wunderschön«, lobte sie an einem Sonntagmorgen.
»Du kannst jeden Tag vor mir ins Bad, wenn dir so viel daran liegt«, antwortete er galant.
Er war auch beim Frühstückstisch ein Gentleman, einer mit müden Augen und sanfter Stimme. Mortys Augen hatten in das Paradies Afrika geblickt und waren für immer satt

geworden. Bis zu seinem letzten Atemzug würden sie sich mit den grünen Hügeln von Sussex begnügen. Seine Stimme gebrauchte Morty ungern vor dem ersten Whisky. Sobald er seine Spiegeleier gegessen und gegrübelt hatte, weshalb ihm der gebratene Speck nicht mehr so gut schmeckte wie beim Militär, bezog der Ex-Major Stellung hinter der Morgenzeitung. Beim Blättern schaute er gelegentlich zum Fenster hinaus und holte per Fernglas außergewöhnliche Wolkenbildungen an den Frühstückstisch. Bereitwillig ließ er seine Frau Anteil haben an seinen umfassenden meteorologischen Bestandsaufnahmen, die sie nur mit äußerster Konzentration von denen des Vortages unterscheiden konnte. Gelegentlich, wenn der pensionierte Major sehr gut gelaunt und trotzdem nostalgisch gestimmt war, dozierte er über den Einfluss des Wetters auf den Verlauf des Bombenkriegs.

Nachdem die kleine Georgina alt genug war, ihr Frühstück statt mit der Nanny in der Kinderstube mit den Eltern im blau tapezierten Speisezimmer einzunehmen, saß sie in einem aus Eichenholz geschnitzten Hochstuhl, in dem ihr Vater schon als Baby am Familienleben partizipiert hatte. Von da ab lächelte Mortimer, noch ehe er mit der Gabel das Eigelb angestochen hatte. Bis Rupert geboren wurde und schon durch sein Geschlecht seine Schwester in die zweite Reihe der Aufmerksamkeit abdrängte, war er vernarrt in seine Tochter. Es gab nicht den Hauch eines Zweifels, wem Georgina ähnelte. Sie hatte die großen staunenden Augen und den Charme ihrer Mutter, ihr blondes Haar und deren kleinen Mund. »Wie eine Rosenknospe«, befand der verliebte Vater. Er neigte sonst nicht zu poetischen Vergleichen. Als er jedoch seiner Tochter das Kompliment machte, mit dem er in einer nach Zimt duftenden Tropennacht

einst ihre Mutter bedacht hatte, hatte er eine seit langem begehrte Auszeichnung für eine neu gezüchtete Rose in Empfang nehmen dürfen.
Sosehr Vickys Herz zu geben bereit war, quälte sie in den ersten beiden Jahren ihrer Mutterschaft häufig die Vorstellung, ihre Tochter und sie wären einander fremd und diese Distanziertheit würde sich mit den Jahren noch verstärken. Die Kleine schaute sie oft so fragend an, als sei ihr befohlen worden, einem Gast, der sonst nicht im Hause verkehrte, die Hand zu reichen. Zwar ließ sich Georgina von der Mutter umarmen und küssen, doch Vicky merkte, dass ihre Augen flackerten und der kleine Körper steif wurde, sobald die Mutter sie mit den Zärtlichkeiten bedachte, die sie in ihrer eigenen Jugend im Übrigen als »typisch deutsch« empfunden und nur auf der heimatlichen Farm und nie vor ihren britischen Mitschülerinnen geduldet hatte. Hätte Vicky damals die englische Trivialliteratur gelesen, von der es hohe Berge für junge Mädchen gibt, statt in den Spiegel zu schauen und Ballkleider für ihre Vermählung mit einem Königssohn zu entwerfen, hätte sie in Chichester gewusst, dass die Zurückhaltung der Zweijährigen durchaus eine alltägliche Erscheinung bei den Kindern der englischen Oberschicht war. Häufig hingen die Kleinen mehr an ihrer Nanny als an der Mutter.
Die Nanny, die in der Regel niemand sonst zu lieben hatte als die ihr anvertrauten Nachkommen der Herrschaft, war immer da, ein Fels mit weichem Busen und großem Schoß. Oft schlief sie im Kinderzimmer. Immer wusste sie, was aus einem lieblos gekochten Pudding durch zwei Löffel Zucker und einem Klecks Marmelade werden kann. Nie reichte sie einem Kind, das sich soeben das Knie aufgeschlagen hatte, die Puppe statt den Teddybären. Bei Georgina kam hinzu,

dass sie sich schon früh von ihrer Nase leiten ließ. Nanny hatte immer ein kleines Fläschchen Brandy in der Tasche, und damit das nicht an der falschen Adresse publik wurde, lutschte sie zwischen ihren Erfrischungstrunks sehr starke Pfefferminzbonbons. Georginas Mutter hingegen benutzte ein Parfüm, das nach Maiglöckchen duftete, aber Maiglöckchen waren für eine kleine Archduke so alltäglich wie Langwollschafe und dänische Doggen. Sie wuchsen zahlreich am Bach, wohin Nanny von März bis November das Kind täglich spazieren führte. Dort äußerte Georgina Archduke, zweieinhalb Jahre alt und so wenig redselig wie ihr Vater, den bemerkenswerten Satz ihrer Kindheit, von dem Nanny nur ihrer besten Freundin erzählte, die gleichfalls mehr als eine Generation fremder Kinder großgezogen hatte.

»Meine Nanny«, sagte Georgina beim Pflücken von Butterblumen, »ist meine Mami. Meine Mami ist eine Blume.«

Das Verhältnis zwischen Mutter und Kind, das Vicky in einem Brief an ihre Eltern mit der Feststellung »Georgina ist sehr selbstständig« umschrieb, änderte sich erst, als der Zufall die Regie übernahm. Nanny Ruby, die seit vierzig Jahren die kleinen Archdukes zu dem erzogen hatte, was sie wurden, rutschte im herbstlichen Garten auf einem faulen Apfel aus und brach sich den Oberschenkel. In ihrem Alter bedeutete das den endgültigen Abschied. Mortimer brachte sie in einem Altersheim unter, zahlte – ein wenig widerwillig – die Miete für das erste Jahr und versprach, seine »alte Nana« regelmäßig zu besuchen. Vicky erfuhr erst bei dieser Gelegenheit den Namen der Frau, die sehr viel von den Mutterfreuden hatte genießen dürfen, nach denen sie sich sehnte.

Georgina, die als Einzige den Unfall miterlebt hatte, eine halbe Stunde lang jedoch nicht von der stöhnenden Nanny zu bewegen war, zurück zum Haus zu laufen und Hilfe zu holen, erwähnte sie nie mehr. Die Nachfolgerin war eine semmelblonde junge Riesin mit Haarknoten, Kniestrümpfen und Gesundheitssandalen. Sie schwor auf weite Spaziergänge vor dem Frühstück und braunes Brot, lebte vegetarisch und roch folglich nie anheimelnd nach Brandy und oft nach Schnittlauch. Georgina verlor ihr Urvertrauen ins Leben. Sie weigerte sich, die neue Kinderfrau anzureden, und begegnete ihr auch sonst mit der gleichen Distanziertheit wie bis dahin ihrer Mutter.

Das Verhältnis zu Vicky änderte sich schlagartig am zehnten Tag nach Nannys Abfahrt im Krankenwagen. Georgina stürzte über ihr Dreirad, beide Knie bluteten, sie schrie, wie noch nicht einmal Nanny mit dem gebrochenen Bein geschrien hatte. Vicky kam angerannt, nahm die Tochter in den Arm und linderte deren Schmerzen mit dem Lied von dem Kätzchen, das nach London läuft und die Königin besucht. In Georginas Gesicht leuchtete das Glück. Sie hatte nämlich nicht nur eine überaus sensible Nase, die Erinnerungen speicherte. Sie war sehr musikalisch, und Vicky hatte immer noch eine herrliche Stimme, wenn auch kein Publikum mehr, für das es sich zu singen lohnte. Während sie sang, sah sie sich nicht ohne Rührung als Siebenjährige in der Küche von Kericho stehen. Ihre Mutter hatte eine Stellung in einem Kinderheim in Nakuru in Aussicht gehabt, und Vicky hatte den Auftrag, Frau Sedlacek aus Potsdam, die ja ihre Tochter mit Hänschenklein und einem Männlein im Wald großgezogen hatte, das Lied vom »Little Boy Blue« beizubringen.

»Jetzt schlafen Sie bloß nicht fest ein, solange Sie das Kind im Arm haben«, mahnte Schwester Nancy. Sie überlegte einen Moment, ob sie der Wöchnerin noch den kleinen

Scherz vom platt gedrückten Baby zukommen lassen sollte, von dem der angesäuselte junge Vater geglaubt hatte, es wäre eine Flunder, die er am Morgen geangelt hätte. Jedoch erinnerte sie sich beizeiten, dass ihre erste aufheiternde Bemühung so gut wie keinen Beifall gefunden und Mrs Archduke offenbar keinen Humor hatte. »Bis später«, schniefte sie, zupfte an der Gardine und dem Ärmel vom Baby und verließ das Zimmer.

Eine Weile starrte Vicky einen Sonnenfleck an, der sich auf dem Spiegel über dem Waschbecken in kleine rote und blaue Kreise zerteilte. Ihr war es, als hätte sie das schon einmal getan, sie wusste jedoch nicht mehr, wann oder wo. Später versuchte sie zu rekapitulieren, ob sich Morty bei den ersten beiden Kindern auch so viel Zeit gelassen hatte, ehe er zu ihr ins Krankenhaus gekommen war; die Erschöpfung, die sie vor Schwester Nancys Erscheinen in die Kissen gedrückt hatte, machte ihre Glieder schwer. Es gelang ihr nie, einzelne Szenen, Tage und Jahre lange genug auseinander zu halten, um zu einem Gesamteindruck zu kommen. Die Bilder der Vergangenheit lauerten im Raum. Erst wurden sie überlebensgroß und dann sehr scharf. Nur fehlten ihnen die Rahmen, und es störte Vicky auch, dass die Jahre in Kenia und die in Chichester ineinander flossen wie zu dick aufgetragene Wasserfarben. Zwar sah sie sich im Garten im Korbstuhl am Baum mit den ausladenden Ästen sitzen, unter dem Nanny über den geplatzten Apfel gestolpert war, und sie hörte sich auch für Georgina singen, denn das Kind saß auf ihrem Schoß, doch es irritierte sie sehr, dass sie das blau-weiß gepunktete Kleid anhatte, das ihre Mutter immer freitags trug, wenn sie mit dem Vater nach Nakuru fuhr, um das Fleisch abzuliefern.

»Du weiß gar nicht«, sagte Vicky zu ihrem neugeborenen

Sohn, »wie ich mir ein solches Kleid gewünscht habe. Und erst recht den weißen Gürtel.«
Das Neugeborene bewegte einen Arm. Es war dabei, seinen Weg in die Welt zu finden. Seine Haut war nicht mehr bläulich und glatter als vor einer halben Stunde, schon jetzt nicht so weiß wie die von dem rothaarigen Rupert. »Du wirst bestimmt hübscher als dein Bruder«, sagte Vicky leise, »aber um Himmels willen verrat' mich nicht. So etwas darf eine Mutter nicht sagen. Das ist nicht gerecht.« Sie sah sich erschrocken um, sah einen kleinen Teil ihres Gesichts im Spiegel. Es genierte sie, dass sie mit dem Kind gesprochen hatte, als könnte es sie verstehen. Trotzdem murmelte sie noch ein paar Worte. Das letzte war »Jambo«. Erst Tage später ging ihr auf, dass sie Suaheli gesprochen hatte. Zum ersten Mal seit dem Abschied von Nairobi.
Obgleich ihr Schwester Nancys Ermahnung einfiel, wach zu bleiben, schloss Vicky die Augen; sie genoss die Stille und das noch nie erlebte Gefühl, sie könnte fliegen, wenn sie nur wollte. Einen Augenblick grübelte sie über die Richtung, die ihre Flügel einschlagen würden. Weil sie indes sofort einen riesigen Kaktus mit einer leuchtend roten Blüte sah und einen sonnengelben Turban, der ein dunkelhäutiges Gesicht mit großen Augen umrahmte, erkannte sie das Ziel. Ein Vogel, der sein Nest nicht in Chichester baute, zwitscherte eine vergessene Melodie, und die lockte den Nachmittag in Nairobi herbei – den herrlichen Sonntag mit Liesel und Regina, mit Streuselkuchen auf einem geblümten Teller und leuchtend gelbem Eierhäckerle auf selbst gebackenen Brötchen.
»Vicky«, sagte Walter Redlich und klopfte ihr auf den Rücken, »braucht man nicht zu erklären, was Eierhäckerle ist. In Potsdam leben die Leute ja nicht hinter dem Mond.«

Hatte sie damals überhaupt verstanden, was er sagen wollte? Wusste sie es nun? Ein Welpe, der gerade erst seine Augen geöffnet hatte, schleckte ihren Finger ab, und ein kleiner Kikuyujunge ohne Hose spuckte Fröhlichkeit. Er saß mit einem gleichaltrigen Krabbelkind auf einer hellblauen Decke, der eine schwarz, der andere weiß, zwischen ihnen das Hundejunge. Es war schwül, und doch war die Luft leicht wie ein Seidenschal.
Vicky hörte sich seufzen und kehrte aus Afrika zurück. Sie drückte ihren Sohn an sich, ihren Mund auf seine Stirn. Ihr Haar berührte ihn. Die erste Zärtlichkeit in seinem Leben belebte ihn. Er öffnete die Augen. Sie schimmerten hell wie klares Wasser. Hätte der, der den Kuss empfangen hatte, das Lächeln seiner Mutter als das Lächeln einer Prinzessin erkannt, dem kein Mann widerstehen konnte, wäre auch er auf der Stelle verzaubert worden. Vom ersten Missverständnis seines Lebens hat Vickys zweitgeborener Sohn nie erfahren, denn es war Reginas Bruder Max, geboren in Nairobi, damals zehn Monate alt und beim ersten Blick verliebt in eine langhaarige, blonde Schönheit im zitronengelben Kleid, an dessen Gesicht sich Vicky schmiegte. Sie hörte ihr Herz schlagen, und sie erkannte auch den Schauplatz des Geschehens. Nur wusste sie, die so selten nach hinten schaute, nicht, was die Stunde geschlagen hatte.
Seit dem Nachmittag, da sie mit Liesel von der High School ins »Hove Court« gefahren war, um die Familie Redlich zu besuchen, war Vicky nicht mehr den Weg vom Bus zum Hotel gelaufen. Der Zimtduft der rosa Nelken, die im Garten wuchsen, war nicht mehr in ihrer Nase, und ihre Augen hatten das Bild von einem klapperigen Kinderwagen nicht gehalten, aus dem sie ein juchzendes Kind gehoben und ihm vorgesungen hatte. Ein deutsches Lied. Nun aber, als

hätte einer, der keinen Widerspruch duldete und dem Vicky auch gar nicht widersprechen wollte, endlich den grauen Vorhang zurückgeschoben, der so lange über dem Geschehen gelegen hatte, sah sie Jettel an der geöffneten Tür ihrer kleinen Wohnung im »Hove Court« stehen. Reginas Mutter war sehr blass. Selbst ein Kind konnte erkennen, dass sie geweint hatte, doch sie lächelte, als sie ihre Hand ausstreckte, um ihre Gäste zu begrüßen. »Meine Mutter hat das Lied immer meiner kleinen Schwester vorgesungen«, sagte sie. »Ich habe nicht gedacht, dass ich es in meinem Leben je wieder hören würde.«
»Am besten«, hatte Regina ihr zugeflüstert, »du fragst nicht nach ihrer Mutter. Sie hat erst vor ein paar Tagen erfahren, dass sie in Auschwitz umgebracht worden ist.«
Vicky öffnete, obwohl sie es nicht wollte, die Augen. Sie spürte eine Benommenheit, von der sie dachte, sie würde nur den Körper knechten. Als sie ihrem Sohn zuzulächeln versuchte, waren ihre Lippen steif – wie immer, wenn sie der Tod aus dem Lande ihrer Geburt bedrohte. Ihre Haut brannte. Steine legten sich auf ihre Brust. Das Feuer erreichte die Kehle. In dem Moment einer Panik, die sie wie eine Welle überflutete, glaubte sie, sie müsste sterben und hätte das Kind schon fallen lassen.
Auf dem Flur des Krankenhauses fiel ein Teller zu Boden. Das Feuer verglühte. Der helle Fleck über dem Waschbecken fing wieder zu tanzen an. Blau und rot. Vicky hörte ihren Sohn atmen, und sie selbst atmete so gleichmäßig, als wäre nichts geschehen. Sie war sicher, dass sie das Lied, das den Sturm ausgelöst hatte, gar nicht mehr würde singen können, doch in ihrem Gedächtnis summte bereits die Melodie. Diesmal ließ es Vicky geschehen.
Sie setzte sich aufrecht hin in ihrem Bett, nahm das Baby

in beide Arme und wiegte es ein paar Mal hin und her. Sie schnalzte mit der Zunge und lauschte aufmerksam in die Vergessenheit hinein. Im Moment des Entschlusses zögerte sie, aber sie war schon zu weit über die Brücke gegangen, um umzukehren. Dann sang die Mutter dem zweiten, noch namenlosen Sohn von Mortimer Horatio Archduke von »Chestnut Grove« sein erstes Lied vor. »Weißt du, wie viel Sternlein stehen?«, fragte sie den, der schon auf dem Weg war, ein englischer Gentleman zu werden.

Der Vater hatte soeben beschlossen, seinen zweiten Sohn in Harrow, seiner alten Schule, anzumelden. Er hatte die kleine Georgina an der rechten Hand und eine Rose in der Linken; er stand unmittelbar vor Zimmer sechs, als er seine Frau singen hörte. Verwundert blieb er stehen, verlegen und auch unschlüssig, ob er an die Tür klopfen oder auf eine Krankenschwester warten sollte. Weil er seit seiner Safari in Kenia keine fremde Sprache mehr gehört hatte, entging ihm, welch linguistischen Frevel sich ausgerechnet ein Mitglied seiner Familie soeben leistete. Der Ahnungslose öffnete die Tür mit der Energie derer, die der Zweifel ein Leben lang verschont. Er stand mit Georgina einige Schritte vom Bett entfernt, straffte seine Schultern und räusperte sich wie ein Mann, der eine Aufgabe von Bedeutung übernommen hat. »Hallo, Darling«, sagte er, »du hast uns einen ganz schönen Schrecken eingejagt.«

Er schob seine Tochter in Richtung ihres neuen Bruders, doch sie versteckte sich hinter dem linken Bein ihres Vater. Mit der quengelnden Stimme, die den Eifersüchtigen Macht verleiht, fordert sie: »Ich will eine Banane. Mami soll für mich singen.«

»Mami singt dir ein Lied«, beruhigte Morty. »Wenn sie wieder ganz gesund ist.«

Er hielt immer noch die Rose in der Hand, gelb und voll erblüht. »Hier«, sagte er und legte die Blume auf das Bett. »Die neue Victoria. Ich wollte dich nicht während deiner Schwangerschaft beunruhigen, aber die erste Victoria hat es nicht geschafft. Sie hat das Klima in Sussex nicht vertragen. Die hier ist viel widerstandsfähiger.«

»Hallo, Victoria«, sagte Vicky. Sie berührte mit ihrer Nase die Blume ohne Duft.

Obwohl sie es da noch nicht wusste, war es der Moment, da sie erwachsen wurde. Vicky zog das Samtgewand der Prinzessin aus. Sie nahm die Krone vom Kopf und schloss den Deckel der Truhe, in die sie sie legte. Den Kindertraum von einem Leben mit herausgerissenen Wurzeln begrub sie in Mortys Rosenbeet. Groß war ihr Verlangen, aufzustehen und den zu schütteln, der einst als Wikinger in ihr Leben gesegelt war. Doch sie blieb liegen, das Kind im Arm.

»Ich finde es wunderbar, Darling«, sagte sie, »dass du zum zweiten Mal eine Rose Victoria nennst. Was kann sich eine Frau Schöneres wünschen?«

9
Leahs langer Weg

Tel Aviv, 1955

»Nein«, schimpfte Yael, »das darfst du nicht.« Sie schaute in den silbernen Becher, der ihr als Spiegel diente und bedrohte ihr liebenswürdiges rundes Gesicht mit beiden Fäusten. Als sie sich vor dem furiosen Angriff duckte, bellte sie wie der große, zottelige Hirtenhund, der sie noch am Tag zuvor in das weinende Kleinkind verwandelt hatte, das sie schon längst nicht mehr war. Ihre Mutter, die gerade in einer Blechschüssel Eiweiß steif schlug und dabei ebenso viel Krach machte wie ihre Tochter, legte einen Moment die Gabel auf den Tisch und drehte das Radio in der Küche leiser. »Hau nicht das arme kleine Mädchen im Becher«, rief sie.

»Im Becher ist kein kleines Mädchen.«

Yael lachte. So laut und lange, dass sie sich die Ohren zuhalten musste. Sie fand es wunderbar, wenn ihre Mutter, die sie Ima nannte, Dinge sah, die es nicht gab.

Leahs Tochter konnte niemand so leicht etwas vormachen. Die wusste genau, wie die Welt erschaffen war – vom Allmächtigen in sechs Tagen. Und ebenso gut wusste sie, was sie wollte. Der Weltschöpfer achtete darauf, dass Mütter gesund blieben und Kinder nie Angst zu haben brauchten. Er sorgte für Essen, Sonne, Wasser und dafür, dass böse Menschen im Roten Meer ertranken. Yael achtete darauf, dass Ima genug Rosinen in die geriebenen Karotten tat und ihre Puppe, die neuerdings eine Uniform trug und die blau-weiße Fahne Israels in der Hand hielt, nicht versehentlich über Nacht unter dem Olivenbaum sitzen blieb und von den Feinden erschossen wurde. Auch sorgte Yael dafür, dass in ihrem Kopf die Tage nicht durcheinander purzelten. So wusste sie schon beim Aufwachen, was sie anziehen wollte. Mit ihren Hosen und Pullis, den Schuhen und dem Haarschmuck war Yael heikel.

»Eitel wie ein Pfau«, pflegte ihre Mutter zu sagen, wenn sie die Tochter vor dem Spiegel tanzen sah, die Hände in den Hüften, hoch erhoben der Kopf. Yael hörte das gern. Im Garten, wenn sie mit den Kindern aus dem Nachbarhaus spielte, als Begleiterin ihrer Mutter beim Bäcker und auf dem Markt, wenn sie zusammen die Freunde in der Bialik Street besuchten oder beim Fußball mit Chaim am Strand trug Yael einen leuchtend blauen Hut mit der Sonne auf der einen und dem Mond auf der anderen Seite. Am Sabbat zur Synagoge entschied sie sich immer für den schönen weißen Hut, den ihr Vater in Jerusalem gekauft hatte, und das grüne Kleid mit der Korallenkette, die ein Geschenk von Rifka und Rachel aus Nairobi war. Im Haus schmückte sich Yael mit so vielen bunten Haarklammern, wie in ihren Locken nur Platz hatten, und an Tagen, die mindestens so gut schmeckten wie Schokoladeneis, hatte sie die Ketten aus winzigen bunten Perlen um den Hals. Jede Perle glitzerte in der Sonne. Die Ketten lagen in einem braunen Holzkästchen im Zimmer ihrer Mutter, doch die Mutter trug diese Ketten nie.

»Das waren meine Ketten, als ich noch ein Kind war«, erklärte Ima jedes Mal, wenn Yael sie danach fragte.

»Bist du jetzt kein Kind mehr?«

»Wenn ich mit dir lache, bin ich ein Kind.«
»Und warum lachst du nicht immer mit mir?«
Yael war blond und schön. Sie hatte, obwohl schlank und graziös, kräftige Beine und eine gebräunte Haut, die einen reizvollen Kontrast zu ihrem hellen Haar bildete. Sie war temperamentvoll, selbstbewusst, fordernd und fröhlich. Für jemanden, der die Vierjährige zum ersten Mal sah, unterschied sie sich in nichts von anderen Landeskindern. Auch die wurden, wie Yael, spätestens im Kindergarten, doch meistens schon vorher von ihren Eltern im Glauben bestärkt, der spontane Griff ins Leben sei allzeit vorteilhafter für den Menschen als stummes Dulden und ein geduldiges Arrangieren mit dem Schicksal.
Wer sich indes nicht mit dem ersten Eindruck begnügte, der vermochte in Yaels großen dunklen Augen einen Ausdruck zu lesen, der einen Beschützerinstinkt vermuten ließ. Das war tatsächlich so. Das Bedürfnis, die Schwachen zu schützen, beschränkte sich allerdings vorerst nur auf ihre Mutter. Begonnen hatte die ungewöhnliche Geschichte im Morgengrauen eines grausamen Tages, als zwei junge Soldaten erst heftig an die Tür geklopft, dann im Wohnzimmer gestanden und am offenen Fenster sehr leise mit der Mutter gesprochen hatten. Selbst die Vögel im Garten waren lauter gewesen als die Soldatenstimmen. Die kleine Yael in einem butterblumengelben Schlafanzug, auf dem Lämmer über Wolken hüpften, hatte sich zunächst schlaftrunken und ohne Neugierde einen Platz inmitten der sechs Beine gesucht. Mit einem Mal hatte ihre Mutter dann so heftig und vor allem so erschreckend laut zu weinen begonnen, dass auch das Kind geschrien hatte. Die Soldaten hatten aber nicht Yaels weinende Mutter gestreichelt, sondern Yaels Kopf. Obwohl sich weder Mutter noch

Kind hatten beruhigen lassen, waren die mit dem Gewehr in der Hand gegangen. Im Garten hatten sie sich umgedreht und gewinkt. Weil es der Moment war, da Ima sie hochgehoben und ihren Kopf an ihre Brust gedrückt hatte, konnte Yael den Männern mit den großen Schuhen nicht zurückwinken.

Das war nun fünfzehn Monate her. An den Morgen des Geschehens, an die Beerdigung am Nachmittag und die vielen weinenden Erwachsenen konnte sich Yael nicht mehr erinnern, eher noch an die Soldaten. Wenn sie nämlich auf Spaziergängen mit Ima, im Bus, im Restaurant oder auf dem Weg zum Kindergarten einen bewaffneten Mann in Uniform sah, lächelte sie ihn an, ein wenig verlegen, wie es sonst nicht ihrer Art entsprach, und dabei so liebreizend, dass viele sie auch anlächelten und sich meistens einer nach ihrem Namen erkundigte und wissen wollte, ob ihre Mutter sie genug verwöhnte.

Noch vor ihrem vierten Geburtstag war Yael klar, dass sie nicht Eltern wie andere Kinder hatte, sondern nur eine Mutter. Ihr Vater, der Aba, und ihre Ima konnten sie nicht mehr an die Hand nehmen. Sie saßen nicht mehr nebeneinander im Auto, gingen auch nicht mehr zusammen in das Schlafzimmer mit dem großen Bett. Ima und Aba durften sich nur noch auf dem Bild festhalten, das zwischen einer schmalen Glasvase, in der fast immer eine Rose steckte, und dem spiegelnden silbernen Becher stand. Das Foto war in einem mit winzigen Perlen besetzten Rahmen, und Yael wusste, dass das Bild das kostbarste Stück im ganzen Haus war. Eigentlich durfte sie es nur in die Hand nehmen, wenn Ima neben ihr stand und aufpasste, aber in diesem Punkt war zwischen Mutter und Tochter nicht die übliche rasche Einigkeit zu erzielen. Gerade wenn sie nicht

von ihrer Mutter beobachtet wurde, die meistens schon weinte, wenn sie nur mit einem Finger über den Perlenrahmen strich, schaute sich Yael das Bild besonders gern an. Auf dem Foto war ihre Ima nämlich so schön wie seitdem nie mehr. Sie trug ein weißes Kleid mit langen Ärmeln, hatte Perlen im Haar, eine glitzernde Kette um den Hals und weiße Rosen in der Hand. Der Strauß war größer als ihr Gesicht; sie lachte so, dass man ihre Zähne sah. Aba war auf dem Bild nichts Besonderes. Er sah aus wie alle Männer, hatte Uniform an und lachte auch.
Wenn Ima ihre Tochter vor dem Bild stehen sah, fragte sie jedes Mal, ob Yael sich noch an den Tag erinnerte, als ihr Aba sie hochgehoben und in die Luft geworfen hatte. »Und geküsst«, fügte Yael sofort hinzu. Sie wusste, dass Ima das hören wollte, und sie sagte gern Dinge, die Erwachsene hören wollten. Ihr damals schon stark entwickeltes Talent, Zusammenhänge zu ahnen, die sie erst in Jahren begreifen würde, hielt sie davon ab, bei der Frage nach den Erinnerungen an ihren Vater den Kopf zu schütteln. Der einzige Mann, der Yael hochheben und wie einen Wasserball in die Luft werfen durfte, war selbstverständlich ihr Onkel Gideon. Er war größer als ein Baum, wohnte in Jerusalem, hatte drei freche Söhne, die ihrer Cousine die Bonbons aus der Hosentasche klauten, ohne dass die es merkte, und konnte, wenn er nur wollte, für tapfere kleine Mädchen den Regenbogen vom Himmel holen. Das alles aber erzählte Yael nie, wenn ihre Mutter von Aba sprach. Sie war nämlich nicht nur klüger als die meisten Vierjährigen, sie hatte den Instinkt aller Kinder, die ohne Vater aufwachsen, für die kleinen Freuden einer Frau, der das Leben zu früh die großen Erwartungen genommen hat.
An einem Tag jedoch, an dem in der Küche Obst geschält,

Teig angerührt und Eiweiß steif geschlagen wurde und im Zimmer mit dem Foto der lachenden Brautleute jede Vase mit Blumen gefüllt war, bedurfte es nicht der Barmherzigkeit eines kleinen Mädchens, um für gute Stimmung zu sorgen. Da sprudelte die Fröhlichkeit wie Seifenblasen in jedem Raum. Yael hörte ihre Mutter lachen. Das hatte sie schon gestern getan und an den Tagen davor. »Wir bekommen Besuch«, erzählte Ima selbst Yaels Teddybär und dem Stoffhasen. Manchmal wiederholte sie den Satz, aus dem sehr bald Käsekuchen mit Orangenspalten auf kleinen Sahneschiffchen und Dattelkonfekt werden würde, auch abends, wenn sie Yael zu Bett brachte. Weil ihre Zunge auf Wanderschaft ging, ohne dass sie es gewahr wurde, vertraute sie der Tochter und der Puppe in Uniform an: »Es gibt keinen Menschen auf der Welt, der mich so gut versteht wie Rifka und Rachel.«

»Ich habe Rifka und Rachel lieb«, sagte Yael großzügig. Dazu hatte sie schon zum Zeitpunkt der duftenden Vorbereitungen allen Grund. Wenn das Flugzeug aus Afrika erst da war, sollte Yael in Imas Bett schlafen – auf der Seite, die früher ihrem Aba gehört hatte. Der Wecker, dem er morgens immer Prügel angedroht hatte, stand auf dem Nachttisch, seine Mütze hing noch am Haken hinter der Tür.

Mit Ari hatte Leah ihr Vertrauen in das Leben begraben. Doch nun war sie wieder heiter, schön und jung. Ein hellbraunes Couvert, von blau-weiß-roten Streifen umrahmt, hatte die Verwandlung bewirkt. Der Brief aus Nairobi hatte kundgetan, dass die Schwestern Goldstayn ihren siebzigsten Geburtstag »mit unserer geliebten Tochter« zu feiern gedachten »und in einem Land, in dem es bei jedem Metzger koscheres Fleisch gibt und in keiner Zeitung Antisemitismus«. Leah war so bewegt von den Wundern des Lebens wie seit Yaels Geburt nicht mehr. Sie umarmte die Nachbarin, die vorbeigekommen war, um sich zwei Aspirin auszuleihen, Leahs beide Kindergärtnerinnen und den bärtigen Kellner in einem Café, in dem sie bis dahin nur ein einziges Mal gewesen war. Einem fremden kleinen Jungen, der vor der Bäckerei gestürzt und vor ihre Füße gerollt war, küsste sie die Tränen vom Gesicht. Noch nicht einmal in schamlos unbescheidenen Wunschträumen war sie auf die Idee gekommen, sie würde Rifka und Rachel noch einmal im Leben wieder sehen.

»Die beiden können besser kochen als jede Frau auf dieser Welt«, erzählte sie ihrer Tochter und schmatzte.

»Nicht besser als du«, wusste Yael. »Haben sie auch Kinder?«

»Ja, mich.«

»Du bist kein Kind. Du bist eine Mutter.«

Leah war nur ein einziges Mal zurück nach Kenia gereist – unmittelbar nach dem plötzlichen Tod ihrer Mutter und kurz vor dem lange befürchteten ihres Großvaters. Schon damals, vor drei Jahren, waren ihr die Goldstayns gebrechlich erschienen und nicht mehr lebensfroh genug, um noch jenseits ihres vertrauten Horizonts Freude zu erwarten. Ihre Augen waren müde gewesen, die Stimmen gedämpft. Rifkas Ironie war stumpf geworden. Rachel überlegte lange, ehe sie Antwort gab. Der alte Eppstein mit den geschwächten Bronchien und dem vereinsamten Herzen, den sie ein halbes Leben lang mit Zuwendung und Honiglikör getröstet hatten, war tot, ebenso der treue Warani, der bei Tisch bedient und sich in der Küche so gut mit den Geboten für einen koscheren Haushalt ausgekannt hatte, als würde er Moische heißen und wäre in Krakau aufgewachsen. Nach dem Abschied von Warani vermieteten die Schwestern nur noch selten Zimmer. Nur an jüdischen Feiertagen kochten sie noch für Gäste aus dem Umland.

Leah war noch als verheiratete Frau so zurückhaltend wie als Fünfzehnjährige. Bei ihrem Besuch in Nairobi war es ihr aufdringlich erschienen, Menschen, die ihr zu gebrechlich erschienen, um mit dem Zug nach Mombasa zu reisen, nach Tel Aviv einzuladen. Yael war damals ein Jahr alt und bei Aris Mutter gewesen, er musste vier Wochen an die Grenze und wollte Leah vorher sehen. »Mindestens zwei Nächte«, hatte er beim Abschied gesagt, »Yael braucht einen Bruder.«

In ihrem alten Zimmer, das Rifka und Rachel unverändert gelassen hatten, fieberte Leah dem Tag ihrer Abfahrt entgegen. Und doch hatte sie trotz der Trauer um die Mutter und dem absehbaren Tod ihres Großvaters gespürt, welch gewaltiges Stück Heimat ihr Kenia immer noch war. Die Kaffeefarm in Thika war ihr noch nie so grün erschienen wie in diesen Tagen des Wiedersehens, die Hügel nicht so sanft, die Menschen, von denen viele sie noch erkannten, nicht so heiter, offenherzig und liebenswert.

»Mir ist, als hätte mich zuhause jeder Baum gestreichelt«, erzählte sie Rifka und Rachel beim letzten gemeinsamen Frühstück.

»Vorsicht, Leah, mit dem Wort Zuhause«, mahnte Rifka. »Gerade die Menschen, die keine Heimat haben, sprechen auf Reisen von zuhause. Und Vorsicht mit dem Schälchen. In dem Geschirr stecken Erinnerungen.«

Die Goldstayns benutzten immer noch das blau-weiße Geschirr, das sie einst durch die Gutscheine in den Zigarettenpackungen ihrer Hausgäste erworben hatten. Leah hatte im Gedanken an die Flammenbäume von Thika zärtlich ein Marmeladenschälchen gestreichelt, und Rifka hatte in ihren Augen gelesen.

»Wenn du uns brauchst«, hatte sie gesagt, »steigen wir sofort in so eine fliegende Kiste. Alte Leute haben keine Angst mehr um ihr Leben. Er wird uns schon beschützen. Du musst uns nur ein Telegramm zu schicken.«

»Braucht man nicht immer die, die man liebt?«

»Nicht, wenn man einen Mann hat, du Schäfchen. Und ein Kind. Denk immer daran, wie gut es der Allmächtige mit dir gemeint hat. Wer darf schon den Mann heiraten, den er liebt? Und ihn behalten?«

»Ach, ihr könnt euch gar nicht vorstellen, wie Ari ist. So einen Mann gibt es nicht noch einmal auf der Welt. Ich wach jeden Tag auf und kann mein Glück nicht fassen.«

»Dann halt ihn gut fest, Kind. Ein Mann ist wie ein Fisch. Der schlüpft durch jedes Loch im Netz.«

»Er hat das Netz ausgeworfen und mich gefangen. Ich habe überhaupt nichts mitbekommen, bis es zu spät war zu protestieren.«

Ari Noam war groß wie Goliath und mutig wie David. Wenn es um Frauen ging, schleuderte er freilich keine Steine, sondern Blicke aus strahlend blauen Augen. Die glänzten wie sein tiefschwarzes Haar. Anders als der biblische Held und König spielte er nicht Harfe, und von den Psalmen kannte er nur einen, doch seine Mundharmonika reichte ihm, um aus den nüchternen, selbstbewussten Frauen des jungen Staats selig seufzende Romantikerinnen zu machen. Mit dieser Mundharmonika und einem Lied, das ihre Ohren nie wieder freigeben sollten, hatte Ari der Stürmer die achtzehnjährige Leah Rubinstein aus Thika erobert. Geschehen war das am schönen See von

Kinnereth und zu einem Zeitpunkt, da Leah noch nicht einmal dazu gekommen war, sich die Universität in Jerusalem auch nur anzuschauen. Wie sie zwei Monate später ihrem Großvater in einem ungewöhnlich kleinlaut gehaltenen Brief versicherte, hatte sie vorgehabt, in Jerusalem Kunst- und Literaturgeschichte zu studieren. Aus zwei – sehr unterschiedlichen – Gründen hatte sie sich jedoch zunächst für einen Ort entschieden, den sie nach eingehendem Studium von israelischen Landkarten erst auf der fünften entdeckte: Deganya. Leah hatte gelesen, dort wäre der erste Kibbuz in Israel gegründet worden. Der Gedanke bewegte sie, sie würde das Herz des Landes an einer Stätte mit einer solchen Tradition entdecken. Hinzu kam, dass die meisten Informationsblätter die Sprachkurse für Neueinwanderer in Deganya als besonders effektiv lobten.
Die Lehrer in Deganya brachten Leah allerdings nicht so schnell auf den richtigen Weg, wie sie sich das vorgestellt und erhofft hatte. Obgleich sie schon als Vierjährige Hebräisch lesen konnte und ihr also die Schrift keine Mühe machte, tat sie sich schwer mit der modernen Version der biblischen Sprache – Iwrith. Schon wegen ihrer pedantischen Art, mit Lernstoff umzugehen, machte ihr das Iwrith mehr Schwierigkeiten als Neueinwanderern, denen es ja meistens weder um Grammatik noch die korrekte Aussprache ging, sondern nur darum, sich so schnell wie möglich in dem Land verständlich zu machen, das ihnen Heimat werden sollte.
Am dreißigsten Tag ihres Aufenthalts in Deganya saß die Schülerin Leah mit rotem Gesicht unter einem Orangenbaum und zweifelte an ihrer Auffassungsgabe. Es war fünf Uhr nachmittags, die Sonne noch so hell und heiß wie in der Mittagsstunde. Den Text auf der linken Buchseite

hielt sie zu. In regelmäßigen Abständen seufzte sie so heftig, als wäre sie allein und würde nicht, was sie sehr wohl bemerkt hatte, von einem jungen Mann beobachtet werden, der sich ihr in der letzten Viertelstunde Meter um Meter genähert hatte. Bei einem Seufzer, der noch lauter als die vorangehenden war, gab die Schleichkatze Laut. Ari Noam stellte die erste von seinen Blitzdiagnosen. Für Leah hielt deren Faszination die ganze Zeit an, die ihr gewährt wurde.

»Unlogisch, dumm und verdammt unverschämt«, befand sie am Abend. Ihre Stimme war so zärtlich wie der Anlass zur Rückschau.

»Und verdammt richtig«, sagte Ari. Die Dunkelheit ließ es nicht zu, dass Leah sein Grinsen sah.

Die beiden wussten erst seit zwei Tagen voneinander. Sie tauschten viele Blicke aus, doch kaum ein Wort. So vergeudeten sie achtundvierzig Stunden ihres Lebens, denn sie nahmen an, sie hätten keinen gemeinsamen Weg vor sich. Als Ari jedoch das Lehrbuch zuklappte und dabei ein Wort gebrauchte, das Leah ganz gewiss in keinem Buch finden würde, hörte sie im gleichen Moment den Wind flüstern und ihr Herz schlagen. Auch wurde sie gewahr, dass der Duft von Jasmin nicht nur ihre Nase betäubte. Funken, die sie blendeten, flogen aus Aris Augen. Die wirbelnden Tagessterne erinnerten sie an die glühenden kleinen Punkte, die sie als Kind im Tropenlicht von Thika in Momenten von Erregung und Glück gesehen hatte. Spätestens da dämmerte es Leah, dass Sprache nur ein Teil des Lebens war, und sie begriff, dass ihr Körper auch sprechen konnte. Noch war sie ohne Erfahrung, aber schon nicht mehr ohne Verlangen.

»Seufze nicht, du Schönste aller Schönen«, tröstete Ari. Er

trommelte mit einem Finger eine Melodie auf den Buchdeckel. »Ich hol dir eine Orange vom Baum.«
»Hilft das?«
»Nein, aber es lenkt ab. Denk an Adam und Eva.«
»Das war ein Apfel«, kicherte Leah.
»Weißt du«, sagte Ari, und er sah so ernst und konzentriert aus, als wäre ihm nichts wichtiger, als auf der Stelle Leahs Probleme zu entwirren, »Engländer lernen immer schwer eine fremde Sprache. Also, wenn du mich fragst, lernen sie überhaupt nichts. Deine Landsleute haben ja noch nicht einmal kapiert, dass dieses Land Israel und nicht Palästina heißt.«
»Wie in aller Welt kommst du bloß auf die Idee, dass ich Engländerin bin?«
»Du brauchst nur den Mund aufzumachen, und da weiß jeder Bescheid, der zwei Ohren und ein bisschen Grips hat. Die Engländer sprechen doch jede Sprache, als hätten sie Watte in der Nase. Außerdem haben Ari Noam und seine Meisterspione ihre Erkundigungen eingezogen. Dich hat man im Dschungel eingefangen und hierher gebracht, damit du tapferen Männern in Israel und nicht den Affen in Afrika den Kopf verdrehst. Du siehst, in Deganya bleibt nichts geheim. Du darfst ruhig lauter lachen. Lachen steht dir wunderbar.«
»Also, ein bisschen davon stimmt sogar. Ich bin in Kenia auf eine englische Schule gegangen. Allerdings wäre ich nie auf die Idee gekommen, dass man mir das anmerkt, wenn ich Iwrith spreche.«
»Das ist halb so schlimm, wie du denkst«, sagte Ari. Sein Ton war salbungsvoll, Fröhlichkeit tränkte seine Augen. »Ich bin ganz sicher, dass man absolut nichts mehr merkt, wenn du dich ausziehst. Komm, ich helfe dir. Gott sei

Dank, bist du ein Reißverschlussmädchen und keine Knopffrau.«
Sie lagen nebeneinander im Gras. Ihre Körper waren heiß, ihre Gesichter entflammt. Sie hielten einander fest und waren dankbar, dass die Liebe zu ihnen gekommen war und sie es wussten. Leah bezweifelte nicht, dass sie ein Stück Ewigkeit in ihren Händen hielt. Ari, der im Krieg zu viele Menschen hatte sterben sehen, um an die Beständigkeit des Glücks zu glauben, verdrängte so lange entschlossen die Bilder, die in der Dämmerung auf ihn zustürzten, bis er nur noch Leahs Gesicht sah. Zusammen zählten sie die ersten Sterne.
»Drei«, flüsterte Leah. »Sonst habe ich immer nur am Sabbat und an den Feiertagen auf den dritten Stern gewartet.«
»Sag nur, dass du fromm bist?«
»Ja, das bin ich. Ziemlich.«
»Massel tow, und das mir! Ich bete nur in Lebensgefahr.«
»Man merkt es nicht, wenn ich mich ausziehe«, lächelte Leah.
»Gelobt sei meine Tante Rina und ihr nichtsnutziger Sohn«, keuchte Ari, als die Leidenschaft endlich ihre Körper freigab. Da war der Himmel übersät mit Sternen, ein schwarzes Samttuch, bestückt mit sechseckigen Diamanten. Ein Mond, wie ihn weder er noch sie je gesehen hatte, tauchte die Welt in Schönheit. So, da waren sie sich einig, zeigte er sich nur Liebenden. Eine Distel glänzte im silbernen Licht.
»Wer ist Tante Rina? Eine Zauberin?«
»Viel mehr. Sie hat mich in deine Arme befohlen.«
Ari war das erste Mal in Deganya. Er war nur dorthin gefahren, weil er seiner bekümmerten Tante versprochen hatte, Nachforschungen anzustellen, ob ihr Sohn im Kib-

buz gleichzeitig schreiben und telefonieren verlernt hätte. Als Ari gerade dabei gewesen war, seinem Cousin die Prügel anzudrohen, die er ihm seit seinem zehnten Geburtstag hatte verpassen wollen, hatte er Leah erspäht und sich damit begnügt, Vetter Reuven einmal durchzuschütteln und ihn einen rücksichtslosen Weichling zu nennen.

»Den Rest«, sagte er, als sie, begleitet von einem nach Liebe hungernden Kater, zurück ins Haus gingen, »kennst du. Der ist Geschichte.«

»Ich dachte, in Israel wird Geschichte nach Jahrtausenden berechnet.«

»Am besten ist, du denkst nur noch an mich. Wie alt bist du eigentlich?«

»Nächsten Monat werde ich neunzehn.«

»Das kann doch nicht sein. Ich hab mich noch nie an kleinen Mädchen vergriffen. Wieso passt niemand auf dich auf? Ganz Israel ist voller Kerle wie ich.«

»Du reichst mir. Übermorgen zieh ich bei dir ein. Mit Eimer und Besen. Wie Schneewittchen bei den sieben Zwergen.«

»Bei mir ist nichts zu fegen«, sagte Ari. »Wer ist Schneewittchen?« Sein Gelächter war die Ouvertüre zur ersten Nacht.

Wenn er nicht beim Militär war, logierte er mit seinem Jugendfreund Moshe in zwei Zimmern in Jaffa. Sie schauten beim Erwachen auf den Hafen und tranken ihm am Abend aus einem kleinen Lokal zu, das an einem Bootssteg lag und in dem der Wein weniger kostete als anderswo und die Oliven größer waren. Moshe war Maler. Er glaubte an die Kraft des Pittoresken, das ihn in Jaffa von jeder Mauer ansprang, und er glaubte an sich. Auch Aris Augen tranken von den Farben der Stadt. Er war weder romantisch noch hatte er einen Sinn für den Atem der Geschichte, doch an Jaffa entzündete sich seine Phantasie; er ließ sich von den Steinen Geschichten erzählen, die er von seinen Lehrern nicht hatte hören wollen. Nach dem zweiten Glas Wein pflegte Moshe von New York nach London und Paris zu eilen, um mit Galerien und Kunstmäzenen zu verhandeln. Ari blieb auch in Gedanken zu Hause. Erhitzte der Wein seine Phantasie, zog er in den Krieg der Makkabäer, oder er verjagte die Römer und vertrieb die Kreuzritter.

»Wenn die mich beim Militär nicht mehr wollen, werde ich vielleicht Archäologe«, erzählte er.

»Dann buddel ich auch«, träumte Leah mit. »Wie kommt es, dass du so fließend Englisch sprichst?«

»Weil wir uns für eine Muttersprache entschieden haben, mit der man gerade mal bis in den Negev kommt. Wenn ich es schaffe, will ich aber sehen, wie der Rest der Welt aussieht.«

»Verwirrend«, erinnerte sich Leah.

Von dem Haus, in dem Ari wohnte, bröckelte der Putz. Die Fenster waren winzig, das Glas so blind, als stammte es aus der Zeit der Phönizier. Die Räume waren dunkel und dumpf. Moshes Atelier, das auch sein Schlafzimmer war, wurde nie gelüftet. In dem von Ari brieten die beiden Spiegeleier auf einer Kochplatte und waren sich einig, dass Moshe berühmt werden und Ari eine Millionärstochter heiraten würde. Moshe verliebte sich in ein glutäugiges Mädchen aus Paris, das seine Gruppe samt Fremdenführerin verloren hatte und das er heulend unter einem Baum auflas. Sie war noch romantischer als er, und damit beide satt wurden, bemalte er noch vor der Hochzeit Wände statt Leinwand. Bald beschäftigte er zwei junge Einwanderer aus Bagdad und wurde ein wohlhabender Mann. Seinen

Lieblingssatz »Der Erwerb von Erkenntnissen ist besser als Gold« zitierte er nicht mehr.
Ari erfuhr erst einen Monat vor der Hochzeit, dass Leah nicht, wie er als selbstverständlich angenommen hatte, eine junge Frau war, für deren Studium ihre Familie in Kenia seit Jahren sparte, sondern die Erbin eines Riesenvermögens. Leah gestand ihm die Kaffeefarm in Thika und die Hotels in Nairobi und Naivasha mit der gleichen Verlegenheit, mit der sie einem orthodoxen Bräutigam einen vorehelichen Fehltritt gebeichtet hätte. Sie vermied es, die Größe der Farm anzugeben, und sie erwähnte auch nicht den Umstand, dass die Hotels die nobelsten und teuersten im ganzen Land waren. »Wir sind reich, doch wir sehen zu, dass es keiner merkt«, fasste sie – etwas hastig – zusammen.
»Dieser eine Satz reicht für ein ganzes Leben Liebe«, sagte Ari. »Aber, wenn dein Großvater nur ein Gramm Verstand hat, wird er mir nicht abnehmen, dass ich nicht wusste, was du für eine gute Partie bist.«
»Bei meinem Großvater lässt sich der Verstand nicht nach Gramm messen. Und deswegen wird er sofort Bescheid wissen, dass du mich nicht wegen meiner Mitgift heiratest.«
»Wie kommst du drauf?«
Der alte Rubinstein hatte nur in einem einzigen Brief versucht, Leah von ihrem Entschluss abzuhalten, Ari noch vor den Hohen Feiertagen zu heiraten. Er umschrieb seinen Argwohn vor übereilten Entschlüssen mit kluger Ironie, und er vermied es, Leah zu erinnern, dass sie seit ihrem zwölften Lebensjahr von einem Studium geredet hatte. Nur eine einzige Frage gestatte er seiner Enttäuschung. »Hast du Angst, dein Großvater wird nicht mehr auf dei-

ner Hochzeit tanzen können, wenn du länger wartest?«, wollte er wissen.
»Ich«, telegrafierte Leah, »werde nicht mehr tanzen können, wenn ich länger warte.«
Sie war im zweiten Monat schwanger, als sie ihr Hochzeitskleid anzog, und so schön und schlank, dass der alte Rubinstein einen Moment zweifelte, ob sie ihn wirklich zum Urgroßvater machen würde oder ihn nur so schnell wie möglich nach Israel hatte locken wollen. Sie spielte Empörung, als er sie dies fragte, und dabei war sie so fröhlich wie das übermütige kleine Mädchen, das ihm einst »God Shave The King« vorgesungen hatte.
»Hab ich dich je angelogen?«
»Ja, als du damals gesagt hast, du willst in Amerika so einen meschuggenen Schauspieler mit Strohhut heiraten.«
Leah brauchte einen Moment Zeit, ehe sich ihr Gesicht erhellte. »Maurice Chevalier«, erklärte sie Ari, ehe sie ihren Großvater küsste, als wäre er der Bräutigam. »Ich hab ihm gesagt, ich wollte Maurice Chevalier heiraten, und er hatte nicht die blasseste Ahnung, von wem die Rede war.«
»Maurice Chevalier«, fragte Ari, »ist das was zu essen?«
Der alte Rubinstein sah sein Zwinkern, und er wusste, weshalb Leah, sein kluger, zurückhaltender, sensibler, wohlbehüteter Augapfel, an der Brust dieses sympathischen Helden ihren Verstand, ihr Herz und alle Scheu vor dem Leben verloren hatte. Auch er ließ sich von dem fröhlichen Riesen mit der polternden Stimme verzaubern. Ohne Gram überließ er ihm den Schatz, für den er gelebt hatte. Erst als ihn keiner hörte, seufzte der alte Mann; nun wusste er die Zeit gekommen, sich auf den Abschied vom Leben vorzubereiten. Noch aber war er derjenige der befahl und Bedingungen stellte und seine Großzügigkeit mit Barschheit tarnte.

»Bevor ich abreise, will ich das Haus sehen, das ihr kauft«, grummelte er am zweiten Tag seines Israelbesuchs.
»Heißt das, du willst, dass wir uns ein Haus kaufen?«, fragte Ari. »Weißt du etwa nicht, wie Israel seine Helden entlohnt?«
»Ich möchte nur wissen, wie meine kluge Leah behaupten konnte, dass du einen schlauen Kopf hast«, brummte Rubinstein. »Bei uns würden noch nicht einmal die Kaffeepflücker, denen die Sonne das Hirn verbrannt hat, eine so blöde Frage stellen.«
»In diesem Land stellen nur die Klugen blöde Fragen. Die Dummen sagen ihre Meinung.«
Ari Noam, geboren in Tel Aviv, als ein unabhängiger jüdischer Staat noch die Vision von Illusionisten war, war ein typischer Sohn Israels. »Sabres« wurden diese jungen Wilden genannt. Wie die Kaktusfrüchte, von denen die Bezeichnung stammte, waren sie außen stachelig und innen süß. Sie waren unerschrocken, unbeugsam und gefeit gegen Selbstkritik. Ihr Ton war grob und für die, die nicht bedachten, was die tägliche Gefahr aus Menschen macht, auch ihr Benehmen, ihr Humor und der Witz. Anders als die Juden, die jahrhundertelang verfolgt worden waren, ließen sie sich von niemandem herumstoßen. Sie verachteten die Gehorsamkeit der Dulder. Sabres verneigten sich nicht vor dem Alter, und sie hatten einen natürlichen Abwehrmechanismus gegen den falschen Zungenschlag der Sentimentalität. Doch ihre Hände waren zärtlich und auch ihre Mienen, wenn sie ihre Kinder streichelten und ihre Frauen liebten. Niemals vergaßen diese schnaubenden Rösser, für wen und weshalb sie kämpften.
Der Mann, der Leah beim Schein des Silbermondes überzeugt hatte, dass er der Einzige war, hatte besonders wehr-

hafte Stacheln, doch er schämte sich nie seines süßen Kerns. Er scheute sich nicht vor den Tiefen seiner Seele, fürchtete nicht die Trauer und die Unbeständigkeit des Glücks. Ari fürchtete nur, die Angst, die keinen Menschen verschont, könnte ihn in dem Moment lähmen, wenn er alle seine Kräfte brauchte. Er war ein Stürmer, der nicht nach hinten schaute und der nie ohne Not den Blick in die Zukunft tat.

Dem Tod war er in seinem letzten Schuljahr begegnet, im Untergrundkampf gegen die Engländer – und das mehrfach. Im Unabhängigkeitskrieg von 1948 waren zwei seiner Schulkameraden und der Mann seiner ältesten Schwester gefallen, er selbst an der Schulter verwundet worden. Jedoch sprach Ari selten vom Krieg. Nur, als Leah am Vorabend der Hochzeit, vor dem neu gekauften Haus gestanden und geprahlt hatte: »Selbst wenn wir vier Kinder haben und sie alle wohnen bleiben, wird es groß genug für unsere Enkel sein«, hatte sich Ari sehr viel Zeit mit seiner Antwort gelassen.

»So etwas sagt man hier nicht, Leah. Hier sterben nicht nur alte Leute.«

»Hast du denn kein Vertrauen in Gott?«

»In Gott vielleicht. Aber nicht in die Araber.«

Erst am Tag nach der Hochzeit übergab Leahs Großvater das Paket der Goldstayns: die Pendeluhr mit den Lilien auf dem Zifferblatt und den Trompete blasenden Herolden, die der alte Warani jeden Morgen um sieben Uhr abgestaubt hatte.

»Das Geschenk von Tante Bela aus Warschau«, erinnerte sich Leah. Nur einen Moment konnte sie lächeln. Dann wurden ihre Augen feucht. »Tante Bela hatte das große Glück, 1939 an einer Fischvergiftung in ihrem eigenen

Bett zu sterben. Ach, kein Wort habe ich vergessen. Und mich hat es die ganze Zeit gewurmt, dass Rifka und Rachel nichts von sich haben hören lassen. Der Brief an sie ging am selben Tag ab wie an dich.«

»Sie haben versprochen, in Thika zu bleiben, bis ich wieder zurück bin«, sagte der alte Rubinstein. Leah war ihm dankbar, dass er sie hatte wissen lassen, wie es um ihre Mutter stand, ohne vom Sterben zu sprechen.

»Sag Rachel und Rifka, sie sollen ihre Uhr so bald wie möglich besuchen.«

»So bald wie möglich gibt es in unserem Alter nicht mehr, Leah. Nur noch: wenn möglich.«

Die Pendeluhr faszinierte Ari. Sie hing, wie bei den Goldstayns, in der Diele über einem niedrigen Schrank und erinnerte, auch dies wie in Nairobi, an eine längst untergegangene Welt. Abends stand ein junger israelischer Soldat in Uniform davor, der Pünktlichkeit als großväterlich verlachte und mit dem Leah nach dem ersten Mal sich nie mehr woanders verabredete als zu Hause. Der junge Kämpfer zählte die Schläge und entdeckte Details, die Leah nie aufgefallen waren. Obwohl Aris Großeltern aus Königsberg stammten und er in seiner Kindheit noch vergoldete Sammeltassen und eine tanzende Schäferin aus Porzellan bestaunt hatte, hatte er keinen Zugang zu Europas Kultur. Er interessierte sich nicht für Malerei und erklärte, als Leah ihm in einer Kunstgeschichte die »Erschaffung der Welt« von Michelangelo zeigte, er hätte viel mehr Freude an einer Kaktusblüte im Negev als an einem Bild. »Für mich ist nur die Natur ein Beweis, dass es Gott gibt«, sagte er.

Romane fand er zu lang, Sachbücher erinnerten ihn an den Professor, dessentwegen er nach zwei Monaten die Universität verlassen hatte. Obwohl er musikalischer war, als er ahnte, und in Gemeinschaft gerne sang, behauptete er, Musik wäre die Sprache des Kriegs. »Nicht das große Schweigen hat die Mauern von Jericho eingerissen«, feixte er – mit dem Satz hatte er schon in der fünften Klasse seinen Musiklehrer vergrätzt. Leah rezitierte ihn in ihrem nächsten Brief an die Goldstayns und schrieb: »Es ist für mich Medizin, dass ich über meinen Mann so oft lachen kann.« Seinerseits bewunderte Ari Leahs Bildung, ihre Bibelkenntnisse, ihr fließendes Englisch und die Vergleiche, die sie fand, um in einer Diskussion ihren Standpunkt deutlich zu machen, ohne ihre Stimme zu erheben. Seinen Freunden erzählte er, seine Frau sei außergewöhnlich klug und belesen, doch er schaute sie besorgt und nachdenklich an, wenn er nach Hause kam und sie lesend vorfand. »Warum gehst du nicht zur Nachbarin und redest über Männer und Geld, wie es andere Frauen tun?«, wollte er wissen. »Es muss doch niederdrückend sein, sich immer nur mit Toten zu umgeben.«

Ihm fiel es schwer, eine andere Welt als die eigene zu akzeptieren. Nach seinem Tod erzählte Aris Mutter Leah, er hätte als Fünfjähriger ein Bilderbuch von einem sprechenden Löwen in ein Loch vergraben und auf ihre Vorwürfe hin ohne Schuldbewusstsein und äußerst überzeugend erklärt: »Das Buch war schon tot, als du es mir gegeben hast.« Dass ihn ausgerechnet eine Uhr so beschäftigte, als sei sie ein lebendes Wesen, erstaunte Ari selbst am meisten. Schon ihre Biographie fesselte ihn.

»Sie ist mehr in der Welt herumgekommen als ich«, erklärte er der kleinen Yael, als die sechs Monate alt und so neugierig war, dass sie, wenn sie von ihrem Vater hochgehalten wurde, einem Herold die Trompete zu entreißen versuchte. Die Herolde mit den blauen Helmen vollbrachten an Ari ein kleines Wunder. Noch im Alter, als Leah zurückblicken konnte, ohne dass der Schmerz der Jugend ihr Herz versengte, erinnerten sie die Wächter auf der Uhr, dass ihr Mann nicht ausschließlich der Realist gewesen war, der er hatte sein wollen. Die kleinen Männer, erzählte er seiner zahnenden Tochter, als die Uhr Mitternacht schlug und er immer noch Yaels schmerzenden Kiefer mit warmem Fenchelöl einreiben musste, hätten ihn gebeten, das wöchentliche Aufziehen der Uhr persönlich zu besorgen. Wenn Ari die Gewichte von Uhr und Schlagwerk hochzog und Leah ihn dabei beobachtete und gerührt war, weil er das hölzerne Gehäuse so zärtlich mit einem weichen Tuch abrieb wie eine Mutter ihr Baby, sagte er manchmal: »Ich bin der Herr der Zeit. Wenn ich die Uhr nicht antreibe, steht auch das Leben.«

Keiner hat je erfahren, dass Tante Bela in Warschau ebenso gedacht hatte. Nur war sie, im Gegensatz zu Ari, sehr abergläubisch gewesen und hatte sich weder durch Gottesfurcht noch Vernunft von der Vorstellung abbringen lassen, dass eine stehen gebliebene Uhr den Tod im Haus ankündigt. Derartige Symbolik aus einer Welt, die nicht nur die alte, sondern auch eine tote war, gab es für Ari nicht. Auch der Umstand, dass das Schicksal dem Menschen besserwisserisch die Zunge herausstreckt, hat ihn nie bewegt. Seine Füße stolperten nicht, als er am letzten Tag seines kurzen Lebens sein Heim verließ, ohne auch nur an die Uhr zu denken.

Erst in der schweren Stille des Totenhauses, drei Tage nach dem Zusammenbruch ihres Lebens, fiel Leah auf, dass die Uhr nicht mehr schlug. Da sah sie auch, dass beide Zeiger auf zwölf standen. Monate später erinnerte sie sich, dass ihr Mann sie zum Abschied nicht umarmt hatte. In den letzten Minuten, die sie miteinander teilten, zog sie weder, wie an jedem anderen Tag, seinen Kragen glatt, noch bügelte sie mit einem Finger seine Stirn aus. Sie war noch nicht einmal nahe genug an seinem Körper, um seine Haut zu riechen. Auch in die Augen, die ihr seit der Vollmondnacht in Deganya Liebe für ein Leben versprochen hatten, schaute sie nicht mehr.

Mit der geballten Lebenslust ihrer zweieinhalb Jahre hatte Yael einen Ball durch das Universum gejagt und war gegen ein Tischbein gerannt. Ihre Stirn blutete. Sie hielt sich die rechte Wange und forderte so laut und entsetzt Trost, dass ihre Eltern herbeistürzten, als müssten sie ein Feuer löschen. So wurde ihnen die Gelegenheit geraubt, voneinander Abschied zu nehmen. Sie nickten einander nur zu und hoben die Hand, wie das Menschen tun, die nicht bezweifeln, dass sie sich am Abend wieder sehen werden. Ihr Leben lang hat Leah versucht, sich an die letzten Worte in ihrer Ehe zu erinnern, aber sie sind nie zu ihr zurückgekommen.

Wann immer sie die Jahre der Fülle in ihr Gedächtnis zurückholte, verstummte das Leben. Von Aris Stimme, so laut und bezwingend, blieb noch nicht einmal ein Flüstern. Später, als die Wunden heilten, konnte sie gar bei dem Gedanken lächeln, dass es immer schwer gewesen war, ihren Mann zum Sprechen zu bringen. Auf die Fähigkeit der Augen, die Vergangenheit festzuhalten, war indes allzeit Verlass. Ohne dass nur ein winziges Detail fehlte, sah sie die letzte Szene, ehe sich der Vorhang senkte. Ari war Leah nie so groß, so kräftig, so bereit erschienen, die Seinen zu schützen, wie an diesem letzten Morgen. Nur wusste sie, die von Kindheit an gelernt hatte, dass der Allmächtige weiß, was er tut, ab Aris Todestag nicht mehr, ob sie sich fortan der Sünde des Zweifels an Gott schuldig machen würde oder ob sie Ihm ein Leben lang für die Gnade ihres kurzen Glücks zu danken hätte.

Am Tag, ehe diese Frage relevant wurde, die keinen verschont, der an Gott glaubt, hatte Leah mit Yael am Fenster gestanden. Die Kindertränen und das Blut an der Stirn waren getrocknet. Die Kleine presste ihren roten Ball an sich und lutschte schmatzend am Gummi. Mutter und Tochter winkten dem Mann und dem Vater hinterher, aber der sah die erhobenen Hände nicht mehr. Es war die alte Geschichte, schon in der Steinzeit ein Kapitel Leben und seitdem auch nicht mehr von jenen Frauen neu geschrieben, die aus der winkenden Hand eine Faust machen. Weil seit der Hochzeit mehr als drei Jahre vergangen waren, wusste Leah Bescheid.

»Männer«, erklärte sie ihrer kleinen Tochter, »drehen sich nie um.«

»Nein«, trotzte Yael. Sie schlug ihre Hände aufeinander und schüttelte den Kopf, denn sie war in dem Alter, da das stachelige Wort Nein so viel süßer schmeckt als das glatte Ja. Erst hatte Leah gelacht, dann das Kind.

Ari Noam, der unerschrockene Riese mit den bezwingenden blauen Augen, den großen Füßen und den zarten Händen, der für jedes seiner Kinder einen Baum in seinem Garten hatte pflanzen wollen und nur einen einzigen in die Erde setzen durfte, war einunddreißig Jahre jung, als er starb. Die Nachricht von seinem Sterben stand in keiner Zeitung. Sein Tod wurde nicht im Radio erwähnt. Nur seine Familie und Freunde begleiteten seinen Sarg. Er hatte noch keinen Sohn, der für ihn das Totengebet sprechen konnte. Sein Cousin, dem er in Deganya Prügel angedroht hatte, musste gestützt werden. Seine Witwe, die aussah wie ein verängstigtes Kind, in einem britischen Internat als Siebenjährige zur Contenance in jeder Lebenslange abgerichtet, hat am Grab nicht geweint. Die Nachbarn sprachen nach Wochen noch von ihren trockenen Augen und nannten sie »die Engländerin«. Ihre Schwiegermutter aber nahm sie in die Arme und sprach fortan von ihrer Tochter.

Die tödlichen Kugeln trafen Ari in einem Kibbuz an der Grenze, den er mit zwei seiner Kameraden nach einem Überfall auf einen Lastwagenfahrer in der Nacht zuvor hatte bewachen sollen. Ari lag im Gras, als sie ihn fanden, das Gewehr, aus dem er keinen Schuss abgegeben hatte, neben ihm. Sein Blut war bereits in die Erde gedrungen. Es gab keinen Hinweis, dass er sich gewehrt, den Feind überhaupt entdeckt hatte. Von denen, die ihm das Leben nahmen, gab es keine Spuren. Keiner im Kibbuz und auch nicht die Kameraden, die mit ihm Leben zu schützen hatten, hatten einen Laut gehört.

»Das war«, sagte einer der beiden Männer, die im Morgengrauen die Uhr von Tante Bela fixierten, um nicht Leah anschauen zu müssen, »kein Tod, wie ihn unser Ari verdient hat.«

Leah übernahm die Formulierung, als sie den Goldstayns schrieb. Rifka antwortete ihr postwendend. »Glaubst du«, wollte sie wissen und unterstrich zweimal das letzte Wort der Frage, »dass es Menschen gibt, die einen besonderen Tod verdienen? Leah, wenn du dir jetzt nicht vornimmst, dem Allmächtigen keine Vorwürfe zu machen, bist du für immer verloren.«

Für die Gnade, dass ihr Großvater Aris Tod nicht mehr erlebt hatte, versäumte Leah auch in ihren dunkelsten Stun-

den nicht zu danken. Sie hatte es nie ertragen, ihm Kummer zu bereiten. Hätte sie jedoch im Moment ihrer allergrößten Verzweiflung der Versuchung widerstanden, zum letzten Mal Kind zu sein und in seine Arme zu flüchten? Mochten andere noch Jahre später Leahs Mut loben, sich als junge Witwe klaglos ihrem Schicksal gefügt zu haben, sie selbst wusste sehr wohl, wie sie sich unmittelbar nach Aris Tod nach dem Frieden auf der Farm in Thika gesehnt hatte.
Obwohl sich die Unabhängigkeit Kenias von der britischen Kolonialregierung schon am Horizont abzeichnete und die ersten Europäer in Angst um Besitz und Leben das Land verließen, spürte sie eine Verbundenheit mit dem Land ihrer Jugend, die ihr zu Aris Lebzeiten nie aufgefallen war. Sie wusste nie, ob es Rifka und Rachel waren, nach denen sie sich sehnte, nach ihrer Liebe, ihrer Weisheit und ihrem Witz, oder ob sie dem Land zürnte, das ihr den Mann genommen hatte. In ihrer Bitterkeit vergaß sie, wie und weshalb es sie als Achtzehnjährige nach Israel gezogen hatte. Sie korrespondierte, was sie seit der Hochzeit nicht mehr getan hatte, wieder regelmäßig mit den Verwandten in New York und England. Die Rückschau vergoldete die Tage, die sie dort erlebt hatte, als sie mit ihrem Großvater auf dem Weg nach Israel gewesen war. Als ihr eine Großtante aus Bournemouth schrieb: »Warum kommst du mit dem Kind nicht eine Weile hierher? Dein seliger Großvater hat das immer gewollt«, schämte sie sich, dass sie von der Vorstellung nicht loskam, statt in Tel Aviv am Strand zu sitzen, mit Yael in Bournemouth im Sand zu graben. Mit ihrer Tochter sprach sie nur noch Englisch. Sie genierte sich, weil sie das als Verrat an Ari empfand, aber die Flucht in die Muttersprache war ihr Befreiung und Trost.

In ihren Briefen an die Goldstayns erwähnte Leah weder solche Überlegungen noch ihre Zweifel. Sie plauderte, wenn sie schrieb, erzählte von Yael, dem Garten und vom Rasen, der sich nach den Wolkenbrüchen von Nairobi sehnte. Sie schrieb, dass sie sich eine Bluse kaufen wollte und keine gefunden hatte und dass Aris Baum schon ein bisschen Schatten spenden würde. Gerade die Belanglosigkeit von Leahs Briefen machte die Goldstayns hellsichtig.

»Sie wird krank werden«, sagte Rachel.

»Sie ist krank«, erkannte Rifka.

Die Frauen, die eine Laune des Schicksals im gleichen Alter wie Leah zu Witwen gemacht hatte und das in einem fremden Land, verbrachten viele Tage und noch mehr Nächte mit der Sorge um die, die ihnen Tochter war. Sie fingen an, einander und – noch kritischer – ihr Spiegelbild zu befragen, ob sie wohl gesund genug waren, um auf Reisen zu gehen; sie machten sich Gedanken um ihren Magen, ihre Beine und ihre Ohren, sie grübelten, ob sie einen oder zwei Koffer mitnehmen sollten und ob sie für Leah den Honigkuchen, den sie so gern aß, noch in Nairobi oder erst in Tel Aviv backen sollten.

Als sie die Kuchenfrage diskutierten und mit der Lust ihrer wirklich jungen Tage über zwei Honigsorten debattierten, als ginge es um Weltanschauungen und Zukunftserfolg, dämmerte es ihnen, dass sie Leah, wenn ihnen Gott gnädig war, bald in ihre Arme schließen würden. Obgleich sie nicht ernsthaft am Himmelssegen zweifelten, waren sie ein wenig erschrocken, als sie sich zur Reise entschlossen; sie mussten einander ermutigend auf den Rücken klopfen und sich ins Gedächtnis rufen, dass die biblische Sarah noch ganz andere Leistungen vollbracht hatte, als in ein Flugzeug zu steigen.

Nur noch vier Wochen trennten Rifka und Rachel Goldstayn von ihrem siebzigsten Geburtstag. Seitdem ihr Schiff in Mombasa angelegt hatte – »und da waren wir ja noch verheiratet und hatten männlichen Beistand«, wie Rachel nie zu erwähnen vergaß –, waren sie nicht weiter als nach Thika auf die Kaffeefarm vom alten Rubinstein gereist, doch die Koffer aus Glasfiber, einst in Warschau für die Auswanderung gekauft, gab es noch. Rifka las die Aufschriften auf den Gepäckanhängern mit Rührung, die Handschrift ihres Mannes erkannte sie nicht mehr. »Mombasa«, lachte sie, »schreibt man doch nicht mit einem H am Ende. Haben wir denn damals gar nichts gewusst?«
»Doch. Aber das Falsche.«
In einem Koffer lagen zwei weiße Hüte, nie getragen, ein wenig vergilbt und mit grünen Federn, um derentwillen das Hauspersonal zusammenlief, als sie zum Lüften auf dem Rasen lagen, aber, wie Rifka sofort erkannte, »aus einem Stoff, wie es ihn in diesem Land nie geben wird«. Für den Schuhkauf, der sonst die Höhepunkte des Daseins fixiert hatte, reichte die Zeit nicht mehr.
»Unsere Mutter würde sich die Augen aus dem Kopf schämen, wenn sie wüsste, dass wir im Land unserer Väter mit schiefen Absätzen ankommen«, jammerte Rachel am Flughafen von Nairobi.
»Glaubst du, dass unsere Brüder und Schwestern in der Wüste genug Schuhe kaufen konnten?«, schnappte Rifka. Die Stewardess, die ihre ganze Kindheit davon geträumt hatte, einmal ein Zwilling zu sein, verwöhnte die alten Damen mit Liebenswürdigkeit und Lust und, als die munteren Weißhaarigen die erlesensten Happen ihrer Bordküche noch nicht einmal kosten wollten, mit einem Fläschchen französischen Parfums aus der Duty-Free-Kollektion. Spä-

ter würde Leah tagelang grübeln, wie die Goldstayns wohl auf die Idee gekommen waren, ihr einen Duft mit der Aufschrift »Temptation« zu kaufen. Die Schwestern misstrauten der Versicherung, auf den Gurkenschnittchen wären »ganz bestimmt« nur Gurken. Sie aßen ihre mitgebrachten Sandwiches mit gehacktem Ei und grünen Salatblättern aus dem eigenen Garten, tranken jedoch, um die Stewardess wissen zu lassen, dass sich ihre Ablehnung nicht gegen die Fluggesellschaft richtete, einen Tomatensaft. Nach dem ersten Schluck wurden sie verwegen und ließen sich von der Stewardess, die ihnen ausnehmend gut gefiel, zu Worcestersauce überreden; man war sich einig, dass die besser schmeckte, als sie aussah. Sie nahmen beide einen Port zum Kaffee, konnten dann der Versuchung nicht widerstehen, einen zweiten zu trinken, und kicherten sehr, weil sie nicht damit gerechnet hatten, dass sich in einem Flugzeug die Welt um die eigene Achse drehte. Sie dankten Gott für seine Güte und nickten ein. Erst unmittelbar vor der Landung in Lod wurden sie wach und schworen beide, sie hätten kein Auge zugetan.
»Werden Sie denn abgeholt?«, fragte die Stewardess besorgt. »Sie können sich doch sicher nicht verständigen.«
»Unsere Tochter wird da sein«, sagten beide im Chor. »Machen Sie sich keine Sorgen. Wir sind hier zu Hause.«
»Aber erst seit fünftausend Jahren«, protzte Rifka.
Als in der Halle die Tafel die Landung des Flugzeugs anzeigte, verspannte sich jeder Muskel in Leahs Körper. Das Brennen in ihren Augen machte ihr klar, dass große Freude und großer Schmerz die gleiche Sprache haben. Sie war besorgt, wie Yael, die an ihrer Seite ungeduldig mit den Füßen scharrte und eine Locke kaute, was bei ihr immer ein Zeichen war, dass sie sich langweilte, auf den Besuch

reagieren würde. Yael war die Tochter ihres Vaters, unerschrocken und direkt und im unpassendsten Moment zu unerschrocken und zu direkt. Sie war in dem Stadium, da ihr Höflichkeit nicht mundete. Mit Ausnahme von Aris Mutter und Tante Rina, die sie so mit Geschenken und unglaublichen Schmeicheleien bestachen, dass sie deren Liebkosungen in Kauf nahm, mochte sie von alten Menschen nicht angefasst werden. Meistens weigerte sie sich, ihnen die Hand zu geben. Das Wort Rücksicht – da war ihre Mutter ganz sicher – war ihr in noch keiner Sprache begegnet.

»Rifka wird dir gefallen,« ermunterte Leah.

»Und Rachel«, fragte das Kind mit dem Engelsgesicht, »warum wird die mir nicht gefallen?«

Es war der letzte Dialog in dem ermüdenden Stück, das seit einer Woche geprobt wurde. Leah kam nicht mehr dazu, auf ihr Stichwort zu reagieren, denn mit einem Mal stürmte ihre Tochter schreiend nach vorn. Ihre Stimme übertönte selbst die Geräuschkulisse von Lod. Brüllend drängelte sich Yael durch wartende Verwandte und Koffer. Sie schob Kinder beiseite, stolperte über ein Baby im Wagen und boxte einen Mann, der sie in zwei Sprachen beschimpfte und ihr mit einer gewaltigen Faust drohte.

Als hätte Yael ihr ganzes Leben nur auf diesen einen Augenblick gewartet, rannte sie auf Rachel und Rifka zu, schob ihre beiden Körper aneinander und schlüpfte mit dem seligen Seufzer des Sieges unter den Baldachin aus ausgestreckten Armen. »Ich spreche«, sagte sie und lächelte so bezaubernd, wie es sonst nur die Putten in Barockgärten können, »ganz viel Englisch.« Mehr konnte Leah nicht verstehen. In dem Moment, der sie endgültig wissen ließ, dass sie Rachel und Rifka mehr liebte, als sie je ihre

Mutter geliebt hatte, hörte sie nur die Schläge ihres Herzens.
»Wie hast du uns nur erkannt?«, fragte Rachel am Abend.
»Die grünen Federn am Hut«, lachte Yael, während sie ihren Kopf an die weichste Brust presste, die ihr bisher im Leben begegnet war. »Ima sagt, alle Massai haben Federn auf dem Kopf und schöne Augen.«
Schon am ersten Tag wurde aus Yaels Liebe auf den ersten Blick eine Leidenschaft mit Konsequenzen. Sie erkannte, dass ihr mit Rifka und Rachel zwei Bundesgenossinnen im Kampf gegen eine Mutter beschert worden waren, die sich unangenehm oft von den pädagogischen Idealen der britischen Internatserziehung leiten ließ. Im Gegensatz zu den landesüblichen Praktiken bestand sie darauf, ihrem wehrlosen Kind das dritte Stück Kuchen zu entreißen und es zu festgesetzten Zeiten zu Bett zu schicken.
»Lass sie«, schlug Rifka vor und gewann damit auf immer Yaels Wohlwollen, »so viel Kuchen essen, bis ihr schlecht ist. Wie sonst soll sie lernen, dass der Mensch für seinen Bauch verantwortlich ist?«
Yael erbat Gottes Segen für die Massai in ihrem Abendgebet. Sie sagte es auf Rachels Schoß und schlief auf dem von Rifka ein. Wach wurde sie erst, als das Licht den neuen Tag verkündete. Sie hörte ihre Mutter lachen, so laut wie nicht mehr seit dem Tod ihres Vaters. Im ersten verschlafenen Moment erkannte Yael noch nicht einmal die vertraute Stimme. Sie dröhnte wie Donner in den Ohren. Zum ersten Mal erlebte die vierjährige Waise, wie nützlich es ist, sich in unübersehbaren Situationen schlafend zu stellen.
»Nicht schon wieder«, sagte gerade ihre Mutter, »das haben wir doch alles schon gehabt. Damit hat es ja angefangen. Ihr sucht mir einen Mann, und ich sage Nein. Nur,

diesmal kann ich nirgendwohin mehr auswandern. Der Kreis hat sich geschlossen. Yael gehört hierher. Das bin ich Ari schuldig.«

»Kind, tut es dir Leid, dass du dich so früh gebunden hast?«

»Nein. Ari, Yael und ich. Schöner kann es nicht mehr kommen. Nur hier, wo ich hinwollte, fühle ich mich oft fremd. Aber auch wenn ich nie mehr etwas anderes tun würde, als den ganzen Tag zu überlegen, wo ich leben will, mir fiele kein anderes Land ein.«

»Weißt du denn nicht«, lächelte Rifka, »dass das bei den Juden schon Heimat bedeutet?«

10

Nachgeholtes Leben

London, 1951 – 1952

Er hielt die geöffnete Zuckerdose über ihre Tasse, und Liesel nickte. Ihre Augen waren von einer Tränenlawine und einem ungewöhnlich wütenden Märzwind sternklar geputzt. In der Zuckerdose spiegelte sich gelbes Licht.

»Wasser auch?«, fragte er.

Weil er das silberne Kännchen schon in der Hand hatte, mochte sie ihm nicht gestehen, dass es ihr nie gelungen war, so englisch zu werden, um sorgsam aufgebrühten Tee mit heißem Wasser zu verdünnen. Sie dachte an das schöne Hotel in Mombasa und dass ihre Mutter, statt auf den Indischen Ozean zu blicken, eine betagte Dame mit einer kleinen Kanne in der Hand beobachtet hatte. »Die Engländer halten Wasser für ein Allheilmittel«, hörte Liesel ihre Mutter sagen. »Zuhause haben wir immer gelernt, Wasser ist zum Waschen da.« Sie wunderte sich, dass ihr damals nicht aufgefallen war, dass die Mutter mit »Zuhause« bestimmt nicht Londiani im Sinn gehabt hatte.

»Das ist sehr nett«, stammelte sie verlegen, als er ihre Tasse auffüllte. An der geschickten Art, wie er die kleine Kanne hielt, und weil er beim Ausschenken keinen Tropfen verschüttete, meinte Liesel zu erkennen, dass er allein lebte. Sie kam sich vor, als wäre sie fünf Jahre alt und hätte durch das Schlüsselloch des elterlichen Schlafzimmers gespäht, freute sich aber doch.

»Der Tee schmeckt wunderbar«, sagte sie.

»Fast so gut wie Whisky.«

»Trinken Sie gern Whisky?«

»Absolut nicht«, sagte er, »ich übe noch.«

Erst als sie sich acht Tage kannten, und da kannten sie sich bereits besser, als manches Paar nach acht Jahren Ehe, gestanden sie einander, dass ihre Zungen die unangenehme Neigung hatten, sich zu Wurzeln zu bekennen, die Emigrantenkinder als Ballast zu empfinden pflegten. Beide tranken sie sehr viel lieber Kaffee als Tee und machten sich nichts aus Ingwer. Trotzdem bestellten sie immer Tee und Ingwerkekse, wenn es sie zu ihren Anfängen zurücktrieb. Möglichst in einem der beliebten Londoner Teestuben von der Firma »Lyon's«.

In den kargen englischen Nachkriegsjahren begannen dort viele Liebesgeschichten. Man saß weich, ungestört und von der Zugluft geschützt, die auf der ganzen Insel für den Umsatz von Wollschals und Erkältungsmitteln sorgte. Bei »Lyon's« wurden die Gäste zu niedrigeren Preisen satt als anderswo, und, wie selbst Kenner befanden, der Tee schmeckte genau so, wie man ihn aus der Vorkriegszeit in Erinnerung hatte. Wen die Lebenskosten zu exakten Kalkulationen zwangen, hatte indes noch einen weiteren Grund, bei »Lyon's« einzukehren. Es musste nämlich nur die erste Tasse Tee bezahlt werden. Die übrigen wurden unaufgefordert nachgeschenkt – in der Regel von älteren, silberhaarigen Damen mit Apfelwangen und kleinen Augen. Viele dieser Frauen neigten zur Rundlichkeit; sie trugen selbst gestrickte Pullover aus pastellfarbener Wolle und ähnelten, was Menschen aller Altersstufen gefiel, der eigenen Großmutter. Obgleich es keine entsprechenden Recherchen gab, waren die meisten von ihnen auffallend besser gelaunt als der Durchschnitt der Bevölkerung. Zwar hegten diese menschenfreundlichen Bedienungen einen landestypischen Argwohn vor Menschen und Dingen, die nicht auf Anhieb als original britisch auszumachen waren, doch sie behandelten auch solche Gäste gut, die nur schwer zu verstehen waren. Mit einem Hauch von Freundlichkeit wurden sogar Leute bedacht, bei denen die gute Fee mit der Teekanne schon von weitem erkannte, dass sie sich nur Tee nachschenken ließen, um ihren Sitzplatz nicht aufgeben zu müssen.

Emil Prohaska, der mit Liesel an der Theke des »Lyon's Tearoom« in Hampstead saß, hatte sich nicht aus nüchternen pekuniären Erwägungen für die gastliche Stätte entschieden. Obwohl erst dreiundzwanzig Jahre alt, war er schon Assistent des Juniorchefs in einer Textilfirma, die im Gegensatz zu vielen anderen prosperierte. Für sein Alter verdiente er erstaunlich gut, und für einen jungen Mann, der noch keine Familie hatte, für die er sorgen musste, gab er erstaunlich wenig aus. Auf die freie Tasse Tee bei »Lyon's« war der junge Kavalier, der die tränenüberströmte Liesel auf einer Bank aufgelesen und ihr seinen gelben Schal überlassen hatte, also wahrlich nicht angewiesen. Allerdings war er, was ihm oft bewusst wurde und ihn sehr genierte, ein wenig sentimental. Auch war er weicher und nachdenklicher als gleichaltrige Altersgenossen, die es nicht als Besonderheit und schon gar nicht als eine Gnade empfanden, Vater und Mutter zu haben. All dies waren für ihn Gründe, wenn auch keine nahe liegenden und logischen, bei »Lyon's« einzukehren.

Emil Prohaska, der schon seit seiner Kindheit nicht die

Bürde eines deutschen Namen tragen musste, hatte sich noch vor seiner offiziellen Einbürgerung Eric Procter nennen dürfen. Dadurch war er so unauffällig britisch wie jeder, der Tom, Dick oder Harry hieß, doch er stammte aus Wien. Das vergaß er nie. Obwohl er sich nicht an die Stadt erinnern konnte und nur an den Zug, mit dem er sie hatte verlassen müssen, stieß er doch immer wieder auf Spuren, die ihn zu seinen Wurzeln entführten. So hatte er vor kurzem in einem Buch über die Geschichte des Kaffees von der Wiener Kaffeehauskultur erfahren. Er konnte sich weder ein Wiener Kaffeehaus noch die Kultur seiner Ober und Gäste vorstellen, und doch geschah es, dass gerade diese Beschreibung ihn auf die Idee brachte, vielleicht könnte er bei »Lyon's« sitzen und eines Tages würde es ihm gelingen, sich seine Eltern vorzustellen. Er hatte nie ein Bild von ihnen gesehen; selbst die Haarfarbe seiner Mutter und ihre Augen hatte er vergessen. Der ruhige, bedächtige Eric Procter hätte freilich niemandem erklären können und sich selbst schon gar nicht, weshalb Emil Prohaska überhaupt das Bedürfnis hatte, in eine Welt abzutauchen, der er im letztmöglichen Moment entkommen war. Und doch fühlte er sich nach einem Besuch bei »Lyon's« immer, als hätte er das Richtige getan und wäre auf dem rechten Weg.
Es war mehr als ein halbes Leben her, seitdem der zehnjährige Emil, in kurzen Hosen, mit einem grauen Koffer und so verängstigt, dass er sich seiner Angst noch Jahrzehnte später schämte, von dem ehemaligen Stoffgroßhändler Oskar Prohaska Abschied genommen hatte. Geschehen war dies am Wiener Westbahnhof, morgens um sieben. Therese Prohaska, Emils Mutter, hatte nicht zum Bahnhof mitkommen dürfen. Es war nur »eine Begleit-

person« erlaubt gewesen, und sie und ihr Mann waren sich einig, dass die Tränen einer Mutter nicht dienlich für einen zehnjährigen Jungen wären, der auf eine Reise ins Ungewisse geschickt wurde.

Den Kindern war von zu Hause ein Paket mit Butterbroten mitgegeben worden und Ermahnungen, die für ihr ganzes Leben reichen sollten. Eine Frau mit verweinten Augen hatte ihnen ein Schild mit einer Zahl um den Hals gehängt und ihnen empfohlen, bei Abfahrt des Zuges den Kopf nicht zu weit aus dem Fenster zu strecken. Noch immer glaubte Emil, sein Vater – in einem schwarzen bodenlangen Mantel mit grauem Pelzkragen – hätte erst laut »Auf Wiedersehen« und dann ganz leise »Leb wohl« gesagt, aber genau wusste er das nicht. Zwischen den Deckeln einer Semmel mit Leberwurst – es war für Jahre die letzte, die er essen sollte – fand er einen Zettel, den seine Mutter geschrieben hatte: »Bete jeden Abend, dass wir uns wieder sehen, mein Kind.« Bis auf den Zettel, den er sehr deutlich sehen konnte, wenn er die Augen schloss, waren Emil Prohaskas Erinnerungen so umnebelt wie der Dezembertag im Jahr 1938. Im Laufe der Jahre hatte er jedoch sehr brauchbare Techniken entwickelt, nur dann durch den Nebel zu wandern, in dem sein Vater für immer verschwunden war, wenn seine Konstitution dies zuließ.

Dass er dreizehn Jahre später einem hübschen jungen Mädchen zehn Minuten nach dem Zeitpunkt des Kennenlernens seinen verdrängten, zu vergessenden Namen verriet und sich damit so rückhaltlos seiner Vergangenheit auslieferte, als wäre er von den Polizeibehörden dazu gezwungen worden, verwunderte ihn sehr. Noch mehr beschäftigte ihn, dass ihn sein ungewöhnliches Verhalten nicht störte. Erst wurde sein Körper heiß und danach sein

Kopf. »Liesel«, sagte er, noch immer verblüfft über den unerwarteten Verlauf, den die Dinge in der letzten halben Stunde genommen hatten, »ist ein schöner Name.«

»Nur für Menschen, die keine Mühe haben, ihn auszusprechen.«

»Bravo! Das scheint mir eine lange Geschichte. Aber wunderbar kurz erzählt. Dafür bekamen wir in der Schule ein Extralob.«

»Wir auch.«

»Machst du das immer so?«

»Nie. Nur bei Leuten, die Emil heißen.«

»Donnerwetter! Flirten kannst du auch«, klatschte er Beifall. »Dabei hätte ich noch vor zehn Minuten meinen Kopf verwettet, dass du das Wort noch nicht einmal buchstabieren kannst.«

»Ich glaube«, sagte Liesel und überlegte, ob sie sich nicht unterschätzt hatte, »buchstabieren reicht nicht. Zum Flirten braucht man Phantasie. Und dass ich nicht genug habe, stand schon unter meinen Schulaufsätzen. Ich bin immer besser mit der Wahrheit zurechtgekommen.«

Sie dachte, als sie das sagte, an Regina, wie farbig und detailliert die von der Farm in Ol' Joro Orok erzählt und dass sie die Freundin stets um ihre Phantasie beneidet hatte. Einen Moment trieben die Erinnerungen an Regina Liesel nach Nakuru zurück. Sie sah sich unter dem Eukalyptusbaum sitzen und die roten Beeren vom Pfefferstrauch lutschen, der in seinem Schatten wuchs. Als ihre Zunge die Süße von damals zurückholte, lächelte sie. Ein von dunkelbraunem Holz umrahmter runder Spiegel hing an der Wand des Lokals. Liesel sah ihr Gesicht und errötete.

»Du kannst mehr als buchstabieren«, bestätigte Emil.

»Rechnen kann ich auch.«

Sie saßen an der mit rotem Leder gepolsterten Theke, die in Form eines Hufeisens gestaltet war. Jeder trank drei Tassen Tee, und sie erzählte ihm, wie gern ihre Mutter Kaffee trank und dass sie dabei immer sagte: »Die Engländer halten Tee für ein Getränk.«

»Ich kann mir vorstellen«, antwortete er, »dass meine Mutter das auch gesagt hätte.«

Schon weil ihre mathematische Begabung so früh auffällig geworden und sie so stolz auf ihr Talent zur Logik gewesen war, dass sie sich ausschließlich in einer Richtung entwickelt hatte, besaß Liesel nicht viel Gespür für die Möglichkeiten der Sprache, um Leben mit einem einzigen Wort transparent zu machen. Trotzdem musste sie nur einen Herzschlag lang überlegen, was ein solcher Konjunktiv in der Biographie eines Mannes signalisierte, der einen Trenchcoat und eine gestreifte Krawatte trug, reinstes Oxfordenglisch sprach und doch Emil hieß.

»Es tut mir Leid«, murmelte sie. »Mein Vater lebt auch nicht mehr. Wir waren erst sechs Jahre in Kenia, als er starb. Ich glaube, er war nicht sehr glücklich in Afrika. Manchmal habe ich das Gefühl, ich habe ihn gar nicht gekannt. Das macht mich traurig. Er liegt in Nakuru begraben, wo ich zur Schule ging.«

»Meine Eltern konnten nicht mehr auswandern. Ich bin nicht dazu gekommen, sie kennen zu lernen, aber mittlerweile habe ich mich daran gewöhnt. Sie sind nirgendwo begraben.«

Sie senkten beide den Kopf. Weil sie sich danach jedoch ohne Scheu ansehen konnten, tauschten sie die wichtigste aller Botschaften aus. Entziffert wird sie nur von jenen, die begreifen, dass in der Liebe das Schweigen so wichtig ist wie reden.

»Hunger?«, fragte er nach der Zeit der Stille.
»Jetzt ja«, erkannte Liesel. »Das hätte ich im Leben nicht gedacht. Nachdem ich mich so schrecklich über diese Ziege in der Universität geärgert habe, war ich ganz sicher, ich würde nie mehr einen Bissen hinunterbekommen.«
»Komisch, dass der Mensch das so oft denkt und sich nie merken kann, dass er überhaupt nicht genug Charakter hat, um freiwillig zu verhungern.«
Er bestellte, ohne sie zu fragen, zwei Sandwiches, eines mit Ei und das andere mit Roastbeaf. Als Liesel nicht protestierte, wirkte er erleichtert. Sie nickte, um ihm zu zeigen, dass sie ihn durchschaute. »Das war tatsächlich ein Test«, sagte er. »Ich wollte herausbekommen, ob du koscher lebst.«
»Äußerst raffiniert. Warum?«
»Bei Frauen, die koscher leben, renne ich auf der Stelle fort. Das wäre mir zu kompliziert, mit einer Frau zusammen zu sein, die ein Schinkensandwich für eine Sünde hält.«
»Ich habe eine Aversion gegen Schweinefleisch und Bacon«, gestand sie.
»Gott sei Dank! Bacon war der Schrecken meiner Kindheit.«
»Man könnte meinen, wir sind in dieselbe Schule gegangen.«
»Sind wir wahrscheinlich auch«, erkannte Emil. »Wenn man den Begriff Schule nicht auf Lesen und Schreiben beschränkt.«
Sie aßen selbst die Salatblätter und die Selleriestange, nach den Sandwiches einen roten Wackelpudding mit Vanillesauce und kleine Waffeln mit Zitronenfüllung. Bereitwillig ließen sie geschehen, was sie als Zufall empfanden. In einer

kleinen weißen Vase ahnte ein Veilchenstrauß Frühling, in einem Glasaschenbecher spiegelte sich ein blaues Licht. Montagmittag um zwölf aßen noch keine Geschäftsleute bei »Lyon's« zu Mittag. Drei ältere Frauen bewachten mit müden Augen voll bepackte Einkaufstaschen. Sie hatten zu viel Rouge aufgelegt und sahen aus wie Fieberkranke. Zwei von ihnen schauten das junge Paar an und stellten Bilanzen auf, die nur Frauen erstellen. Ihre Blicke ließen den Schluss zu, dass sie mit Wehmut der Zeiten gedachten, als ihr Wert nicht an der Qualität einer selbst gemachten Pastete für das Abendessen bemessen wurde.

»Was für ein schöner Tag heute«, jubelte die Kellnerin. »So eine richtige Frühlingssonne ist das.«

»Herrlich«, bestätigte Emil. Er beugte sich zu Liesel hinüber und flüsterte: »Die Sonne scheint seit exakt drei Minuten. Um einen solchen Tag wie heute schön zu finden, muss man wahrscheinlich mit Wilhelm dem Eroberer in dieses Land gekommen sein.« Er sprach Deutsch mit einem englischen Akzent. Kenner hätten trotzdem sofort erkannt, dass er immer noch einen Wiener Zungenschlag hatte. »Wilhelm der Eroberer« konnte er nur auf Englisch sagen.

»Ich habe mal gehört, dass es etwas zu bedeuten hat, wenn zwei Menschen im gleichen Moment loslachen«, sagte Liesel, »ich weiß nur nicht mehr was.«

»Nicht rot werden beim Schwindeln! Vielleicht sollte man daraus nur entnehmen, dass die betreffenden Leute sich nicht streiten.«

Nicht nur Liesels Wangen hatten Farbe. Auch ihre Augen waren dunkler als im grauen Märzlicht auf der Bank bei den Fußball spielenden Buben. Schon erschien ihr die Einsamkeit, die sie seit ihrer Ankunft in London gelähmt hatte, nicht mehr wirklich. Sie suchte nach einer Erklärung, weshalb es ihr Spaß gemacht hatte, Emil Deutsch sprechen zu hören und sich in eine Welt zurückzuziehen, zu der sonst niemand Zutritt hatte, doch sie stieß nicht auf die Lösung. »Meine Mutter«, sagte sie stattdessen, »spricht ein entsetzliches Englisch. Früher hat mich das wahnsinnig gemacht. Jetzt versteh ich gar nicht mehr, warum.« Sie erschrak, dass sie schon wieder Persönliches erzählte, und wollte sich entschuldigen, doch er griff nach ihrer Hand. Beide glaubten, es wäre nur die Wärme, die sie genossen. Ihre Stimme hatte eine Tiefe, die ihm gefiel, und ihre Augen bewegten ihn. Als sie ihre Hand nicht zurückzog, spürte er, was geschehen würde; er sah, dass auch sie Bescheid wusste. Eine Weile überlegte Emil, ob sie wohl schon an diesem ersten Tag einen Abriss seines Lebens erwartete. Noch länger beschäftigte ihn die Frage, ob er überhaupt das Bedürfnis haben würde, Wunden aufzureißen und die Vorhänge niederzureißen, die ihn schützten. Als er seine Krawatte lockerte und den obersten Hemdknopf aufmachte, wurde ihm bewusst, dass er bereits begonnen hatte, Türen zu öffnen, die er gut verschlossen gewähnt hatte. Er fragte sich, wie lange es noch dauern konnte, bis sich ein argloses junges Mädchen, das fremde Taschentücher nass weinte, von seinem Schweigen entmutigen ließ.

»Emil oder Eric?«, fragte sie.

»Emil«, sagte er erleichtert. »So hat es doch angefangen mit uns beiden.«

»Ich würde gern mehr über dich wissen. Weißt du, ich habe meiner Mutter versprochen, mich in London nicht von fremden Herren ansprechen zu lassen.«

»Sie hat Recht. Das würde ich meiner Tochter auch predigen. Aber trotzdem Ladys first. Außerdem bist du jünger. Mathematisch gesehen, müsstest du also weniger zu erzählen haben als ich.«

Tatsächlich gelang es Liesel, den Weg der Familie Freund von der Bäckerei in Cham zur Farm in Londiani zwischen zwei Tassen Tee unterzubringen, wobei sie das Erstürmen ihres Elternhauses durch Nazihorden zunächst ausließ und ihre Abwehr gegen alles, was sie an Deutschland erinnerte, nicht mehr als nötig betonte. Ausführlicher schilderte sie ihren Ehrgeiz in der Schule und das peinigende Verlangen, von den britischen Mitschülerinnen akzeptiert zu werden, sowie schließlich die Erkenntnis, dass ihr dies nie beschieden sein würde. Um ihre Londoner Gastgeber, die ungeliebte Familie Stern, und die zugige Wohnung in Golders Green zu schildern, reichten ihr sechs kurze Sätze und zweimaliges Kopfschütteln.

Bestimmt hätte Liesel den Sterns und wahrscheinlich auch ihrer Vergangenheit noch weniger Zeit zugebilligt, als sie es tat, wäre Emil nicht ein so aufmerksamer Zuhörer gewesen. Weder ein brüllendes Baby, ein Polizist, der augenscheinlich jemanden suchte, noch der Umstand, dass die Bereitschaft der Kellnerin am Nachlassen war, weiter Tee nachzuschenken, nahmen ihm die Konzentration. Ausgiebig beschäftigte er sich mit Einzelheiten, von denen Liesel dachte, sie hätte sie nur als Marginalien ins Gespräch gebracht. Hin und wieder kommentierte er Ereignisse, die ihr bis dahin belanglos erschienen waren. Es beeindruckte sie, dass ein junger Mann von Menschen hören wollte, die er nicht kannte und die er nie kennen lernen würde, und sie hätte ihm das gern gesagt, doch sie wusste nicht, wie sie ihre Bewunderung ohne die üblichen Redewendungen der oberflächlichen Schmeichler ausdrücken sollte.

»Weiter, Miss Freund«, dränge er, als sie zögerte.
»Wirklich? Ist das nicht alles ziemlich langweilig?«
»Es wird dir kaum gelingen, mich zu langweilen. Ich bin neugierig geboren. Ich glaube, deswegen werde ich nie in den Buckingham Palace eingeladen werden.«
»Ich bin sowieso gleich fertig.«
»Kein Mensch wird je mit seinem Leben fertig. Hat dir das in Afrika niemand beigebracht?«
»In Afrika haben wir nicht sehr viel von Menschen gesprochen. Die Hühner und Kühe waren wichtiger. Bestimmt hast du keine Ahnung«, sagte Liesel, »wie viel Probleme fünfhundert Hühner haben. Und Kühe sind sehr viel öfter krank als kleine Mädchen. Von Autos und Traktoren ganz zu schweigen.«
Sie war sieben Jahre alt gewesen, als sie aus Deutschland hatte flüchten müssen, zu jung, um zu begreifen, was ihr genommen wurde. Erst unter Afrikas lindernder Sonne und nur nach und nach hatte sie erfahren, was es für Juden bedeutete, nicht rechtzeitig ihrer deutschen Heimat entkommen zu sein. Die Familie Freund aber wollte vergessen, vor allem die Erniedrigung und die Todesangst der Pogromnacht des Jahres 1938. Das Grauen dieser grausamen Nacht sollte nicht die Macht haben, noch in Kenia das Leben zu zerstören. In den meisten jüdischen Familien im Land dachte man ebenso. Die Davongekommenen waren von dem Gedanken besessen, ihre Kinder zu schützen. Ihnen erzählte man nicht mehr, als man erzählen musste. Nur einige wenige konnten das Alphabet des Todes buchstabieren. Auschwitz war für die, die ihre Eltern taub gemacht hatten, noch nicht einmal ein Wort.
Ehe man sie zu den Erwachsenen zählte, verstummten die Gespräche über die Konzentrationslager, sobald Liesel ins

Zimmer kam. Schon gar nichts wusste sie von geretteten jüdischen Kindern, die ihre Eltern nicht mehr kannten und für die die Großeltern, Onkel, Tanten und Cousinen weder Gesicht noch Namen hatten. Aufgewachsen in einem Clan von Verwandten, war Liesel so lange von der Wirklichkeit fern gehalten worden, bis sie alt genug war, diese Wirklichkeit selbst zu erforschen. Doch, selbst dann, wenn sie die Phantasie gehabt hätte, sich die Zufälle auszumalen, denen die Davongekommenen ihr Leben schuldeten, hätte sie sich nicht das Leben des jungen Mannes vorstellen können, mit dem sie soeben die letzte Stange Sellerie teilte. Erschöpft vom vielen Reden, das ihr immer noch unpassend und aufdringlich erschien, begann sie mit dem gelben Schal zu spielen, den Emil ihr auf der Bank gegeben hatte. Er schob sanft ihre Hände beiseite, legte den Schal sorgsam um ihren Hals und band geschickt eine Schleife.

»Wie ein Hase«, grinste er, »ein ganz süßer Hase. Alice im Wunderland würde staunen.«

»Keine Tricks«, ermahnte sie, »du bist dran. Das haben wir so ausgemacht.«

»Hast du denn bis nächstes Jahr Zeit?«

»Ich habe alle Zeit der Welt.«

Der Bericht von seiner Kindheit und Jugend sollte tatsächlich so lange dauern. Bei ihm forderte das Unternehmen, an einem eisigen Wintertag auf einen Wiener Bahnsteig zurückzukehren, so viel Mut und Überwindung, wie er noch nie gehabt hatte. Während er erzählte, forschte er bei Liesel immer wieder nach Anzeichen von Ermüdung oder Desinteresse. Anfangs gierte er gar nach dem kleinsten Vorwand, in die Gegenwart zurückzukehren, doch ihre Augen ließen ihn nicht. Es war der Schreck in ihnen und das Mitgefühl in ihrer Stimme, wenn sie ihn etwas fragte oder ihn zum Weitermachen ermutigte, die ihn zwangen, einem neunzehnjährigen Mädchen so zu vertrauen, wie er seiner Mutter vertraut hätte, wenn sie hätte leben dürfen. Manchmal nur in Andeutungen, dann wieder mit Schilderungen, über deren Detailtreue er selbst staunte, machte sich Emil an die Herausforderung, unbegleitet und unerschrocken zu seinen Anfängen zu gehen. Soweit er sie kannte, förderte er seine Vergangenheit zutage, immer in kleinen Einheiten, oft unter Qualen. Es dauerte Monate, bis Liesel erfuhr, wie es dazu gekommen war, dass aus dem zehnjährigen Wiener Buben Emil Prohaska aus einer großbürgerlichen jüdischen Familie der junge britische Geschäftsmann Eric Procter wurde, den sein wohlmeinender Retter hatte überreden wollen, sich in der Kirche von Stevenage taufen zu lassen.

Die Chronik, die nicht nur das Schicksal eines Einzelnen evident machte, sondern ein Stück lange nicht wahrgenommene Zeitgeschichte, war lang und erschöpfend. Das letzte Kapitel war noch längst nicht aufgeschlagen, als auch Liesel ihren Namen änderte. Ab dem 1. Dezember 1951 nannte sie keiner mehr Miss Freund. Sie war Mrs Procter. Die wohnte in einer Zweizimmerwohnung in Hampstead, sammelte Sixpenny-Stücke, um die altmodische Gasheizung in Betrieb zu setzen, und fütterte am Küchenfenster zwei Rotkehlchen, die genauso aussahen wie die Vögel auf Weihnachtskarten, durch den Winter. Das Haus, in dem dies geschah, hatte einen geschützten Vorgarten, in dem die Osterglocken eine Woche früher blühten als in denen der Nachbarhäuser, und war unweit der Bank, auf der neun Monate zuvor Außergewöhnliches geschehen war. Die junge Frau, die seit ihrem zehnten Lebensjahr nur der

Wissenschaft vertraut hatte, beschrieb den Vorgang, dem die Menschheit ihren Fortbestand verdankt, als ein Wunder, »das mich jeden Tag stumm und dankbar macht«. Dies schrieb Liesel an Regina am ersten Sonntag ihres Ehelebens und nachdem sie die »Fleischpflanzerln« gebraten hatte, die sie als Meisterschülerin ihrer Mutter erwiesen. Das junge Paar hatte so sehr über das Wort gelacht, dass es nicht von der Idee abzubringen war, es hätte vielleicht eine tiefere Bedeutung.
»Ich kenne überhaupt kein englisches Wort für Fleischpflanzerl«, fiel Liesel auf.
»Siehst du«, erkannte Emil, »genau das ist bei Menschen wie uns die tiefere Bedeutung.«
Dass Mrs Procter überhaupt an die Freundin ihres Lebens schreiben konnte und somit in Frankfurt auf einen Schlag ein Kartenhaus von Missverständnissen, Vorurteilen und Enttäuschungen zum Einstürzen brachte, die alle einen sehr plötzlichen Abbruch der Beziehungen betrafen, war ebenfalls ein Wunder – allerdings im kleineren Format. Liesel hatte Reginas Adresse kurz nach ihrer Ankunft in London verlegt und erst am Vorabend ihrer Ehe wieder gefunden, was sie so entzückte, dass sie noch in ebendieser Nacht ihr Glück verkündete. »Wenn ich in den Spiegel schaue«, schrieb sie, »könnte ich stundenlang den Kopf schütteln. Erinnerst du dich noch, wie ich dir verraten habe, dass ich auf den Nobelpreis für Physik spekuliere? Und wo bin ich gelandet? Weil Emil und ich Geld brauchen und uns nicht leisten können, dass ich studiere, bin ich im Schnellverfahren mit den Geheimnissen des Bürolebens vertraut geworden und nun so etwas Ähnliches wie Sekretärin. Mein Chef, der auf das ganz große Geschäft hofft, lässt mich fortwährend linke Handschuhe aus einem

abscheulichen Jerseystoff als Probemuster nach Buenos Aires schicken. Als Vicky so früh geheiratet hat, fand ich das irrsinnig. Ich hätte mein ganzes Leben lang meinen Kopf verwettet, dass ich mich nie verlieben würde. Und das war mir recht so, denn ich wollte nicht, wie meine Mutter, eines Tages nichts in der Hand haben außer eine Sammlung von Kochrezepten. Und was ist aus meinen Ambitionen und Idealen geworden? Ich habe mich in den ersten Mann verliebt, der mir in London über den Weg gelaufen ist. Beziehungsweise ich ihm. Und ich weiß genau, dass mir niemals mehr im Leben etwas Schöneres passieren wird. Wir wollen vier Kinder haben. Wahrscheinlich glaubst du jetzt, ich bin inzwischen tatsächlich so wie Vicky. Doch wenn du mich mal besuchen kommst, wirst du hoffentlich merken, dass das nicht so ist.« Reginas Antwort kam postwendend. »Beneide dich sehr«, telegrafierte sie, »Brief folgt sofort. Komme, sobald ich kann.«

Sie heirateten bei einem liberalen, väterlichen Rabbiner mit schütterem Haar, einem kleinen Sprachfehler und einer ungewöhnlich schnellen Auffassungsgabe. Der Bräutigam musste ihm nur ein einziges Mal erklären, weshalb er nirgendwo auf der Welt Familie hatte, seinen jüdischen Namen nicht kannte und kein Wort Hebräisch lesen konnte. »Ich weiß noch nicht einmal, wie es dazu gekommen ist«, berichtete der künftige Ehemann, »dass ich jüdisch geblieben bin. Geholfen hat mir keiner, und viele waren dagegen.«

»Der Allmächtige wird dafür gesorgt haben«, meinte der Rabbiner, »mit anderer Leute Kinder hat man ja immer mehr Glück als mit den eigenen.«

Es waren erst einige Andeutungen gefallen, und schon hatte der kluge Lebensberater Verständnis für den Umstand, dass die Braut bei der bescheidenen Feier sowohl auf die Familie Stern als auch auf ihren unbekannten Onkel aus Manchester verzichten wollte, den die aufgebrachten Sterns zu Hilfe gerufen hatten, als sie mit der Tatsache konfrontiert wurden, dass ihre Nichte in zwei Wochen bei ihnen ausziehen und fortan in einem möblierten Zimmer logieren würde. Bezahlen wollte es, und das empörte Liesels Londoner Verwandtschaft noch mehr als die Aussicht, eine unbezahlte Haushaltshilfe zu verlieren, ein junger Mann, der es ganz »offensichtlich auf die einträgliche Farm unserer bewundernswerten und fleißigen Familie in Afrika abgesehen hat«.

Als der Rabbiner diesen Teil der Geschichte hörte, revanchierte er sich mit einem ganz alten jüdischen Witz, den das Brautpaar freilich nicht kannte. »Was ist«, fragte er und blinzelte mit kurzsichtigen Augen, »Mischpoke? Ist das was zum Essen? Nein«, erläuterte der Gottesmann, »was zum Kotzen.«

»Mischpoke«, raunte Liesel ihrem Erwählten zu, »heißt Verwandtschaft. Das hat mir Leah beigebracht.«

»Ich bin unter Engländern aufgewachsen«, flüsterte er zurück, »nicht bei den Eskimos.«

Als exzeptioneller Glücksfall, von dem Liesel und Emil ihr ganzes Eheleben mit der staunenden Verehrung derer sprechen sollten, denen ohne Vorankündigung außergewöhnlich Gutes widerfahren ist, erwies sich die Frau des Rabbiners. Hilfsbereitschaft und mütterliche Fürsorge waren ihr Urbedürfnisse. Sie war Großmutter von sieben Enkeln, und an ihrer üppigen Brust hätten noch einmal so viele Platz gehabt. Ursprünglich war sie von ihrem Mann lediglich gebeten worden, den kleinen Raum im Gemeindehaus zu inspizieren, in dem die Trauungen für junge

Paare stattzufinden pflegten, die weder über große finanzielle Reserven noch über freigebige Verwandte mit ebendiesen verfügten. Da sie jedoch nie ihr Hausfrauenauge einsetzte, ohne das Gleiche mit ihrem Herzen zu tun, ließ sie sich von ihrem Mann Näheres über die jungen Procters erzählen, die sie an junge Paare in der alten Zeit und der alten Heimat erinnerten. Prompt erwachten jene Charakterzüge und Fähigkeiten zu neuem Leben, um derentwillen ihr Mann sie einst unter den Hochzeitsbaldachin gebeten hatte.

»Ich könnte dich«, sagte er gerührt, »jeden Tag neu heiraten.«

»Da siehst du mal wieder, dass wir zusammen nur einen Kopf haben. Mir geht es genauso.«

Die Rabbinersfrau bat das junge Paar, sie Channah zu nennen, und versorgte es bei jedem Gespräch mit Feigenlikör aus Israel, selbst gebackenem Apfelstrudel und mit wunderschönen romantischen Bildern und Szenen aus ihrer Budapester Jugend. Am Hochzeitstag selbst sorgte sie für eine Hochzeitstorte, die eines Prinzenpaars würdig gewesen wäre, und für Blumenschmuck, wie er auch im Nobelhotel »Claridge's« nicht prächtiger hätte sein können. Channahs Schwager gehörte die koschere Bäckerei im Nachbarhaus, ihrem Neffen, der ihr seit vier Jahren Dank schuldete, weil sie seine Ehre und damit seine Ehe gerettet hatte, die größte Gärtnerei in Hampstead.

Enorm war die Ratlosigkeit und Rage, als in Londiani bekannt wurde, dass die begabteste Schülerin, die je die Kenya Girls' High School absolviert hatte, statt sich ihres Stipendiums an der Universität würdig zu erweisen, sich mit Stoffhandschuhen zu beschäftigen gedachte. Dass Liesel, die »ja noch nicht einmal besonders hübsch ist«, wie

ihre Tante Erna es spitzlippig formulierte, zudem so jung heiraten wollte, empörte die Tanten und Onkel so, dass sie auch vor Drohbriefen nicht zurückschreckten. Ausnahmslos wurde in ihnen das Schicksal widerborstiger junger Frauen erörtert, die sich zu früh und dann noch an den falschen Mann gebunden hatten. Jeder Brief schloss mit der Klage: »Wir wissen wirklich nicht, wie wir deiner armen Mutter erklären sollen, was unter den Augen deines ehrenwerten Onkels Bruno und seiner lieben Frau passiert ist, ohne sie umzubringen.«
Liesels Mutter war als Erste von der Tochter benachrichtigt worden. Allerdings erreichte sie die Botschaft der Londoner Geschehnisse zu spät, um ihre Reisepläne zu ändern – selbst wenn sie sich getraut hätte, die Initiative zu ergreifen. Die Nachricht von der anstehenden Hochzeit traf unmittelbar vor ihrer Abfahrt in Montevideo ein. Die Zeit reichte gerade, um einen Brief zu schreiben. Der Bruder, der schon so lange in Uruguay lebte, dass er nichts mehr von den preußischen Tugenden seiner einstigen Heimat hielt, wurde angefleht, er möge dieses eine Mal einen ihm anvertrauten Brief umgehend zur Post bringen. Er war so beeindruckt von der schwesterlichen Hartnäckigkeit, dass der Brief noch vor ihr Montevideo verließ und die Empfängerin in Rekordzeit erreichte. Der Brief war klug, weitsichtig und warmherzig; jede Zeile machte die Braut nicht nur noch glücklicher, als sie ohnehin war, sondern sehr nachdenklich. »Es ist, als hätte ich die Dinge geahnt«, schrieb die Mutter. »Ich habe bei meinem Bruder, der dir im Übrigen sehr gut gefallen würde, sehr sparsam gelebt, und ich hätte also genug Geld, dich zu besuchen und deinen Mann kennen zu lernen. Schreib mir, wie du darüber denkst. Ich möchte euch auf keinen Fall lästig werden,

doch ich habe das Gefühl, dass meine Tage in Kenia gezählt sind. Nicht nur wegen der unruhigen Lage, sondern weil ich keinen Sinn mehr sehe, in Londiani zu leben, wenn du nicht mehr hier bist. Das Leben ist zu kurz, um sich von den Menschen zu trennen, die man liebt.«

Dem nächsten Brief lag eine Zeichnung der kleinen June bei. Offensichtlich hatte ihre Tante erst aus Montevideo heimkehren müssen, um das Kind anzuregen, ihrer Cousine zu schreiben. June hatte eine mit roten Herzen umrahmte Hochzeitskutsche auf den Weg nach London geschickt. Die war aus einem Kürbis geschnitzt und wurde von vier weißen Mäusen mit schwarzen Zylindern gezogen. Liesel erkannte die Zeichnung sofort. June hatte sie aus einem Buch abgepaust, das Liesels Vater bei einem indischen Händler in Eldoret für den achten Geburtstag seiner Tochter aufgetrieben hatte.

»Du kannst dir gar nicht vorstellen, wie ich an June hänge«, sagte sie, als sie ihre Augen trockentupfte. »Und an dem Buch. Wegen June wäre ich um ein Haar gar nicht erst nach London gegangen.«

»Noch heute Nacht machen wir eine eigene June«, tröstete Emil.

»Und wie wollen wir sie ernähren und ihr Bücher kaufen, die sie abpausen kann?«

»Der Allmächtige wird das schon richten. Hast du nicht gehört, was der Rabbiner gesagt hat?«

Seine eigene Kindheit holte Emil am fünften Tag der Ehe ein, und da mit einer Vehemenz, mit der er selbst nicht gerechnet hatte. Es war die erste Nacht, in der Gardinen an dem relativ großen Fenster des kleinen Schlafzimmers hingen. Sie waren ein handwerkliches Meisterwerk seiner Ehefrau. Neun Monate zuvor war die noch von der Vorstellung ausgegangen, Leben ließe sich nur gut mit Zahlen und Formeln belegen, sie erkannte jedoch rechtzeitig, dass für den Nestbau anders geartete Talente besser einzusetzen sind, und als Tochter einer überaus geschickten Mutter verfügte sie über die Gabe, besonders phantasievoll mit Stoff, Nadel und Faden umzugehen. Das Schlafzimmer war vor der Schlacht an einer alten Nähmaschine, die aus dem Hausrat des Rabbinerhauses stammte, sowohl von der Leuchtreklame des gegenüberliegenden Kinos als auch von einer flackernden Straßenlaterne illuminiert worden. Dass eine Gardine aus dunkelblauem Velours allerdings nicht reichte, um die Vergangenheit auszusperren, erlebte Liesel nachts um drei.

Zunächst wimmerte ihr Mann wie ein verängstigtes Kind, dann schrie er – immer lauter und zorniger; schließlich brüllte er einige Worte in die Dunkelheit hinein, die Liesel nicht verstand und von denen sie gar bezweifelte, dass sie Englisch waren. Im ersten Moment des Entsetzens hatte sie Angst, sich zu rühren oder laut zu atmen. Sie presste die Augen zu, und doch konnte sie sehen, schützte mit den Händen ihre Ohren und hörte ihn trotzdem. Ihr war es, als hätte sie eine verbotene Tür aufgerissen. Dennoch sagte sie zweimal hintereinander deutlich »Nein« und fragte, obgleich sie sich dabei sehr töricht und – schlimmer noch! – impertinent und neugierig vorkam: »Kann ich dir helfen?« Emil war sofort wach. Zunächst sagte er nichts und setzte sich kerzengerade hin. Er wirkte bleich und sah erschöpft aus. Nach einer Weile stand er auf und ging schweigend zum Fenster. Den neuen Vorhang zog er so weit auseinander, dass ein Spalt Licht den Raum erhellte; er kehrte, als wäre dieser eine Handgriff der entscheidende gewesen, mit gestrafften Schultern zurück ins Bett, doch blieb er aufrecht sitzen, den Rücken gegen eine harte Kissenrolle gepresst.

»Sorry«, sagte er und streichelte Liesels Schulter.

Seine Hand war feucht. Liesel rückte näher an ihn heran; sie sah die Schweißperlen auf seiner Stirn und senkte ihren Kopf. Einen Moment, der ihr wie jene Ewigkeit vorkam, die sie sich in Kindertagen immer als eine Grube mit kochendem Teer ausgemalt hatte, schien es ganz so, als würde er es bei diesem praktischen englischen Wort ohne Bedeutung belassen. Doch dann sagte er in einem Ton, als würde er scherzen: »Liebe auf jüdisch«, zuckte mit den Schultern und streichelte sie wieder.

Seine Lippen deuteten das verlegene Lächeln eines bei einem Bubenstreich ertappten Schuljungen an. Eric Procter, der erst vor ein paar Stunden seiner Frau mit keuchendem Jubelatem versichert hatte: »Ich spüre es, ich haben soeben einen Sohn gezeugt«, war tatsächlich wieder ein Kind geworden – allerdings keines, dem eine fröhliche junge Mutter im geblümten Sommerrock soeben einen Ritt auf einem weißen Karussellpferd und eine Zuckerstange versprochen hatte. Der Albtraum einer Nacht, so oft erlitten, nie zu besiegen, hatte den Mann an Liesels Seite wieder zum zehnjährigen Emil Prohaska gemacht.

Ein schweigender Vater im schwarzen Mantel, der so fremd, dunkel, ja Angst einflößend war, stand mit ihm am Wiener Westbahnhof. Als der Zug abfuhr, hatte der Junge bereits das Schild mit der großen schwarzen Zahl um den Hals und die Ermahnung im Ohr, vor Überschreitung der Grenze nach Holland nicht mehr lauthals loszulachen und so wenig wie möglich zu reden.

»Wo ist denn Holland?«, fragte Emil seinen Nachbarn zur Linken.

»Dort, wo sie uns nicht mehr erwischen können«, flüsterte der zurück.

Der schwarzhaarige Knabe hieß Stefan. Seine Mutter hatte ihm eine Knoblauchwurst mitgegeben und für fünf Schilling österreichische Briefmarken, wobei sie in der Aufregung der Trennung übersehen hatte, dass er sie in England nicht würde gebrauchen können. Stefan war zwei Jahre älter und viel klüger als Emil, doch auch ihm gelang es nicht, das verklemmte Fenster rechtzeitig herunterzuziehen und so bei der Abfahrt der einen Begleitperson zuzuwinken, die gestattet war. Beim Abschied konnte Emil ohnehin seinen Vater nicht von einem Mann unterscheiden, der neben ihm stand und auch einen bodenlangen schwarzen Mantel trug. Beide Männer winkten in den Dampf des Zuges hinein und wussten, was geschehen war.

In dieser Nacht hörte Liesel Freud, aufgewachsen in der behütenden Einsamkeit einer Farm in Kenia, mit Eltern, Tanten und Onkel als Begleiter ins Leben, die sich um das Wohl ihrer Puten, Kühe und des Traktors sorgten, zum ersten Mal den Ausdruck »Kindertransport«. Jedoch anders als im Tearoom von »Lyon's« beließ es ihr Mann dieses Mal nicht bei den barmherzigen Umrissen seiner unbarmherzigen Geschichte. Seit der ersten gemeinsam getrunkenen Tasse Tee war ihm nämlich widerfahren, wonach er sich dreizehn Jahre vergeblich gesehnt hatte, ohne dass er zunächst diese Sehnsucht hätte formulieren können. Er war auf einen Menschen gestoßen, der mehr von ihm wissen wollte als seinen Namen und was er machte, um sein tägliches Brot in Ehren zu verdienen. Es war seine Frau, so jung und doch nicht jung genug, um das Grauen nicht zu verstehen, die zu erfahren begehrte, wie es ein zehnjähriges Kind überlebt, ohne Eltern in ein fremdes Land ver-

schickt zu werden und irgendwann zu erfahren, dass es seine Eltern nie mehr wieder sehen wird.
»Wenn ich sehr traurig war«, erinnerte er sich, »habe ich mir einfach vorgestellt, ich wäre ein verloren gegangenes Postpaket, und eines Tages würde ein Wunder geschehen und man würde mich finden und nach Hause zurückschicken. Weißt du, was mir am meisten zu schaffen gemacht hat in all den Jahren? Dass ich das Leberwurstbrot mit größtem Appetit aß und den Zettel von meiner Mutter, auf dem sie ›Bete, dass wir uns wieder sehen‹ geschrieben hatte, zerknüllte und beim nächsten Pinkeln ins Klo warf. Lange habe ich mir eingebildet, ich hätte deswegen meine Eltern nie wieder gesehen.«
»Das kenne ich«, nickte Liesel. »Als Kind habe ich oft gedacht, die Nazis hätten unsere Wohnung in Cham nur kaputtgeschlagen, um mich zu bestrafen. Am Tag zuvor hatte ich eine teuere Vase fallen lassen, obwohl mir streng verboten war, sie anzufassen, und ich hatte die Scherben in unserem Garten vergraben.«
An die ersten Monate nach der Trennung von den Eltern, von der er lange nicht ahnte, dass sie endgültig war, erinnerte sich Emil nicht gut genug, um ausschließlich auf die eigenen Erlebnisse zurückgreifen zu können. Erst als Erwachsener las er von den »Transportlisten«, auf die im Jahr 1938 Eltern in Österreich und Deutschland ihre Kinder hatten setzen lassen. Im Wissen, dass ihnen selbst die Verschleppung ins Konzentrationslager und der Tod drohte, erhofften sie, durch die Trennung wenigstens das Leben der Kinder zu retten.
»Ich habe mal gehört«, erzählte Emil in der längsten Nacht seines Lebens, »dass zehntausend so genannte Transportkinder auf diese Weise gerettet worden sind. Stell dir vor,

wie viele es hätten sein können, wenn die britischen Behörden sich nicht so lange von den jüdischen Flüchtlingsorganisationen hätten bitten lassen. Und welche Verdienste hätte sich das British Empire erst um uns erworben, wenn man sich auf dieser gesegneten Insel nicht der Idee verschlossen hätte, dass Gott ursprünglich auch für jüdische Kinder einen Vater und eine Mutter vorgesehen hat.«
Es war selten, dass Emil Prohaska dem Bericht seines Lebens die Bitterkeit zufügte, für die auch die Achselzucker und die gefühlskalten Zaungäste des Lebens Verständnis gehabt hätten. Im Gegenteil: Wenn er überhaupt über die Umstände sprach, denen er sein Leben, seinen Namen und seine Nationalität verdankte, betonte er stets das Glück, das er gehabt hatte, und dass er dafür bis ans Ende seiner Tage England zu danken habe.
»Ich«, erzählte er, »habe es so gut getroffen, dass ich heute noch ein schlechtes Gewissen habe, wenn ich an die anderen denke. Fast alle kamen in ein Heim und erst später zu Pflegeeltern und gar nicht selten zu solchen, die es besser mit jedem dahergelaufenen Hund verstanden hätten als mit einem traumatisierten Kind.«
Emil schlief nur eine Nacht in einer ungeheizten Baracke, in der sich außer ihm zweiundzwanzig Buben in den Schlaf weinten und einer um drei Uhr morgens von zwei Männern hinausgetragen und nie mehr gesehen wurde. Beim Aufwachen stand Emil so sehr unter Schock, dass er sich nicht mehr an den Vornamen seiner Mutter erinnerte und auch nicht an den der Straße in Wien, in der er zehn Jahre gelebt hatte. Der Mann mit einer tief ins Gesicht gezogenen grauen Mütze, der an einem Tisch saß und die Personalien der Flüchtlinge aufnehmen sollte, nannte ihn einen verstockten kleinen Bastard – zum Wohl des Kindes

in der Sprache, die es erst erlernen musste, um zwischen Freundlichkeit und Beleidigung zu unterscheiden.
Die Fahrt aus der Welt der Todesbedrohung in den rettenden Hafen hatte zwei Tage gedauert; sie endete auf einem Schiff, das abends um sieben in Harwich anlegte. Empfangen wurden die übermüdeten, von Seekrankheit gezeichneten, apathischen Kinder von zwei Damen der Fürsorge in schwarzen Herrenjacketts und schwarzen Topfhüten. Die konnten nur in ihrer Muttersprache und folglich nicht mit Kindern kommunizieren, von denen der allergrößte Teil innerhalb der nächsten fünf Jahre Vollwaisen werden würde. Im Namen der Fürsorge griffen die schwarz gekleideten Helferinnen beherzt – und auch sehr kräftig – zu, um ihre Absichten bei den sprachlosen Kleinen deutlich zu machen.
Schon am nächsten Tag lernte Emil, der nun drei Tage seine Wäsche nicht gewechselt, seinen Kamm und seinen Lebensmut verloren hatte und der alt genug war, um sich seines Zustands zu schämen, die Menschen kennen, die für ihn erst die ehemalige Dienstmädchenkammer und sehr bald ihr Herz räumten: Samuel Speke, seit dreißig Jahren Geistlicher in der Gemeinde von Stevenage, und seine Gattin Mabel, die so inbrünstig gebetet hatte, Gott möge im Alter auch ihren Leib segnen wie einst den von Abrahams Sarah. Bis dahin hatte Mabel das Land, aus dem das späte Gottesgeschenk stammte, mit Australien verwechselt – der fünf gemeinsamen Anfangsbuchstaben wegen. Mit Menschen kannte sie sich allerdings besser aus als mit Geographie. Als Erstes nahm sie ihrem künftigen Ziehsohn das Band mit der Ziffer Einhundertachtunddreißig vom Hals, danach streichelte sie behutsam seinen Kopf und drückte ihm ein winziges Blechauto in die Hand. Emil

erinnerte sich an die drei Englischstunden, an denen er hatte teilnehmen dürfen, ehe er vom Gymnasium verwiesen wurde, und sagte artig: »The cat sat on the mat.«
Auf der Autofahrt von Harwich nach Stevenage, während der ihm ebenso oft übel wurde wie auf dem Schiff, nannte ihn Mrs Speke zum ersten Mal Darling – es dauerte Monate, bis ihm aufging, dass dies ein freundliches Wort war, wenn auch nichtssagend und ebenso gebräuchlich im Umgang mit Kindern und alten Frauen wie mit Schoßhunden und Wellensittichen. Erbarmen, aber auch die sich abzeichnende Einsamkeit des Alters hatten Samuel und Mabel Speke dazu bewogen, ein Kind aufzunehmen, dessen Namen sie nicht aussprechen konnten und von dem sie lediglich wussten, dass seine Zukunft von der Barmherzigkeit derer abhing, für die Nächstenliebe mehr war als das immer wiederkehrende Thema von Sonntagspredigten.
In irdischen Dinge vertrauten die Spekes einer starken Tasse Tee und Andrew's Liver Salt als Verdauungshilfe. Im Auto setzten sie auf die heilende Wirkung von Ingwerkeksen. Porridge, der morgens den Magen wärmte und die Menschen wissen ließ, dass Gott sie nie vergessen würde, hatte bei ihnen den gleichen Stellenwert wie bei den Kindern Israels das biblische Manna während der Wüstenwanderung. Der Haferbrei wurde so dick eingekocht und war so grau, dass dem Gast mit der in Wien geschulten Zunge beim ersten gemeinsamen Frühstück ein Irrtum unterlief, über den ganz Stevenage – mit Ausnahme der handelnden Person – hinter vorgehaltener Hand Tränen lachte. Der kleine Emil dachte, der Maler, der gerade die Fensterrahmen strich, hätte versehentlich seinen Mörtel auf dem Frühstückstisch stehen lassen. Darauf aus, durch

Gefälligkeit zu gefallen, trug er dem verdutzten Handwerker die Schüssel in den Garten.
»Ich weiß, dass das eine verdammt traurige Geschichte ist«, kicherte Liesel und sah genau so aus, wie sich Emil immer die Leute von Stevenage vorgestellt hatte, als sie von seinem Malheur erfuhren, »und dass ich nicht lachen darf, aber ich finde das Ganze so verdammt komisch. Sei mir nicht böse.«
»Soviel ich gehört habe, gefährdet Lachen nur selten eine Ehe. Weißt du, was ich mir wünsche? Dass du auch in dreißig Jahren noch so lachen kannst wie jetzt. Du bist die schönste Frau der Welt, wenn du lachst.«
»Versprochen«, sagte Liesel. »Nein, das ist dumm, wenn Leute wie wir so tun, als sei die Zukunft berechenbar. Es muss heißen, ich werden mir alle Mühe geben, auch in dreißig Jahren noch so zu lachen, dass du mir solche Komplimente machst.«
Vom Leben in der kleinen Gemeinde von Stevenage, die nur wenig von der Welt am Vorabend des großen Weltenbrandes wusste und von den Menschen, die danach fieberten, Liebe zu geben, und nicht wussten, wie, sprach Emil erst ein Dreivierteljahr später. »Es ist besser, du stellst dich beizeiten darauf ein, dass du nicht das männliche Pendant zu dem nervtötenden arabischen Plappermaul geheiratet hast, sondern ein maulfaules Ekel.«
»Wenn das die einzige Lüge in unserer Ehe bleibt, hab ich das große Los gezogen. Ich glaube, sie hieß Scheherazade.«
»Das große Los hab ich gezogen. Schade, dass deine Mutter mich noch nicht kennt. Ich wünsche mir schon lange eine Schwiegermutter. Das Wort gefällt mir.«
»Wirklich?«

»Bei mir ist immer wirklich. Das habe ich dir schon mal gesagt.«

»Ich kann es nicht oft genug hören«, sagte Liesel.

Sie staunte, dass sie noch immer von ihrer Mutter und den zwei Tagen von Mombasa erzählte, als das Licht den neuen Tag anzeigte. »Ich hätte nie gedacht, dass zwei Menschen so gut miteinander reden können.«

»Wir sind keine zwei Menschen. Wir sind Kinder des Glücks, die überhaupt keine Wunsch mehr übrig haben, den ihnen die gute Fee erfüllen soll.«

»Hast du den Sohn vergessen, mit dem du sonntags in Hampstead Heath Drachen steigen lassen willst?«

»Der ist doch schon unterwegs. Sag nur, du erinnerst dich nicht, wie der Abend gestern begonnen hat«, feixte Emil.

Das letzte Kapitel seiner Kindheit und Jugend leitete er auf dem Flur eines Krankenhauses ein. Bei Liesel hatten die Wehen eingesetzt. Die Hebamme wollte die aufgeregten jungen Eheleute wieder nach Hause schicken, bis die Abstände zwischen den Wehen kürzer wurden, doch der werdende Vater sah, dass seine Frau Angst hatte; er sagte so energisch Nein zu dem Vorschlag der gestrengen Geburtshelferin, dass sie nachgab und mit einem Nicken anzeigte, dass ihr Kopf entgegen Emils erster Vermutung doch beweglich war. Hand in Hand ging er mit seiner Frau die Frauenstation auf und ab. Bis ihm Liesel von der Hebamme entrissen wurde, erzählte er vom Ehepaar Speke und dessen abstrusen Träumen und Idealen.

Samuel und Mabel wollten nicht nur Gott gefallen. Sie waren nicht allein ihrem Herzen gefolgt. Versucht hatten sie, das Leben zu berechnen, als käme es dabei nur auf die eigene Beharrlichkeit und den Glauben an, sich im Recht zu fühlen. Sie hatten sich für einen zehnjährigen Jungen entschieden, dem Mutter und Vater genommen worden waren, Vertrautheit und Vertrauen, Sprache, die Hoffnung und der Glaube. Dieses Kind wollten Samuel und seine Frau lieben, als wäre es das eigene. Emil, den sie schon in der ersten Woche Eric nannten, erschien ihnen vor allem jung genug, um sich neu formen zu lassen. Wenn abends ihre Herzen warm und dankbar waren, schlossen die gottesfürchtigen Eheleute ihre Augen und träumten vom sechsten Tag der Schöpfung, da Adam aus Lehm geschaffen wurde.

Nicht allein christlicher Bekehrungseifer trieben den Glaubenshüter von Stevenage und seine Frau dazu, einem Kind die Welt zu entfremden, in die es hineingeboren worden war. Samuel und Mabel Speke waren ganz sicher, dass es für Emil Prohaska das größte irdische Glück sein würde, wenn er seine Eltern, seinen Glauben und seine Muttersprache vergaß. Keinen Tag, keinen Augenblick bezweifelten sie, dass sie das Recht – und auch die Pflicht – hatten, dies zu tun. Sie wussten, dass Gott ihnen seinen Segen nicht verweigern würde. Guten Gewissens falteten sie ihre Hände zum Gebet.

Die Wirklichkeit erstellte eine andere Bilanz. »Frag mich nicht, wieso«, erklärte Emil in jener Nacht, da Liesel und er ihr erstes Kind erwarteten. »Es scheint sich um eines der vielen Wunder zu handeln, mit denen Gott uns verwöhnt.«

Obwohl der letzte Brief aus Wien aus dem Jahr 1941 stammte, mit drei Fragezeichen in roter Tinte versehen war und schließlich mit monatelanger Verspätung vom Roten Kreuz an Emil Prohaska in Stevenage weitergeleitet wurde, hat der damals Dreizehnjährige weder zu diesem

Zeitpunkt noch später seine Eltern vergessen. Er sah nicht mehr ihr Gesicht. Er fühlte nicht mehr die Hände seiner Mutter. Von der Wiener Wohnung blieb nichts mehr in seinem Gedächtnis als das Bild eines Mannes mit einem goldenen Helm, das im Esszimmer gehangen hatte. Jahre später begegnete er auf seiner ersten Auslandsreise dem Bild von Rembrandt in Amsterdam und brach in Tränen aus. Nie aber hat er vergessen, dass er Eltern gehabt hatte. Immer sah er die Kontur eines Mannes, der sein Vater gewesen war, am Wiener Westbahnhof stehen, und er hat früher als viele das Opfer begriffen, zu dem seine Eltern bereit gewesen waren. Damit der Sohn leben durfte, trennten sie sich von ihm.

Ob die Prohaskas vor ihrem Tod noch vom Wohlergehen ihres Sohnes erfuhren, von Stevenage, von Mabel und Samuel Speke, von denen er durchaus berichtete und dies sogar in Deutsch – wenn auch in einem sehr fehlerhaften –, hat Emil im Angesicht seiner späteren Erkenntnisse mit Recht bezweifelt. Seine Gastgeber, die ihn behüteten und verwöhnten, für sein seelisches Wohl sorgten, ihn geistig anregten und seine guten Leistungen in der Schule mit Elternstolz genossen, hielten den Jungen kein einziges Mal dazu an, an Mutter und Vater zu schreiben. Wussten die Pflegeeltern, dass die leiblichen Eltern vom Tode bedroht waren? Erhofften sie es gar, um dieses ihnen nur geliehene Kind endgültig und mit reinem Gewissen in Besitz zu nehmen? Sie gaben ihm alle Liebe, zu der sie fähig waren, doch er fühlte sich erst von seinen Ketten befreit, als er am Grab von Samuel Speke stand. Dessen Frau starb ein halbes Jahr nach ihm.

Bis er auf einer Parkbank in Hampstead für eine weinende junge Frau seinen ursprünglichen Namen aus den

Tiefen eines von anderen zugeschütteten Brunnens herausholte, hatte niemand Emil nach seinem ersten Leben befragt. Auch die, die es gut mit ihm meinten und von Liebe sprachen, begehrten nie zu wissen, wie ein Kind es erträgt, unter Fremden in einem fremden Land zu leben und nicht in seiner Muttersprache von seiner Not reden zu dürfen.

»Manchmal glaube ich«, erzählte Emil in jener Nacht der Erlösung, »ich habe aus purem Trotz Deutsch nicht vergessen und mich gesträubt, in der Kirche mitzubeten. Selbst den Segen bei Tisch habe ich nur gemurmelt. Ich habe mir immer vorgestellt, ich dürfte meine Eltern nur wieder sehen, wenn ich jüdisch bleibe. Und weil ich mit ihnen reden wollte, wenn sie kamen, um mich in Stevenage abzuholen, habe ich in der Nacht mit mir selbst Deutsch geredet, um die Sprache nicht zu vergessen. Soll ich dir mal ›Alle meine Entlein‹ vorsingen? Das habe ich immer leise vor mich hin gesummt, wenn wir in der Kirche singen mussten.«

»So was Ähnliches«, erinnerte sich Liesel, »habe ich auch erlebt, wenn wir in Nakuru beten mussten. Meine Freundin Regina war da viel erfinderischer als ich. Im Nachhinein gesehen, muss sie Gott um den Verstand gebracht haben. Sie hat ihm auch noch den ganzen Aberglauben der Kikuyu zugemutet.«

Liesel ging langsam und atmete schwer. In Abständen drückte sie Emils Hand so fest, dass sie miteinander den Schmerz teilten. Ihr Kind drängte ins Leben. Panik zerfraß mit einem Schlag die Zuversicht und den Mut, der ihr in den letzten Stunden Kraft gegeben hatte. Sie fragte sich, ob es nicht eine Sünde war, neun Monate lang Zukunft herbeizubeschwören und dann im Moment der

Entscheidung nur von der Last der Erinnerung zu sprechen.

»Wird es immer so sein?«

»Ja«, sagte er, »aber man gewöhnt sich dran.« Er fragte nicht, von woher sie mit ihren Gedanken zurückgekehrt war, denn er sah ihre Augen und wusste Bescheid. In dieser Nacht, in der er Vater wurde, erkannte Emil endgültig, aus welchem Stoff das Glück seiner Ehe beschaffen war. Beide waren sie mit der Gnade bedacht worden, einander zu verstehen, ohne dass sie reden mussten.

»Kommt, ihr beiden«, sagte die Hebamme. Überraschend sanft klopfte sie Liesel auf den Rücken. Ihre Stimme war nicht mehr die einer Befehlenden. Sie war nun wirklich eine, die sich bereit machte, einem Kind den Weg ins Leben zu ebnen. »Wir wollen doch nicht unseren ersten Schrei auf dem Gang tun. Setzen Sie sich ruhig hin, Mr Procter, und denken Sie an etwas Schönes. In Ihrem Alter fällt das ja noch leicht. Ein bisschen Geduld werden Sie noch brauchen. Erste Babys sind frech und rücksichtslos. Sie wissen nicht, was sich gehört.«

Emil starrte die Tür an, hinter der seine Frau verschwunden war. Als die Angst in seinem Kopf zu dröhnen begann und seine Hände gefühllos wurden, wusste er, dass er noch immer nicht gelernt hatte, Abschied zu nehmen. So fest er auch die Augen zukniff, die Bilder, die er die ganze Nacht beschworen hatte, drangen hinter seine Lider. Er wollte aufstehen und ein Fenster öffnen, doch er war so sicher, dass es klemmen würde wie das im Eisenbahnwaggon bei der Abfahrt von Wien, dass er sitzen blieb. Es war wichtig, dass sich ein Kind nicht rührte, wenn es keine Eltern mehr hatte, die ihm helfen konnten.

»Das Fenster«, schrie er, »es geht nicht mehr auf.«

»Kommen Sie«, »sagte die Schwester. »Sie müssen eingeschlafen sein. Ihre Frau und Ihr Kind warten schon.«
Er sah seine Frau, und er dankte dem, dem er Dank schuldete, dass das Wunder der Liebe für sie beide kein Ende nehmen würde. Das Kind, rot von den Anstrengungen der Geburt, lag in der Beuge von Liesels Arm. Sein Vater war ganz sicher, dass es ihm zulächelte. Noch wagte er nicht, es zu berühren. Im Moment der Erregung glaubte er gar, er würde weinen, doch, als er sprach, war seine Stimme ruhig. »Willkommen, mein Sohn«, sagte er feierlich.
»Tochter«, verbesserte Liesel.
»Wirklich?«
»Alles ist immer wirklich. Das hast du mir beigebracht. Bist du sehr enttäuscht?«
»Nein. Ich werde sie so verwöhnen, dass kein Mann sie heiraten will und sie immer bei uns bleibt.«
»Ich habe«, sagte Liesel, »ihr versprochen, dass sie nie in ein Internat muss.«
»Und ich«, sagte Emil, und nun hatte er wirklich Tränen in den Augen, doch er schämte sich nicht, »verspreche ihr, dass ich alles in meiner Macht Stehende tun werde, damit sie nie mit einem Schild um den Hals auf eine Reise gehen muss.«

Epilog

Unter dem Eukalyptusbaum, der ihre Träume und Hoffnungen belauschte, haben die ehemaligen Schülerinnen der Nakuru School nie mehr gesessen. Als Regina im Jahr 1974 das erste Mal seit der Rückkehr der Familie Redlich nach Deutschland wieder nach Kenia fuhr, bat sie den freundlichen Fahrer am Steuer eines Mietwagens, den Berg hinauf zu ihrer alten Schule zu fahren. Die Häuschen und die große Halle, in denen Vicky, Leah, Liesel und Regina gelernt und geschlafen, ihr Heimweh ertragen und sich Zukunft ausgemalt hatten, waren immer noch da, nicht mehr leuchtend weiß wie ehedem, sondern grau geworden und mit abbröckelndem Putz. Den Swimmingpool, in dem Liesel ihre ersten Erfolge erlebte, und die Tennisplätze, auf der sie ihr Durchhaltevermögen erprobte, gab es nicht mehr. Um die Quartiere der Lehrkräfte wuchsen keine Rosen aus englischen Gärten. Im Sand scharrten Hühner.

Regina sah dennoch, dass es ihre alte Schule war. Die Kinder trugen immer noch Uniformen – nicht die dunkelblauen Röcke mit den weißen Blusen und den gestreiften Krawatten, die das Reglement der strengen vierziger Jahre vorschrieb. Nun hatten die Mädchen leuchtend blaue Kleider an, die Buben Shorts in der gleichen flaggenden

Farbe. Es waren Afrikas Kinder mit dunkler Haut und großen Augen. Sie umzingelten das Auto, das sich in ihre Schulwelt gewagt hatte, kicherten und erzählten einander auf Kikuyu, dass da ein verrückter weißer Affe im Auto hockte und weinte. Die Kleinen waren so fröhlich, lachten so laut und zeigten so ungeniert mit dem Finger auf den vorwitzigen Pavian, dass Regina – zum ersten und einzigen Mal in ihrem Leben – den Wunsch hatte, bis zum Abend in der Nakuru School zu verweilen, die Kinder zu belauschen und auf den See zu schauen, von dem rosa Wolken von Flamingos in den Himmel zogen. Da sie jedoch in ebendieser Nakuru School dazu erzogen worden war, niemals ohne Grund mehr Aufsehen als nötig zu erregen, wagte sie noch nicht einmal, aus dem Auto zu steigen. Als sie zum Abschied winkte und die Kinder ihr lachend »Kwaheri« zuriefen, stellte sie fest, dass der Eukalyptusbaum von damals nicht mehr da war.

Von den Freundinnen hatte nur Regina ein Kind von Afrika werden wollen. Schon als Neunjährige, auf der Farm in Ol' Joro Orok, hatte sie begriffen, dass ihre Heimat dort war. Diese Heimat hatte ihr keiner mehr entreißen können. Die Erinnerungen an die Menschen, die sie liebte, der Klang ihrer Sprache und die Bilder, die sie geprägt hatten, wurden mit jedem Jahr deutlicher. Und doch blieb sie in Deutschland – erst um des Vaters willen, von dem sie nur sein früher Tod hatte trennen können. Und dann weil sie den Bruder liebte, dem sie nach dem Tod der Eltern Vater und Mutter gewesen war. Ihren Bruder Max hätte sie nie verlassen können, ohne dass beider Herzen gebrochen wären. So blieb sie in dem Land, das ihr der Vater einst als Heimat ausgesucht hatte.

Und doch war sie die Einzige der vier, die aus einem Kindertraum ein Stück befriedigende Wirklichkeit machte. Wie sie es sich vorgenommen hatte, schrieb sie. Ein Leben lang. Sie wurde Redakteurin, Theaterkritikerin und Autorin von Kinderbüchern. Spät im Leben erfüllte sich ihr ursprünglicher Traum. Mit »Nirgendwo in Afrika« schrieb sie den ersten von zehn Romanen. Von der Liebe hatte sie als Kind nie gesprochen, doch Amor ließ sie das nicht büßen. Sie dankt ihm täglich, wenn sie aufwacht und ihre Hand nicht in die Leere der Einsamkeit greift.

Vicky, die so sicher war, dass Schönheit reicht, um einer Frau für alle Ewigkeit einen Platz in den Wolken zu sichern, wurde tatsächlich – genau nach Plan! – Mutter von vier Kindern. Der fesche Wikinger jedoch, der sie im Handstreich erobert und seiner Lieblingsrose ihren Namen gegeben hatte, reichte im kritischen siebten Ehejahr die Scheidung ein. Ganz Gentleman überließ er seiner Frau eine großzügige Abfindung, sämtliche Kinder und alle Hunde, die sie behalten wollte, doch ließ er gerichtlich regeln, dass seine beiden Töchter und die zwei Söhne im Internat erzogen werden müssten. So sah Vicky, die trotz ihrer Enttäuschung am alten Wohnsitz blieb, ihre Kinder nur in den Ferien. Jeder Blick in den Spiegel bestätigte ihr, dass Schönheit vergänglich ist. Um den Charme zu entfalten, der einst der kleinen Vicky alle Tore geöffnet hatte, fehlten ihr im späteren Leben die Möglichkeiten. Mit vierzig bekam sie ein Magenleiden, mit fünfzig wurde sie melancholisch. Als Sechzigjährige beschloss sie, ihr Leben zu verändern, doch es blieb bei Absichtserklärungen. Als Kenia unabhängig wurde und das Leben für die weißen Farmer unüberschaubar und gefährlich, gaben ihre Eltern die Teeplantage in Kericho auf und siedelten nach England über. Eine Zeit lang versuchten sie es mit einer Wohnung in der Nähe ihrer Tochter, doch trotz der schönen Landschaft verkümmerten sie so rasch in Sussex, dass sie nach London zogen. Sie nahmen eine Wohnung in Hampstead. Der wöchentliche Besuch dort gehörte zu den Höhepunkten in Vickys Leben. Bei Vater und Mutter verbrachte sie auch die Hohen Jüdischen Feiertage. In den Momenten der besonderen Einkehr schämte sie sich, dass sie sich als Kind ihrer Eltern und ihres Glaubens geschämt hatte.

Leah hat jahrelang versucht, sich ihren Jugendtraum von der Heimat in Israel zu bewahren, doch hat sie dem Land nie verziehen, dass es von ihr ein Opfer verlangt hatte, ehe sie bereit zu geben war. Ihre Freunde spürten das. Die Nachbarn sprachen noch nach Jahren von der »Engländerin«, wenn sie Leah meinten. In der Tat war ihr Denken und ihr Habitus englisch, sosehr sie sich bemühen mochte, dass es niemand merkte. Weil Leah selbst in heiteren und geselligen Momenten so zurückhaltend und scheu war wie als junges Mädchen, fühlte sie sich in Israel nie wirklich zu Hause. Fünf Jahre nach Aris Tod versuchte sie, das Studium nachzuholen, das sie nie begonnen hatte, doch ihre temperamentvolle Tochter war darauf aus, die Welt an der Seite ihrer Mutter in Besitz zu nehmen. Yael ließ es nicht zu, dass Leah sich mit anderem als mit ihr beschäftigte. Nach einem Besuch bei den Verwandten in Bournemouth erwog Leah monatelang, nach England überzusiedeln. Sie konnte sich jedoch nicht von dem Gedanken lösen, sie wäre es ihrem Mann schuldig, seine Tochter in dem Land großzuziehen, für das er gestorben war. Als Yael sich dann mit achtzehn Jahren so spontan wie einst die Mutter verliebte und mit ihrem Mann nach Washington zog, fühlte sich Leah endlich frei, ihrem Herzen alle Ent-

scheidungen zu überlassen. Sie blieb in Israel. Da hatte sie dem Land verziehen, dass es ihr den Mann genommen hatte, und nach Jahrzehnten Israel doch noch als die einzige Heimat akzeptiert, die sie je hatte haben wollen.
Liesel, die weder an die Glücksgöttin noch an den Liebesgott, sondern nur an die Geometrie geglaubt hatte, ließ sich lange gute Jahre davon überzeugen, dass die Liebe eine Himmelsmacht ist. Der Tochter, der die Eltern den Namen Rose gaben, weil sich der sowohl in England als auch in Deutschland und Frankreich problemlos aussprechen lässt, folgte ein Jahr später der Sohn. Als hätten Vater und Mutter geahnt, dass ihn das orthodoxe Judentum anziehen würde, gaben sie ihm einen biblischen Namen. David hatte die Passion der Mutter für Mathematik und die Musikalität des Vaters geerbt, doch er verbrachte den größten Teil seines Erwachsenenlebens als schlecht bezahlter Religionslehrer an einer jüdischen Schule. Der Verzicht auf materiellen Lohn war ihm nur möglich, weil sein Schwiegervater nicht nur ein wohlhabender, sondern auch ein frommer Mann war, der für Gottes Segen bereit war, auch die Kinder seiner Kinder zu ernähren. David dankte es ihm, indem er für eine stattliche Anzahl von Enkeln sorgte. Die Fruchtbarkeit ihrer frommen Schwiegertochter machte Liesel noch vor ihrem vierzigsten Lebensjahr zur Großmutter. Im Übrigen wurde durch Davids unerwarteten Lebenslauf bei ihr eine Eigenschaft mobilisiert, die ihr in ihrer Jugend gefehlt hatte: Toleranz.
Ihr Verständnis für das, was sie weder verstand noch billigte, kam ihr besonders zugute, als Rose einen nichtjüdischen Kinderarzt heiratete und für einen tiefen Riss in der Familie sorgte. Bruder und Schwester fanden nie mehr zueinander. Liesel empfand ihre zahlreichen Enkel – ihren

siebzigsten Geburtstag konnte sie bereits mit ihrem ersten Urenkel auf dem Schoß feiern – als Trost für den Verlust, der im Moment, da er sie traf, ihr Leben bedrohte.

Emil, der liebenswerte, liebevolle, geliebte Ehemann, das Juwel von der Parkbank, wurde nur zweiundfünfzig Jahre alt. Er starb an Lungenkrebs. Mit seinem frühen Tod fügte er Liesel den einzigen Schlag zu, den er ihr je antat. Es war die sanfte Rose, die der Vater tatsächlich so verwöhnt hatte, wie er es in der Nacht ihrer Geburt verkündete, die der Mutter klar machte, dass sie die Verpflichtung hatte, weiterzuleben. Und dies mit Freude. Zwei Monate nach dem Tod des Vaters brachte Rose ein Zwillingspärchen zur Welt. Die Großmutter konnte ihnen nicht widerstehen, nicht ihrem ersten Lächeln, nicht ihrem ersten Zahn und ihrem ersten Wort und schon gar nicht ihren ausgestreckten Armen.

Von den Schulfreundinnen aus Nakuru haben sich nur Liesel und Regina wieder gesehen. Das erste Treffen fand im Jahr 1956 in London statt. Liesel war hochschwanger mit ihrem zweiten Kind, Regina hatte die journalistische Karriereleiter im Blick. Weil beide Frauen nicht dazu neigten, Erinnerungen an die Schulzeit zu verklären, mangelte es ihnen an der gemeinsamen Basis. Sie lachten wenig und seufzten viel, waren verlegen, zurückhaltend und enttäuscht. Regina freute sich mehr mit Liesels Mutter, die damals bei der Tochter lebte, als mit der Freundin selbst, und beide waren sie erleichtert, als es Zeit war, sich voneinander zu verabschieden.

Sie waren beide über siebzig, als ein Zufall sie wieder zusammenführte. Da redeten sie miteinander, als wäre kein Tag seit ihrer Schulzeit vergangen, als hätte sie das Leben nicht in zwei sehr gegensätzliche Welten verschlagen. Sie waren nicht verlegen und spürten weder Fremdheit noch Beklemmung. Sie sind noch heute dabei, einander zu erzählen, was sie in den sechzig Jahren seit Vickys zwölftem Geburtstag erlebt haben.